GBF

CARL ZUCKMAYER

SALWÀRE ODER DIE MAGDALENA VON BOZEN

ROMAN

G. B. FISCHER

ZEICHNUNGEN IM TEXT
UND SCHUTZUMSCHLAG
GERHARD M. HOTOP

Geschrieben 1934/35 in Henndorf
Erstausgabe 1936 im Bermann-Fischer-Verlag, Wien

Gesetzt aus der 9-Punkt-Mono-Times
Gesamtherstellung: Thomas F. Salzer KG, Wien
Printed in Austria 1968

INHALT

Vorspiel DER BROTESSER

»Doch«, sagte mein Freund Thomas Stolperer und wies mit dem Handrücken unbestimmt nach den Überetscher Berghängen hinüber, die schon in abendlichen Schatten lagen. »Ich hab mal eine Zeitlang dort gelebt.«

Mein Blick folgte dem Bogen, den seine Hand mit der ausgegangenen Pfeife beschrieb. Die vielen Schlösser auf der andren Talseite waren von hier aus nur wie holzbraune oder fahlgelbe Placken zu erkennen zwischen dem staubigen Blau der gespritzten Weinberge, den dunklen, schon abgeblühten Kuppen der Obstbäume und dem überall ansteigenden moosfarbenen Wald. Dort, wo das mattgeschuppte Schlangenband der Etsch verdämmerte, lag ein warmer olivbrauner Bodenrauch: Italien. Die kleine Almwirtschaft auf dem Rittnerplateau, vor der wir saßen, hatte noch Sonne, die Glimmerscheibchen auf den graugesprenkelten Granitsteinen flimmerten und blitzten. Im Fensterglas und auf der Haut unsrer erhitzten Gesichter brach sich der Widerschein rasch verblassender Gebirgsketten, die in ungeheurem Umkreis den Himmel säumten: Langkofel, Rosengarten, Marmolada und Latemar, – Brentagruppe, Capuccino, – bis zum fernen Ortler. In den Schrunden und Karen lag noch viel Schnee. Die Bäche, überall in die Abstürze eingeschnitten, führten schaumiges weißes Wildwasser. Wellen von lichtgelbem Anemonenduft wehten uns an und der Geruch von den Samenpollen der Bergkiefern.

Ich sah, daß mein Freund, während eine Rauchwolke aus seiner kurzen Pfeife sich über seiner Stirn verzog, die Lider zusammenkniff und über meine Schulter weg angestrengt etwas beobachtete. Die Spannung in seinen Backenknochen und Schläfen befremdete mich. Den Körper wendend, folgte ich seinem Blick. Fast völlig verdeckt unter einem riesigen weidengeflochtenen Brotkorb, den er in einer hölzernen Trage auf den Schultern schleppte, keuchte ein Bäckergesell die letzten paar Schritte zur Alm hinauf. Thomas stemmte die Fäuste auf den Tisch und beugte sich vor. Er starrte den Burschen an, der nun den ächzenden Korb an eine Bank lehnte und sich mit einem roten Sacktuch den Schweiß vom magren sommersprossigen Gesicht wischte.

»Kennst du den Mann?« fragte ich meinen Freund.

»Nein. – Aber den Brotkorb«, antwortete Thomas. »Solche Brotkörbe gibt's sonst nirgends in der Welt.«

Tatsächlich schien es auch mir, als hätte ich noch nie einen solchen Brotkorb gesehen, obwohl nichts weiter Besondres dran zu sehen war. Der Bursche beugte sich nieder und nahm aus dem noch halbvollen Korb einige längliche, hellkrustige Weißbrote, ähnlich den französischen, und ein paar runde, schwarzgebrannte Roggenbrotlaibe. Die Wirtin war herausgekommen und wechselte ein paar Worte in der ladinischen Landessprache mit ihm. Er setzte sich auf die an die Hauswand angelehnte Bank und begann sofort, einen Schwarzbrotlaib mit seinem Stiefelmesser anzuschneiden. Gleich darauf stellte die Wirtin einen tonbraunen Napf vor ihn hin, der mit einer merkwürdigen, schimmelweißen und gelbgrün gefleckten breiigen Masse angefüllt war. Mit einer fast rhythmisch gleichförmigen Bewegung tunkte der Bursch große Stücke frischer Schwarzbrotkruste hinein und führte sie, vollgeschmiert, zum Mund, der unablässig langsam mahlend kaute.

Mein Freund stand auf und ging hinüber. Wie er sich angeregt und doch mißtrauisch witternd über Brot und Napf beugte, breitgestaltig und auf schmalen dünngelenkigen Beinen, mußte ich ihn mehr als je mit einem jener schweren glanzhaarigen Gäule vergleichen, wie sie auf den Bergmatten des Pinzgaus, aber auch auf der fetten Weide Belgiens, Flamlands oder Dänemarks stehen, den kleinen Kopf manchmal zärtlich auf die breite Kruppe einer saufenden Stute gelegt oder auch mit bebender feuchter Oberlippe zu einem kurzen geilen Wiehern zurückgeworfen. Mir fiel dabei ein, daß ich gar nicht wußte, wo Thomas eigentlich her war und von was für Eltern er stammte. Ich dachte mir, er müsse aus einem Grenzland sein, – Gallia Transalpina oder sonst einer nördlichen Römerkolonie, wo sich sehr altes weltbefahrenes Blut mit einem andren, trägeren und heftigeren Geschlecht glücklich vermischt hatte.

Ich hörte zu, wie er sich nach dem Inhalt des Tongeschirrs erkundigte. Bauernkäs, sagte der Bäckerbursch, die Laute zwischen Zähnen und Zunge hervorquetschend, die wie von Kitt und Mörtel verklebt waren. Die Wirtin trat hinzu und erklärte, daß sie auch Emmentaler und

Belpaëse besitze, was feiner und bekömmlicher sei. Aber Thomas war wie versessen auf den Bauernkäs, so wie er vorher auf den Brotkorb versessen schien, – und wir bekamen dann den Käs, eine Art mit Butter passierten scharf stinkenden Schafquargels, der zu dem jungen Überetscher Weißwein wunderbar paßte. Dieser Weißwein war frisch und wirklich fast weiß und sogar ein wenig prickelnd, mit einem ganz leichten Anflug südlicher Fruchtaromen, doch mit recht seltenem Nachgeschmack von zarter Bitterkeit, gleich dem Geruch grüner Nüsse oder vom reifen Nußkern abgelöster Häutchen. Wir tranken so viel davon, daß wir uns später, als es schon dunkel war, den steilen Weg gegenseitig hinunterschleppen mußten. Wir kosteten nur manchmal von dem Käsbrei und von dem frischen Brot, aber der Bäckerbursche verzehrte einen ganzen Laib davon, immer hörten wir sein Kauen und Schnalzen, und es machte uns, Gott weiß warum, sehr froh.

Als er mit seinem Tragkorb weitertrabte, blieben wir beide allein. Ich betrachtete meines Freundes Gesicht, während er die gehöhlte Hand mit einem angerissenen Streichholz in Mundhöhe hob. Es war ein Gesicht, von dem man nie wußte, ob es breit oder schmal war, – aufgewölbt und leuchtend von der sinnlichen Lust am Da-Sein, – oder von einem fast unmenschlichen Grad innerer Spannung gezeichnet und in Form gegossen. Ein Gesicht, das in keinem Augenblicke sich gleichblieb und dessen Lichter bald himmelweit aufgetan und spiegelhaft wie Gewässer, bald scharf und saugend und fast nicht ganz aufrichtig waren.

Die Geschichte, die er mir an diesem Nachmittag erzählte, von jenem sonderbaren Brotkorb angeregt, der eine ganz bestimmte Erinnerung in ihm wachrief, mochte nicht allzulange gedauert haben. Er hatte die Sonne im Gesicht, und öfters blinzelte oder grinste er, als mache er sich über mich oder sonst jemanden lustig. Einzelne kleine Bewegungen seiner Schultern und Hände, wenn er zwischendurch trank oder Brot abbiß, ein paar Linien um seine Mundwinkel und ein zunehmender rötlicher Schatten, vielleicht von der untergehenden Sonne, auf seiner Stirn, auch ein bestimmtes kurzes und heftiges Husten, mit dem er häufig seine Sätze unterbrach, und das allmähliche Schwererwerden der Luft, das sich auf unsern Weingläsern spiegelte und ihre Farbe vertiefte, blieben mir stärker im Gedächtnis als die Worte, die er sprach, verwandelten und ergänzten sie über alles Maß und wurden für mich zum Prägestock unendlich fein ziselierter Scheidemünzen oder auch zu einem schweren inkunabelgleichen Buch, in dem man mit aufgelegtem Finger Silbe für Silbe lesen kann. Die Geschichte, die ich nun wiedererzähle – weil es für mich notwendig ist, das zu tun –, mag nicht mehr *seine* Geschichte sein, – und doch weiß ich sie ganz von ihm. Nur weiß ich nicht genau, ob es ihm, der keine Briefe aufhebt, seine Skizzenbücher und Bildentwürfe mit alten Koffern auf der ganzen Welt herumfahren läßt und nie ein Tagebuch führt, recht ist, daß ich damals so zuhörte, wie ich es tat. Aber das kann mir gleich sein.

DER BERGAPOLLO

Wir kamen damals – begann Thomas und machte eine wegwerfende Handbewegung – von den »Glückseligen Inseln«, – aus jener subtropischen Landschaft, die für viele Leute als Inbegriff paradiesischer Schönheit gilt und in der man vor Ekel einginge, müßte man länger als vier Wochen da leben. Von Genua ab fieberte ich dem Alpenland entgegen. Ich war vorher in Afrika gewesen und hatte fast ein Jahr lang keine anständige Gegend mehr gesehen. Vom »Interessanten« und »Merkwürdigen« voll bis in den Hals, brannte ich auf den Anblick eines Feldrandes mit jungem Korn oder Hafer, auf Wiesenschaumkraut und Sauerampfer, und auf Bachbetten, in denen richtiges frisches Wasser fließt. Allein fuhr ich mit dem D-Zug über Mailand–Verona nach Bozen. Vom Gardasee ab stand ich auf dem Gang, und als die Berge kamen, rannte ich hin und her wie ein Geißbock, der Salz wittert. Im Bozener Bahnhof ließ ich mein größeres Gepäck und nahm nur den Rucksack mit, denn ich hatte meine genaue Ankunft bei meinen Freunden nicht gemeldet und wollte zu Fuß hinaufgehen. Mit einer elektrischen Kleinbahn fuhr ich bis zur Wurzel des Nonnbergs. Ich stand auf der Plattform und schnupperte in die Luft, die hier drunten im Frühling schon recht schwül und südlich war, aber doch dann und wann einen kühleren Berghauch ahnen ließ. Als ich den Aufstieg begann, war es heller Nachmittag, und ich fing bald an zu schwitzen. Das Schloß meiner Freunde ist eins der höchstgelegenen in dieser Gegend, es führt auch ein Fahrweg, sogar für Autos passierbar, in vielen Serpentinen hinauf, aber ein Bub, der Milch in einer Kanne trug, zeigte mir einen Fußsteig, den ich nicht verfehlen konnte. Es ging eine Zeitlang noch an Weinbergen vorbei, dann durch blühende Wiesen, in denen viel Obstbäume standen, der Pfad war steinig und von Hecken gesäumt. Manchmal lief er an alten Schloßmauern entlang, über die der Goldregen hing, und wenn man durch Pforten oder

Gittertore schaute, sah man Wolken von blühendem Flieder. Einige kleine Tümpel, in deren Schilfrohr die Frösche knarrten, brachten mich zum Entzücken, und ich blieb lange stehen und beobachtete die Molche, die mit raschen zuckenden Bewegungen zur Oberfläche schossen, um Luft zu schnappen, oder mit gespreizten Zehen reglos im schlamm- und lichtdurchwölkten Wasser hingen. Je höher ich kam, desto mehr Seligkeit erfüllte mich, und ich dachte, daß die Welt doch dort erst schön werde, wo man unsere Sprache spricht. Ich beschloß auch, sofort mein Malgerät kommen zu lassen, denn es fiel mir alles mögliche ein, was ich jetzt machen wollte. Vielleicht, dachte ich, ist dort oben im Schloß ein größerer schmaler Raum mit getünchten Wänden, und man läßt mich eine ganze Bildkette, wie einen weiten Horizont, rundherum malen. Es war nämlich immer mein Wunsch, nicht auf Tafeln, sondern auf richtige Wände zu malen, und nach Möglichkeit lange Streifen, die eine ganze Erzählung in Fortsetzungen fassen konnten, und all das Zeug, was man in einer Nacht oder vielleicht nur in einer Minute zusammenträumt. Wenn ich stehenblieb und ins Tal zurücksah, dessen Senke immer breiter und offener vorm Auge lag, dachte ich auch daran, daß mein Freund Firmin hier aufgewachsen und wohl diesen Weg hinunter zur Schule gegangen war. In diesem Schlehenbusch mochte er zum erstenmal den weißköpfigen Würger gesehen haben, wie er Fliegen und Käfer auf die Stacheldornen spießte. Und ich bildete mir ein, mit seinen noch knabenhaften Ohren dem Geschnalze eines Rotkehlchens zu lauschen, dem langgezogenen Pfiff des Baumläufers und dem schon Dämmer kündenden fülligen Amselschlag. Zaunkönige schlüpften aus und ein, schnarrend kreischte die Wacholderdrossel, und aus den Laubkronen schickte ein Gimpel seinen kurzen, süß flötenden Liebesruf. All die alten Sagen fielen mir ein, in denen einer die Vogelsprache versteht, und es ward mir ganz offenbar, wie das Wesen der Vögel, mehr als das sonstige Leben in der Welt, einen Menschen, der es erkennt, zum Dichter machen könne. War nicht Herr Walther von der Vogelweide, der Ahnherr all unsrer Lieder und des lyrischen Gedankens und Ausdrucks überhaupt, in dieser Gegend geboren, und ging nicht von seinem Schauen und Künden ein vielgeflochtenes Band zum heimlichen Ursprung und Gesicht der Verse Firmins, dessen Geschlecht wohl schon zu Walthers Zeiten auf dem Rageberg da droben gesessen hatte? »Ihr sult sprechen willekommen, – der euch märe bringet, das bin ich –«, sagte ich gehend vor mich hin, und dabei begann eine stechende, fast schmerzhafte

Freude auf das Wiedersehn mit Firmin und mit seiner Schwester in mir wach zu werden.

Ich weiß nicht, ob du meinen Freund Firmin gekannt hast. Sein genauer Name lautete Firmin Graf Salwàr dej Striës, – aber man nannte die Familie gewohnheitsmäßig nur »von Stries« oder Grafen Stries. Seine Schwester Magdalena war viel jünger als er, aber sie hatten sich durch gemeinsame Interessen und Lebensweise einander so angeähnelt, daß man sie leicht für gleichaltrig halten konnte. Ich hatte beide in Berlin kennengelernt, wo ich für Firmins erstes, sehr lyrisches und doch merkwürdig linienklares Drama die Bühnenbilder machte. Später traf ich sie wieder in München und Paris, dann beim Skilaufen im Arlberg, wo auch Firmins Frau dabei war, von der ich vorher gar nichts wußte, weil er überhaupt nie davon sprach, daß er verheiratet war. Aber die Schwester machte fast alle seine Reisen mit, und bei den Proben in Berlin, denen er ziemlich teilnahmslos beiwohnte, schläfrig im Tagdämmer des Bühnenhauses hockend oder mit der Schauspielerin, die die Hauptrolle spielte, in der Kantine Zigaretten rauchend, – vertrat sie seinen Standpunkt und seine künstlerischen Wünsche, als habe sie selber seine Stücke geschrieben. Dabei war sie keineswegs allzu gescheit oder literarisch versiert, auch vom Artistischen wußte sie wenig. Ihre Art und ihre Äußerungen waren nicht auf Wissen und Verstehen gegründet, sondern auf ein besonders ahnungsvolles Erfassen aller wesenhaften Zusammenhänge, und es schien mir immer, als sei sie der einzige Mensch, der – unverengt von Erfahrung oder Reflexion – ein vollkommenes Weltbild in sich trage. Erst später wurde mir klar, von welch gefährlicher Magie dieses kristallinische Bild beschattet war. Selten habe ich erlebt, daß Männer in solch geschlossenen Scharen auf eine Frau flogen – ja, ich brauche mit Absicht dieses Insektenwort –, wie es bei Firmins Schwester der Fall war, – obwohl sie eine Person war, bei der es keinen »Flirt« gab. Und nie erlebte ich – von einer Ausnahme, die ich noch erzählen werde, abgesehen – einen so grundsätzlichen Verzicht auf würdeloses Benehmen, dummes Geschwätz und läppisches Verhalten, wie ihn die Männer in ihrer Umgebung aufbrachten. Es schien, als hypnotisiere sie ohne besondere Absicht, nur durch ihr Dasein, den Männern jene krankhafte Verblödung weg, welche sonst mit den Wellen sinnlicher Erregung narkotisch ihr Gehirn verwölkt. Sie steigerte eine Klarheit des Gefühls und, bei aller Begeisterung, Gelassenheit in uns, wie sie der Rausch von einem ganz edlen Wein oder das Erlebnis eines wirklichen, einmaligen

Kunstwerks in guten Stunden verleiht. Ich kann nicht sagen, daß ich jemals in sie verliebt war, – aber ich glaube, daß ich sie eine Zeitlang liebte.

Firmin selbst war österreichischer Offizier gewesen und rückte – noch ziemlich jung damals – mit den Kaiserjägern ins Feld. Einige seiner Verwandten von andrer Linie, deren Stammschloß bei Padua steht, kämpften auf der italienischen Seite, sein Vetter Mario lag ihm in den Stellungen am Cimone gegenüber, und beide gehörten zu den Überlebenden jener berühmten Bergsprengung. Erst nach dem Krieg hatte Firmin zu schreiben begonnen, einige seiner Gedichtbände erschienen in einem esoterischen Verlag und wurden nur von Fanatikern der Lyrik gelesen. Dann verliehen ihm ein Literaturpreis und die allgemeine Ablehnung seines ersten Stückes einen gewissen Ruhm, und bald gehörte er zu den Dramatikern, mit deren Werken die Spielpläne rechneten. Dabei hielt er sich allen literarischen Kreisen fern, lebte fast immer auf Schloß Salwàre, dessen Erhaltung nur durch seine Tantiemen und Vorschüsse möglich war, das aber immer noch den Stil eines noblen und gastfreundlichen Landsitzes wahrte, – und verbarg seine leidenschaftliche Passion für alles, was mit dem gestalteten Wort zusammenhing, hinter einer Maske junkerlicher Gleichgültigkeit. Ja, er tat gewöhnlich, als ginge ihn seine eigne Arbeit nichts an und als betreibe er das Dichten nur, um das Haus, die Pferde und das Auto halten zu können. Seine Frau, mit der er zwei Kinder hatte, war eine geborene Kärntnerin, schön, groß und von südlich dunklen bäuerlichen Zügen. Sie wurde von Firmins näheren Freunden, auch von mir immer nur »die Kuh« genannt oder, wenn man sie ansprach, italienisch verballhornt »Lavacca« – womit keineswegs etwas für sie Abträgliches oder Ironisches ausgedrückt werden sollte. Man gedachte eben bei ihrem Anblick, mehr noch beim tiefen und beruhigenden Klang ihrer Stimme, milchduftender Euter und eines weichen rupfenden Maules zwischen Bergminze und Thymian, vor allem aber des weiten moorbraunen Äugens, das voll gemessener Weisheit scheint und von dem die Göttin ihr Beiwort »Bo-Opis« erhalten hat, was sie schöner kennzeichnet als die nächtige Eulenäugigkeit. Überhaupt kann ich mir kein vollkommeneres Tiersinnbild für das Wesen einer Göttin vorstellen als die mütterlich-irdische Gestalt der Kuh in ihrer kraftvollen Milde, und kein anderes Licht atmet solch fromme und geschöpfliche Heiligkeit wie dieser abendliche Goldrauch, der zusammen mit leisen Mahl- und Melklauten aus den kleinen Fenstern dämmernder Ställe quillt. Wer vollends im Gebirg eine Leitkuh vor kälbernden Jungtieren herschreiten sah, wer den untröstbaren Ausdruck von Leid im Gebrüll einer des Kalbs beraubten Kuh hörte, wem ein rauhzüngiges Kuhmaul sanft und vertrauend in der Hand lag, der wird mit dem Bildnis der »Kuh« immer den Inbegriff kreatürlichen Ebenmaßes und weiblich ausgerundeter, leidenschaftlicher Behutsamkeit verbinden.

Ich sagte schon, daß Firmin niemals von seiner Ehe sprach und daß man lang mit ihm befreundet sein konnte, ohne zu wissen, daß er verheiratet war. Seine Schwester hatte mir erzählt, daß auch daheim in Salwàre er und Cordula, so hieß die Kuh, sehr wenig zusammen seien und ihre eigenen Wege gingen. Als wir damals miteinander Ski fuhren, blieb die Kuh des Abends gewöhnlich allein in ihrem Zimmer, las oder nähte, und ich entführte Firmin und Magdalena in die verschiedenen Wirtshäuser des Dorfes, manchmal auch in die Bar und Tanzdiele des großen Sporthotels, über dessen Betrieb wir schimpften und spotteten, um dann doch bis tief in die Nacht drin kleben zu bleiben. Zwischen der Kuh und mir entspann sich ein scherzhafter Dauerstreit wegen solcher Entführungen, hinter dem gewisse Funken von Ernst glommen, und aus diesem leichten Gezerre erwuchs ohne besonderen Anlaß eine Form von gegenseitigem Verständnis und kameradschaftlichem Gefühl, das sich mehr stumm als in Worten äußerte. Ich wußte, daß sie es gern hatte, wenn ich bei Firmin war, obwohl ich ihn ihr noch mehr wegnahm, und es war ihre persönliche Einladung, der ich jetzt Folge leistete.

Es lockte mich sehr, abgesehen vom Zusammentreffen mit den Freunden, ein solches Stammschloß kennenzulernen, dessen Grundmauern noch von der Zeit her standen, da sich römische Equites hier angesiedelt und mit den keltischen Rätiern vermischt hatten. Der Name des Schlosses, Salwàre, ging, wie ich wußte, auf die ältesten Ureinwohner zurück, die von den späteren Kolonisten als Wilde behandelt worden waren. Nirgends sitzen, wie in diesen südlichsten Gemarken deutscher Landschaft, alte Geschlechter heute noch auf ihren Stammhorsten: die Grafen von Thun, Madruzzos, de Liliis, neben den Spaurs, Berchtolds, Melchioris, Braghers, Lanzenfelds und di Questas. Nirgends trägt ein Grenzvolk durch alle Schichten so sehr das Gepräge seiner eigenen Art.

Während ich dies und vieles andere bedachte und all das in meinen Adern und Nerven mitschwang, was das herrliche Gleichmaß schreitender Bewegung und das pochende Blut in unseren Schläfen aufrührt, kam ich allmählich in einen ziemlich dichten Lärchenwald, dessen Boden von den Blättern grüner Schneerosen überwuchert war, während die langen schütteren Bärte alter Baumflechten überall von den Rinden und Ästen hingen. Die Bäume waren erst ziemlich dünn benadelt und einige höhere Zweige trugen noch die bezaubernden rötlichen Knospenbüschel. Trotzdem wirkte der ganze Wald wie abgestorben, und obwohl die schräge Sonne durch seine Stämme fiel, wurde man die Empfindung nicht los – vielleicht wegen des Algenhaften der Baumflechten und ihres gesprenkelten Schimmelgrüns –, als ginge man in einem längst meerestief versunkenen flutüberspülten Vorzeitwald, – und als müsse man zwischen den wurzellosen, senkrecht schwimmenden, nur durch ihre versteinerte Schwere auf dem Seegrund gehaltenen Bäumen phosphoräugige Fische, rudernd mit Purpurflossen, und fahlgefleckte Polypen klettern sehen oder die nackten Leichen Ertrunkener mit wehenden Haaren, aufwärts gewandten Gesichtern langsam absinkend. Meiner Beine bemächtigte sich ein schweres pelziges Gefühl, als steckten sie in elefantengleichen, luftarmen Gummischläuchen, und ich wäre am liebsten mit den grotesk watenden Riesenschritten weitergetaumelt, wie ich sie einmal in einem Tiefseetaucherfilm beobachtet hatte. Dieser Wald zog sich wie ein Ring rund um die Kuppe, auf der das Schloß lag, und ich erfuhr später, daß er »das Bannholz« hieß. Man findet diese Bezeichnung übrigens öfters für Wälder, die gürtelartig abgrenzend um eine Niederlassung, Herrensitz oder freies Dorf angelegt oder stehengelassen wurden. Jedenfalls hat aber das Wort »Bann« im alten Sprachgebrauch, auch in konkreteren Zusammenhängen wie »Bannmeile«, »Grenz- oder Hausbann« und dergleichen, immer seine doppelte Bedeutung behalten, – die ursprünglich magische neben der übertragenen, angewandten. Ich fühlte mich etwas ermüdet, während ich durch den Wald ging, denn ich war schon einige Stunden unterwegs und wußte nicht, wie weit es noch bis zum Schlosse sei. Mir kam der Gedanke, umzukehren und in einem Wirtshaus zu rasten, das ich kurz vor Eintritt in den Wald auf einem freien weiträumigen Vorsprung des Berghanges gesehen hatte. Obwohl ich im Vorbeigehen kaum darauf geachtet haben mochte, hatte es sich mir sehr genau eingeprägt: es war nicht hoch und fast quadratisch gebaut, mit dunklem, flachem Holzschindeldach, und mit einer dünnen, schon weißlich abblätternden rosa Kalkfarbe getüncht. Auf seiner bröckligen hellen Frontmauer stand, über der Tür, in schwarzen Antikschriftbuchstaben der Name: Albergo di Latemar. Tatsächlich konnte man von dort aus die spitzen puppenartig aufgereihten Zacken des Latemargrates besonders deutlich über den Linien des Waldgebirges ragen sehen. Seitlich nach der Aussicht zu hatte das Wirtshaus eine kleine weinumrankte Terrasse, und ich sah dort im Vorbeigehn, wie ein Mädchen von besonderer Anmut der Bewegungen einem Mann in der Uniform der italienischen Zollsoldaten eine Glaskaraffe mit hellrotem Spezialwein brachte. Wie es oft geschieht, war dieses Bild so flüchtig über meine Netzhaut geglitten, die wohl gerade mit der Rückstrahlung früher aufgenommener Erscheinungen beschäftigt war, daß es erst viel später, als ich längst vorüber war, in mir wirksam und meiner Anschauung bewußt wurde. Ich sah jetzt auch ganz deutlich, daß noch ein zweiter kleiner Tisch auf dieser Terrasse besetzt war, und zwar von einem weißhaarigen Touristenehepaar, beide in Loden, der Mann mit sehr rötlichem Gesicht, und dieser erdbeerfarbene Weißkopf hatte, als ich schwitzend vorüberging, auch noch sein Glas erhoben und »Prost, Landsmann« gesagt. Mir fiel das jetzt alles ganz deutlich ein, und ich war drauf und dran, teils angelockt von dem Bild des weinschenkenden Mädchens, teils aus Belustigung über des Lodengreises vermutlich gutgemeinte Zutraulichkeit, umzukehren, wodurch wohl meine Ankunft in Schloß Salwàre für den heutigen Tag in Frage gestellt worden wäre. Da aber lichteten sich die Stämme hinter einer Wegbiegung ganz plötzlich, und nach einigen Schritten sah ich, über einem Anstieg von kaum mehr als hundert Metern, das Schloß. Der Fußsteig mündete hier auf die Fahrstraße, und ich ging die letzte Viertelstunde langsam die Serpentinen hinauf, zwischen verschiedenen Radspuren, von denen nur zwei von Pneumatikreifen, die andren von Ochsenwagen herstammten. Rechts und links vom Weg wuchs zwischen Felsbrocken ganz niedriges, krautiges Alpengras, Enzian und wilde Krokusse blühten überall. Ich sah schon von ferne, daß hinter dem Schloß ein ziemlich weites, mit alten Bäumen bestandenes Flachgelände sein müsse, das wohl als Park angelegt war. Nach vorn stand es ganz frei auf dem Berg und zeigte bis jetzt nur einen viereckigen machtvollen Turm, in dessen Mitte ein auf die Entfernung unkenntliches Steinwappen angebracht war. Das Bild des Schlosses interessierte mich aber zunächst weniger als die Welt der Straße, auf der ich mich noch befand, und diese Welt offenbarte sich mir – unter dem Summen unzähliger, von der letzten Sonne erregter Insektenflügel – in Gestalt einer riesigen, noch ziemlich frischen Kuhflade, die mitten auf dem Weg von einer Masse stahlschimmernder Bläulinge bedeckt war. Die Falter flogen nicht auf, als ich dicht dabei stehen blieb, sie regten kaum die Flügel hin und wieder, sie schienen wie bezaubert von dem verwandelten Heugeruch aus dem grünlich arbeitenden Kuhmagen. Das moosige Sumpfbraun der kreisrunden Flade war von den Bläulingsflügeln wie mit verschlungenen Schriftzeichen und Mustern bestickt. Diese Muster zeigten so bestimmte geradezu kabbalistische Linien, daß ich nah dran war, sie mir auf irgendein Stück Papier aufzuzeichnen. Indem ich aber noch damit beschäftigt war, in meinen Taschen nach einem kleinen Stumpf eines Zeichenbleis zu kramen, erblickte ich ein für mich so aufregendes Wesen, daß ich alles andre vergaß und, trotz des schweren Rucksacks auf meinem Buckel, wie als Bub bergauf und schnurstracks dahinterherzujagen begann. Es war ein Bergapollo, der mich dermaßen mit- und hinriß, jene seltenere hochalpine Spielart des an sich schon nicht häufigen hinreißendsten Tagfalters, auf dessen glasweißen, wie steife Seide knisternden, durchsichtigen Flügeln schön verteilte schwarze und rote Flecken in intensiver Farbkraft leuchteten. Atemlos blieb ich stehen, als der Schmetterling sich auf eine Distelknospe schaukelnd niederließ, und pürschte mich, indem ich vermied, meinen Schatten vor mich zu werfen, schleichend näher. Dabei hatte ich panoramenhaft die Erinnerung an sämtliche erfolglose oder ertragreiche Schmetterlingsjagden meiner Knabenzeit in mir, deren herzrasende Aufregungen von keiner späteren Großwild- oder Hahnenpürsch mehr aufgeholt werden. Und da ich bedachte, daß das Edelsteinweiß dieser Flügelstaubschuppen auch auf große Entfernung niemals mit dem gemeinen Bleiweiß eines Kohl- oder Baumweißlings zu verwechseln sei, so wenig wie das grelle Watteweiß von Sumpfflocken auf einer gewittergrünen Wiesenplacke mit dem silbrigen von abgeblühter Distelwolle, überfiel mich eine Vorstellung, die ich zum ersten und einzigen Mal in meinem Leben hatte und die so heftig war, daß ich stehen blieb und den Falter vergaß. Es war die Vorstellung vom Erblinden. Vom Verlust des Augenlichts. Mit geschlossenen Lidern tappte ich die paar Schritte zur Straße zurück. Hinter meinen fest zusammengepreßten Wimpern zuckten spiralische Farbenblitze, und noch hatte ich den Bergapollo mitten im Auge, riesenhaft, mit bebenden, auf und nieder schlagenden Schwingen. Es war, als müsse dieses Bild in meinem Auge nun erstarren, zu einer Haut gerinnen, die sich nie mehr ablösen ließe. Ich kann nicht sagen, von welch grausamer unbarmherziger Gründlichkeit diese Vorstellung war. Es wäre nicht zu ertragen, dachte ich, als ich nach wenigen Sekunden die Augen wieder aufriß. Nichts davon hergeben – stammelte es in mir –, nichts davon hergeben – als ich, geblendet und berauscht, nun mitten ins Licht starrte. Und ich meinte damit *alles*, was uns der Einklang aller Sinne an Lebendigem bedeutet. Rasch begann ich abzuschätzen, was von allem Leibgewohnten wohl am entbehrlichsten wäre, – wenn schon ein Opfer gebracht werden *müsse*. Das Auge nie! sagte ich mir. Denn vom Auge her ist das Bewußtsein unseres Lebens aufgebaut, und was wir in uns bilden und vertiefen, ist kein Klang und kein Gefühl der Welt, sondern ihre *Anschauung*, und mit welchen Maßen sonst sollten wir messen! Das Ohr, obwohl zur unmittelbaren Aufnahme der irdischen Mitteilung bestimmt, des Rufs, der Kunde und der Botschaft, – ist wohl das abstrakteste unserer Organe, denn wir können innerlich leichter hören als schauen und fast alles Hörbare, Sprache, ja sogar Musik, bis zur Vollkommenheit *denken*. Doch wie untrennbar von unsrer seelischen und geistigen Existenz sind schon all die sublimen Wahrnehmungen, welche Tastsinn, Geschmack und Geruch vermitteln, – von denen der Geruch, in seiner animalischen und chemischen Gebundenheit, wieder der metaphysischste Sinn genannt werden kann, denn nichts haftet so sehr an bestimmten zerebralen Erlebnissen wie die Erinnerung von Gerüchen. Welch erschreckende Daseinsverflachung bedeutet ein blöder Schnupfen oder Rachenkatarrh, der uns vorübergehend der Riechfähigkeit beraubt, und wie ist uns die Erde wiedergeschenkt – taucht nach solchen Tagen die Unterscheidung von Düften und Aromen aus einer halb verschütteten, geschlechtlos gewordenen Schattenwelt neu herauf!

Das Auge jedoch ist der Quell und der klare Spiegel aller Dinge von Anfang her – und, in die mystische Dimension des Dreiecks eingefaßt, Sinnbild von Gottes Allwissenheit und unsterblicher Gegenwart, von seinen immerwährenden Triumphen über Zeit und Raum, den Schrittmachern des Todes. Zwar heißt es von Homer, dem gottähnlichsten aller Bildschöpfer, daß er blind gewesen sei. Doch wer, der lebt, darf auf das innere Licht vertraun?

Vor einem Wegmal der Maria mich rasch verstohlen bekreuzend, schüttelte ich die plötzliche Beklemmung von mir ab und ging dann recht schnell die letzten paar Schritte zum Schloßtor, das – in altem Holz vernageltes Gitterwerk – halb offenstand. Da ich keine Klingel sah, trat ich ein und stand auf einem kleinen, mit Holpersteinen ge-

pflasterten Hof, in dessen Mitte ein Plattenweg auf eine abgetretene alte Freitreppe zu führte. Nach rechts ging es, wieder durch ein Tor, auf einen zweiten Hof, von dem Stall- und Mistgerüche herdrangen, – links schien eine kleine Mauerpforte in den Park zu führen. Das Haus war schmal und aus einem altgelben Steinmaterial gebaut, das ich jetzt noch nicht unterscheiden konnte, ich sah nur einige hohe unregelmäßig gelagerte Bogenfenster und den vorspringenden Unterbau des klotzigen Turmes, auf dem ein mit Segeltuch halb überdachter offener Altan zu sein schien. Die Sonne kam nicht mehr über die Schloßmauer, blitzte nur noch in einigen Dachlichtern. Höfe und Türen lagen in bläulichen Schatten. Es war sehr still, auch das Insektensummen hatte aufgehört, und ich hatte den Eindruck, ganz allein zu sein, bis ich auf einmal merkte, daß ein Blick schon die ganze Zeit hindurch auf mir lag. Halb hinter der Haustür, im Dunkel des Flurs kaum sichtbar, stand ein Mann und betrachtete mich. Als ich winkte, kam er heraus, indem er die Tür mit einem Arm ganz aufstieß, der gar kein richtiger Arm war, sondern eine schwarze, mit braunem Leder angeschnallte Holzprothese, die in einen vernickelten Greifhaken auslief. Der Mann kam von der Freitreppe herunter und auf mich zu, durchaus in der Haltung eines großen Hofhundes, von dem man noch nicht weiß, ob er wedeln oder beißen wird. Jedenfalls hatte man das Bedürfnis, seinen Stock fester zu packen und seine Waden zu sichern. Dann aber legte sich sein braunes Gesicht mit dem aufgezwirbelten Tiroler Schnurrbart und den aufmerksamen Vorsteheraugen in gutartige Grinsfalten, und er streckte mir, untersetzt und breit wie er war und mir knapp bis zur Schulter reichend, mit einer Bauchaufschlitzerbewegung die gesunde Hand entgegen. Der Mann trug ein Hemd mit aufgekrempelten Ärmeln, das schmutzigste Hemd übrigens, das mir jemals, einschließlich des Weltkriegs und meiner Orientreisen, in die Quere gekommen war, und eine Art geölter weitgeschnittener Monteurhosen. Mir fiel ein, daß es sich um Grisi handeln müsse, von dem die Kuh mir erzählt hatte, einen Südtiroler, der in Firmins Marschbataillon Korporal gewesen war und nach Verlust seines Arms bei ihm Diener wurde. Später übernahm er, in den mageren und geldarmen Zeiten, die nach dem Kriege folgten, die ganze Schloßverwaltung, vom Hühnerstall bis zur Seidenwäsche, und als dann das Auto angeschafft wurde, lernte er mit seinem einen Arm auf überraschende Weise chauffieren, wobei er den Haken der Prothese – es war sein rechter Arm – auf den Schalthebel legte und alles andere links machte. Er soll, wie man erzählte, Gäste, die an der

Bahn abgeholt wurden, immer mit einer solch unmäßigen Schnelligkeit die Serpentinen hinaufgefahren haben, daß die verstörten Leute, wie auf eine Fakirkugel auf seinen Armstumpf starrend, halbtot oben anzukommen pflegten. Vielleicht war das für mich, unbewußt, auch ein Grund gewesen, weshalb ich zu Fuß heraufgegangen war. Als mir das alles einfiel, erschien mir der kleine hundeartige Mann weniger beunruhigend als im ersten Augenblick, ich schlug ihm auf die Schulter und sagte ihm, wer ich sei. Dann folgte ich ihm, der meinen Rucksack genommen hatte, ins dämmerig kühle Haus.

Als wir die Treppe hinaufgingen, wo es ein wenig nach Katzen roch, hörte ich ein merkwürdig pochendes Geräusch, das mich veranlaßte, stehen zu bleiben. Es kam immer näher, – wie wenn ein Stock allein einen holzgedielten Flur entlang hüpfte. Dann erschien auf dem oberen Treppenabsatz eine alte Dame, die ein langes, unter der Brust geschürztes, violettes Sammetkleid mit einem breiten Spitzeneinsatz trug und deren etwas unordentliche, volle graue Haare von einem ebensolchen violetten Sammetband zusammengehalten wurden. Sie hatte, wie ich gleich sah, weichbesohlte Pantoffel an den Füßen, die ihren Schritt lautlos machten. In der Hand trug sie einen schwarzen, silbergriffigen Krückstock. Sie war blind.

»Wer ist denn da?« fragte sie mit einer etwas spröden und geborstenen tiefglockigen Altstimme. Als ich zu ihr hinaufging, sah ich den matten Metallschimmer ihrer weit geöffneten Augen. Diese Augen waren trotz ihrer Blindheit nicht leer oder ausdruckslos. Sie wechselten oft ihre Farbe und ihr Licht, ja es schien, als ob sie, nach innen gewandt, beobachteten und prüften. Ihr Gesicht war unbeschreiblich schön, und ich sah, verbreitert und gereift, die Züge Magdalenas darin. Vor allem aber erinnerte es mich an Bilder, die ich von der Duse oder von der Sorma, überhaupt von ganz großen gealterten Künstlerinnen gesehen hatte.

»Die Kinder sind baden gegangen«, sagte sie, als ich sie begrüßt hatte, und es klang sehr komisch, daß sie von ihren erwachsenen Kindern, Firmin und Magdalena, so sprach.

»Lavacca ist im Garten oder im Stall«, sprach sie weiter, – und ich fand es geradezu beglückend, daß auch sie ihre Schwiegertochter »die Kuh« nannte. »Es wird schon bald eins zurückkommen, und sicher werden Sie sich zuerst waschen wollen. Grisi zeigt Ihnen alles. Ich gehe jetzt Klavier spielen.«

Während sie sprach, tat sie etwas zunächst recht Befremdliches, was mir aber ganz selbstverständlich vorkam, so wie sie es tat: sie streifte den langen Handschuh von ihrer rechten Hand – merkwürdigerweise trug sie im Haus Handschuhe, und ihre Hände waren so weiß und schön geformt, mit langen kraftvollen Fingern wie die Hände einer ganz jungen rassevollen Frau –, dann hob sie die Hand zu meinem Gesicht und fuhr mit den Fingerspitzen ziemlich rasch mehrere Male darüber hin und her. Ich genierte mich etwas, weil mein Gesicht verschwitzt war, aber ihre Fingerspitzen berührten die Haut gar nicht richtig, es war, als ob sie mein Gesicht mit unsichtbaren Nervenenden betaste, und es verursachte ein ungemein wohltuendes elektrisch prikkelndes Gefühl. Dann nickte sie mir lächelnd zu und ging, den Stock vorgestreckt und immer leicht auftupfend, an mir vorbei die Treppe hinab.

»Sie sollen in der Rocca wohnen«, sagte Grisi plötzlich und drehte sich scharf zu mir um. »Aber es wäre besser, wenn Sie ins Wirtschaftshaus ziehen wollten.«

»Was ist die Rocca«, fragte ich ihn, – »und warum wär's Ihnen lieber, wenn ich nicht da wohnte?«

»La Rocca dej Striës«, antwortete Grisi, woraus ich nicht klüger wurde. Dann sagte er mürrisch: »Wenn Sie wollen, können Sie ja in der Rocca wohnen.«

Innerlich hatte ich bereits beschlossen, das auf alle Fälle zu tun, ohne daß ich noch wußte, was die Rocca sei. Dann aber, als er von dem knarrenden Holzflur in die steinerne Turmtreppe einbog, wußte ich plötzlich, daß man in diesen Schlössern die alten Wachtürme, die »Altaguardias«, so nannte. Es ging zuerst an einer offenen Balkontür vorbei, durch die ich den Altan sah, den ich schon von unten bemerkt hatte: einige Sessel und Liegestühle standen da herum, auch ein Tisch mit Weingläsern und einer halb geleerten schönen Karaffe. Ein Stück weiter oben lief ein schmaler Holzbalkon um das ganze Gemäuer des Turmes herum, einige schmale Fenster und Türen schienen darauf hinauszugehen. Vom dunklen Vorplatz aus sah ich in einen der Räume: er war schmal und hatte kahle getünchte Wände und sah genau so aus, wie ich's mir auf dem Weg – zum Ausmalen – vorgestellt hatte. Auch ein Bett stand darin, das offenbar unbenutzt war. Grisi ging vorbei und öffnete eine andere Tür, zu einer tapezierten, altmodisch freundlichen Kammer, deren Fenster Ausblick auf den Park hatten.

»Ich möchte lieber in dem andren Zimmer wohnen«, sagte ich. »Es hat die Aussicht nach vorne, übers Land.«

»Das können Sie nicht«, knurrte Grisi.

»Warum nicht?« fragte ich. »Ist es bewohnt?«

»Nein«, sagte Grisi. »Aber der Mond scheint herein.«

Ich lachte. »Das macht mir nichts aus«, sagte ich.

»Sie werden schlecht schlafen«, beharrte Grisi.

»Ich habe noch nie schlecht geschlafen«, antwortete ich lustig und warf meinen Rucksack, den ich ihm von der Prothese nahm, auf den Boden des vorderen kahlen Raumes.

»Hier bleib ich«, sagte ich. »Kann ich Wasser haben?«

»Soviel Sie wollen«, brummte Grisi und drehte einen Kranen auf dem Vorplatz auf, aus dem Wasser in einen Abfluß platschte. Er gefiel mir in seinem Trotz ungemein gut, und ich beschloß, ihn aufs Korn zu nehmen, ihn tüchtig zu ärgern und auf diese Weise gut Freund mit ihm zu werden. Während ich den Rucksack aufschnürte, trat Grisi noch einmal auf die Türschwelle.

»Es ischt heunt voller Mond«, sagte er mit einer gebirglerischen Hartnäckigkeit in der Stimme. »Ich werde die Fenschterladen einhenkeln.«

»Das ist nicht nötig«, sagte ich.

»Das ist doch nötig«, antwortete er und ging.

Später, als ich mich wusch, hörte ich von drunten Klavierspiel. Die dicken Mauern leiteten die Töne gedämpft und gleichsam besponnen hinauf. Es war der erste Satz des italienischen Konzerts von Bach. Sie scheint herrlich zu spielen, dachte ich, obwohl man es von hier oben nicht recht beurteilen konnte. Mir war ein wenig schwindlig, wie wenn man zuviel geraucht hat. Es dämmerte rasch. Ich sah hinaus und hätte plötzlich heulen können.

LUNATIC

Im Schloßpark gab es, wie ich später erfuhr, ein schon im achtzehnten Jahrhundert angelegtes Schwimmbassin, von alten Eschen und Rotbuchen umragt, – teichartig, doch mit schön geformten oval ausgeschwungenen Rändern aus zerlöcherten Grottensteinen, zwischen denen Farnkräuter und Iris wucherten. Es wurde von einem hindurchfließenden Bergbach gespeist, und sein Wasser war immer sehr frisch. Ein moosbedeckter luftzerfressener Faun hockte am Einfluß, durch seinen steinernen Körper war ein Rohr geleitet, so daß er aus den Löchern seiner Syrinxflöte dünne Wasserstrahlen spie. Da der Park Westsonne hatte, liebten es die Geschwister, am Nachmittag dort zu baden und, im Gras liegend oder auf gebüschversteckten Steinbänken sitzend, den Abend zu erwarten. Ich sah sie zurückkommen, als ich auf dem schmalen hölzernen Umlauf langsam die Rocca umschritt. Sie gingen Arm in Arm und schienen nichts zu reden. Wieder erstaunte mich ihre seltene Gleichheit in Gang und Wuchs. Beide waren hochbeinig und von den Hüften aufwärts ungewöhnlich lang und schmal gebaut, sie trugen den Brustkorb auf kerzengraden und fast ein wenig steif erscheinenden Flanken, während Kniekehlen und Kreuz im weitausgreifenden Schritt sich leicht und federnd bewegten. Auch waren sie beinah gleich groß und gleich stark, nur daß bei ihm die Hüften ungewöhnlich schmal und seine Schultern eckig und mager wirkten. Auf schwanenhaft hocherhobenem Hals pflegten sie die Köpfe etwas zurückgelegt zu tragen. Dabei fiel die völlige Verschiedenheit ihrer Gesichtszüge auf, in denen man fast gar nichts Verwandtes entdecken konnte. Unter weit zurückliegendem dunkelblondem Haaransatz wölbte sich Magdalenas Stirn, gewöhnlich fielen ein paar ins Kupfrige spielende Strähnen in ihr Gesicht und verdeckten fast die schwarzbewimperten blaßgrünen Augen. Ihr Mund war breit und voll, mit etwas zu starker Unterlippe, die oft wie blutig gebissen oder aufge-

sprungen erschien. Firmins Stirn war flach und ebenmäßig, sein rötlichschwarzes Haar tief angewachsen. Die Augen lagen weit auseinander und waren goldbraun wie frisch geschleuderter Honig, in dessen durchsichtiger Klarheit gleich winzigen Kristallsplittern zerschwungene Wabenstückchen eingesunken sind. Seine Brauen hatten eine ovale Biegung, und das Gesicht mit gradrückiger, doch breitgeflügelter Nase und schmalen, etwas hochmütigen Lippen wurde vom Backenstreif eines kleinen dunklen Spitzbartes gerahmt, der die Helle und

Durchsichtigkeit seiner Haut stark heraushob. Überhaupt erinnerte sein Aussehen sehr an jene holzgeschnitzten Südtiroler Bauernheilande mit den langen Gliedmaßen und dem mandelförmigen Augenschnitt, wie man sie überall dort an Wegkreuzen und in Kapellen trifft.

Während ich ihrer ansichtig wurde, bemerkte ich gleichzeitig, daß das Eck des den Umlauf überwölbenden Dachstuhls, unter dem ich eben stand, als Taubenschlag ausgebaut war. Seine Klapptür, in alter Taferlmanier bemalt – das Bild stellte den heiligen Franz dar, wie er den Vögeln predigt –, konnte mittels eines Zuggriffs vom Balkon aus geöffnet und geschlossen werden. Schmale Leitersprossen führten am Tragbalken empor, offenbar, um den Schlag auszunehmen oder reinigen zu können.

Ich stieg zwei Stufen hinauf, hielt mich mit einer Hand fest und winkte mit der andren, während ich unsern alten Pfiff ertönen ließ –, die ersten Takte eines Bellman-Liedes, dessen Worte lauten: »Weile an dieser Quelle –.« Firmin erkannte mich sofort und winkte mit beiden Händen zurück, indem er den Arm seiner Schwester losließ und rascher ausschritt. Magdalena starrte zu mir hinauf und gab mir keinen Gruß, sie blieb einen Augenblick stehen, und mir kam es vor, als habe ein Schreck bei meinem Anblick ihr Gesicht überzuckt. Dann aber, als sie kurz nach Firmin oben bei mir anlangte, begrüßte sie mich mit der gleichen vertrauten Herzlichkeit, und ich küßte sie, teils aus Freude, teils aus plötzlicher Befangenheit, recht heftig auf den Mund. Sie zerrte mich kurz am Haar, wie sie es immer zu tun pflegte, dann lachten wir, und die Isolierschwelle von Fremdheit und Versteinerung, die jedes vorbedachte Wiedersehen zwischen Menschen aufrichtet, war schnell übersprungen. Als uns ein Dreiklang alter Kuhglocken bald darnach zum Abendessen rief, hatten wir schon unsere wichtigsten Erlebnisse während des letzten Jahres ausgetauscht, und Firmin hatte mir bereits die Zusicherung gegeben, daß ich den von mir gewählten Raum in der Rocca bedenkenlos ausmalen dürfe. Ich redete auch gleich davon – wie man das gern bei besonders erfreulichen Ankünften tut –, wann ich wohl wieder weg wolle, aber Magdalena sagte, das gäbe es nicht, ich müsse auf alle Fälle bis Herbst dableiben, – bis zum zweiten Oktober mindestens. Warum bis zum zweiten Oktober, fragte ich. Das erzähle sie mir später, sagte sie, und rannte rasch noch in ihr Zimmer, um in ein anderes Kleid zu schlüpfen.

Firmin, der bei der Erwähnung des zweiten Oktober etwas unruhig geworden schien, ging mit mir in die Halle hinunter. Dort trafen wir die

Kuh, die herrlich sonnenbraun aussah und wie ein Heustadel roch. Die Haut ihres nackten Armes, über den ich fuhr, fühlte sich an wie Bachwasser. Ich saß während des Essens zwischen ihr und Magdalena. Die Mutter, hieß es, komme nicht zu Tisch. Sie aß immer allein, vermutlich weil es ihr peinlich war, wenn auf ihre Blindheit Rücksicht genommen wurde, oder noch mehr, weil ihr weibliches Gefühl die Vorstellung nicht ertrug, daß sie etwas umschütten oder sich beschmutzen könne. Wir saßen in dem holzgetäfelten Speisezimmer um einen wuchtigen runden Tisch, die Abendluft wehte durchs offene Fenster herein, und es gab wundervoll zu essen. Ein älteres Mädchen mit strengem, wassergebürstetem Kirchenscheitel bediente, und an der Anrichte stand Grisi, der jetzt ein sauberes Hemd und eine Art Jägeranzug anhatte. Mit dem Haken des falschen Arms ließ er den Speiseaufzug, der ein leises leicht rollendes Donnergeräusch machte, auf und ab gleiten. Den Wein schenkte er linkshändig ein, in hohem Bogen, doch ohne zu spritzen, goß er den roten Lagreiner in die tiefen stengellosen Gläser, die einen Viertelliter faßten. Ich bemerkte, daß er mich um so anerkennender anblickte, je öfter ich austrank. Diese erste Mahlzeit an diesem runden Tisch, der viele andre zu den verschiedensten Stunden des Tages und Jahres folgten, hatte für mich eine gewisse sakrale Feierlichkeit, Festlichkeit, – wie überhaupt gemeinsames Essen und Trinken mehr als geselliges Vergnügen, sondern die kultische Grundlage aller lebendigen Verbundenheit bedeutet. Liebesmähler der Offiziere, Herrenessen und studentische Umtrünke, so sehr wir uns daran gewöhnt haben, dies alles recht banal und ein wenig lächerlich zu finden – im Grunde hatte es nichts von Komment und bürgerlicher Konvention, sondern ging auf schöne und weihevolle Gepflogenheiten aus den Urtagen der Völker zurück. In keiner andren Unart zeigt sich die Verflachung und heillose Zerlösung unsrer zeitgemäßen Gesellschaft erschreckender als in dem hastigen geschäftsmäßigen Hinunterschlingen von Mahlzeiten und in der mangelnden Fähigkeit, uhrenlos und andachtsvoll miteinander am gutbesetzten Tisch zu sitzen und, als Medien einer freundschaftlichen Telepathie, die gemeinsame Aura wahrhaftiger Vertrautheit zu erwirken. So aßen wir langsam und mit Anerkennung des Gebotenen, ländlich Gepflegten – die Gemüse stammten aus eigenen Glashäusern und Mistbeeten, auch Eier, Rahm und Butter waren im eignen Hof erzeugt –, und unsre Gespräche spiegelten die Unhast und absichtslose Gedankenrhythmik von Leuten, die sich Zeit lassen, zu schweigen und zu lauschen. Dann und wann stieg, wie von submarinen Quellen gespeist, die Oberfläche des Gesprächs um einige Grad höher, dann liefen seine Wellen kürzer und stürmischer hin und her, und fast immer war es Magdalena, von deren lebhafter Wachheit diese Bewegung ausschwang. Am wenigsten sprach die Kuh, obwohl ich sie oft etwas fragte, nur um die dunkle Mollstimmung ihrer Vokale zu hören. Sie schien ganz ausgefüllt und mit sich und der Welt in Einklang ob ihres hausfraulich waltenden und wirtschaftenden Daseins. Mit Firmin, der sie kaum ansprach, sondern sich immer mit seiner Schwester und mir unterhielt, tauschte sie oft einen kurzen Blick fast animalischen Einverständnisses, wie man ihn sonst mehr zwischen Mutter und Kind beobachtet. Was mochte sie wohl, – dachte ich, obwohl ich es nicht in Ordnung fand, in ihrer Gegenwart darüber nachzudenken, – von Firmins Beziehungen zu andren Frauen wissen, – vor allem von seiner ziemlich heftigen Sache mit der Berliner Schauspielerin, über die dort jeder Theaterschüler sprach, – weil nämlich die Dame, in ihres Herzens Überschwang, immer neue Vertraute nötig hatte, denen sie als einzigen alles unter dem Siegel der Verschwiegenheit erzählte. Kaum zuckte der Gedanke an diese Schauspielerin in mir auf, da sprach ich auch schon ihren Namen aus, worüber ich selbst ehrlich erschrak, denn ich hatte es tatsächlich nicht gewollt. Verfluchte unanständige Zwangsreflexe, dachte ich wütend, während ich harmlos fragte, wie es ihr eigentlich gehe und was sie denn spiele jetzt.

Klassiker, antwortete Firmin lakonisch, und im Winter hoffentlich die Roxane in seinem neuen Alexanderdrama. Das gequälte Gesicht, das er dabei schnitt, bezog sich zweifellos nur auf das Drama, mit dem er in ziemlich langwierigen und schmerzhaften Wehen lag.

»Sie wird im Sommer herkommen«, sagte die Kuh mit völliger Unbefangenheit, – »um die Rolle kennenzulernen.«

»Falls er bis dahin fertig ist«, warf Magdalena ein.

»Ach, bis dahin!« rief Firmin mit einem Ton, als handle es sich um ein halbes Jahrhundert, wobei man ihm deutlich ansah, wie verzweifelt er die Wochen und Monate abschätzte, die er an dieser Schwergeburt noch herumdrücken müsse.

»Und wenn du nicht fertig bist«, sagte Magdalena mit einer leisen Wut in der Stimme, – »dann sollen sie dich halt gern haben. Mach dich doch nicht verrückt, du wirst dann im nächsten Sommer fertig. Oder vielleicht im Herbst. Was liegt schon daran!«

»Das ekelhafte ist«, stöhnte Firmin, – »daß ich an das Zeug immer denken *muß*, solang ich nicht fertig bin. Ich kann nie damit aufhören, auch wenn ich tagelang nicht richtig arbeite. Es wuchert, – aber nicht wie Gras, das man wachsen läßt, bis man es abmähen kann. Es ist, wie wenn man den Krebs hätte.«

»Pfui«, rief Magdalena und schlug ihm mit der Serviette auf den Mund.

»Es mag sein«, sagte ich, – »daß jeder schöpferische Vorgang etwas von einer krankhaften Wucherung an sich hat. Ebensoviel aber hat er bestimmt von einer natürlichen Fruchtreifung und von einer ordentlichen, drangvollen und erlösenden Geburt.«

»Gebären *ist* krankhaft!« sagte Firmin böse, und die Kuh stieß einen tiefen Urlaut der Entrüstung aus.

»Du Esel«, sagte sie ohne Gereiztheit, – »Zeugen womöglich auch, was?«

Die Frauen lachten ein wenig. Wie überlegen fühlen sie sich insgeheim dem Mann, dachte ich bei mir, diese Männergebärenden und Männernährenden, der sein bißchen Zeugungsherrlichkeit so ungeheuer wichtig nimmt!

»Nein«, sagte Firmin mit der gleichen Ruhe und Liebenswürdigkeit. »*Du* bist der Esel, wenn du einen Ausdruck wie ›natürlich‹ als Gegensatz zum Pathologischen gebrauchst. *Alles* ist natürlich, die fressende Krebszelle genauso wie das befruchtende Sperma. Und alles wächst und verfällt im Rhythmus der Periodizität. Wesentlich ist überhaupt nur die Ursubstanz hinter alledem, und bildnerisch sind nur die Intervalle, in denen sie in Erscheinung tritt.«

»Nenn deine Ursubstanz Gott«, sagte ich, – »und nenn deine Intervalle die Geistesgeschichte. Du wirst nicht leugnen können, daß auch diese Welt des Mehr-als-Natürlichen nach bestimmten Gesetzen wirksam ist, die ihr ein organisches Gleichmaß verleihen und die wir getrost als Normen, das heißt als natürliche Gesetze ansprechen können.«

»Sicherlich gibt es derartige Gesetze«, erwiderte Firmin gelangweilt, – »obwohl sie nicht unveränderlich sind; Wachstum und Verfall oder Periodizität, wie ich's grad nannte, oder wie du willst. Aber mein Gesetz ist der Vorschuß.«

Diese letztere Redensart, obwohl ich sie schon hinlänglich kannte, versetzte mich immer wieder in einen leisen Zorn.

»So«, sagte ich ärgerlich, – »du hast die Stirn zu behaupten, daß du um des Vorschusses willen dichtest. Dabei könntest du kein Wort hervorbringen, – wenn du nicht *mußt*.«

Mir fiel keine treffendere Wendung ein. »Natürlich muß ich«, griff

Firmin das Wort auf, – »weil ich nämlich mit zwanzigtausend Mark im Vorschuß bin.«

»Und wenn die dir jetzt einer auf den Tisch legt und noch das Doppelte dazu«, rief ich, – »würdest du dann deinen Alexander liegen lassen?«

»Es legt sie mir keiner auf den Tisch«, sagte Firmin mit einer höhnenden Grimasse, – »ohne eine Gegenleistung zu verlangen. Deshalb *muß* ich ja schreiben, – weil ich nämlich kein freier Herr mehr bin. Früher war das eine Tätigkeit für gebildete Sklaven, und die hatten es dann auch entsprechend besser als wir.«

Schon wollte ich, statt auf meines Freundes bewußte Plattheiten spaßhaft einzugehen, heftig erwidern, da legte sich Magdalena ins Mittel.

»Was ein Mensch *muß*«, sagte sie leise, – »was einer wirklich *muß*, – ist eine unaufhörliche Gleichung zwischen Bestimmtheit und freiem Willen. Und der Rest ist so scheußlich, daß man vielleicht besser nicht davon spricht.«

Sie war ganz blaß geworden, oder schien es nur so, weil sie dem Fenster gegenüber saß und kurz vor Mondaufgang ein sehr diffuses Licht den Schein der Leuchterkerzen wie mit Wasserfarben verdünnte.

»Bei solchen Gesprächen«, sagte lächelnd die Kuh, – »wird immer so viel geredet, was beinah richtig ist und doch nie ganz stimmt. Ich meine, wir könnten jetzt einmal zur Mutter ins Musikzimmer gehn.«

Ich war freudig dabei, obwohl ich sonst immer ungern vom Tisch aufstehe, aber es lockte mich sehr, die blinde Dame wiederzusehn und sie vielleicht spielen zu hören.

Als wir durch die Halle gingen, kam gerade Peter Insam mit seiner Frau. Grisi nahm ihnen die Wettermäntel ab, die sie wohl wegen des Heimwegs in der Nachtkühle mitgebracht hatten. Obwohl ich ihn noch nie gesehen hatte, wußte ich sofort, von allerlei Schilderungen her, wer Peter Insam war. Das kleine Bauernanwesen mit einem Stück Wiese und Obstland, darauf er sommers wie winters hauste, mußte unweit von hier, aber schon außerhalb des Bannholzes, irgendwo am Berghang liegen. Er stammte aus Tirol, war ursprünglich Kunstmaler geworden und hatte in München ein ziemlich wüstes Schwabinger Budendasein geführt. Dann heiratete er die Tochter eines reichen Innsbrucker Großkaufmanns, und deren Erbschaft ermöglichte es ihm, zu der Lebensweise und Tätigkeit seiner Vorfahren zurückzukehren, die kleine Bauern waren, im Winter mit zähem Hausfleiß der Holzschnitzerei oblagen und auf den Hochzeiten und Kirchweihen allerhand Instrumente spielten. Er, Peter Insam, war aus teils angeerbter, teils selbsterworbener Erfahrung heraus einer der gründlichsten Kenner aller folkloristischen Künste seiner Heimat geworden, und er übte sie selber in jeder irgend angeforderten oder ihm gerade reizvollen Weise aus. Seine Spezialität war das Ausbessern und Ergänzen alter Bauernkästen, Truhen, Türen, Bänke, kurz aller Holzarbeit überhaupt, aber er restaurierte auch Malereien aus Kirchen und Schlössern, Bildstöcken oder dergleichen und war einer der letzten, welche die in den verlassenen Gebirgstälern behauste Tradition der Figurendrechslerei beherrschten und fortsetzten. Auf das Hervorbringen eigentlicher »Kunstmalerei« hatte er nach Gott weiß was für Kämpfen völlig verzichtet, und manch einer von unserer Zunft – deren Vertreter gleich vorsintflutlichen Tieren umherirren in einer Zeit, die kein Bedürfnis nach ihnen hat und ihre wesenhafte, zwangsläufige Beziehung zu den bildenden Künsten im Zug bedeutsamerer Erneuerungen erst wiedergewinnen muß – mochte ihn wohl um so viel noble und weise Beschränkung, um diese klare und saubere Heimkehr ins ehrliche Handwerk, heimlich beneiden. Außerdem ritt er immer irgendein musikalisches Steckenpferd, reparierte alte Lauten, Guitarren und Bauernharfen, deren Spiel er meisterlich verstand, versuchte sich auch als Holzbläser oder Waldhornist, und neuerdings hatte er sich dem Studium der Gambe zugewandt, auf welcher er den Cellopart in älteren Kammermusikwerken produzierte. Im Haus der Stries war er ein gern gesehener Gast, häufig kam er nach dem Abendbrot, wann es ihm gerade paßte, und brachte eines seiner Instrumente zum gemeinsamen Musizieren mit. So hatte er auch heut seine Gambe und eine italienische Laute mit ungewöhnlich langem Hals bei sich und schälte sie, während wir ihn begrüßten, aus unförmigen Lederfutteralen. Er gab mir die Hand – sie war groß und rauh und hart, mit vielen kleinen Wülsten und Hornbuckeln versehen, dabei spürte man doch die feinfühlige Geläufigkeit seiner Finger, – eine Hand, deren besondere Eignung es war, Materialien aller Art zu begreifen und Dinge zu tun, zu denen ebensoviel Ruhe wie Nervigkeit gehört. Er war klein und zierlich von Wuchs, mit kurzen, etwas nach außen gerundeten Bergsteigerbeinen, seine Gesichtszüge erinnerten sehr an die eines Rehbocks, aber manchmal auch ein wenig an einen Fuchs, und seine Augen waren von einem so hellen, durchsichtigen Lichtblau, daß man glaubte, ihm in das Innere des Schädels schauen zu können. Wir mußten uns wohl sehr lange und scharf gemustert haben, denn Magdalena drängte sich lachend dazwischen.

»Ihr Magier des Nordens«, sagte sie, – »jetzt habt ihr euch gründlich genug beschnuppert. Ihr werdet euch eure Geheimnisse doch nicht gleich an den Nasen abgucken.«

Wir ließen voneinander, und dann wurde ich Insams Frau vorgestellt, die wie eine etwas grobknochige junge Bauernmagd aussah und das Haar in dicken blonden Zöpfen um den Kopf gewickelt trug. Sie hatte ihm bis jetzt fünf Buben in die Welt gesetzt und schien sich mit dem nährstofflichen Zellenaufbau eines sechsten zu beschäftigen.

Inzwischen hatte man unsre Gruppe ins Musikzimmer bugsiert, das von der Halle seitlich zu ebener Erde lag. Es war so anspruchslos und neutral eingerichtet, daß man eigentlich nichts als den Flügel und die schwarzen hölzernen Notenständer bemerkte, trotzdem atmete es mit seinen runden bleigefaßten Bogenfenstern und dem großen frühitalienischen Bild der heiligen Cäcilia die ganz persönliche Luft von Firmins Mutter, deren Stock uns über die Holzdielen entgegenklopfte. Man hatte mir gesagt, daß sie aus dem Gedächtnis die gesamte klassische Klaviermusik beherrschte. Ich bat sie zu spielen, und sie begann gleich mit einem Präludium und Fuge aus dem Wohltemperierten Klavier, dann aber spielte sie Beethovens letzte Sonate, Opus 111. Ich saß auf einer Holzbank, mit dem Rücken an die grünen Hohlkacheln des großen Tiroler Ofens gelehnt. Magdalena saß neben mir, und wir berührten uns manchmal ohne Absicht mit den Armen. Nie hatte ich dieses in der stockenden Gewalt seines Anlaufs, in der überirdischen Helligkeit seiner Verklärung wohl unheimlichste Werk Beethovens so art- und wesensverwandt, so bis in die letzte Schwingung Geist und Form erfüllend spielen hören. Dies mußten die Klänge sein, aus vox humana zur reinsten Engelsstimme ansteigend, aufklarend aus allem Gebraue kosmischen Gewölks zur vollkommensten Übersinnlichkeit, – wie sie der taube Schöpfer in seiner großen und furchtbaren Stille gehört hatte. Das edle Thema des zweiten Satzes wölbte sich wie ein ausgestirnter Nachthimmel über uns. Und der Flügel, dieses so oft fragwürdige Instrument vordringlicher Konzertraserei, hatte unterm Anschlag ihrer Hände alles, was an Technik und Virtuosität erinnert, verloren, brauste in Orgelfülle und blieb doch stets in der wahrhaft meisterlichen Bescheidung eines glühend hingegebenen, werkdienenden Musizierens. Ich konnte den Blick nicht von ihrer schönen und harmonischen Erscheinung lassen und war vom Adel ihrer Rückenhaltung und von der Ruhe ihrer Arme fast ebenso hingerissen wie von ihrem Spiel. Dabei spürte ich immerzu – trotz aller Gesammeltheit des absoluten Hörens – den beglückenden Hauch von Magdalenas sinnlich naher Gegenwart, die weiße Linie ihres vorgestreckten Halses strahlte von seitwärts in mein Gesicht, und ich fühlte in der Gemeinsamkeit dieses Lauschens und leisen Atmens das Schlagen ihres Blutes unter der Haut, als hielte ich die Hand auf ihrem Herzen. Als nach dem Verklingen der letzten Töne eine Stille eintrat, lehnte sie sich mit dem Oberkörper leicht an mich, und der Duft ihrer Haare und aus ihrem gebeugten Nacken zog in mich ein. Ich saß unbeweglich und berührte sie nicht. Das Dämmer der Ofenecke umhüllte uns. Bevor sie aufstand und zu den andren trat, drückte sie mir kurz die Hand und näherte hauchzart im Vorüberstreifen ihre feuchten halbgeöffneten Lippen meinem Gesicht. So blieb ich sitzen, ohne die Empfindung ihrer Nähe zu verlieren, während sie jetzt den Platz ihrer Mutter am Flügel einnahm. Man spielte nun eine etwas dünne, recht liebenswürdige Kammermusik von Boccherini, eigentlich wohl eine Suite für kleines Orchester, deren Bläserstimmen im Klavierpart zusammengefaßt waren. Firmin war ein guter Geiger und hatte ein sehr schönes, weich modulierendes Instrument, und Peter Insams Gambe klang recht merkwürdig, spinös und ein klein wenig näselnd. Die Kuh ging während dieses Spieles mit Insams Frau, die Loisl genannt wurde, leise flüsternd hinaus, sie schauten nach, ob die Kinder schliefen, und warfen wohl auch rasch noch einen Blick in den Wirtschaftshof. Als dann auch die Mutter lautlos, mit dem Stock nicht auftupfend, sondern nur mit ausgestreckten Fingern vorfühlend, das Musikzimmer verließ, ging ich ihr nach und küßte ihr draußen in der Halle die Hände. Sie klopfte mir kurz und freundlich auf den Hinterkopf.

»Jetzt steigt er bald über den Latemar«, sagte sie. »Der Mond nämlich. Ihr geht vielleicht auf die Rocca hinauf, weil Sie das noch nicht gesehen haben. Es ist wunderbar.«

Sie machte ein paar Schritte, dann blieb sie stehn und sagte lächelnd: »Ich seh das auch, von meinem Schlafzimmerfenster. Freilich nicht mehr mit den Augen. Aber Sonnen- und Mondaufgänge sieht man doch!«

Sie schien, nach ihrem Spielen, in einem glücklich erregten Zustand. »Schlafen Sie gut in Ihrer ersten Nacht hier«, sagte sie – »und merken Sie sich, was Sie geträumt haben.«

Sie lachte mit ihrem leisen, zerbrochenen Glockenton und ging, stockpochend, die Treppe hinauf. Ich blieb noch eine Zeitlang in der Halle stehen, die altertümliche Musik von drinnen klang hier besonders zeitfern und spieluhrenhaft. Erst mit dem lang gehaltenen vollen Schlußakkord trat ich wieder ein.

»Der Mond muß jetzt gleich übers Gebirge klettern«, sagte jetzt auch Magdalena. »Wir könnten auf die Rocca hinaufgehen. Peter nimmt vielleicht seine Laute mit.«

Wir waren alle noch so in der Musik, daß es uns schwerfiel, nicht hüpfend, singend und in Taktschritten tänzelnd die Treppe hinaufzugehen. Grisi war gerade dabei, die Dachplane auf dem Altan zurückzuziehen, so daß wir den vollen Himmel unverkürzt über uns hatten. Wir setzten uns um den Tisch, auf dem verschiedene Flaschen standen, und Peter Insam begann sofort mit einer strengen, doch tanzmäßig ausschwingenden altdeutschen Lautenmusik. Ich sah mir die Flaschen an, es war französischer Kognak, Kirschgeist und ein ausgezeichneter alter Portwein von Sandeman in London. Magdalena beobachtete mich lächelnd, und nach einer kurzen Verständigung mit den Augen schenkte sie sich und mir Portwein ein, während Firmin die Kognakflasche öffnete. Wir hoben die Gläser, ich sah Magdalena an, die meinen Blick voll erwiderte. Gleichzeitig aber bekamen ihre Augen einen gänzlich abwesenden, gebannten Ausdruck, sie starrte über mich, der ich mit dem Rücken zum Tal saß, hinweg, und in ihren Pupillen spiegelte sich der erste funkelnde Strahl des aufgehenden Mondes. Sie ließ ihr Glas sinken, noch ohne getrunken zu haben, und machte eine Bewegung mit dem Kopf auf den Mond hin. Ich war aber so fasziniert von der Spiegelung dieses magischen Funkens in ihren Augen, daß ich mich zunächst noch nicht herumdrehte.

»Ich seh's in Ihren Augen«, sagte ich.

»Sie müssen es aber selbst sehen«, antwortete sie ernsthaft.

»Ja«, sagte Firmin, – »du mußt es sehen! Es ist rasch vorbei.«

Als ich mich nun umwendete, rollte die obere Kuppe der Mondkugel mit solcher Schnelligkeit, als werde sie durch eine Flutwelle von unten emporgespült, hinter den schräg seitlich aufsteigenden, sehr fernen Zacken des Latemargrates entlang. Gleich darauf verschwand sie wieder zur Hälfte hinter einem ihre Bahn deckenden, massiveren Felsenturm, auf dessen anderer Seite, schon voller, gerundeter, scheibenhafter, sie dann heraustauchte. Eine Zeitlang wanderte nun die unten noch abgeschnittene Kreisfläche hinter dem immer steiler aufragenden Bergrücken, im Dunst der Atmosphäre lampenhaft rötlich leuchtend –, bis endlich die volle Frucht sich aus der steinernen Schale löste und das klare Gestirn, wie von einem überirdisch leichten Gas gehoben, in den dunklen Raum hinaufschwebte. Rasch überflutet, füllte sich die ungeheure Weite des Tals mit einem silbrig irisierenden Lichtnebel, und um uns her begannen alle Gegenstände, Gläser und Flaschen, Stühle, Gesims und Steinbrüstung, auch unsre eigenen Körper, in ihren Umrissen scharf und kalt befunkelt, lange Mondschatten zu werfen. Die Felsen des Latemar, fern hinterm Waldgebirge, strahlten in einem geisterhaften fahlen Schein, und während der Mond, schon schwanengleich in schwarzer Bläue schwimmend, immer klarer wurde und immer größere Kraft gewann, verglasten die oberen Ränder der Berge mehr und mehr. Aber das schiefergedeckte Dach des Haupthauses, das vom Altan der Rocca seitlich lag, gerann jetzt zu einer einzigen metallisch glänzenden Schimmerfläche.

Ich fühlte Magdalenas Hand auf meiner Schulter und legte den Arm um ihre Hüfte. Wir stießen an und tranken die Gläser aus.

»Ich kann mich nicht an den Gedanken gewöhnen«, sagte Firmin, – »daß die Luna ein Mann sein soll und ›der‹ Mond heißt. Hier in unsrer Gegend kennt man auch nirgends die Legende vom Mann im Mond.«

»Aber genug andre Mondgeschichten gehen hier herum«, sagte Peter Insam, der zu spielen aufgehört hatte.

»Ja«, sagte die Kuh, die inzwischen mit Insams Loisl lautlos hinzugetreten war und eine Platte mit Salzbrezeln und Käsestangen auf den Tisch gestellt hatte. »Die Bauern wissen allerhand vom Mond und haben eine Menge Mondregeln. Wissen Sie«, fragte sie Peter, – »daß manche Saaten sogar bei Mondschein ausgeworfen werden?«

»Gewiß«, sagte Insam, – »zum Beispiel Lupinen, zwei Nächte vorm Vollmond. Da und dort auch der weiße Rinderklee. Das hat wohl noch mit altem Pflanzen- und Viehzauber zu tun. Tatsächlich aber wachsen junge Saatpflänzchen am allerbesten im Vollmond. Man soll in solchen Nächten die Mistbeete aufmachen.«

»Natürlich«, sagte die Kuh, – »ich hab's gerade getan. Sie müssen dann aber sehr gut gegossen sein, denn der Mond zieht Wasser und saugt alles Feuchte an.«

»In unsrer Gegend«, erzählte ich, – »bleichen die Bauernweiber ihre Wäsche im Mond. Nichts bleicht das Linnen so aus, behaupten sie, wie Vollmondschein. Man sagt auch bei uns von einem, der mondsüchtig ist: er geht auf der Bleichwies tanzen!«

»Kennt ihr das Märchen«, sagte Peter, – »das bestimmt auf die Bleichkraft des Mondes anspielt – von der Frau, die ihr Stiefkind um-

gebracht hat und die Blutflecken nicht aus ihrem Hemd herausbringen kann, – sie muß dann immer umgehn und das Hemmat mit Mondstrahlen waschen.«

Er machte mit den Händen unheimliche Waschbewegungen im Licht und ließ die Schatten auf dem Tisch tanzen. Wir lachten.

»Es ist an der Zeit«, sagte Peter plötzlich zu mir, – »daß wir beide einen Schnaps miteinander trinken.«

Er hatte mir die Worte aus dem Munde genommen.

»Ja, es wird kühl«, sagte ich und füllte zwei große Gläser mit Kirsch.

»Ihr braucht gar keine Ausrede«, sagte die Kuh. »Ihr werdet noch viele Schnäpse miteinander trinken, auch wenn's heiß ist.«

Peter und ich sahen uns an und tranken die Gläser aus, dann ließen wir beide gleichzeitig ein befriedigtes kurzes Aufstöhnen hören, da wir den beißenden Brand durch unser Inneres rinnen fühlten.

»Sagn ma du«, brachte Peter ganz trocken und unbetont hervor, und wir gaben uns knapp die Hand.

»Allright, Peter«, sagte ich, mich zurücklehnend, und war sehr froh, denn es war mir vom ersten Augenblick an schwergefallen, Sie zu ihm zu sagen.

»Alles in allem«, nahm Firmin das kurz unterbrochene Gespräch wieder auf, – »hat die Luna wenig von einer gutmütigen Tante, trotz ihrer Fürsorgebestrebungen in Beziehung auf die Mistbeete. Sie ist schon mehr ein böses, eitles und gefährliches Weibsbild. Kleine Kinder kann sie in den Tod nicht leiden. Die Bauern rücken die Wiegen in die Ecken, wo sie nicht hinscheinen kann, damit der Säugling nicht von der Zehr befallen wird.«

»Die Windeln«, sagte Peter, – »dürfen in der Mondnacht unter keinen Umständen draußen hängen bleiben, sonst altern die Kinder früh und werden sündhaft und kommen in die Höll.«

»Geh weiter«, sagte Loisl, seine Frau, kopschüttelnd, und das war die einzige Äußerung, die ich den ganzen Abend über von ihr hörte.

»Auch für Erwachsene«, begann Firmin wieder, – »soll es nicht gut sein, allzulang in den Mond zu gucken.«

»Für Dichter besonders«, sagte ich. »Denk an Kleist, Novalis, Lenau –«

»Halts Maul«, sagte Firmin freundlich, und ich tat es, denn mir fiel sowieso keiner mehr ein.

»Lis montes pâljes«, sagte Peter, – »die bleichen Berge, – heißt eine ladinische Mondgeschichte, die da drüben spielt.«

Wir schauten zum Latemar, dessen Gezacke nun wirklich wie eine erdnah gesunkene Mondlandschaft erschien.

»Ich wollte immer mal hinauf«, sagte Firmin, – »aber ich kam nie dazu.«

»Vielleicht machen wir's zusammen«, sagte ich. »Ich hab die Kletterschuhe im Rucksack.«

»Ja, wenn der Schnee weg ist«, antwortete Firmin. »Jetzt gibt's noch Lawinen.«

»Außerdem«, rief plötzlich Magdalena, die einen Teil des Gesprächs übertaucht hatte, ziemlich laut, – »außerdem heißt verrückt auf englisch lunatic!«

Sie lachte, und wir tranken alle.

»Wenn's die Mutter nicht stört«, sagte ich und klopfte auf Peters Laute, – »könnten wir ein bißchen Krach machen!«

»Die Mutter kann's nicht hören«, sagte die Kuh, – »ihr Zimmer ist drüben im Hauptgebäude, und außerdem schläft sie noch nicht.«

»Schade«, meinte ich, – »daß keine zweite Laute da ist, Peter und ich könnten zusammen spielen.«

»Einen Augenblick«, rief Magdalena und lief ins Haus, gleich drauf kam sie mit einem Instrument wieder.

»Das ist meine eigene«, sagte sie und gab sie mir.

Es war eine spanische Gitarre von gutem, schmalem Bau. Wir präludierten versuchsweise herum, es ging ganz gut zusammen.

»Kennst du Bellman?« fragte ich Peter.

»Natürlich! Und kennst du das Augsburger Tafelkonfekt?«

So hatten wir mit »Kennst du« und »Kennst du« eine Zeitlang zu tun, dabei klimperten wir improvisierend, und die andren hörten uns zu und summten die Melodie leise mit.

Schließlich stimmte ich eine Weise an, die ein gemeinsamer Freund von uns einmal vor Jahren für unsre nächtlichen Begehungen als Kanon komponiert hatte, Peter kannte sie auch von Firmin und begleitete sie mit gewaltigen Baßläufen. Sie ging auf einen Vers des Angelus Silesius, den wir uns zum Wahlspruch gemacht hatten. Er lautet:

»Gott sind die Werke gleich! Der Heilige, wann er trinkt,
Gefallet ihm so wohl, wie wann er bet' und singt!«

Wir verteilten die Stimmen und probierten den Kanon gemeinsam, auch Loisl und die Kuh sangen mit, und als wir ihn mehrere Male wiederholt hatten, konnten wir nicht mehr aufhören und sangen, teils einzeln, teils gemeinsam, immer neue Lieder. Dabei handelte es sich weder um Kunstgesang noch um Gegröle und Gedudel, sondern es war eine Art von Besessenheit, in der ebensoviel Sinn für Humor und die Komik wie für die rabiate Rauschwirkung solcher unkontrollierten leicht alkoholischen Nachtmusiken steckte. Wir ahmten russische Zigeuner nach und wiegten uns dabei wie alte Großfürsten in einer Moskauer Vorkriegskneipe, wir spielten einen ungarischen Csardas und stampften wie Gäule mit den Füßen, wir ließen uns von der Volksmusik aller Erdteile durch die Temperamente der ganzen Welt wirbeln, jammerten Negerklagen, brüllten die Carmagnole, heulten Seemanns- und Soldatenlieder, quetschten den Yankee-doodle und das Sternenbanner hervor, summten süddeutsche und französische Volksweisen und selbstgemachte Verse und Melodien, – schließlich mußte uns Grisi, der noch auf war, sein Leibstück vorsingen, den Erzherzog-Johann-Jodler – »Wo ich geh und steh, tut mir das Herz so weh« –, wobei er die Augen zudrückte, im Kehlkopf tremolierte und dann den Jodler selbst ganz leise ansetzte und zu gewaltiger Stärke aufschwellen ließ. Peter begleitete ihn und sang den Jodler sehr zart in den höchsten Kopftönen mit.

Inzwischen hatten wir ziemlich viel getrunken, und Grisi brachte uns aus dem Keller noch frisches Bier. Peter und ich legten von Zeit zu Zeit die Instrumente nieder und schlugen uns vor Vergnügen mit den Fäusten.

Magdalena hatte sich auf die steinerne Brüstung gesetzt und den Rock über die Knie hochgezogen, daß ihre Beine frei baumelten. Das Mondlicht glänzte in ihren seidenen Strümpfen und in den Strähnen ihrer Haare, die sie immer wieder mit einem pferdehaften Kopfrucken aus der Stirn zurückwarf. Während das Bier getrunken ward und die Gespräche der andren stiller wurden, trat ich neben sie und lehnte mich, mit dem Gesicht zum Tal, über die Brüstung.

»Ich bin so froh, hier zu sein«, sagte ich, – »und es ist eine herrliche Nacht.«

»Ach«, sagte Magdalena, – »Sie wissen ja gar nicht, was für eine herrliche Nacht das ist!«

Sie tat, als lasse sie sich nach rückwärts von der Brüstung kippen, und ich packte erschrocken zu. Sie lachte und riß mich an den Haaren. Wir rauften ein wenig, und ich fühlte einen Augenblick ihre Brust gegen die meine.

»Lunatic«, flüsterte sie kaum hörbar in mein Gesicht. Dann rannte sie zu ihrem Bruder und setzte sich auf seine Knie.

»Wenn er keinen Bart hätte«, sagte sie, vollendete aber den Satz nicht, sondern nahm ihm sein Glas aus der Hand und trank.

»Laßt meinen Bart in Ruhe«, sagte Firmin, – »ich pflege bei ihm zu schwören, und diese Schwüre halte ich dann auch. Ja, ich schwöre bei meinem Bart«, sagte er plötzlich voll Ingrimm, – »daß ich diesen ekelhaften ›Alexander‹ –«

»Still!« rief Magdalena und hielt ihm den Mund zu. Firmin hob sie mit einer enormen Leichtigkeit in die Höhe, obwohl sie recht groß war, und hielt sie unter Kniekehlen und Kreuz auf den Unterarmen. Dabei stand er auf und schwang sie hin und her.

»Wir müssen jetzt heim«, sagte Peter Insam, und Loisl mit den blonden Zöpfen stand sofort auf, sie hatte offenbar nur darauf gewartet. »Loisl ist müd«, sagte Peter und tätschelte sie zärtlich. Sie schüttelte nur

den Kopf und schaute ihm mit einem Blick vollständiger, doch stolzer Ergebenheit ins Gesicht.

»Ja, es ist spät«, sagte Firmin und ließ Magdalena auf den Boden gleiten.

»O weh, o weh«, stöhnte Magdalena und blieb auf der Erde sitzen.

»Was ist?« fragte ich.

»Daß ihr schon ins Bett wollt«, jammerte sie und schlug die Arme um den Tischpfosten.

»Sie kann keinen Schluß finden«, sagte Firmin und streichelte ihre Haare.

»Lunatic«, rief sie mehrmals klagend und wie verliebt in das Wort.

»Ihr könnt ja noch aufbleiben«, meinte die Kuh, die schon mit Peter und Loisl in der Tür zum Treppenhaus stand.

»Nein«, sagte Magdalena und stand auf. Sie dehnte sich und gab ihrem Gesicht einen Ausdruck wohliger Müdigkeit: »Die Kinder müssen schlafen –.«

Ich hätte sie jetzt am liebsten umarmt.

Wir gingen alle ins Treppenhaus hinein und verabschiedeten uns kurz. Die Kuh begleitete Peter und Loisl ganz hinunter, während ich den Geschwistern von der Abzweigung der Roccatreppe noch ein paar Schritte ins Haus hinein folgte. Firmin hatte plötzlich einen Zug von soldatischer Energie.

»Gute Nacht«, sagte er und drückte mir knapp die Hand. »Ich muß morgen früh arbeiten. Wir sehn uns zu Tisch.«

Er schritt voraus, Magdalena stand vor mir und zögerte einen Augenblick. Ich beugte mein Gesicht vor.

»Sie wollten mir noch erzählen«, sagte ich, mit dem Mund von rückwärts nahe bei ihrem Ohr, – »was mit dem zweiten Oktober ist.«

Sie gab keine Antwort. Ich ließ die Stirn auf ihren Hals sinken und küßte sie in den Nacken. Sie zitterte ein wenig, dann ging sie rasch weiter und drehte sich nicht mehr um.

Als ich die Wendeltreppe des Turmes hinaufstieg und durch eines der schmalen Fenster schaute, sah ich Peter, von Loisl gefolgt, über den vom Mondlicht wie mit Mehl bestäubten Hof zum Gittertor gehen. Unter einem altmodischen Holzfleck, einem ärmellosen Mantel, der auch zum Rucksacktragen geeignet ist, hielt er die unförmigen Packen der Gambe und der Laute mit den Armen an seinen Körper geklemmt. Er ging mit kurzen Schritten und etwas hochgezogenen Knien, – Loisl ging ein paar Fuß hinter ihm, die Schwangerschaft machte ihren Schritt leise wiegend. Ich sah hinter ihnen her, bis sie verschwunden waren, und hatte, während ich noch eine Zeitlang am Fenster stehen blieb, plötzlich ein dummes und doch ganz heftiges Gefühl, als ob ich ihnen nach sollte und mit ihnen gehn.

Ich öffnete die Tür zu meinem Turmzimmer. Dunkelheit und dumpfige Luft schlugen mir entgegen. Ich mußte erst Streichhölzer anreißen, ehe ich mich zurecht und das Licht fand. Tatsächlich hatte Grisi, wie er es mir bei meinem Empfang androhte, schwere hölzerne Fensterläden eingehängt und geschlossen. Auch vor der Tür, die zum Umlauf führte, war ein Laden angebracht, der ihre ganze Höhe und Breite ausfüllte. Ich ging sofort hin und wollte die Tür öffnen. Aber der Laden schien von außen verschlossen oder verriegelt zu sein, ich rammelte dran herum und konnte ihn nicht aufbringen. Auch die Fensterläden widerstanden jedem Versuch, sie zu öffnen. Während ich im Rucksack nach meinem Nachtzeug suchte, stieg eine Wut in mir auf. »Alter Lümmel«, sagte ich, – »wer hat hier zu bestimmen, ob ich bei offenem Fenster schlafe oder nicht!« Ich beschloß, mir Grisi morgen früh vorzunehmen. »Dir werd' ich's zeigen«, sagte ich vor mich hin, und dann unterbrach ich das Auskleiden – ich hatte nur erst meine Schuhe abgestreift – und verließ, auf Strümpfen gehend, das Zimmer. Es fiel mir ein, daß ich vorm Eintreten in meinen Raum die Tür des gegenüberliegenden Zimmers offen gesehen hatte, und drinnen auch offene Fenster, durch die man leicht auf den Umlauf steigen konnte. »Du hast deine Arbeit halb getan«, sagte ich grinsend und ging schon in das Zimmer hinüber, um auf den Umlauf hinauszusteigen. Während ich aber den Raum durchschritt, hörte ich einen merkwürdigen Laut, der sich mehrmals wiederholte. Ich blieb stehen und lauschte. Es könnte eine Eule sein, dachte ich zuerst, doch indem ich es dachte, wußte ich schon, daß es nicht stimmte. So klingt kein Eulenruf, wußte ich, so leise – und so menschlich. Es war auch etwas Schnurrendes darin, wie von einer Katze. Unverkennbar bedeutete es eine Lockung, doch ganz anders, wie man etwa junge Haustiere lockt. Jetzt wiederholte der Laut sich draußen wieder, erst nah, dann sich leise entfernend. Ich schlich auf Zehenspitzen zum Fenster und schwang mich hinaus. Dicht an die Turmwand gepreßt, im Schatten des überhängenden Dachs, tastete ich mich den Umlauf entlang, – nach der Seite, von der die Laute kamen. Bevor ich um die Ecke lugte und sie sehen konnte, wußte ich schon, daß es Magdalena sein müsse. Wieso ich das wußte, kann ich nicht sagen. Ich dachte überhaupt nichts und hatte kein Begreifen und gar keine richtige Neugier in mir, aber ich konnte auch nicht zurück. Sie stand mit nackten Füßen und in einem langen weißen Hemd, das sie wie ein Mantel umhüllte und hoch geschlossen war, einige Schritte von dem Taubenschlag entfernt, von dem aus ich sie am Abend zuerst gesehen hatte. Der Mond beleuchtete sie scharf. Von den Wölbungen ihrer kleinen und hohen Brüste wurde das Hemd ein wenig angehoben, so daß es vorne glatt und straff über ihren Körper hinunterfiel. Ihr Gesicht konnte ich jetzt nicht sehen, es war dem Taubenschlag zugewandt. Während wieder dieser seltsame Laut von ihr ausschwang, der jetzt eine ferne Ähnlichkeit mit Taubengurren zu haben schien und doch ganz anders war, glitt sie mit schwebegleichem Schritt zum Taubenschlag und faßte mit kurzem Griff den Zughebel, der die Klapptür öffnete. Wieder der leise, zirpende und zupfende Lockton, der in ein taubenhaftes Ruckeln und Gurren überging, aber dieses Gurren kam nicht mehr von ihr, sondern deutlich und unverkennbar aus dem Schlag, auf dessen Ausflug jetzt, geblähten Halses, ein weißer Tauber trat. Gleichzeitig warf Magdalena mit einer weichen und lockeren Bewegung ihre Hand in die Höhe, und der Tauber, wie im erregten Liebesspiel hin und her trippelnd, näherte sich mehr und mehr dem äußersten Rand des Flugbrettes. Es war, als werde er an einer unsichtbaren Schnur langsam herangezogen. Schließlich ließ er sich mit kurzem Aufschlagen der Flügel niedergleiten und schmiegte sich, immer gurrend und ruckelnd, in ihre weit aufgetane Hand. Sie beugte den Kopf zurück, ich sah ihr Gesicht, das mit geöffneten Lippen einen zärtlich verzückten Ausdruck hatte. Die Augen waren fast ganz nach oben gedreht, ich sah im Widerschein des grellen Mondes nur das Weiße. Langsam führte sie den Arm mit der Hand, in die das Tier sich flügelhebend preßte, in die Nähe ihres Gesichtes. Dann wurden seine Laute wilder und heftiger, es spreizte die Flügel aus und reckte ihr in erregten Stößen den vorgewölbten Hals entgegen. Die Linien ihres Leibes, als die weiße Fiederung des Tieres nun fast ihr Gesicht bedeckte, zeigten einen solchen Grad gespannter Hingegebenheit und gleichzeitig sich lösender Erfüllung, daß ich tief erschrak, da es mir jählings wie ein ungeheurer Frevel vorkam, solch geheimstem Schauspiel beizuwohnen. Ich wandte mich ab und wollte mich rückwärts entfernen. Dabei fiel mein Blick zufällig über das Holzgeländer des Umlaufs auf den darunter liegenden Altan: ganz deutlich gewahrte ich dort, im Schatten des großen, steinernen Tisches, wie einen Hund auf alle viere niedergeduckt, Grisi. Er starrte zum Umlauf empor und beobachtete Magdalena. Mich konnte er nicht gesehen haben. Inzwischen hatten die Taubenlaute aufgehört, es war ganz still geworden, ich vernahm das leise Krachen des Holzgeländers, auf das Magdalena sich, wie in Schwäche halb umgesunken, gelehnt hatte. Der Vogel taumelte lautlos von ihrer Hand zu Boden, wo er leicht aufklatschte und mit gebreiteten Schwingen liegenblieb. Erst als ich mich wieder durch das offene Fenster geschwungen hatte und in mein Zimmer zurücklief, wurde mir bewußt, daß dies der Fall und die Lage eines toten Tieres war.

Ich setzte mich aufs Bett und begann mechanisch in einem Buch, das ich auf dem Tisch des Zimmers gefunden hatte, zu blättern. Es war ein mächtiger alter Foliant, in dickes Leder gebunden und mit Metallbuckeln beschlagen, und hieß: »Die Geschichte der Schlösser auf dem Nonberg.« Mich in Kleidern zurücklegend und ausstreckend, las ich wohl auch einige Zeilen, ohne sie aufzunehmen. Großgedruckte sinnlose Wörter reihten sich kettenartig vor meinen Augen. Von der Dumpfheit des Raums, der Überspannung meiner Nerven und dem Druck, der auf meiner Seele lag, benommen, mochte ich wohl, ohne es zu merken, eingeschlafen sein, abgestürzt in jenen Zustand halber Betäubung und Bewußtlosigkeit, der dem Tod ähnlicher ist als dem Schlaf und aus dem aufwachend man niemals weiß, ob er ein paar Stunden oder Sekunden gedauert hatte, – so schreckte ich plötzlich empor von einem donnerähnlichen Krach, in den sich gleichzeitig der kurze heftige Aufschrei einer weiblichen Stimme mischte.

»Wer da?« rief ich, hochspringend und noch keineswegs begreifend, was eigentlich los war. Aber beim Aufspringen stieß ich mit dem Fuß an das schwere Buch, das neben dem Bett auf dem noch ein klein wenig stäubenden Holzboden lag, – und mir wurde klar, daß es mir in dem kurzen benommenen Schlafmoment aus der Hand gefallen war und den schweren Donnerschlag in dem gewölbten Raum verursacht hatte. Ich hörte ein Geräusch an dem verschlossenen Laden der Fenstertür. »Sind Sie das, Thomas?« sagte Magdalena von draußen – ihre Stimme klang merkwürdig hoch und schrill, wie die eines geängstigten Kindes –, »und haben Sie diesen Lärm gemacht?«

»Ja«, sagte ich beklommen und ging auf die Tür zu.

»Ich wußte gar nicht, daß Sie hier wohnen«, hörte ich sie sagen, es klang wie befreit. – »Ich dachte, Sie hätten die kleine Kammer vis-à-vis.« – Ich lehnte mich an das Holz des Ladens.

»Mir ist ein Buch heruntergefallen«, sagte ich. Dabei ging mir auf, daß sie ja, vom Taubenschlag kommend, hier vorüber mußte, um wieder an die Treppentür des Umlaufs zu gelangen, durch die sie ihn auch betreten hatte.

»Warum haben Sie sich so eingesperrt«, sagte sie draußen. »Man sieht ja gar kein Licht!«

»*Man* hat mich eingesperrt«, antwortete ich. »Es muß Grisi gewesen sein. Ich ersticke hier.«

»Machen Sie doch auf«, sagte sie. »Ganz oben an den Läden ist ein kleiner Hebel.«

Tatsächlich sah ich jetzt auch die Vorrichtung zum Öffnen, etwas versteckt, aber verhältnismäßig einfach angelegt, – die mir wohl nur hatte entgehen können, weil ich beim Heraufkommen ein wenig betrunken war. Ich zog den Hebel nach unten, und sofort gab die Tür nach. Ich konnte die Klinke herabdrücken und nach außen öffnen. Magdalena stand vor mir, sie trug über dem Hemd einen leichten Leinenmantel, den ich vorher nicht bemerkt hatte. Vielleicht hatte sie ihn irgendwo übers Geländer des Umlaufs geworfen. Über dem Hohlsaum des bis zum Hals geschlossenen Hemdes wirkte ihr Gesicht schmal, sanft und kindlich.

»So«, sagte sie, – »nun habe ich Sie befreit.«

»Ich war wohl nicht ganz nüchtern«, erwiderte ich, – »sonst hätte ich's schon gefunden.«

Sie sah mich an und lachte leise.

»Zu dumm«, sagte sie – »so zu erschrecken! Aber es klang wie ein Schuß!«

»Ich war wohl darüber eingeschlafen«, sagte ich.

Gleichzeitig stieg mir ein leiser, aber hoffnungsloser Zweifel auf: ob das, was ich gesehen hatte, vielleicht keine Wirklichkeit gewesen sei. Doch ich wußte ganz genau, daß es anders war.

»Warum sehen Sie mich so an«, sagte sie. »Geben Sie mir eine Zigarette.«

Ich holte Zigaretten aus der Tasche.

»Kommen Sie doch heraus«, sagte sie. »Es ist zu schön zum Schlafen.«

Ich merkte, daß ich immer noch im Rahmen der Tür stand.

»Ja«, sagte ich – nur um etwas zu sagen –, »es ist wunderbar.«

»Zu schade zum Schlafen«, wiederholte sie. »Ich gehe dann oft noch hier hinauf.«

Ich trat neben sie auf den Umlauf, wir lehnten uns über die Brüstung. Ich beugte mich weit vor, um seitlich den Altan überblicken zu können, der etwa zwei Stockwerke tiefer lag. Von Grisi bemerkte ich nichts mehr.

»Ich wollte Ihnen noch erzählen«, sagte sie nach einer Weile, – »was mit dem zweiten Oktober ist.«

Ich sah sie fragend an.

»Wenn Sie es wissen wollen«, fügte sie hinzu.

»Bitte«, sagte ich.

Sie zog ihren Mantel um sich.

»Der zweite Oktober ist nämlich das Schutzengelfest. Sind Sie katholisch?« fragte sie.

Ich nickte.

»Dann wissen Sie, was das ist. Er hat für mich große Bedeutung. Ich brauche meinen Schutzengel!« Sie lächelte. »Ich werde am zweiten Oktober heiraten.«

»So«, sagte ich nur. Ich spürte den gleichen leisen Kamillenduft von ihrem Haar und den Hauch ihrer Haut wie vorhin im Musikzimmer. Alles in mir drängte darnach, sie zu nehmen und durch die offene Tür in das Dunkel meines Schlafraumes zu ziehen. Ich stand unbewegt.

»Sie wollen das wohl nicht hören«, sagte sie. Es klang – ich wußte nicht, ob traurig oder ein wenig spöttisch.

»Doch«, sagte ich. »Wen werden Sie heiraten?«

»Sie reden wie ein Amerikaner«, sagte sie. »Unsren Vetter Mario.«

»Mario?« wiederholte ich erstaunt. »Den, der am Cimone –«

»Den nämlichen«, unterbrach sie mich. »Alle Leute wissen von ihm nur, daß er am Cimone meinem Bruder gegenübergelegen ist. Aber er hat auch sonst noch Eigenschaften!«

»Das nehme ich an«, sagte ich.

»Pfui«, rief sie und warf ihre Zigarette fort. »Das war wieder amerikanisch.«

»I'm sorry«, murmelte ich.

Sie schien es zu überhören.

»Er ist sehr fromm«, fuhr sie fort. »Aber er hat gute Beziehungen beim Vatikan. Wir werden eine Ehe-Dispens bekommen, – obwohl wir blutsverwandt sind.«

»Warum wollen Sie das tun?« fragte ich sie nach einer Pause.

»Warum heiratet man?« fragte sie zurück. »Interessiert Sie das überhaupt?«

»Fragen Sie nicht so dumm«, schnauzte ich grob. »Sie wissen ja, daß es mich interessiert.«

»Aber es geht Sie nichts an«, sagte sie ruhig.

»Nein«, antwortete ich.

Ich hielt ihr die Zigaretten hin und gab ihr Feuer. Sie rauchte ein paar Züge, dann sah sie mich lächelnd an.

»Sollten wir schon einen Krach haben?« fragte sie.

»Ich hoffe nicht!« sagte ich, wirklich befreit, und lachte.

»Es ist noch lang bis zum zweiten Oktober«, sagte sie leichthin, – »aber Sie dürfen vorher nicht fort, hören Sie?«

Sie legte ihre Hand auf meinen Arm.

»Magdalena«, sagte ich, ohne meine Stellung – mit aufgestützten Ellbogen auf der Brüstung liegend – zu verändern. »Wenn Sie noch länger dableiben, werde ich Sie nicht mehr weglassen.«

Dabei hatte ich ein Gefühl von Kälte und Lähmung in meinem Kreuz. Sie stand sehr hoch aufgerichtet und schaute von oben in mein Gesicht.

»Gute Nacht«, sagte sie leise. Ihre Augen waren umschattet, ich konnte ihren Blick nicht erkennen. Dann ging sie rasch.

Mir stürzte in Hast alles mögliche durch den Kopf, was ich ihr hätte sagen können. Vom Schutzengel, und ähnliches. Aber es war lauter törichtes Zeug, und ich hatte es ja nicht gesagt. Einen Augenblick fürchtete ich fast, sie könne zurückkommen. Doch ich hörte, wie sie die Treppentür des Umlaufs hinter sich schloß. Ich wollte nicht mehr denken. Ich machte alle Fensterläden weit auf, kleidete mich ganz aus und legte mich ins Bett. Aber der Mond packte sich mir wie ein dicker blasser Mehlsack auf die Brust. Eine Zeitlang warf ich mich hin und her, dann schloß ich die Läden wieder und schlief dumpf und fest bis in den Morgen.

MENEGA

Ich erwachte von einem gleichmäßig scharrenden Geräusch, dessen Ursprung ich nicht ergründen konnte. Es schien von der andren Seite des Umlaufs herzukommen, und noch ziemlich unbekleidet, trat ich hinaus, um nachzuschaun. Dicht beim Taubenschlag hockte Grisi am Boden und schrubbte die Holzborde mit Wasser und Bürste. Ich wünschte ihm guten Morgen, – er knurrte ein kaum verständliches Grüß Gott.

»Die machen wohl viel Dreck?« sagte ich und deutete auf den Taubenschlag.

Er sah mich von unten herauf mißtrauisch an.

»Genug«, brummte er dann und beugte sich wieder über seine Arbeit.

Ich wußte nicht recht, ob er damit »Genug Dreck« oder »Genug der Anrede« gemeint hatte. Ich wollte ihn nicht weiter stören, drehte mich um und ging zu meinem Zimmer zurück.

»Wo wollen Sie frühstücken?« rief er mir plötzlich nach, und seine Stimme klang ganz menschenfreundlich, »heroben oder herunten?« – Ich wandte mich zu ihm um.

»Wann und wo frühstückt man hier im Haus?« fragte ich.

»Jeder wie er Lust hat«, sagte er. »Ich kann's Ihnen aufs Zimmer bringen. Sie können aber auch auf die Terrasse kommen. Wieviel Eier essen Sie?«

»Nicht mehr als sechzehn«, antwortete ich ,– »aber auch niemals weniger als sechs.«

Ich hatte einmal gehört, dies sei Bismarcks morgendliches Eierquantum gewesen, es fiel mir gerade ein, und ich war neugierig, was Grisi darauf zu bemerken hätte.

»Ich werde Ihnen drei Eier sieden«, sagte er nach einigem Nachdenken, »oder möchten Sie Spiegeleier?«

»Nein«, sagte ich, »gesottene. Aber zweie genügen.«

Er grinste und wrang linkshändig den Haderfetzen aus, mit dem er die Bretter befeuchtet hatte.

»Das Fräulein bekommt es ans Bett gebracht«, erklärte er dabei, »und der Graf« – (so sprach er immer von Firmin) – »auf den Balkon vor seinem Schreibzimmer. Da schreibt er dann gleich den ganzen Morgen.«

Er machte dazu ein Gesicht, als bedaure er den Grafen unendlich. – »Und die« – beinahe hätte ich gesagt: die Kuh, aber ich nahm mich noch rechtzeitig zusammen, – »die Frau Gräfin?«

»Die junge oder die alte?« – fragte er zurück.

»Die junge«, sagte ich.

Grisi sah auf die Uhr.

»Sie geht immer erst in den Hof und in die Ställe«, sagte er, – »jetzt kommt sie zurück und frühstückt auf der Terrasse. Sie würde sich freuen«, bemerkte er höflich, – »wenn Sie hinunterkämen. Aber Sie müssen nicht!« fügte er hinzu.

»Gut, ich komme hinunter«, rief ich, – »in einer Viertelstunde!«

Grisi machte eine Art Ehrenbezeigung und wollte gehn.

»Übrigens«, hielt ich ihn auf und sah ihn scharf an dabei, – »ich schlafe gern mit offenen Fensterläden!«

»Alsdann«, antwortete er gleichmütig, hängte den Eimergriff in den Haken der Armprothese und ging.

Als ich hinunterkam, sah ich die schöne hochgewachsene Gestalt der Kuh schon auf der Terrasse. Sie stand am Frühstückstisch, der für uns beide gedeckt war, und winkte den Kindern nach, die hinter einer alten, spatenbewaffneten Frau her in den Garten liefen. Ich sah sie nur von fern, sie schienen blond, stämmig und wohlgenährt, etwa drei und viereinhalb Jahre alt, beides Mädchen. In ihrer Gesellschaft befand sich ein vielleicht sechsjähriger Bub, der, wie ich später erfuhr, der uneheliche Sohn einer Stallmagd war und im Hause aufwuchs.

»Sie helfen Unkraut rupfen«, sagte die Kuh und setzte sich zu Tisch. Sie schenkte Kaffee ein. Mir war, wie stets in ihrer Nähe, ungemein leicht und wohl zumut.

»Nun«, fragte ich sie, – »sind Ihre Saatpflänzchen tüchtig gewachsen in der Mondnacht?«

»Verstehen Sie was von Gemüsezucht?« fragte sie zurück, – »dann müssen Sie meine Beete sehen. Es ist ganz erstaunlich, was da schon alles kommt, – dabei heißt es, die Lage und die Erde hier droben wären schlecht für Gemüse.«

»Es hängt wohl sehr viel vom Gärtner ab«, sagte ich, aber nicht um ihr ein Kompliment zu machen, – »Sie haben gewiß eine glückliche Hand!«

»Glauben Sie?« fragte die Kuh nachdenklich.

»Doch«, sagte ich, – »für Pflanzen, Tiere und Menschen.«

Sie lächelte. »Von der Hand hängt wohl manches ab«, sagte sie dann. »Wir hatten mal einen Gärtnerburschen, daheim in Kärnten, – was der anpflanzte, kam doppelt so rasch und so stark wie alles andere. Dabei war er recht faul und verstand wenig. Aber der hatte die Hand!«

Ich lehnte mich zurück und überschaute den Garten, auf dessen Rasenfläche, bunt verstreut, späte Tulpen und Hyazinthen blühten. Eine dichte Spiräenhecke trennte ihn von der dunklen Baumgrenze des Parks. Wo die Sonne noch nicht hingekommen war, lag der schwere glänzende Tau. Es roch nach jungem Gras und nach den Kräutern des Steingartens, der mit vielen Alpenpflanzen unterhalb der Terrasse angelegt war. Es roch auch nach dem im Steingut langsam abkühlenden starken, braunen Kaffee, nach heißer Milch und nach den opaligen Perltropfen, die die goldgelbe Butter ausschwitzte. Vögel schmetterten. Ein Buchfink hüpfte dicht bei unsren Füßen herum und pickte die Krümel auf, die von den frischen krachenden Brötchen herunterfielen.

»Sie müssen mir von Ihrer Afrikafahrt erzählen«, hörte ich sie sagen.

»Ja«, antwortete ich aufgestört, – »da weiß ich nun ganz genau, wo man in Kaptown nach der Polizeistunde noch zu trinken kriegt, – und wo es im Hafen von Durban das gute Lagerbier gibt. Und in Sansibar kenne ich einen Wirt, der richtige Backhendl backt. Er ist ein Tscheche und heißt Křiwanek, genau wie der in der Neuen Friedrichstraße in Berlin.«

»Sie sind von derselben Sorte wie Firmin«, sagte sie und sah mich mit matriarchalischer Mißbilligung an. »Vor lauter Angst, man könnte euch anmerken, daß ihr fromm seid, streckt ihr in der Kirche die Zunge heraus.«

»Nein«, erwiderte ich, – »das stimmt nicht ganz. Ich bin nur jetzt so ausschließlich hier angekommen, – daß mir wirklich nichts anderes einfällt. – Vielleicht ist noch ein Stück von mir in Afrika, – aber das kommt dann erst später nach, – so wie das schwere Gepäck mit den Büchsen und Jagdtrophäen. Vermutlich kommt es sogar noch viel später als das.«

»Ja«, sagte sie und sah einer Wolke nach, – »das kann ich verstehen!«

»Unser Leib reist rascher als die Seele«, fuhr ich fort, – »zumal ihm ja heut immer schnellere Verkehrsmittel zur Verfügung stehen. – Der Geist kommt gerade noch mit einem Flugzeug mit, – der Gedanke kann springen, – man sagt ja auch Geistes-Flug, – Gedanken-Sprung. Aber die Seele ruht in sich selbst, sie kann nur fließen, strömen, wandern – und für Ortsveränderungen bringt sie ungefähr das Tempo der Postkutsche auf, an deren Stationen man sie jahrhundertelang gewöhnt hat. Dem Goethe ging übrigens das noch zu rasch, als man ihn über den Brenner karriolte. Erinnern Sie sich?«

Sie schüttelte den Kopf.

»Weiter!« sagte sie dann und sah mich neugierig an.

»Wenn sie übers Meer muß, die Seele«, spann ich fort, – »dann macht sie knapp so viel Knoten wie ein alter wassersüchtiger Küstensegler. Das ›blaue Band‹ wird immer nur der Leib gewinnen, und seine anima immortalis hängt noch in der Quarantänestation von Long Island, wenn er schon längst seinen Sleeping im Pacific-Expreß belegt hat. Dann mietet sie sich einen breiten Ochsenwagen, wie ihn die ersten Westfahrer benutzten, und knarrt langsam hinterher. Am liebsten aber bleibt sie da, wo sie ist. Deshalb haßt man ja auch im Grund das ewige Herumreisen, – und möchte eigentlich immer an einem Platz bleiben, – bis man ihn ganz besitzt!«

»Bleiben Sie recht lang da«, sagte sie. »Ich möchte es wirklich! Es wäre so gut für Firmin. Auch für Magdalena. Die können Sie beide brauchen.«

»Hoffentlich«, sagte ich, vielleicht mit etwas unbestimmtem Tonfall. – »Wissen Sie, daß Magdalena heiraten will?« fragte sie nach einer kleinen Pause.

»Sie hat es mir gesagt«, antwortete ich.

»Vielleicht ist es ein Glück für sie«, sagte die Kuh, – »sie kann das nur selber wissen. Aber mir ist etwas bang um Firmin.«

»Warum?« fragte ich.

»Wenn er sie verliert«, sagte sie. »Er hat doch sonst niemanden.«

Über ihr Gesicht glitt ein Ausdruck tiefer leidenschaftlicher Trauer, der sich rasch verzog. Ich gab keine Antwort. Ich wußte so genau, was sie meinte, – mit welcher Klarheit sie die Banngrenze sah, die Firmin von fast allen Menschen trennte und die er auch zu ihr hin nicht überschreiten konnte.

»Kennen Sie schon etwas von seinem ›Alexander‹?« fragte ich dann. Sie schüttelte den Kopf.

»Er liest Magdalena vor«, sagte sie, »und dann streiten sie manchmal fürchterlich. Mir will er auch öfters vorlesen, – aber ich mag es nicht hören, solang es nicht fertig ist.«

»Wenn ich eine Frau hätte«, sagte ich, – »würde ich sie sicher nicht ins Atelier lassen, solang ein unvollendetes Bild da steht.«

»*Sie* würden sie gar nicht herauslassen«, sagte die Kuh lachend, – »und würden sie nachts wecken, um ihr eine neue Skizze zu zeigen!«

Sie stand auf und reckte sich. Ein blaufarbenes Leinenkleid schloß sich straff um ihre Gestalt.

»Wie gut Ihnen das steht«, sagte ich.

»Finden Sie?« fragte sie heiter, – »ich möchte nämlich immer solche Sachen tragen!«

»So werde ich Sie malen«, sagte ich, – »und mit Ihrem großen Sonnenhut, aber den müssen Sie in der Hand halten, damit die Stirn ganz hell bleibt!«

»Hoffentlich malen Sie aus dem Gedächtnis«, lachte sie, – »denn für Sitzungen hab ich keine Geduld und keine Zeit!«

Sie gab mir die Hand.

»Ich muß jetzt hinüber in den Hof. Was werden Sie machen?«

»Ich will mir die Umgebung ein wenig anschauen«, sagte ich.

»Um eins wird gegessen«, rief sie mir zu, während sie schon auf raschen Knöcheln die Treppe hinunterlief.

Ich ging zuerst in den Garten und suchte die Kinder auf. Sie hockten am Rand eines Beetes neben der alten Frau, die mit dem Spaten die Erde lockerte, und versuchten, die langen Wurzeln des Löwenzahns und des wilden Knöterichs mit den Händen herauszuziehen. Mein Auftritt schien ihnen keinen besonderen Eindruck zu machen.

»Ich bin der Onkel Tom«, sagte ich, dabei fiel mir ein, daß sie ja noch zu klein seien, um die berühmte Negergeschichte zu kennen, mit deren Zitierung ich mich sonst bei Kindern angenehm einzuführen pflegte. Auch meine exakte Beherrschung sämtlicher bei Karl May vorkommender indianischer und arabischer Eigennamen dürfte mir hier nichts nützen, dachte ich. Ich würde also auf billige Beliebtheit verzichten müssen, – denn diese durch Bonbons, Schokolade oder sonstige Bestechungsmittel zu erschmieren, verschmähte ich.

Die Kinder drehten sich auch gar nicht nach mir um, ich sah nur ihre hochgestreckten Hintern, die sich unter verrutschten Kitteln in den weißen Hemdhöschen strafften. Nur der »Sohn einer Magd«, wie ich ihn im stillen taufte, der älter war und etwas verblödet ausschaute, grinste mich verlegen an.

Nach diesem Mißerfolg holte ich mir Stock und Hut und verließ den Schloßhof durch das Haupttor. Dem Fahrweg folgte ich nur wenige Schritte, etwa bis dahin, wo ich gestern den Bergapollo gesehen hatte. Dann lief ich eine Zeitlang parallel zur Schloßmauer bergauf und bergab, bis ich das Rund des Besitzes fast zur Hälfte umgangen hatte. Deutlicher als am vorigen Abend konnte ich jetzt erkennen, daß das Schloß auf der abgelagerten Kuppe eines großen Bergmassivs stand, dessen eigentlicher Aufstieg in seiner Rückfront erst begann.

Diesem Aufstieg, also der Richtung, aus der ich gestern gekommen war, entgegengesetzt, wanderte ich jetzt zu. Wieder durchquerte ich das Bannholz, aber es schien mir hier und um diese Stunde bedeutend lichter und freundlicher zu sein. Ohne richtigen Weg, einem Geißenpfad folgend, stieg ich bergauf. Die Baumgrenze war bald erreicht. Vielfach wucherte, zwischen Felsbrocken und niedrem Latschengebüsch, das hartblättrige Rhododendronkraut der Alpenrose und erfüllte die Luft mit seinem eignen, scharfen und bitterlichen Berggeruch. Die Überreste alter Muren und Steinschläge zogen sich da und dort in das kurzgrasige, steile Almland vor. Weiter oben sah ich in Schattenmulden ein paar liegengebliebene grauweiße Schneeplacken oder vereiste Lawinentrümmer. Bis dorthin kletterte ich hinauf, durchplatschte ihr reichlich absickerndes Schmelzwasser, in dessen Umgebung noch die Blumen des Vorfrühlings wuchsen, und setzte mich dann auf einen rötlich bemoosten Steinklotz, – jetzt erst den Blick zum Schloß zurückwendend. Aber das Schloß war nicht mehr da. Die verschiedenen Buckel und Wellen des Anstiegs oder die Waldwipfel hatten es völlig überschnitten. Mir kam vor, als sei es fortgeblasen, weggezaubert, versunken oder in die Wolken verweht, und – schläfrig von der starken Bergsonne, auch vom Geräusch des kluckernden Schmelzwassers – hing ich dem Gespinst dieser Vorstellung eine Zeitlang nach. Geschichten fielen mir ein, – von alten Häusern, die nur in einer ganz bestimmten Vollmondnacht – einmal in hundert Jahren – wieder aufstehn, mit Menschen bevölkert, die vor Urzeiten gelebt hatten, – und deren Lebendigkeit, Wesen und Treiben dem blindlings hineingeschneiten – für eine Nacht hineingebannten – Wanderer ganz alltäglich und selbstverständlich erscheint, so daß er ihre Nöte und Freuden, Gedanken und Schicksale wirklich zu teilen glaubt, bis er schließlich, mit schwerem Kopf und vielleicht mit irgendeinem heimlichen Zeichen in der Hand, den Malen eines Bisses am Hals, den blauen Spuren eines Fingerdrucks am Knöchel, zwischen Wurzelwerk und Brombeergerank auf ein paar alten Mauersteinen erwacht. Es gefiel mir gut, Magdalena in diese verträumte Märchenwirrnis mit einzuspinnen, sie in das Gewand vergangener Zeiten, in die Züge längst verstorbener, von den Dämonen heimgesuchter Schloßfräulein zu kleiden. Schreckhaft und wach stand plötzlich das nächtliche Erlebnis auf der Rocca vor mir, – mit allem Dämmervollen und aller Grellheit, die ihm anhaftete, – und ich konnte mich des unmöglichen Wunsches kaum erwehren, gar nicht mehr zum Schloß zurückzugehen, – weiter zu wandern – und die letzten zwölf Stunden zum weißen Fleck auf meiner Landkarte vernebeln zu lassen. Gleichzeitig aber empfand ich eine brennende, fast schmerzhafte Begehr, Magdalena wiederzusehen, vermischt mit dem natürlichen Antrieb ganz gemeiner Neugier. Ich stand auf und sah auf die Uhr. Sie war stehengeblieben, aber dem Sonnenstand nach mußte es schon hoher Mittag sein. Ich erschrak sehr, denn die ernste Mahnung der Kuh, daß um ein Uhr gegessen werde, klang mir jetzt vorwurfsvoll ins Ohr. Rasch grub ich mit den Nägeln ein paar in der Nähe wuchernde Pflänzlein der Bergaurikel oder Petergstamm und der Soldanella aus, – um damit im Falle des Zuspätkommens die Kuh zu besänftigen. Außerdem, sagte ich mir, ist es vielleicht nicht unklug, seine Gastgeber von vornherein an solche Möglichkeiten zu gewöhnen. Aus ihrem Verhalten werde dann hervorgehen, ob man sich das öfter leisten könne oder nicht. Wie ärgerlich, dachte ich mir, bergabschreitend, wenn man als unkundiger Gast selber pünktlich kommt, um dann eine halbe Stunde knurrenden Magens auf den verspäteten Hausherrn warten zu müssen. Dann lieber umgekehrt, und vielleicht hat man dann das Glück zu erfahren, daß in diesem Haus überhaupt nicht gewartet wird, sondern der Verspätete einfach etwas nachbekommt, wobei er selber zu verantworten hat, wenn es nicht mehr so frisch und schmackhaft ist. Unter solchen tröstlichen und hoffnungsvollen Gedanken rannte ich immer schneller ohne Weg zu Tal, denn ich glaubte, obwohl vom Schloß gar nichts zu sehen war, die Richtung unmöglich verfehlen zu können. Wie aber so oft im Gebirg, war ich beim Aufstieg wohl kreuz und quer gegangen, dabei unmerklich die Richtung wechselnd, so daß sich jetzt, statt der erwarteten schnurgeraden Linie zum Schloß, Quertäler und kleine Schluchten, Bacheinschnitte und unvermutete Steilungen, die man wieder hinauf mußte, dazwischenschoben. Je tiefer ich kam, desto fremder und verwirrender schien mir das Gelände, aber ich rannte immer weiter, teils aus Trotz, teils weil ich zu faul war, noch einmal bergauf zu steigen und einen Weg zu suchen. So haute ich mich durch eine immer markenlosere Wildnis, allmählich ins Waldgestrüpp eindringend, das kaum gelichtet war, dann wieder über wacklige Viehzäune an kleinen versteckten Almweiden vorbei, deren Tränken unbenutzt plätscherten und deren noch nicht bezogene Sennhütten das Gefühl der Menschenferne und Verlassenheit erweckten. Irgendwo muß ich schließlich doch einmal durchs Bannholz kommen, sagte ich mir und erwartete jeden Augenblick, die ringartige Lärchenwaldung zu erkennen oder, plötzlich aus den Bäumen tretend, vor der Schloßmauer zu stehn. Statt dessen fand ich endlich einen kleinen Pfad, der seitwärts über ein Bachbrückchen führte, und als ich, aufatmend, dieser Spur menschlicher Behausung eine Zeitlang folgte, stand ich auf einmal auf einem freien Hang und sah unweit ein Haus, das mir bekannt vorkam. Tatsächlich unterschied ich im Daraufzueilen sehr bald die mattrosa getünchten Wände und das patinierte Schindeldach der »Albergo di Latemar«, zu der ich am Vorabend beinah zurückgekehrt wäre. Ich befand mich also weit unterhalb des Schlosses, das ich mitsamt dem Bannholz in einem großen Bogen umgangen hatte. Es blieb mir daher nichts anderes übrig, als an dem Haus vorbei und dann den gestrigen Anmarschweg wieder hinauf zu gehen. Die völlige Aussichtslosigkeit, nun auch nur noch halbwegs zurecht zu kommen, war offenbar. Und je näher ich der Wirtschaft kam, desto größer wurde mein Durst. Man wird ja nicht gleich eine Bergungsexpedition nach mir ausschicken, dachte ich und wischte mir schnaufend den Schweiß ab.

Auf der kleinen Terrasse, an einem Blechtisch mit zusammenklappbaren Gartenstühlen, saßen zwei Personen, – ich erkannte das in Loden gekleidete alte Ehepaar, das mir schon gestern aufgefallen war.

»Bergheil!« – begrüßte mich der erdbeerfarbene Weißkopf.

»Guten Morgen«, sagte ich, denn der kühne Alpinistengruß schien mir in Anbetracht der bequemen Weinterrasse nicht am Platz, – und setzte mich an einen andren Tisch.

»Grüß Gott«, hörte ich eine Stimme sagen, die mir schattig und kühl vorkam, und ein wenig mit Samt belegt, wie die Haut junger Pfirsiche. Ich drehte mich um und sah die Kellnerin im Rahmen der Tür stehen. Mir fiel ein, wie ich sie gestern im Vorbeigehen, mit einer unbeschreiblichen Anmut der Bewegung, an einen Tisch treten und einem italienischen Soldaten oder Zollbeamten Rotwein einschenken sah.

»Was fürn Wein habt ihr?« fragte ich nach einer kleinen Pause.

»Eppaner Weißen«, sagte sie, – »und einen roten Spezial, vom Kalterersee.«

»Welcher ist der bessere?« fragte ich, damit sie noch etwas sagen sollte.

»Beide!« antwortete sie und lachte ein wenig, »der Weiße ist jung«, fügte sie hinzu, – »vom vorigen Herbst. Der Spezialist ist ein alter, kräftiger.«

Ich wurde ganz frisch und heiter bei ihren Worten, als hätte ich schon eine Stunde im dämmerigen Keller gesessen und die jungen und älteren Weine probiert.

»Bringen Sie mir ein Viertel Weißen«, bestellte ich. Ihr Gesicht konnte ich nicht recht sehen, sie stand noch immer im Türrahmen.

»Bittschön«, hörte ich sie sagen, indem sie verschwand.

»Sie hätten gleich einen Halben bestellen sollen«, sagte der weißköpfige Greis vom Nachbartisch, – »ein Viertel langt nicht für Sie!«

»Hut ab vor so viel Menschenblick!« sagte ich – »aber ich will erst probieren!«

»Aha!« rief er, – »ein Kenner!«

Er hob sein Glas und trank mir zu.

»Sie werden zufrieden sein«, meinte er dann, – »einen solchen Wein kriegen Sie im ganzen Etschtal nirgends! Und auf der ganzen Welt nicht mehr! Was, Muttele?«

Aber die ebenfalls von Kopf bis Füßen umlodete alte Frau, die neben ihm saß, blickte gar nicht von ihrem in Zeitungspapier eingebundenen Buch auf, in dem sie die ganze Zeit las.

«Sehen Sie, junger Herr«, rief er mir wieder zu, – »wie ich hier sitze, ist es das fünfte Viertel, das ich heute morgen zu mir nehme!«

»Bravo!« sagte ich, da mir nichts anderes einfiel.

»Und ich sitze noch ganz gerade, was?« rief er aus, schlug sich aufs Knie und lachte. Dabei bemerkte ich zu meinem Schrecken, daß er nur mit dem Mund lachte – mit Lippen, Bärtchen und Zähnen –, während seine Augen ganz starr und unbeweglich blieben. Die Hornhaut dieser Augäpfel war recht gelblich und mit kleinen purpurnen Äderchen durchzogen, die Pupille grau und glasig. »Alte Augen«, dachte ich, »schon halb hinüber. Da hilft nichts, – und wenn du sie in einen Jünglingskopf setzen ließest!«

Als hätte er den Gegenstrom meiner Gedanken gespürt und wolle sie Lügen strafen, setzte er hinzu: »Weintrinken hält jung! In einem Weinland gibt es keine alten Leute – da kommt Ihr Nektar!« unterbrach er sich und winkte dem Mädchen zu, das aus dem Haus zurückkam. Sie trug auf dem Tablett vor sich her die kleine Glaskaraffe mit lichtem

Wein, ein rundes Stengelglas, einen Korb mit ein paar Schwarzbrotscheiben und eine flache Schale mit grobkörnigem Bauernsalz. Ich sah, während sie das alles vor mich hinstellte, ihre Hände, die in der Mitte breit und kräftig, im Ansatz und Auslauf ungewöhnlich feingeformt waren. Mittel- und Zeigefinger, schmal und lang, mit natürlichem Oval der Nägel, leicht zueinander hingebogen. Pacher-Hände, dachte ich, – und ich wunderte mich bei dem Gedanken, daß die Hände auf den Frauenbildern und -plastiken der alten Meister – deren Modelle durchweg aus dem einfachen Volk stammten – so gar nichts Derbes oder Bäuerisches an sich haben, sondern fast alle so aussehn, wie man sich die Hände einer Land-Gräfin vorstellen mag.

Am linken Ringfinger hatte sie einen dünnen und rührenden Goldreif, mit einem böhmischen Granatstein verziert.

»Jetzt bin ich gespannt«, rief der alte Herr und beugte sich vor, als gelte es, einem Paris-Urteil beizuwohnen. Ich kostete den Wein, der frisch und sauber war, aber ohne besondre Eigenart. Das Glas absetzend, schaute ich zu dem Mädchen auf, das jetzt, die Hände auf eine Stuhllehne gestützt, leicht vorgebeugt mir gegenüber stand. Wo hatte ich nur ihr Gesicht schon einmal gesehen? Dabei wußte ich sofort, daß ich es in Wirklichkeit noch nie gesehen hatte, und auch kein ganz ähnliches, sondern daß es mich nur, in der gleichen Art wie die Hände, – an eine allgemeine, bildgewordene Vorstellung von dem jungen und süßen Gesicht, dem kindhaft fraulichen, zarten und kräftigen, frühsommerlich behauchten, – gemahnte. Ja, es war ein Hauch von dieser Versunkenheit über dem Gesicht, wie wenn es eben aus dem Schlaf gehoben wäre. Dabei hatte ihr Blick, mit der hellen, fast farblosen Iris, der hellsten, die ich jemals sah, einen starken, feuchten, unendlich wachsamen Glanz. Ihre Haut war sehr weiß, und auf dem Nasenrücken hatte sie dünne Sommersprossen, wie eine junge Lady. Ich hatte das Gefühl, daß sie unmerklich lächelte, – mehr mit den Poren oder Nerven als mit den äußeren Zügen des Gesichts.

»Nun«, rief der Greis ungeduldig, – »schmeckt's?«

»Wundervoll«, sagte ich und trank das Glas leer, – »bringen Sie mir gleich noch ein Viertel!«

»Gern«, sagte sie, und nun lächelte sie wirklich. Der alte Herr war vor Freuden aufgesprungen. »Sehn Sie«, rief er und kam an meinen Tisch, »da merkt man, was ein Kenner ist!«

Ich legte rasch die Füße auf den einzigen an meinem Tisch freien Stuhl, um ihn am Niedersitzen zu hindern.

»Mir auch noch ein Viertel! nein, – zwei Viertel!« rief er, indem er den Rückzug antrat.

Wenn ich die jetzt malen sollte, – dachte ich hinter dem Mädchen her, die mit den Karaffen ins Haus zurückgegangen war und nun wohl in einer kühlen weißgekalkten Schänk zwischen zwei Holzfäßchen hantierte, – während ich zurückgelehnt in der Sonne saß und meine Hand etwas aus dem weichen säuerlichen Brotteig knetete und meine Stimme gelegentlich mit »Ach« oder »So« die hektischen Zurufe des alten Zechers beantwortete, – wenn ich sie jetzt malen sollte, so wüßte ich noch nicht einmal mehr, wie ihre Haare sind, – ich sehe einen dunklen Scheitel und Straffgekämmtes rechts und links über der klaren Stirn, – aber genau weiß ich es nicht, und nichts sehe ich überhaupt von ihr genau, noch nicht einmal die Hände oder Augen, die ich angeschaut habe, – und weiß doch, daß sie hübsch ist in einer Art, die das Herz mit schöner lustvoller Unruhe erfüllt.

Malen ist Schattenfangen, schoß es mir durch den Kopf, – und die ganze Fragwürdigkeit aller vorsätzlichen »Schilderei« stand auf in diesem Satz, – aber ich sagte mir, bewegt und froh, daß alles eitel sei, was der Mensch mit Vorsatz beginne, und nur von Bestand, was aus der Not und ohne Absicht geschieht, und daß auch von der Kunst nichts bleibe als das, was man »behalten« kann, – die letzte, geklärteste Form, das große, einfache Wort, die reife, runde Melodie, – und zugleich bemerkte ich, daß – durch die Hitze vielleicht und den großen Durst oder die Luftveränderung, das eine Viertel Wein mir schon in leichter, angenehmer Rauschigkeit in den Kopf zu steigen begann.

Da kam sie mit dem frischen Wein wieder aus der Haustür, und nun entzückte sie mich schon derart, daß mein Herz zu klopfen begann. Das Leichtfüßige, Wiegende ihres Gangs, – der Abdruck schmaler Knie in dem dünnen und verschabten schwarzen Kellnerinnenkleidchen, – eine bestimmte schwanenhafte Biegung des Nackens unter dem zarten, kindlichen Hals, – all das schien sie mit nobler Freigebigkeit wie Gastgeschenke zu Wein und Brot den erfreuten Augen darzubieten. Eine zärtliche Dankbarkeit stieg in mir auf, – nicht nur für die Hübschheit und Liebenswürdigkeit dieser besonderen Erscheinung, – sondern für die Gesamtheit der Frauen und Mädchen überhaupt und für das Geschlecht der Kellnerinnen vor allem, die mir auf einmal als der Inbegriff weiblicher Herzensbereitschaft, Mütterlichkeit, Schenkensfreude erschienen. Sollte ich jemals krank werden, dachte ich, was Gott verhüten möge, – dann möchte ich nur von einer Kellnerin gepflegt werden. Sie sind die einzigen Wesen, die uns wohltun können, ohne uns zu beschämen. –

Sie war zuerst an den Tisch des alten Ehepaars getreten und schenkte die Gläser voll.

»Aqua vitae!« rief der Greis, dessen Stirne allmählich violett wurde, während die Augen immer trüber und glasiger stierten. »Der Saft des Lebens!« – und er faßte die freie Hand des Mädchens, die meine Weinkaraffe noch in der andren hielt.

»Es lebe das Leben!« rief er, – schwang sein Glas, daß etwas überschwappte, – »das Leben, der Wein und die Jugend!«

Er lachte mit lauten Lippen und unbewegtem Blick.

»Jeder Mann ist so jung, wie er sich fühlt!« sagte er, – »ich, sehn Sie, mein Kind, ich gehe diesen Herbst ins Fünfundsiebzigste! Ins Fünfund-siebzigste! Können Sie sich das vorstellen?«

»Nein«, sagte das Mädchen langsam, – »so alt möcht ich nie werden.«

»Wie?« fragte er entrüstet, – »nicht so alt?«

Er setzte sein Glas ab und ließ ihre Hand los, als hätte er einen Schlag bekommen.

»Wieso – nicht so alt?« wiederholte er. Die Lachfalten standen noch um seinen Mund, aber das Gesicht zeigte einen starren und bestürzten Ausdruck.

»Ach«, sagte sie lächelnd und sah über ihn weg, – »ich möchte überhaupt nicht alt werden.«

»Na, na«, sagte er mahnend und schüttelte den Kopf, – »junges Ding!«

Aber von jetzt an war er bedeutend ruhiger und ging nicht mehr recht aus sich heraus. – Ich aber saß in einer Wolke von schönem, dunstigem Daseinsgefühl und sah dem Mädchen, das an meinen Tisch trat, ins Gesicht. Eine Sekunde lang legte ich meine Hand auf ihren nackten Unterarm, während sie die Karaffe vom Glas absetzte.

»Habt ihr hier vielleicht irgend jemanden«, fragte ich, »der für mich eine Besorgung machen kann?«

»Was soll er denn besorgen?« fragte sie zurück.

»Er braucht nur hinaufzulaufen ins Schloß Salwàre und zu bestellen, ich käme nicht zum Essen.«

»Ja«, sagte sie, – »das geht schon. Von wem soll er das bestellen?«

»Er braucht nur auszurichten, der Gast käme erst spät zurück, man solle nicht auf ihn warten. Aber es genügt, wenn er es dem Hausmeister sagt.«

»Dem Grisi?« fragte sie und lächelte ein wenig.

»Ja«, sagte ich, »dem Grisi. Und mir bringen Sie dann Butter, Salami, Käse und noch einen halben Liter Wein!«

Ich war fest entschlossen, hier nicht wegzugehen, bis das alte Ehepaar verschwunden und ich mit ihr allein auf der Terrasse sei.

»Gern«, sagte sie und lief rasch ins Haus.

»Hans!« hörte man sie rufen, – »Hans!«

Bald darauf sah ich bergaufwärts einen hochgeschossenen, hechtgesichtigen Burschen vorbeischlendern, mit weißen Hemdsärmeln über einer blauen Weste und einer Art Portiersmütze auf dem Kopf.

»Sie wohnen im Schloß?« wandte sich der Greis wieder zu mir.

»Ja«, sagte ich. Seine Stimme klang jetzt gedämpft und ein wenig heiser.

»So sind Sie wohl«, forschte er und machte eine kleine Verbeugung, – »ein Verwandter des gräflichen Hauses?«

»Nein«, sagte ich, – »ein Freund der Familie.«

»Ach so«, sagte er und nickte verständnisvoll, – »wohl ein Künstler. Der junge Graf soll ja ein hochbedeutender Schriftsteller sein?«

Ich nickte. Die alte Frau sah zum erstenmal von ihrem Buch auf und musterte mich neugierig.

»Sie liest den ganzen Tag«, sagte er wie entschuldigend, – »für sie gibt es überhaupt nur die Bücher.«

»Ach ja«, sagte sie leise, – »es ist ja auch das einzige –«, und gleichsam verschämt drehte sie sich ein wenig zur Seite und las sofort weiter.

Der alte Mann stand auf, trat an die Brüstung der Terrasse und schaute ins Land hinaus.

»Von da droben haben Sie gewiß einen noch viel schöneren Blick«, sagte er. »Es liegt ja ein ganzes Stück höher. – Sind Sie Alpinist?«

»Gelegentlich«, antwortete ich.

»Ich habe die Nordwand der großen Zinne gemacht«, sagte er vor sich hin, – »mit dem berühmten Perfalter aus Ampezzo. Aber – das ist schon lange her. Jetzt bleibt nur noch der Wein – und die Erinnerung.«

Ich antwortete nicht. Er gähnte, hielt sich am Geländer fest, wankte ein wenig.

»Mir scheint, ich bin doch nicht mehr ganz schwindelfrei«, sagte er dann und lächte verlegen. Die Frau hatte das Buch zugeklappt und schaute besorgt zu ihm hin.

»Entschuldigen Sie, junger Freund«, sagte er und trat an meinen

Tisch, mir die Hand hinstreckend, – »ich muß mich ein wenig hinlegen. Wir haben droben ein Zimmer. Es wird besser sein.«

Seine Hand zitterte ein wenig.

»Ja«, sagte die Frau, – »es wird besser sein. Gegen Abend wollen wir nämlich nach Bozen zurück.«

Ich drückte ihm kurz die Hand.

»Leben Sie wohl«, sagte er, – »wir kennen uns kaum, und wir werden uns vielleicht nie wiedersehn. Aber es war eine gemütliche Stunde.«

»Ja«, sagte ich, – »es war furchtbar nett.«

»Ach«, machte er plötzlich, und sein Mund hatte nichts Lachendes mehr, sein Gesicht bekam einen Ausdruck von ehrlicher und herzhafter, neiderfüllter Bosheit, – »was kann für Sie schon furchtbar nett sein – an dem Geschwätz eines alten Weinbeißers. Wie alt sind Sie?« fragte er scharf und fast drohend, sein Gesicht schien mir auf einmal ganz blaß geworden.

»Achtunddreißig«, sagte ich wahrheitsgemäß.

»Na ja«, meinte er und schüttelte den Kopf, – »es geht verdammt rasch. Auf Wiedersehn!«

Er kicherte ein wenig und schielte mich noch einmal mißgünstig an. Dann aber wandte er sich fast zärtlich der Frau zu, hängte sich bei ihr ein und tätschelte ihre greisenhafte Hand.

»Komm, Muttele!« sagte er, – »ich bin nur ein bissel müd.« Wie sie so weggingen, schienen sie von hinten in Gang, Haltung, Kleidung einander verblüffend ähnlich, und es fiel mir ein, auf welch rührende Weise oft alte Ehepaare, selbst wenn sie sonst wie Katze und Hund zusammen gelebt haben, in ihren späten Jahren einander ähnlich werden. Die Leiber, die sich nichts mehr zu schenken haben, klammern sich in ihrem Ausdruck und Gebaren verzweifelt an das letzte Restchen menschlicher Nähe und Nachbarschaft, bis sie in ihre große All-ein-heit zurücksinken. Was für ein kühnes und grandioses Beginnen, – mußte ich – der vor jedem bindenden Verhältnis Flüchtige – denken, – ist »die Ehe«, – dieser heroisch-hoffnungslose Kampf gegen die Zerrissenheit der Geschlechter, auf dem verlorenen Grenzposten der kreatürlichen Einsamkeit. Und ich begriff zum erstenmal, weshalb sie ein Sakrament, unlösbar und heilig genannt wird. Ich leerte mein Glas mit einer gewissen Zuneigung hinter dem alten Pärchen her, wobei ein Teil meiner Sympathie sich ohne Zweifel auf ihr Weggehen bezog. Im Schatten der Haustür blieb er einen Augenblick stehen, stöhnte ein wenig und wischte sich den Schweiß von der Stirn. Sein Taschentuch fiel ihm dabei aus der Hand, und sie hob es auf. Dann verschwanden sie langsam im Gang.

Gleich darauf kam das Mädchen und brachte Speisen und Wein, wie ich bestellt hatte. Ich sah ihr ins Gesicht, während sie alles vor mir aufbaute. Einmal traf mich ihr Blick, und sie lächelte ein wenig. Wie sie dann wieder wegschaute, glaubte ich eine ganz leise Röte auf ihrer Stirn zu sehen.

»Wollen Sie sich nicht zu mir setzen«, sagte ich, – »und etwas mit mir essen und ein Glas Wein trinken?«

»Nein«, sagte sie, leicht erstaunt und mit einem kleinen Lachen in der Stimme, – »das kann ich doch nicht.«

»Warum nicht«, bestand ich.

»Ich bin ja im Dienst«, sagte sie und spielte mit den Fingern an der Serviette, die neben meinem Teller lag.

»Aber es ist ja niemand da außer mir«, sagte ich.

»Das schon«, sagte sie und schien etwas ärgerlich, – »aber deshalb geht es doch nicht.«

»Ich sehe es ein«, sagte ich, – »aber es ist schade. Allein essen macht keine Freude.«

Ich wußte, daß ich etwas Dummes sagte, aber es kam eben so heraus.

»Warum sind Sie dann nicht ins Schloß hinaufgegangen«, antwortete sie auch, nicht ohne einen Anflug liebenswürdiger Ironie, – »wenn's Ihnen allein nicht schmeckt?«

»Wegen Ihnen«, sagte ich. Sie sah mich groß an, dann drehte sie sich um und ging langsam ins Haus zurück.

Ich aß ein wenig und trank Glas für Glas meinen Wein aus. Als er alle war, wollte ich mit dem Messer ans Glas klopfen, aber ich tat es nicht und ließ das Messer im letzten Moment sinken. Dann lehnte ich mich zurück und wartete. Die Sonne war mittlerweile ums Haus gewandert, so daß mein Platz im Schatten lag. Es war ganz still.

Nach einiger Zeit kam sie zurück und trat an meinen Tisch.

»Soll ich abräumen?« fragte sie.

»Nein«, sagte ich und stand auf. Sie machte eine Bewegung, als ob sie fliehen wollte.

»Bleib«, sagte ich und strich ihr leicht über die Schulter, – »ich tu dir nichts.«

Sie blieb unschlüssig stehen, in ihrer Gestalt war die Spannung unbewußter Abwehr. Ich nahm ihre Hand und fühlte, wie ihre Finger kalt wurden.

»Du«, sagte ich und betonte das Wort, – »ich wollte dich etwas fragen.«

Sie sah mich mit erschreckten Augen an.

Ich fuhr fort: »Warum hast du zu dem alten Herrn gesagt, du möchtest nicht alt werden?«

»Ach«, antwortete sie, und ihr Gesicht schien sich von innen zu verschließen, – »das sagt man nur so.«

Ich legte den Arm um sie, die ihre Hand widerstrebend gegen die meine stemmte.

»Bitte – lassen Sie mich!« sagte sie leise.

Ich hielt sie fest und sagte einiges Beruhigende zu ihr, – was, weiß ich nicht mehr, es kam auch auf die einzelnen Worte nicht an dabei, aber ich hörte den Klang meiner eignen Stimme, die mir ganz fremd war und deren ich mich etwas schämte, denn sie klang pelzig und rauh vor Erregung, aber doch weich und einschmeichelnd, es war die Stimme eines billigen Verführers, zärtlich und gemein, – aber ich wußte auch, daß es nicht anders sein konnte jetzt, weil es mich einfach übermannte, und ich fühlte beseligt, wie sie schlaff und hilflos wurde unter dieser Einträufelung und wie ihre Knie zu zittern begannen. Dann küßte ich sie leicht und flüchtig auf den Hals, ließ ihre Arme los.

Unsre Augen trafen sich kurz und hielten ein stummes Zwiegespräch.

»Ich bin keiner«, sagten die meinen, »der nach einem Liter Wein die Kellnerinnen belästigt. Aber –«

»Ich bin keine«, sagten die ihren, »mit der man das tun kann. Aber –«

Es stellte sich in dem kurzen Blick eine Klärung ein und eine Art von Bekanntschaft, es war wie die Vorstellung zweier Geheimbündler durch ein Losungswort oder ein Abzeichen.

»Willst du mir sagen«, fragte ich sie dann, – »wie du heißt?«

»Ja«, antwortete sie, ihre Stimme war hell und zwanglos, – »Magdalena!«

»Ach«, sagte ich und lachte etwas verlegen.

»Warum?« fragte sie, – »ist es kein schöner Name?«

»Doch«, antwortete ich, – »wunderschön. Aber sehr lang.«

»Zu Haus hat man mich Mena gerufen«, fuhr sie fort, – »oder Menega. Meine Mutter war von der Gegend, wo man ladinisch redet.«

»Mena«, wiederholte ich, – »Mena, Menega!«

Ich war sehr beseligt von diesen Namen.

»Wo bist du her, Mena?« fragte ich sie.

»Vom Talferer Tal«, antwortete sie, – »nicht weit von Bozen.«

»Hast du die Mutter nicht mehr?« fragte ich, da sie von ihr in der Vergangenheit geredet hatte.

»Schon lang nicht mehr«, sagte sie. »Aber der Vater lebt noch, und ein Bruder, und eine Schwester. Die ist bei einem Bauern auf der Seiseralp.«

»Ist sie so schön wie du?« fragte ich.

Sie lächelte, und dann wurde ihr Gesicht sehr ernst.

»Sie ist besser«, sagte sie und sah an mir vorbei.

Mir schien, daß sie damit etwas Besonderes meine und nicht nur eine allgemeine Redensart gemacht habe. Ich hatte mich wieder gesetzt und streichelte ihre Hand, die locker und verloren herabhing. Sie drehte sich plötzlich halb auf dem Absatz.

»Ich muß jetzt hinein«, sagte sie.

»Kommst du wieder?« fragte ich.

Sie sah mich mit einem bezaubernd undurchsichtigen Blick an, zuckte leicht lächelnd die Achseln und lief rasch ins Haus. –

Ich lehnte mich zurück und steckte meine Pfeife an. Mein ganzes Wesen war von einem großen Wohlbehagen durchflutet. Ich wollte wirklich nichts von dem Mädchen, dachte ich, – ich kann schwören, daß ich sie nicht verführen will. Ich bin so entzückt von ihr wie von dem Himmel und dem Tal und den Wolkenschatten, die über die Wälder streifen, und der leichten Schwere des Nachmittags in meinem Kopf, und ich genieße diesen Augenblick des Entzückens, wie man es immer sollte, als ob es der einzige und letzte wäre und als müsse man im nächsten schon sich von der Erde lösen und, als Keim und Kern eines eigenen Weltkörpers, auf dessen langsam erkühlender Kruste wieder eigene Berge, Flüsse, Bäume, Wirtshäuser und lebendige Geschöpfe wüchsen, bewußtlos in die eisigen Äther des Raumes hinausfliegen. Jetzt aber saß ich da, vom Wein nicht mehr im geringsten angerauscht, wie einer, der seinen Namen vergessen hat, unbeschwert von mir selber, im Gefühl des Weltganzen aufgelöst und bis in die letzte Faser gelockert. Kurz darauf schlief ich wohl ein. Denn als ich von irgendwelchen Geräuschen emporschreckte, lag meine Pfeife neben dem Stuhl auf den Steinfliesen, und ich fröstelte ein wenig. Die Geräusche waren klappernder Natur, der Tisch wurde abgeräumt, und ins Bewußtsein zurückkehrend, sah ich, daß es der hechtgesichtige Hausbursche war, der dies tat. Die Portiersmütze hatte er abgenommen, und da, wo sie sonst saß, zeichnete sich ein roter Streifen auf seiner Stirn ab, der ihr einen gewöhnlichen Ausdruck verlieh. – Er grinste mich von der Seite an.

»Der Herr haben gut geschlafen«, sagte er und hob meine Pfeife auf. »Danke«, sagte ich mürrisch und klopfte den Tabakrest heraus.

»Ich hab die Bestellung droben ausgerichtet«, rapportierte er, – »es wäre gut, hat das Fräulein gesagt.«

Ich griff in die Tasche.

»O nein«, machte er rasch, – »das ist nicht nötig.«

Ich zog mein Taschentuch heraus und schneuzte mich umständlich. Er schien enttäuscht. Dann holte ich aus der Rocktasche, wo ich das Geld lose trug, ein Fünflirestück und gab es ihm. Er bedankte sich überschwenglich.

»Ich möchte zahlen«, sagte ich dann.

»Ja«, sagte er, – »bittschön!« und kramte einen kleinen Notizblock und ein abgekautes Stückchen Bleistift hervor. »Was darf ich abrechnen?«

Ich war enttäuscht.

»Ich weiß nicht mehr genau, wieviel Wein es war«, log ich, »wo ist die Kellnerin?«

»Die Mena ist weg«, sagte er, – und es stieg eine grundlose Wut in mir auf, als er ihren Namen in den Mund nahm, – »sie hat heut Ausgang. Aber ich glaube, es waren fünf Viertel im ganzen und das kalte Essen.«

»Kann sein«, sagte ich und ließ ihn rechnen. Dann gab ich ihm das Geld und legte noch etwas auf den Tisch.

»Das ist für das Fräulein«, sagte ich.

»Vielen Dank, der Herr«, sagte er mit seiner Bedientenstimme, – »ich werd's ihr geben. Auf Wiedersehn, der Herr. Beehrns uns wieder!«

Ich antwortete nicht, nickte und ging. Warum hat sie mir nicht gesagt, dachte ich im Weggehen, daß sie heute frei hat, – ich hätte sie eingeladen, mit mir spazierenzugehn – aber vielleicht hat sie irgend etwas vor, eine Verabredung oder so, und gleichzeitig ärgerte ich mich über mich selber, weil ich mich mit diesen Gedanken beschäftigte, und fluchte vor mich hin. Dann aber, im Gehen, verlor sich sehr bald die Ärgerlichkeit, und ich freute mich, zum zweitenmal den letzten Anstieg zum Schloß hinauf zu machen nach so kurzer Zeit, und es kam mir vor, als wäre schon eine viel längere Spanne vergangen seit gestern abend und als hätte ich hier schon eine ganze Weile gelebt. Ich mußte doch länger geschlafen haben, als es mir zuerst vorkam, denn die Sonne stand schon ziemlich tief, als ich das Bannholz verließ und des Schlosses ansichtig wurde. Allerdings war sie noch etwas höher als gestern, und das Schloß selbst lag in ihrem vollen rötlichen Schein. Genauer als am Vortag nahm ich all seine Konturen und besonders die mächtige Quaderfront der Rocca wahr, und als ich näher kam, konnte ich auch das alte Wappen, das in den rötlichgrauen Granit eingemeißelt war, erkennen: es stellte eine Art Raubvogelklaue dar, die oben in zwei kleine, schmale, heraldische Flügel auslief und die merkwürdigerweise nur drei weit auseinandergespreizte Krallen hatte. Ich beschloß, bei Gelegenheit nachzuforschen, ob man seine ursprüngliche Bedeutung und seinen Symbolcharakter erfahren könne. – Kein Mensch war im Hof, der wieder wie ausgestorben dalag. Ich wandte mich durch den Garten zum Park, da mir einfiel, daß die Geschwister um diese Zeit gewöhnlich beim Schwimmbecken seien. Der breite Weg führte unter mächtigen Nadelhölzern hin, die allmählich immer dichter standen und deren abgefallene Streu – es waren auch Lärchen und Arven dabei – den Fuß wie auf einem glatten, lautlosen Teppich gehen ließ. Kein Steinchen knirschte, und kein Laub raschelte, so daß mein Schritt völlig unhörbar war, – ich aber hörte plötzlich eine Stimme und sah, zwischen den Bäumen durch, ganz nah die beiden am Einfluß des Staubeckens, dort, wo der bemooste Faun das Wasser aus seiner Syrinxflöte auf die altersbröckligen Stufen spie. Die späte Sonne lag schräg und golden über dem Teich und umflammte ihre Leiber, die nackt waren. Magdalena hockte, mit dem Rücken zu mir, auf der niedrigen Steinbank, sie hatte einen rötlichen Bademantel um, der ihr von den Schultern geglitten war, die Knie hatte sie bis zum Kinn hochgezogen und die Hände vorn über den Schienbeinen gefaltet. Ihr Haar hing offen um den gebeugten Hals, und das Gesicht war seitlich lauschend halb nach oben gedreht. Firmin stand aufrecht neben ihr, er hatte nichts als ein Handtuch um seine Lenden geschlungen, und sein schlanker heller Körper erinnerte mich mehr noch als sonst an die Gestalten der langgliedrigen Südtiroler Bauernkruzifixe. Den Kopf hatte er etwas zurückgeworfen, und in der hocherhobenen Hand hielt er ein paar Blätter, die sein Gesicht gegen die Sonne beschatteten und aus denen er vorlas. Ich hörte nur den schönen und tiefen Klang seiner Stimme, die Worte waren nicht zu verstehen. Dem Rhythmus nach schienen es Verse zu sein. Ich begriff sehr gut, während ich ihn so stehen sah, daß die Frauen die fast zerbrechliche Schmalheit eines solchen Körpers mehr lieben mußten und mit besorgterer Leidenschaft umtun, als unsere maskulinisch massive Mächtigkeit, deren Wirkung man so häufig überschätzt.

Gleichzeitig kam es mir ungemein taktlos und fast wie ein Vertrauensbruch vor, diese schöne und heimliche Szene geschwisterlicher Nähe zu belauschen oder gar unerwünscht und störend in sie einzubrechen. Ich wußte nicht recht, ob ich abwarten sollte, bis Firmins Vorlesung und ihr Gespräch darüber beendet sei, und mich dann zeigen, oder ob ich einfach unbemerkt wieder verschwinden müsse. In beiden Fällen aber hatte ich das unangenehme Gefühl, ein Lauscher gewesen zu sein, und deshalb tat ich etwas Drittes, ich lief rasch und leise den Weg, den ich gekommen war, wieder zurück, schlug dann durch den Park einen großen Bogen, der eine gute Viertelstunde dauerte, und näherte mich nun, auf einem kiesknirschenden Pfad, laut pfeifend dem Bassin von der anderen Seite.

Aber als ich aus den Stämmen der mächtigen alten Eschenbäume, die es dort randeten, heraustrat, sah ich gleich, daß die Geschwister nicht mehr da waren, – entweder inzwischen von selbst weggegangen oder durch meine laute Ankunft gewarnt und vertrieben, und ich fühlte mich durchaus erleichtert. Ja, ich empfand plötzlich auch eine Erleichterung, aus irgendeinem Grund, der mir nicht ganz deutlich war, – Magdalena jetzt nicht zu begegnen.

Rasch, weil die Sonne nur noch knapp über den Wipfeln stand, warf ich die Kleider ab und sprang ins Wasser, das recht kalt war und die Haut wundervoll sprühend und massierend belebte. Mit ein paar Stößen schwamm ich bis zur Mitte des ovalen Beckens und ließ mich dort, wo es ein paar Meter tief war, mit offenen Augen in die klare Flut hinuntersinken. Kaum war ich unter Wasser, verfärbte sich der rotglühende Sonnenball, in den ich gerade hineingeschwommen war, in ein tiefes, smaragdisch glänzendes Grün, das immer heller und kristallischer wurde, je tiefer ich hinabtauchte. Ich hielt den Atem an, solang es ging, und schnellte dann, mit schmerzender Brust und klopfendem Herzen, wieder zur Oberfläche empor, ganz außer mir von der unfaßbaren Schönheit, die meinen Augen in der strömenden Tiefe zuteil geworden war, und während ich jetzt den kältegeröteten Körper abklatschte und noch halb naß in die Kleider fuhr, hatte ich auf einmal den ganzen starken und überwältigenden Gedanken, meine Malerei aufzustecken, nie mehr ein Malgerät anzurühren, irgend etwas anderes auf der Welt zu tun, was dem Schöpfer weniger ins Handwerk pfuschen möchte. Ergriffen schaute ich zu, wie die Sonne noch da und dort zwischen Laubschatten und Gebüsch die Gras- und Krautränder umtupfte, und das erste taumelnde Vorüberstreifen einer Fledermaus auf dem Rückweg zum Schloß entlockte mir Aufschreie des Entzückens. Leben ist »Sehen-Lernen«, ging es mir durch den Kopf, und dazu bin ich auf die Welt gekommen. Was übrigbleibt, geht mich nichts an.

Aber als ich den Hof betrat, wurde ich grob und heftig an meine selbstgestellte irdische Aufgabe gemahnt, denn von einem Ochsenwagen herunter war Grisi damit beschäftigt, die unförmig eingepackten Stücke meiner Malgerätschaften abzuladen, die ich mir aus Deutschland hatte hierher schicken lassen. Ich half ihm, das Zeug ins Turmzimmer hinaufzuschaffen, dessen Wände mich leer und verlangend anschauten. Nun werde ich also doch wohl malen müssen, dachte ich und wußte nicht, ob ich mich darüber freuen oder kränken solle. Ich packte Stifte, Farben und Pinsel aus und bat Grisi, der neugierig dabeistand, ein paar Minuten so in der Tür stehen zu bleiben. Mit wütenden und heftigen Strichen, wie um mich aus diesem ganzen Zwiespalt zu befreien, haute ich mit dem Kohlestift die Umrisse seiner Gestalt und, etwas schärfer und härter, die Konturen seines Gesichtes mitten auf die dem Bett gegenüberliegende Wand, zuletzt mit dicker Schwärze den aufgezwirbelten Schnurrbart, die Pupillen und die Augenbrauen hineinsetzend.

»So«, sagte ich, – »jetzt habe ich meinen Wächter an der Wand.«

Grisi trat ins Zimmer hinein und ging wie auf Zehenspitzen seinem Porträt entgegen. Eine Zeitlang stand er unbeweglich davor, dann wandte er sich langsam über die Schulter herum und maß mich von oben bis unten mit einem Blick, von dem ich nicht wußte, ob er tiefstes Mißtrauen, Entsetzen oder Bewunderung ausdrücken sollte. Wortlos ging er an mir vorbei und verließ ganz rasch, fast fluchtartig, den Raum. Ich betrachtete nachdenklich sein Porträt, das mich aus kohlschwarzen Augen anfunkelte. Es war, dies wußte ich damals noch nicht, tatsächlich das einzige, was ich in diesem Raum gemalt habe, – und es war gut getroffen, das kann ich getrost sagen. – Kurz darauf ertönte der Gong, und ich lief hungrig zum Abendessen hinunter.

Die Mahlzeit verlief heute einsilbiger als gestern. Firmin und Magdalena hatten sich, wie mir die Kuh leise erzählte, über eine Stelle in seinem Manuskript gezankt und waren noch nicht wieder einig geworden. Er sprach nicht viel und trug eine abwehrende Miene zur

Schau, Magdalena sah müde aus, gähnte öfters und schien ganz zufrieden und angenehm verschlafen zu sein. Ich erzählte von meinem Spaziergang und daß ich mich verlaufen hätte und dann beim Eppaner Weißwein gelandet sei, aber nur die Kuh lachte darüber, die andren hörten mit lässiger Freundlichkeit zu, so daß ich schließlich auch nichts mehr sprach.

»Ich höre«, sagte Firmin zu mir, als wir aufstanden, » – daß deine Malsachen gekommen sind. Nun wird ja bald die Rocca rauchen von den Wolken der Fruchtbarkeit.«

»Ich weiß nicht recht«, sagte ich, – »ich habe vorhin daran gedacht, den ganzen Schwindel aufzustecken.«

»Du«, rief Firmin und legte mir die Hand auf die Schulter, – »fang du uns um Gottes willen nicht auch so an! Du warst stets der ›rocher de bronze‹ in den Gefilden des Zweifels und der allgemeinen Unsicherheit, – und du hast es zu bleiben!«

»Ich werde mich bemühen«, sagte ich.

Wir gingen ins Musikzimmer zur blinden Mutter, und sie spielte Mozart und Schubert. Ich setzte mich wieder in die Ofenecke, aber Magdalena blieb am Flügel stehen, als wolle sie die unsichtbaren Notenblätter umdrehn.

Nach dem Spiel stiegen wir auf den Altan hinauf – die Geschwister, die Kuh und ich –, aber wir setzten uns nicht, sondern schlenderten unschlüssig hin und her. Der Mond muß heute später aufgehn, man sah noch keinen Schimmer davon, auch waren Wolken am Himmel und strichen wechselnd über die kühl flimmernden Sterne. Firmin und Magdalena blieben schließlich flüsternd in einer Ecke stehen, und ich begleitete die Kuh, die zu Bett wollte, bis an ihre Zimmertür.

»Ich werde die beiden lieber allein lassen«, sagte ich zu ihr, – »sie scheinen sich immer noch nicht ganz einig zu sein.«

Sie lachte.

»Magdalena war sehr enttäuscht«, sagte sie, – »wie Sie heut mittag nicht gekommen sind.«

»So«, sagte ich, – »aber hoffentlich waren *Sie* nicht böse auf mich.«

»Ach, Blödsinn«, sagte sie, – »das ist doch selbstverständlich, daß Sie kommen und gehen, wie Sie Lust haben.«

Ich küßte ihr die Hand, und sie winkte mir freundlich nach.

Als ich zur Treppe zurückging, kam Magdalena mir allein entgegen.

»Firmin ist schon ins Bett«, sagte sie, – »und ich geh auch schlafen. Ich weiß nicht, warum wir heut alle so müde sind.«

»Vielleicht, weil gestern Vollmond war«, sagte ich und sah sie an. »Das ist möglich«, sagte sie gleichgültig. »Gehn Sie auch schon schlafen? Oder soll ich Ihnen noch was zu trinken schicken?«

»Danke«, sagte ich, – »ich will noch ein wenig hinausgehen. Ich kann heute nicht genug kriegen an Luft und Bewegung.«

Ich streckte ihr die Hand hin, um mich zu verabschieden, aber sie nahm sie nicht, sondern legt mir die ihre auf den Arm.

»Ich begleite Sie noch bis ans Tor«, sagte sie, – »und zeige Ihnen, wie der alte Schlüssel funktioniert. Es ist ein kleiner Trick dabei. Hier im Haus ist alles so schwer zu öffnen, wenn man's nicht kennt.«

»Ja«, sagte ich, – »zum Beispiel die Fensterläden.«

Sie lachte leise und schien mir heute zum erstenmal wieder ihre seltsam reizvolle, beschwingte Stimme zu haben.

»Hören Sie, Thomas«, sagte sie plötzlich, während wir die dunkle Treppe hinuntergingen, – »Sie werden Gesellschaft kriegen in der Rocca.«

Ich sah sie fragend im Dunkeln an.

»Wieso?« sagte ich.

»Mario kommt«, antwortete sie rasch, – und dann nach einer Pause, – »von dem ich Ihnen letzte Nacht erzählt habe, ja?«

»Ja«, sagte ich.

»Er hat heute wieder telegraphiert, ob ich ihn erwarte, – er war nämlich schon einige Zeit nicht mehr da. Ich habe ihm zugesagt. Vielleicht wird er morgen schon eintreffen.«

Da ich nicht antwortete, fügte sie hinzu: »Ihr werdet euch sicher ausgezeichnet verstehen.«

»Ich freue mich, ihn kennenzulernen«, sagte ich.

»O wie formell«, rief sie etwas gereizt.

»Nein, ich freue mich wirklich«, sagte ich. »Mißverstehen Sie mich bitte nicht, Magdalena. Ich kann mich noch nicht ganz an den Gedanken gewöhnen, daß Sie heiraten werden, es ist noch zu neu. Aber wenn Sie es schon tun, freue ich mich, den Kerl kennenzulernen. So ist es.«

»Das waren Manneswortе«, sagte sie lachend und offenbar erleichtert. »Sie sind, wie mein Bruder sagte, der ›rocher de bronze‹, – und Sie haben es zu bleiben.«

»Auch Erz und Felsen haben ihre sterblichen Stellen«, sagte ich.

»Gott sei Dank, daß Sie das zugeben«, rief sie heiter, – »und nun schauen Sie her, wie man das mit dem Schlüssel macht! So – ein wenig anheben und nur keine rohe Gewalt!«

Sie zeigte es mir und gab mir dann den Schlüssel.

»Gute Nacht«, rief sie, – »und verirren Sie sich nicht!«

»Nein«, sagte ich, – »ich kenne jetzt den Weg.«

Tatsächlich ging ich schnurgerade durchs Bannholz und bis zur »Albergo di Latemar« hinunter. Zwischen den Bäumen war es stockfinster, aber die Augen gewöhnen sich rasch an Dunkelheit, wenn man sie nur gehen läßt, und die Ränder der Radspuren zogen sich immer mit einer dämmergrauen Leuchtkraft vor mir her. – Die kleine Terrasse lag dunkel und verlassen, die Gartenstühle lehnten zusammengeklappt an der Wand. Auch das Haus war finster und lautlos, nur zwei Fenster nach der Straßenseite waren noch erhellt. Ich trat von außen an eines dieser ebenerdigen Fenster heran, durch den Vorhangspalt konnte man die Gaststube übersehn, in der an einem größeren Deckenleuchter nur eine einzige elektrische Birne brannte. Darunter saß, an einen Tisch hingelümmelt, der Hausdiener Hans und las den »Corriere della Sera«. Sonst war kein Mensch im Zimmer. Jetzt aber öffnete sich die Flurtür, eine dicke, etwas unordentlich gekleidete grauhaarige Frau schaute herein und sagte ein paar Worte. Sie mochte die Wirtin sein, – denn der Bursch erhob sich unwillig auf ihren Anruf, streckte die Glieder, hängte dann die Zeitung, die in einen Rahmen geklemmt war, an die Wand und drehte das Licht ab. Gleich darauf hörte ich eine Tür schlagen, Schritte auf einer Holztreppe, und nun war das Haus ganz dunkel. Ich hätte ja noch am Fenster oder an der Tür klopfen und ein Viertel Wein verlangen können, aber ich tat es nicht. Sie hat Ausgang, dachte ich, – und entweder schläft sie schon, – oder sie ist noch unterwegs. Jählings fiel mir der italienische Zollsoldat ein, dem sie am Vortag auf der Terrasse Wein eingeschenkt hatte. Ob der ihr Freund ist, dachte ich? Und es stieg – beschämend und beglückend zugleich – eine dumme und kindische, sinnlose und unbegründete Eifersucht in mir auf. Langsam ging ich den Weg zum Schloß zurück. Ich will gar nichts von dem Mädchen, sagte ich mir, und in Wirklichkeit bin ich ja auf Magdalena eifersüchtig oder auf ihren verdammten Mario. Magdalena jedoch war mir fremd und würde den Reiz und das Grauen der Fremdheit nie für mich verlieren, – Menega schien mir nah und heimlich beim ersten Anblick, und wie von Kindheit her vertraut. Ein schöner »rocher de bronze«, sagte ich lachend zu mir, der nun – zum viertenmal in kaum dreißig Stunden – zwischen Schloß und Wirtshaus hin und her pendelt. Vorm Waldrand blieb ich stehen. Der Mond mußte bald aufgehn, Tal und Hänge lagen noch ganz im Dunkel. Ein vereinzeltes Licht schimmerte unweit von einem kleinen Gehöft. Vielleicht ist das Peter Insams Haus, dachte ich, und er sitzt jetzt in Hemdsärmeln über irgendeiner Bastelei. Der Gedanke erfüllte mich mit einer merkwürdigen Ruhe und Heiterkeit. Morgen werde ich ihn besuchen, nahm ich mir vor.

Als ich ins Schloß zurückkam, war der Mond wirklich aufgegangen und schien durch alle Fenster, so daß ich kein Licht brauchte. Ich zog unten die Schuhe aus, um durch das Treppensteigen niemanden zu wecken. In meinem Turmzimmer standen alle Läden weit offen. Grisis Porträt starrte in scharfem Schwarzweiß von der grellbeschienenen Wand. Eine Zeitlang stand ich noch auf dem Umlauf, – lauschte und wartete. Aber es regte sich nichts.

ISONZO

Am andern Tag regnete es. Die offenen Fenster waren wie mit Silberdraht versponnen, ein kühler Duft wehte herein, und man hörte das gleichmäßige, seidige Knistern des Wassers auf den überhängenden Holzschindeln und auf den Laubdächern der Bäume. Ich blieb lange liegen und lauschte darauf, – und manchmal rauschte das Laub in einem Windzug, der dann von raschen, prasselnden Tropfenschauern chromatisch begleitet wurde. – Grisi brachte mir das Frühstück ins Zimmer. Ich erfuhr von ihm, daß heute Sonntag sei – ich selbst hätte es gar nicht bemerkt – und daß die Kuh mit den Kindern in die Kirche gegangen war.

»Es ist eine Stunde zu Fuß«, berichtete er, – »aber sie gehen immer, auch wenn es regnet, und im Winter fahren sie mit den Skiern hinunter. – Ich gehe nur im August, an Mariä Himmelfahrt«, fügte er wie entschuldigend hinzu.

»Warum?« fragte ich.

»An dem Tag hab' ich meinen Arm verloren«, sagte er, – »und der Herr Graf hat mich aus dem Feuer getragen.«

Sein Gesicht leuchtete wie in seligster Erinnerung. Er ging hinaus, und ich hörte ihn drüben im andren Turmzimmer rumoren. Später, als ich vorbeiging, sah ich durch die offene Tür, daß er ein Bett bezog und einen Kasten auslüftete. – Im Musikzimmer übte die alte Dame. Ich blieb eine Zeitlang vor der Tür stehen. Es schien Chopin zu sein. Manchmal pausierte sie, als lese sie im Geist die Noten nach, – und begann dann die unterbrochene Figur von vorne. Drunten warf ich den Regenmantel über und ging in die wehende Feuchtigkeit hinaus. Am Tor traf ich die Kuh, die gerade mit den Kindern heimkam. Sie hatte einen riesigen bunten Bauernschirm aufgespannt, unter dem die ganze Familie Platz fand.

»Schon wieder ausrücken?« fragte sie mich.

»Nur den Regen genießen«, sagte ich, – »ich habe sonst nichts vor.«

»Dann kommen Sie mit«, forderte sie mich auf, – »und schauen Sie sich meine Pflanzen an. Die sind im Regen am schönsten!«

Wir gingen auf den schmalen Steigen zwischen den Gemüsebeeten umher, sie erklärte mir alles, was da gesät und gesetzt war, was gut und was langsamer kam, was für Gefahren es gab und was alles zu geschehen habe. Dann machten wir gemeinsam einige Mistbeete auf, die den gesunden Frühsommergruß empfangen sollten, besichtigten das Glashaus, wo sie einiges für den Mittagstisch holte, und wandten uns schließlich in die Ställe, deren warmer Hauch sich dünstend auf unsre feuchten Kleider schlug. Die Kälbchen drehten die Köpfe um, wenn sie ihre Namen rief, und der große Stier schnaubte zärtlich, als wir vorübergingen.

»Er ist ein herrlicher Kerl«, sagte sie, trat zu ihm zurück und tätschelte seine Flanken, – »schwer wie ein Berg, – aber er springt so leicht, daß ihn die schmalste Jungkuh tragen kann. Wenn eine Kuh schwer kalbt, binden wir ihn los, – dann geht er hin und leckt ihr den Kopf und den Rücken. Auch die neugeborenen Kälbchen haucht er und leckt er wach, bis sie sich aufstellen und das Euter suchen.«

Sie wußte von jedem Tier, wie alt es war und wieviel Milch es gab oder was ihm fehlte. Dann gingen wir in den Nebenraum, wo Butter gemacht wurde.

»Die Zentrifuge muß ich jeden Tag kontrollieren«, sagte sie und fühlte mit ihren schönen Händen daran herum, – »die lassen sie gern verdrecken.«

Die Mägde lachten ein wenig und schauten ihr ernst und respektvoll zu. Im Hühnerhof zeigte sie mir eine Klucke, die auf Eiern saß, und wir bewunderten lange den starken und gesammelten Ausdruck in dem Hennengesicht, das sonst so unklug und stumpfsinnig zu wirken vermag. Es gab noch ein schönes, großes Wirtschaftsgebäude zu sehen, in dem auch ein paar helle, luftige Fremdenzimmer leer standen. Ihre Fenster gingen auf den Garten.

»Hier hätten Sie auch wohnen können«, sagte sie, – »in meinem Reich!«, und es tat mir fast leid, daß es nicht so gekommen war.

Man hörte vom Hof das Anspringen des Motors, gleich darauf das Geräusch des eingeschalteten Gangs und das Seufzen der gelockerten Handbremse.

»Grisi fährt zur Bahn«, sagte die Kuh.

»Er holt wohl Mario«, sagte ich.

Sie nickte. »Wie ist Mario eigentlich?« fragte ich.

Sie sah mich an und zuckte ein wenig die Achseln.

»Sie werden ihn ja kennenlernen«, sagte sie.

In ihrem Blick, der auf mir ruhte, lag ein Schimmer von Wärme und Bedauern. Sie hätte lieber mich an Marios Stelle gesehen, schoß es mir durch den Kopf, und ich freute mich darüber. –

Mario war mit einem sehr frühen Zug von Bologna abgefahren und traf schon zu Mittag ein. Ich sah vom Umlauf der Rocca herunter, wie man zwei naßgeregnete Lederkoffer von der Gepäckleiste des Autos abschnallte. Von ihm selbst sah ich nur, wie er aus dem Wagen sprang, den wehenden Gummimantel und einen dunklen Mützenschirm. Dann hörte ich im andren Turmzimmer Magdalenas und seine Stimme, die baritonal und recht angenehm klang. Einmal traten sie kurz auf den Balkon, da schwollen die Stimmen lauter, und sie lachten auch. Ich war nicht ganz zufrieden mit seiner Stimme, denn sie klang wirklich recht angenehm, – klar, offen und männlich. Ihn selbst sah ich erst mittags, – er sprang auf, als ich etwas später das Speisezimmer betrat, – auf eine militärische, durch südländisches Temperament gelockerte Art begrüßte er mich, sah mir erfreut in die Augen und preßte meine Hand, als wolle er sie vernichten. Ich mag ihn ganz gern, dachte ich, aber ich könnte ihm auch eine 'reinhauen. Und bei dieser Form von Sympathie blieb es, solang ich ihn kannte. Sein Körperbau, auch sein Gang und seine Bewegungen hatten etwas Athletisches, das Gesicht unter dem tiefen Haaransatz und dem bis zum Genick durchgezogenen Scheitel war von olivbrauner gestraffter Glätte. Große, weit auseinanderliegende, altgoldene Augen standen darin ein wenig vor, ganz fern an die Firmins erinnernd, doch ohne dessen klaren und versunkenen Widerschein. Es waren schöne, fast zu schöne Tieraugen von feuchter Unverhohlenheit, die, mit kleinen, weißen Blitzlichtern, ebenso hart wie melancholisch blicken konnten. Wir musterten uns unter der Mahlzeit immer wieder, wie eben Männer, die sich durch eine Frau kennenlernen, einander mustern, jedenfalls hielten wir – wie Magdalena mir später sehr belustigt sagte – beide die Hörner gesenkt und die Nüstern gebläht, im festen Glauben, daß es niemand bemerken könne.

Das Gespräch drehte sich um allgemeine Dinge, Wetter, Autostraßen, Bergtouren, – einmal versuchte Mario über Politik zu reden, was aber in einen Monolog ausartete, denn keiner antwortete ihm. Im übrigen wendete er sich höflich nach allen Seiten, sprach heiter und lebhaft. Wenn er die Kuh anredete, merkte ich, daß sie die Augen senkte und einsilbige Antworten gab. Und als wir nach Tisch mit der »Matrona«, so nannten sie unter sich die blinde Mutter, den Kaffee nahmen, fiel mir auf, daß auch sie nach Möglichkeit und gerade noch in den Grenzen des guten Tons nicht hinhörte, wenn er sie ansprach. Die Frauen mögen ihn nicht, dachte ich, nicht ihn persönlich, sondern seinen Typ. Er ist ein Mann, dem sie verfallen können, ohne ihn gern zu haben. Wenn sie nicht gerade in einem Liebesverhältnis mit ihm stehen, haben sie gar kein Verhältnis zu ihm.

Magdalena war ziemlich ruhig und zurückhaltend bei Tisch, – später jedoch, als das Gespräch lebhafter wurde und um ihr gemäßere Themen ging – wir sprachen erst vom Unterschied »handgemachter« und mechanischer Musik, von der Begrenztheit jeder, selbst der technisch vollkommensten, indirekten Wiedergabe, und kamen schließlich auf den Film, über dessen Befähigung, eine eigne Kunstform auszubilden, wir lebhaft und mit entgegengesetzten Meinungen debattierten –, nahm sie eine ausgesprochen spöttische und anzügliche Haltung gegen ihn ein, – apostrophierte seine etwas beiläufigen und harmlosen Bemerkungen mit scharfem Witz und ließ ihn, auf eine Art, die ich nicht ganz fair fand, ihre geistige Überlegenheit oder mehr seine leise Fremdheit und Unzugehörigkeit in unsrem Kreis und unserer Verständigungsweise fühlen. Einmal, als er ganz aufrichtig gesagt hatte, Musik müsse einfach schön sein und einem das Bauchfell oder das Herz erzittern lassen – an anderes denke er nicht dabei –, antwortete sie: »Wir Europäer sind nicht nur mit dem Bauch oder dem Kehlkopf musikalisch«, – worauf er zornige Augen bekam und mit den Backen kaute, – dann aber lachte er wieder gutmütig zu ihren Bosheiten, bis sie im Zug des Filmgesprächs seinen Standpunkt – (Kunst sei, was ihn durch Rhythmus begeistern könne!) – als negerhaft kennzeichnete. Da ballte er plötzlich die Faust, sein Gesicht wölbte sich dunkel auf, er stampfte kurz mit dem Fuß und zischte sie drohend und unbeherrscht an: »Basta!!« – Sofort veränderte sich ihr Ausdruck und ihr ganzes Wesen, ihre Stimme bekam etwas Hohes und Ängstliches, gleichzeitig war sie voll zärtlicher Unterwerfung, sie lachte ihm zu, nickte beifällig zu irgendeinem Wort von ihm, und kurz darauf streichelte sie seine wieder gelösten Finger. Mir war das alles recht peinlich, und sobald die Matrona und Lavacca aufstanden, empfahl ich mich gleichfalls und ging in den Hof, denn es hatte zu regnen aufgehört. Als ich das Schloß eben verließ, kam Firmin mir eilig nach.

»Wo gehst du hin?« fragte er.

»Ich hatte vor, Peter Insam zu besuchen«, antwortete ich.

»Wenn es dir recht ist, geh' ich mit«, sagte er, – »und zeig' dir den Weg.«

Ich war sehr froh darüber, – und wir liefen, wie früher oft, in einem lebhaften und flotten Gleichschritt nebeneinander her.

»Ich finde ihn eigentlich nett«, sagte ich nach einer Weile.

»Ja«, erwiderte Firmin rasch und blieb stehen, – »aber wie kommt Magdalena zu ihm?«

Mir fiel ein, daß wir beide vorhin, als sie ihn offensichtlich mißhandelte, einen kurzen Blick männlichen Einverständnisses getauscht und – mindestens – Marios Partei ergriffen hatten.

»Verstehst du das?« fuhr er fort.

»Nein«, sagte ich, – »noch nicht. Aber es muß schon irgendeinen Schlüssel dazu geben.«

»Vielleicht ist sie einfach verliebt ihn ihn«, sagte er mit einem Achselzucken.

»Es mag das Fremdartige sein«, antwortete ich. »Er ist ja ganz anders als wir alle.«

»Das Fremdartige zieht an«, sagte Firmin, – »aber das Fremdartige hält nicht vor. Unsre Mütter sind Schwestern. – Doch mit uns und unsrer Art ist er nur der sensuellen Natur nach verwandt. Sonst – könnte er wirklich von einem andren Erdteil sein. Er ist ein Südländer, – – ein Mann von frommer Sinnlichkeit. Außerdem ist er ein famoser Kerl. Aber er ist, wie er ist, verstehst du, genau so und nicht anders, – er deckt sich völlig mit sich selbst und ist bar jeglichen Hintergrundes. Ihn stört das nicht, – es würde ihn höchstens stören, wenn es anders wäre, das heißt, wenn er Hintergründe hätte. Im übrigen geht das ja schließlich uns nichts an.«

»Mich sicher nicht«, sagte ich und ging weiter.

Als wir durchs Bannholz waren, zeigte er mir den nächsten Pfad zu Peters Haus. Es war wirklich das Gehöft, von dem ich am letzten Abend das Licht gesehen hatte.

»Kommst du nicht mit?« fragte ich. »Nein«, sagte er, – »ich will noch ein wenig laufen. Auf Wiedersehn!«

Wir winkten uns zu und gingen auseinander.

Peter zeigte mir sein schönes, einfaches Haus, in dem man wirklich nicht unterscheiden konnte, was noch von den früheren bäuerischen Besitzern da war und was er selbst hinzugefügt oder umgemodelt hatte, seine vielen Buben, seine Terrarien – er verbrachte oft ganze Tage im Gebirg mit Eidechsenfang und war überzeugt, dem berühmten »Tatzelwurm« unmittelbar auf der Spur zu sein, – seine Musikinstrumente und seine Sammlungen edler und skurriler Holzplastiken. In einer Ecke des Wohnzimmers standen ganze Bataillone Altgrödener und Zitzenhausener handgeschnitzter und bemalter Figuren, bebauchte und ausgemergelte, bucklichte, verkrümmte und kropferte, mit wunderlich verzwickten Gesichtern und Nasen in jeder Größe, von der Erbse bis zum Schlangenkürbis. Sie standen nicht nur als Kuriosa da herum, sondern Peter führte mit ihnen große Spiele und Handlungen auf, zum Teil nach alten Volksbüchern, zum Teil aus eignem Entwurf, und da heute Sonntag war, durften die Buben, groß und klein, sich an einer solchen Vorstellung in verschiedensten Rollen und Funktionen beteiligen.

»In der Woche gibt's das nicht«, sagte Peter, – »da müssen sie arbeiten.« Sie machten in ihrer schulfreien Zeit jede Art von Bauernarbeit mit. Jetzt aber wirkten wir alle gemeinsam als Puppenspieler und amüsierten uns köstlich dabei. Jede Figur hatte ihren eigenen Namen, und ich erinnere mich noch an den »wackeren Wendelin«, den »tumben Tamian«, den »depperten Bimpf«, den »Grantmayr« und das »schwangere Lieschen«. Loisl, die Frau, mußte mit dem jüngsten Kind das Publikum abgeben. Später brachte sie uns saure Milch mit Schwarzbrot, wozu mir Peter einen selbstgebrannten Vogelbeerschnaps von allerlei Qualitäten kredenzte. Als ich ging, fing es gerade wieder zu tröpfeln an, und ich freute mich über den feuchten moosigen Geruch, der aus dem Boden stieg. Ich hielt mich jetzt nicht an den Abschneider, den Firmin mir gezeigt hatte, sondern ging den schmalen gewundenen Fahrweg, der an der »Albergo di Latemar« vorbeiführte.

Die Terrasse war vom Regen gesprenkelt, Tische und Stühle weggeräumt. Ich trat in die Gaststube, die ich nachts schon durchs Fenster gesehen hatte. Es roch nach brenzlichem Knaster, ein paar Bauern saßen in ihrem schwarzen Sonntagsgewand um eine Literkaraffe mit Rotwein herum. Sie sogen an ihren Pfeifen und redeten gedämpft. An einem andren Tisch saß der Zollsoldat, den ich beim ersten Vorübergehen gesehen hatte, und würfelte mit dem Hausburschen Hans. Er hatte abgeschnallt und seine Uniform über Hals und Brust geöffnet. Eine Art Netzhemd schaute darunter vor. Hans begrüßte mich diensteifrig und wollte aufspringen, aber gleichzeitig trat die Wirtin ein, die ihre Haare heut aufgesteckt trug, kam unter allerlei Kratzfüßen an meinen Tisch und erkundigte sich nach meinem Begehr. Ich bestellte ein Viertel Rotwein.

»Sofort, mein Herr«, sagte sie und rief durch ein Schubfenster, das wohl zur Küche oder Schänk führte: »Mena! Ein Viertel Spezial!«

Als Mena eintrat und mich sah, schien sie zu erschrecken, aber es war wohl nur für mich bemerkbar.

»Grüß Gott, Menega«, sagte ich, als sie den Wein vor mich hinstellte. – »Grüß Gott«, sagte sie und sah mich mit ernsten Augen an. Dann senkte sie die Lider und ging an den Bauerntisch, wo die Karaffe ausgetrunken war. Sie trug heute, der Landestracht gemäß, ein schwarzes Seidentuch im Haarknoten eingeschlungen und sah noch viel schöner aus, dachte ich, als am Tag vorher. Nur ihre Gesichtsfarbe schien mir etwas blaß heute, aber das mochte von dem trüben, wolkigen Stubenlicht kommen.

Die Wirtin war an meinen Tisch gekommen und hatte das übliche Gastwirtsgespräch begonnen. Das Geschäft ging schlecht, und die arme »Zeit« mußte ziemlich herhalten. »Bis gestern war ein altes Ehepaar hier«, sagte sie, – »aber jetzt hab ich wieder alle Zimmer leerstehen. Es gibt eben heutzutag keine Vorsaison mehr.«

»Wieviel Zimmer vermieten Sie denn?« fragte ich ohne besondere Absicht, nur, um ihr zu antworten.

»Sechs Zimmer mit achtzehn Betten«, sagte sie, – »aber jetzt geb ich sie auch als Einzelzimmer ab. Die drei vorderen, mit der Aussicht und den Balkonen, hab ich neu streichen lassen im Herbst, aber es kommen noch nicht einmal die Unkosten herein.«

»Kann ich die Zimmer mal anschaun?« fragte ich – eigentlich nur, um ihr Gejammer abzubiegen. Mena war inzwischen mit der Literkaraffe der Bauern wieder hinausgegangen. Ein freudiger Schreck zuckte über das Gesicht der Wirtin, und ihre Augen bekamen einen geradezu gierigen Glanz.

»Wohnen Sie nicht im Schloß?« fragte sie unsicher.

»Doch«, sagte ich, – »aber ich werde wohl ziemlich lang hier im Land bleiben, und wenn andere Gäste hinaufkommen, könnte ich vielleicht umziehn.«

Während dieses letzten Satzes kam Menega mit dem Wein zurück, und ich sprach ziemlich laut und halb zu ihr hingewandt. Aber sie stand mit dem Rücken zu mir, und ich konnte nicht sehen, ob sie zugehört hatte. Der Hausdiener jedoch schien seine großen, roten Ohrmuscheln nach mir umzudrehn.

»Bittschön«, sagte die Wirtin, – »wenn Sie sich hinaufbemühen wollen.«

Der Hausbursch sprang auf.

»Ich werde die Schlüssel holen«, sagte er und rannte vor uns her zur Tür hinaus und treppauf. Langsam watschelte die Wirtin hinter ihm her, ich folgte ihr und sah mich unter der Tür nach Menega um. Sie ging durch den Raum und schaute nachdenklich aufs angeregnete Fenster. – Die Zimmer waren freundlich und anspruchslos, mit einfachen Bettstellen und Kästen aus Zirbelholz. Das mittlere im oberen Stockwerk gefiel mir besonders. Der Ausblick war heute von Wolken verhängt, aber ich wußte, daß man über das Tal auf den Latemar sah. Nichts störte in diesem hell gestrichenen Gasthauszimmer, sogar der Öldruck an der Wand, der einen treibenden Rothirschen darstellte, paßte sich liebenswürdig und naiv dem Ganzen ein.

»Das zweite Bett würde ich herausnehmen«, sagte die Wirtin, – »und dieses hier an die Wand rücken, wenn Ihnen das lieber ist. Dann hätte man noch Platz für einen größeren Tisch.«

»Wohnt jemand drüber?« fragte ich.

»Es ist ganz ruhig«, sagte sie, – »droben ist der Dachboden, und dort ist nichts als die Mädchenkammer. Aber die merken Sie gar nicht. Ich selbst wohne im Erdgeschoß, der Bursch im Schuppen, und sonst ist kein Mensch im Haus jetzt.«

Als wir wieder hinunterkamen, saß der Pfarrer an meinem Tisch, ein starkknochiger älterer Mann, der die kurze Sutanelle und hohe Gebirgsstiefel trug. Er nickte mir freundlich zu und nippte an seinem Glas. Einer der jüngeren Bauern blies leise auf der Mundharmonika, Hans setzte sich gleich wieder zu dem Soldaten, die Würfel schepperten, die andren Bauern murmelten und grunzten gedämpft. Ich fühlte mich ungemein wohl und behaglich in diesem Raum. Die Wirtin machte sich am Glasschrank zu schaffen und warf mir manchmal ängstliche Blicke zu, als fürchte sie, daß ich mich plötzlich in Luft auflösen könne. Menega kam dann und wann mit Wein und brachte dem Pfarrer Brot und Butter.

»Gefällt's Ihnen in unsrem Land?« fragte der Pfarrer, der schon wußte, daß ich ein Gast des Schlosses war.

»Ja«, sagte ich, – »ich werde lang hierbleiben.«

»Das ist recht«, sagte er, – »die Landschaft steckt voll der herrlichsten Motive.«

Er hatte wohl auch schon gehört, daß ich Maler sei.

»Mich interessieren die Menschen mehr«, sagte ich.

»Ach nein«, antwortete er rätselhaft, zuckte die Achseln und seufzte resigniert. Er scheint nicht so viel von ihnen zu halten, dachte ich. In diesem Augenblick trat ein junger Mensch herein, der eine Zigarette hinterm Ohr und eine Nelkenknospe im Mund zwischen den Zähnen trug. Ein paar krause, blonde Haarsträhnen fielen ihm in die Stirn.

»Sera«, grüßte er und winkte Menega zu, die nur mit dem Kopf nickte. Er hatte auch einen schwarzen Sonntagsanzug an und ein weißes Hemd ohne Kragen, das mit dem metallblinkenden Kragenknopf verschlossen war. Er trat zu dem Zollsoldaten an den Tisch und schlug ihm kurz auf die Schulter.

»Sera, Toni«, machte er. »Frei heute?«

Der schüttelte den Kopf.

»Patrouille«, sagte er, – »muß gleich weiter.«

»Gib her«, sagte der Neuangekommene zum Hausdiener, nahm ihm den Würfelbecher aus der Hand und setzte sich zu ihnen an den Tisch.

»Mena!« rief er, – »bring eine Halbe Rot, aber flott!«

Ich stand auf und verabschiedete mich von der Wirtin.

»Wollen Sie schon gehn?« fragte sie.

»Ja«, sagte ich, – »ich muß ins Schloß zurück.«

Sie schien noch auf eine Äußerung wegen der Zimmer von mir zu warten, aber ich sagte nichts, grüßte den Pfarrer und ging.

Im Hinausgehen musterte ich kurz die Würfelspieler: der Soldat hatte ein hübsches, offenes Bauerngesicht. Der andre sah aus, als käme er aus irgendeiner Vorstadt.

Auf dem Gang traf ich Menega, die mit einem halben Liter Rotwein aus der Schänk kam.

»Mena«, sagte ich und hielt ihr die Hand hin. Sie stellte die Weinkaraffe auf einen Sims und gab mir die Hand. Ich trat so dicht zu ihr, daß ich sie fast an die Wand preßte, und fühlte einen Augenblick das Atmen ihrer Brust gegen die meine.

»Vielleicht komm ich heut noch wieder«, sagte ich in ihr Gesicht.

»Ja«, sagte sie leise, es war fast nur ein Hauch.

Dann trat ich zurück.

»Wer ist der junge Mann, der zuletzt kam?« fragte ich.

»Mein Bruder«, sagte sie und lächelte ein wenig – »warum?«

Ich fühlte mich irgendwie erleichtert und ärgerte mich gleichzeitig schon wieder über die albernen Regungen meiner Eifersucht. Ich werde sie nie mehr so etwas fragen, dachte ich.

»Weil er du zu dir sagte«, antwortete ich ihr.

»Ach – der!« sagte sie und lachte leise.

Ihre Augen leuchteten plötzlich in einem wilden und freudigen Glanz, und gleich darauf fühlte ich, sekundenschnell, den Hauch ihrer offenen Lippen dicht an den meinen. Eh ich sie aber umschlingen konnte, wehte sie mit knisternder Seidenschleife an mir vorbei und lief, ohne sich noch einmal umzudrehn, zur Tür des Gastzimmers.

Es regnete nicht mehr, als ich zum Schloß zurückging, ein Südwind trocknete rasch die Wege ab, aber die Dämmerung brach früh und rauchig herein. Grisi ging gerade durchs Vorhaus, in seinem Jägergewand, und trug Chianti und Gläser auf einem Tablett.

»Die Herrschaften sind im Erkerzimmer«, sagte er, »und haben schon nach Ihnen gefragt.«

Ich folgte ihm. Das Erkerzimmer lag im ersten Stock, es war ein hochgebauter Raum, achteckig, mit spitz zulaufender Deckenkuppel, die die Spuren verblichener Tiepolo-Malereien zeigte. Vielleicht war es früher einmal die Hauskapelle gewesen. Eine Wand, nach Süden, schien herausgebrochen, und dort sprang der Erker vor, dessen Fenster bis hinunter auf den Fußboden gingen. Durch diese Fenster dehnte sich ein weiter Blick, völlig verschieden von der Aussicht nach den andren Himmelsrichtungen, die alle von Bergen gerahmt wurden, – ins ferne offene Tiefland. An Regen- oder Nebeltagen war es am schönsten, dort hinauszusehen, wo die Bewölkung nichts verschloß und der Himmel seine natürliche Höhe behielt. Jetzt waren verschiedene Sessel in den Erker geschoben und ein kleiner, niedriger Hocker für den Wein und die Gläser in die Mitte gestellt. Die Geschwister saßen da, Mario, auch Peter Insam war dabei.

»Wo kommst du denn her?« rief der mir entgegen, – »du bist doch viel früher von meinem Haus fort als ich!«

»Ich hab' einen Umweg gemacht«, sagte ich.

»Er ist unermüdlich«, sagte Magdalena, – »und er verirrt sich gern.«

»Nein«, sagte ich, – »das kann mir jetzt nicht mehr passieren.«

»Oh«, sagte Mario, – »im Gebirge passiert das immer wieder! Ich wollte einmal nachts in meine Stellung gehen – in der Gegend vom Cristallo –, und ich glaubte diese Ecke wie meine Hosentasche zu kennen, wir lagen ja schon ein halbes Jahr dort. Aber ich kam zu den Österreichern und wäre beinahe geschnappt worden.«

Er sah Firmin an und lachte:

»Dann hätte ich dir später das Leben nicht so schwer machen können«, sagte er, »am Cimone!«

Firmin antwortete nicht, sein Blick schweifte über das bräunlich verwölkte, dämmernde Land. Wie Staubsäulen brachen unter der geballten Wolkenschicht ein paar ganz tiefe, letzte Sonnenstrahlen vor, zogen im Versinken lange, ockergelbe Streifen hinter sich her. Ein unbewegter, blaugrauer Rauch stockte über der Flußebene.

»Damals waren wir noch Feinde«, fuhr Mario, mehr zu mir gewandt, munter fort, – »und hatten uns zu bekriegen. Es war eine tolle Zeit! Jedesmal, wenn ich morgens mit dem Glas –«

Er kam nicht weiter, denn Firmin war plötzlich aufgestanden, trat dicht zu ihm hin, hob langsam die Hand mit ausgestrecktem Zeigefinger und legte ihm mit einer hurtigen, zarten Bewegung ganz kurz den Finger auf die Lippen, genau dorthin, wo uns der Erzengel die Spur seines Fingers in die Oberlippe geprägt hat, damit wir das Geheimnis unsrer göttlichen Herkunft und den Quell unsrer Sprache hüten.

Mario sah ihn mit großen Augen an und schüttelte, ein wenig gekränkt, den Kopf.

»Ich wollte ja nur erzählen, wie ich euch mit dem Feldstecher immer Kaffee kochen sah«, sagte er zu Firmin, der ihn freundlich anlächelte, – »sonst nichts!«

Wir andren aber hatten ihn wohl verstanden. Es war in unsrem Kreis ein stummes Gesetz, daß wir, die wir alle in sehr jungen Jahren und mit äußerstem Einsatz aller leiblichen und seelischen Kräfte den Feldzug mitgemacht und in der Front gestanden hatten, niemals vom Krieg sprachen, – obwohl oder gerade weil er uns in einen heimlichen, von Unbeteiligten nicht zu begreifenden Ring und Verband einschloß. Wir wußten von der Gemeinschaft der Männer und vom Tod junger Menschen, und wir wußten auch, daß es unsagbar ist. Wir lasen keine Kriegsbücher und gehörten, der Größe des Gegenstands entsprechend, keiner Vereinigung an, die ihn zum Postkartenalbum temperierter Erinnerungen degradieren konnte. Wir wußten, daß unser schweigender Bund die Erde umschloß, daß sein Bekenntnis und sein geheimes Siegel nicht mitteilbar und nicht vererblich sei und daß er mit unsren Augen und unsrem Herzschlag erlöschen werde, – wie er immer mit dem Schicksal jeden Geschlechtes erlosch und mit jedem neuen neu auferstand. –

Eine Zeitlang sprachen wir nicht, sahen zum Fenster hinaus, das immer nebliger anlief, und tranken von dem herben, schwärzlichen Wein. Auch Magdalena saß stumm dabei und schien unsre gemeinsame Versunkenheit zu teilen.

Plötzlich hörten wir Firmins Stimme, – er saß in seinem Sessel so zurückgelehnt, daß man sein Gesicht nicht sehen konnte, und redete gleichsam mit sich selbst.

»Ich muß etwas aussprechen«, sagte er, – »was mit dem Krieg gar nichts zu tun hat, – aber es fällt mir immer wieder ein, und ich träume auch oft davon. – Das war, – als wir nach dem zweiten Isonzodurchbruch hinunterstießen ins italienische Land«, – seine Hand kam kurz hinter der Lehne des Backenstuhls hervor und beschrieb einen unbestimmten Halbkreis nach dem verdämmernden Süden hin, dem all unsre Blicke folgten, – »und wir kamen aus dem Bergwinter, der hart und hungrig gewesen war, und strömten wie Schmelzwasser dort hinab und gossen uns nur so hinein in diese Ebene um den Fluß, – die war aber ganz voll von Frucht und Früchten und Wein und Brot und Getreide, und wir wateten in den Kellern manchmal bis zu den Knien im Wein. Öl von Oliven und Korn und Milch und Fische aus den Flüssen und aus dem Mittelländischen Meer. Es war ein zeitloses Schwelgen und Entzücken an dem Schoß voll südlicher Verschwendung, – und wir wälzten uns darüber her, – nicht anders wie Goten und Langobarden, Cimbern, Teutonen und Normannen –, und wie sich das Nördliche immer voll Gewalt und Gier auf den ungeschützten Süden stürzt – um ihm ermattend zu erliegen.« Er schwieg einen Augenblick, – dann sagte er noch: »Isonzo – – heißt das für mich – – und das hat mit dem Krieg wirklich nichts zu tun.«

Er stand auf und öffnete ein Fenster, und wir alle hatten die Hälse vorgestreckt wie er und atmeten mit offenen Lippen die einströmende feuchtwarme Abendluft. Grisi, der Rauchsachen gebracht hatte, stand regungslos neben Firmins Stuhl. Sein Gesicht war ganz weiß, und seine Augen leuchteten in einem wilden, ungebärdigen Feuer.

Dann aber löste sich der Bann, und die Erregung brach ungedämmt aus unsren Körpern und Stimmen, wir standen auf, gingen umher, tauschten die Plätze, faßten uns im Reden an und sprachen wohl alle durcheinander und zu gleicher Zeit, von allem möglichen und doch alle mitgewirbelt von dem einen gewaltigen Strom, den wir sekundenlang unter dem Stein zu unsern Füßen hatten brausen spüren, – denn wie wir hier waren, lebten wir ja an der Grenze zwischen dem Nord und dem Süd nicht nur, sondern – preisgegeben und aufs Äußerste gefaßt – an der Grenze zwischen Zeit und Unzeit – zwischen Welt und Gegenwelt – zwischen dem sinkenden und dem steigenden Jahrtausend – ein Häuflein Versprengter – abseits vom dröhnenden Gestampf des todesdürstigen Heerbanns, – und doch von seiner Staub- und Fieberwolke umloht – festgeklammert an die letzten Felsentürme des Bestehenden – dahinter die Meere aufbrüllen und steigen wie eine schwarze, himmelverschlingende Wand – und neue Tiere steigen aus den Meeren und aus dem ungeheuren Geklüft, das unter ihnen liegt – neue Tiere und uralte – in submarinen Höhlen vergrabene – von fürchterlichen und übermenschlichen Maßen – ja, neue Arten stehen auf und wollen den Erdball bevölkern und seine alte Kruste um und um wühlen und ihn erfüllen mit ihrem neuen Wesen und Geschlecht! – Zwar hat der Geheimrat Heck in Berlin festgestellt, – rief einer von uns mitten in dieses uferlose Gespräch, – daß das Loch-Neß-Monster eine Abart des kleinköpfigen Raubwals sei, den man schon längst persönlich kennt und der sich durch irgendeinen unterirdischen Meerkanal in den schottischen Krater eingeschlichen hat. Aber an allen Küsten der Welt findet man die angespülten Leichen riesenhafter und unbekannter Fischsaurier, und überall reden die Seefahrer von der Erscheinung fremder, ungeheurer Tiere, – und es erhebt, zwischen den heraldischen Zacken der gepeitschten grauweißen Wogenkämme, die alte Midgardschlange und der tausendzähnige Uräusdrache das starre medusenäugige Haupt! Aus dem geblähten Erdbauch rollt ein drohendes Geknurr, und aus Menschenstimmen gebiert sich neu und Neues kündend der orphische Urgesang, – nicht aus den Stimmen derer, die in Chören brüllen und an die Schilde schlagen und sich berauschen an ihrem hordenhaften Getöse, – vielleicht aber singt ihn ein sizilianischer Fischer nachts über Petri schleifendem Netz, – lallt ihn ein nubischer Schafhirt überm wolligen Gebrodel seiner Herden, – summt ihn ein Abkömmling ermordeter Azteken, den stachligen Wasserkaktus schneidend, – plärrt ihn ein gelber Mönch, barfüßig wandernd im Salzsturm tibetanischer Steppen, – grölt ein Betrunkener ihn dem brennenden Taglicht entgegen. – – Und wir lauschen schon alle darauf mit lautlosen Lippen. – Und wir warten, daß ein großes Brausen geschehe und daß es herniederregne in feurigen Zungen. Denn es wölkt und wettert schon auf allen Stirnen und Gesichtern, – den starken, weingeröteten, den abseitig verschatteten, – den vom Geist gezeichneten, gebleichten, – rollend in der endlosen Brandung von Menschengesichtern, die vor uns waren und die nach uns kommen, – deren Haut fahl und fleckig ist von der Verwesung, – deren durchsichtige Körper bläulich geädert sind wie die Körper der Ungeborenen, vom nährenden Mutterblut durchpulst, – schwimmend bis über den Mund im Fruchtwasser der großen trächtigen Zeit, – mit wehenden Kiemen atmend gleich dem Doppelgeschlecht der Lurche, – oder hockend mit hochgezogenen Knien, wie die Leibesfrucht, die auf die Seele wartet und die ihren Schöpfer um nichts anderes noch bittet als nur um einen Mund voll – –

(Hier brach der Erzähler ab, wobei er es offen ließ, ob sich's um einen Mund voll Nahrung handle, um Wort, Wein, Wahrheit, oder Gottes unsterblichen Atemhauch. Er trank ein paar Schluck, stopfte die Pfeife neu und fuhr dann fort:)

Was damals im einzelnen gesprochen wurde, weiß ich nicht mehr, – aber wir alle, selbst Mario, waren durch die paar Worte Firmins und durch die seltsam nachhallende Betonung, mit der er das Wort »*Isonzo*« aussprach, in einen gleichsam kosmischen Rausch versetzt worden, – in einen Elementar-Taumel, ein Völkerwanderungsgrauen, das mit der zunehmenden Dunkelheit über uns herfiel und unsre Haare mit den Schauern des Urweltlichen umwehte. Dann verstummten wir einer nach dem andren, und keiner wußte, was er jetzt sagen oder wie man überhaupt wieder in eine normale Gesprächs- und Lebenslage zurückfinden solle. Betreten saßen wir in der plötzlichen Stille herum, – und nachdem wir uns eine Zeitlang voreinander geniert hatten, tat ich das einzige, was jetzt gegeben war: ich stand auf und ging ohne Wort und Gruß davon. Von der Türe aus sah ich noch, daß Magdalena neben Firmin am Fenster stand und den Arm um seine Schulter geschlungen hielt. Vor mir aber stand nichts mehr als die Gestalt, das Gesicht, der Mund und die Augen Menegas, und ich rannte fast in der immer dickeren, zäheren Finsternis den Weg bergab. Der Südwind war nun so stark, daß er die Blätter aller Laubbäume und Büsche nach oben drehte, und man sah im Dunkel den weißlichen Schimmer ihrer unteren Seiten. Die Feuchtigkeit des Regens war schon von Holz und Steinen weggesaugt, aber sie saß noch tief und schwammig in allen Pflanzen, im Gras und in den Flechten der Lärchenrinde. Überall dampfte es aus dem Boden, und es roch von den nassen Blüten klebrig und betäubend. Dreimal umging ich leise die Albergo, – umschlich sie, durch die Fenster spähend, wie ein indianischer Kundschafter. Licht war nur in der

Gaststube, und ich sah dort Menas Bruder noch mit dem Hausburschen sitzen – sonst war niemand mehr da. Während ich die beiden beobachtete und an ihren Gebärden merkte, daß sie in der leeren Stube miteinander flüsterten, – hörte ich das Gaaksen einer schlecht geölten Türangel, und wie von Witterung getrieben, rannte ich rasch ums Haus. In der offenen Tür zur Terrasse, die aus dem Haus von rückwärts ganz schwaches Licht bekam, stand Menega, allein, an den Türpfosten gelehnt, die Hände hinterm Kopf verschränkt. Sie atmete tief, und ich sah, wie ihre Brust sich hob und straffte.

Noch im Dunkel stehend, rief ich leise ihren Namen. Sie wandte, ohne Schreck, langsam den Kopf und lauschte mit leichtgeöffneten Lippen. Ich sah das Blinken der Feuchtigkeit auf ihren Zähnen. »Komm her«, – sagte ich leise. Sie machte einen Schritt von der Tür weg und schaute angestrengt in die Finsternis. Da trat ich rasch auf sie zu und riß sie noch tiefer in den Schatten. Sie ließ keinen Laut hören, als ich sie so in die Arme nahm, ihr Gesicht stand blaß und schimmernd dicht vor dem meinen. Während ich sie noch mit gewaltsamen Händen ergriffen hielt, legte sie ihre beiden Hände sehr leicht um meinen Nacken und Hinterkopf und ließ ihr Gesicht nach rückwärts sinken, daß es wie eine Schale voll Milch, oder wie eine offene Blüte schaukelnd, unter meinem Mund und meinen Augen hing. Ich küßte ihr Gesicht, zärtlich und ohne Wildheit, und auch meine Hände beruhigten sich an der fraulich sanftwilligen Schmiegung ihrer Flanken. Das pressende, dumpfe Stoßen meines Herzens hörte auf, und zugleich mit dem Verebben des ersten Ansturms ohnmächtiger Begehr spürte ich aus dieser milden Bereitschaft, die mich warm und süß umtaute, die volle, reife, in sich selbst geklärte Liebeskraft erwachsen. Langsam, mit jedem Atemzug die nächtige Fülle trinkend, führte ich sie von der Terrasse weg und blindlings ins Land hinaus. Immer wieder wallte unser Herzschlag und unser Atem zueinander hin. Unsre Füße tasteten durchs hohe Gras, dessen Feuchte Schuh und Strümpfe durchdrang. Der Wind hatte sich plötzlich gelegt, und sofort rieselte wieder der Regen. Die Umrisse eines offenen Stadels standen vor uns auf, schwerer Heugeruch wölkte uns entgegen. Ein Tier sprang raschelnd hoch, jagte, mit glühenden Augen, in großen Sätzen davon.

Ich hörte sie leise lachen.

»Die Katze«, sagte sie.

Ich hatte sie losgelassen, es war so finster, daß ich sie nicht mehr sah. Das Heu war trocken und alt, es knisterte unter meinen Knien. Ich blieb unbewegt, und sie war mir sekundenlang wie entschwunden, bis ich den Hauch ihrer Haut ganz dicht an meinen Lippen fühlte.

»Mena –«, sagte ich und preßte mein Gesicht in ihre Brust.

»Du –«, flüsterte sie leise über mir, – und mir fiel ein, während ich sie umarmte, daß sie meinen Namen nicht kannte und nicht von mir wußte, wer ich sei und ob ich gehen oder bleiben werde, – sondern nur, daß ich da war und daß ich sie liebte.

DIE GELBE WOLKE

Naßgeregnet kam ich ins Schloß zurück und öffnete mir möglichst geräuschlos mit dem gewaltigen Torschlüssel, den ich vom Vorabend noch in der Rocktasche trug. Das Nachtessen war längst vorüber, ich hörte aus dem Musikzimmer die Klänge eines Klaviertrios, – Peter Insam hatte heute wohl sein Cello mitgebracht. Es war der zweite Satz, das Adagio des B-Dur-Trios von Schubert, und ich hätte mir keine beglückendere, dieser Nacht gemäßere Musik vorstellen können. Ganz benommen saß ich auf der Turmtreppe und hörte zu, wie sich die Stimmen suchten, fanden, ergänzten und immer wieder umschlangen. Dann aber, als der nächste Satz mit spritzendem Scherzo begann, merkte ich, wie unbändig mein Hunger war, ich rannte rasch die Rocca hinauf, um einen andren Rock anzuziehen, und schlich mich dann wieder hinunter ins Speisezimmer. Der Tisch war zu meinem Leidwesen schon abgeräumt, aber auf dem Speisenaufzug in der Ecke sah ich noch die Käseplatte stehen und einen Korb mit aufgeschnittenem Schwarzbrot. Ich ging hin, nahm mir einfach mit der Hand das größte Stück Edamer herunter und biß sofort hinein, gerade aber, als ich mir eine Scheibe Brot dazu langen wollte, wurde der Aufzug von unten rasch und mit schlurfendem Getöse hinabgezogen, und die ganze Herrlichkeit glitt mir unter den Händen weg. Ich steckte den Kopf in den Aufzugsschacht.

»Grisi!« rief ich hinunter – und es erschien, sobald die Platte ganz verschwunden war, Grisis schwarzkrulliger Schädel.

»Bitte, schicken Sie mir den Käs noch einmal hinauf«, sagte ich.

Er verschwand wortlos, kam aber sehr bald selbst herauf und brachte mir herrliches kaltes Roastbeef und ganz frisches Bier. »Sie sind ein Hellseher«, sagte ich zu ihm, »oder ein Werkzeug der Vorsehung. Wie konnten Sie wissen, daß ich mir jetzt gerade nichts so sehr wie Bier gewünscht hatte?«

»Sie haben am Nachmittag schon Wein genug gehabt«, sagte er in seiner barschen Weise, – »ein Bier ist jetzt besser für Sie.«

»Und zwei Bier noch besser«, sagte ich.

Er ging grinsend, um eine zweite Flasche zu holen, während ich gierig aß und trank. Es war Innsbrucker Bürgerbräu und schmeckte belebend und bitterlich. Mitten in meine köstlich ungestörte Mahlzeit kam die Kuh herein.

»Bleiben Sie sitzen«, rief sie, – »und essen Sie nur weiter! Haben Sie alles bekommen?«

»Mehr als alles!« sagte ich vergnügt.

»Was ist mit Ihnen«, sagte sie und blieb mit lachenden Augen am Tisch mir gegenüber stehen, – »Sie sehen so *komisch* aus!«

»Wieso komisch?« fragte ich.

»Sie glänzen vor Behagen«, sagte sie.

»Tu ich auch«, antwortete ich, bestrebt, den Mund vorher leer zu essen.

»Ich bitte um Verzeihung«, sagte ich dann, – »daß ich beim Abendessen fehlte. Aber –«

»Sie sollen endlich aufhören, sich zu entschuldigen«, unterbrach sie mich und setzte sich, einen Arm aufstützend, auf den Rand der Tischplatte.

»Aber«, fuhr ich fort, – »ich bin ein schlechter Gast. Ich habe zuviel allein gelebt. Ich kann mich nicht an ein geregeltes Hauswesen gewöhnen.«

»Brauchen Sie auch nicht«, sagte sie, – »oder was wollen Sie sonst noch sagen?«

Ich stand auf und ging um den Tisch herum zu ihr.

»Lavacca«, begann ich und nahm ihre Hand, – »würden Sie mich nicht mißverstehen, wenn ich Sie um etwas bitte?«

Sie sah mich fragend an und nickte mir aufmunternd zu.

»Ich möchte nämlich lang bei euch bleiben«, sagte ich, und wieder nickte sie bejahend, – »aber ich möchte ausziehen. Ich fühle mich unglaublich wohl in Ihrem Haus. Aber noch wohler wäre mir – da ich doch ein paar Monate hier bleiben will –, wenn ich in der Nähe in irgendeiner kleinen Wirtschaft oder in einem Bauernhaus wohnen könnte, – und hierher immer kommen, wann es euch und mir gerade paßt, zum Essen würde ich mich natürlich jedesmal vorher anmelden. Ich meine – auf lange Zeit macht sich das vielleicht für uns alle besser, ihr werdet mich nicht so rasch satt kriegen, und ich brauche mir keine Gedanken zu machen wegen meiner freiheitlichen Neigungen im Kommen und Gehen. Ich bin eben kein gelernter Gast. Verstehen Sie das?«

»Ja«, sagte sie und schaute mich nachdenklich an, – »das versteh ich ganz gut. Sie hätten natürlich auch hier Ihre volle Freiheit gehabt –«

»Das weiß ich«, rief ich dazwischen, und sie fuhr fort:

»– aber die Hauptsache ist, daß Sie wirklich lang bleiben wollen. Übrigens, wenn Mario Sie droben stört, könnten Sie auch ins Wirtschaftshaus ziehen.«

»Danke«, sagte ich, – »ich glaube kaum, daß er mich stören würde. Aber noch besser wäre, ich würde ganz ausziehen, und käme so wie Peter Insam immer ab und zu gegangen.«

Ich sah ihr an, daß sie dachte, ich wolle dies aus irgendeiner Rücksicht auf das Brautpaar tun, und daß es ihr leid war. Aber nun hatte ich es einmal gesagt und fühlte mich erleichtert.

»Wissen Sie schon, wo Sie wohnen möchten?« fragte sie dann.

»Da ist so ein kleines Gasthaus in der Nähe«, sagte ich harmlos, – »das ganz nett aussieht.«

»Die ›Albergo di Latemar‹«, bestätigte sie, – »da wohnen Sie ruhig und angenehm. Es wird jetzt kaum jemand dort sein, und auch im Hochsommer ist nie viel Betrieb da.«

»Im Sommer werdet Ihr froh sein«, sagte ich, – »wenn all eure Fremdenzimmer frei sind. Es kommt doch noch mehr Besuch.«

»Na ja«, machte sie, – »die brauchen auch nicht alle im Haus zu wohnen. – Aber Sie sollen's halten, wie's Ihnen am liebsten ist!«

»Würden Sie es Firmin und Magdalena erklären«, bat ich, – »damit sie es mir nicht übelnehmen!«

»Denen ist die Hauptsache«, sagte sie, – »daß Sie wirklich nicht so bald abreisen. Aber das müssen Sie fest versprechen, ja?«

»Natürlich«, sagte ich, – »und außerdem habe ich schon Magdalena versprochen, bis zum zweiten Oktober dazubleiben.«

»Ja«, sagte sie etwas gereizt, – »Sie sind schon als Trauzeuge dekretiert. Sie und Peter Insam.«

»Das freut mich«, sagte ich, und sie sah mißtrauisch aus, weil sie nicht wußte, ob meine Gleichgültigkeit echt oder gespielt sei. Ich wußte es selbst nicht, – aber mir fiel es in diesem Augenblick wirklich wie ein Stein von der Brust, und ich spürte das Neue, Befreiende wie einen lösenden Strom durch meine Adern. »Entkommen!« dachte ich mit etwas erzwungener Lustigkeit und hatte das Gefühl eines Märchenritters, der den Verwandlungen der bösen Zauberin widerstanden hat.

»Darf ich meine Malsachen vorläufig droben stehen lassen?« fragte ich noch.

»Natürlich«, sagte die Kuh, – »und zum Essen brauchen Sie sich nie anzumelden, es ist immer genug da!«

Sie nickte mir herzlich zu und ging hinaus.

Ich aß auf, was noch da war, und lief dann gleich in die Rocca hinauf. Im Musikzimmer hörte ich, vorübergehend, Stimmen, aber es wurde nicht mehr gespielt.

Ich packte mein Zeug, denn ich war entschlossen, schon in der Frühe des andren Tages umzuziehen. Dann legte ich mich zu Bett und dämmerte wohlig hinüber.

Bald darauf wurde ich noch einmal geweckt: ich hörte Stimmen vom Umlauf draußen, die mich sicher nicht gestört hätten, wenn ich nicht erst im Halbschlaf gewesen wäre. Mario und Magdalena schienen da draußen ans Geländer gelehnt zu stehen, wie ich vor einigen Abenden mit ihr draußen stand. Die Stimmen klangen sonderbar verhängt und nebelig. Von ihr hörte man ein kurzes Auflachen und dann ein paar abgehackte, unverständliche Worte, – dann kam von ihm ein Schwall schmerzlich erregten heftigen Italienischs, – es schien sich mehr um einen Disput als um eine bräutliche Romanze zu handeln. Schließlich hörte ich ganz deutlich, daß er schluchzte, und ich bedauerte, daß meine Fenster offenstanden. Es war das hemmungslose und etwas hysterische Schluchzen eines verliebten Mannes. Dann fiel ihre Stimme wieder ein, weich und beschwichtigend. Es war, als sage sie immer das gleiche Wort, – wie wenn man ein Kind tröstet. Nun verstummten sie beide und schienen sich zu verabschieden, gleich darauf hörte ich ihren eiligen Schritt an meinem Fenster vorbei, der Treppe zu gehen. »Gute Nacht«, rief sie draußen mit heller Stimme, und ich wußte nicht, ob sie es zu mir hinein oder zu ihm zurück gerufen hatte.

Was wissen wir, dachte ich, von den Leiden und Nöten der Liebenden? – Viele weinen heimlich miteinander, wenn sie allein sind, – andere quälen sich und finden nur im Kampf der Versöhnung zusammen. Manche sind stumm und glücklich. – Dem Regen lauschend, der immer noch leise fiel, schlief ich ein. –

Mit der ersten Dämmerung des Morgens, der den Wolkenhimmel hechtgrau beschuppte, wurde ich wach und fühlte mich von einer ungeduldig brennenden, freudigen Sehnsucht gleichsam gebeizt. Fast unbekleidet lief ich leise in den Park hinaus und tauchte kurz in das frühkalte Wasser des Schwimmbeckens. Mit dem ersten Sonnenstrahl rissen die Wolken auseinander, der Nebel fiel, und kurz darauf blaute ein klarer, strahlender Tag. Im Schloß regte sich noch nichts, als ich zurückkam, nur im Wirtschaftshof waren die Mägde schon wach. Ich zog mich an, warf den Rucksack auf meinen Rücken und ging. Für Grisi hatte ich in meinem Zimmer Geld zurückgelassen und einen Zettel, der besagte, daß mein andres Gepäck geholt werde und daß ich abends zum Essen käme. Mir war es lieb, so ohne Abschied und Aufstand zu verschwinden, um nicht mehr gefragt zu werden. Wenn ich dann wiederkam, wußten schon alle über meinen Umzug Bescheid, und man brauchte nicht weiter davon zu reden.

Der Hausbursch wischte die Terrasse trocken, als ich drunten ankam, und stellte die Tische und Stühle wieder auf. Er nahm mir den Rucksack ab und trug ihn ins Zimmer hinauf.

»Der Herr ist ein Frühaufsteher«, sagte er.

»Nicht immer«, antwortete ich, – »manchmal schlafe ich auch bis in den Tag hinein. Wie's gerade kommt.«

»Hier sind Sie am richtigen Platz«, schwätzte er weiter, – »wenn Sie Erholung brauchen.«

»Danke«, sagte ich, – »ich brauche keine und habe keine bestellt.«

Er lachte dumm, fuhr aber hartnäckig fort:

»Ruhe gibt es hier, – mehr als genug. Mir personell« – er machte nach diesem Wort eine Pause, um seine Bedeutung voll ausschwingen zu lassen, – »ist es zu ruhig dahier. Ich war zwei Jahre in Wien, im Café Opernring. Der Herr kennen's bestimmt!«

Er schnalzte mit der Zunge, womit er die abgründigen Genüsse und das brausende Leben im Café Opernring andeuten wollte. Ich gab ihm keine Antwort und packte meinen Rucksack aus.

»Ich möchte dann Frühstück haben«, sagte ich über die Schulter.

»Sehr wohl, ausgezeichnet«, dienerte er herum, und nach einigen Fragen über meine Frühstückswünsche ging er endlich hinaus.

Das Zimmer lag nach Osten und hatte Morgensonne. Breite, glänzende Helligkeit erfüllte es bis in den letzten Winkel. Es roch nach dem frischen, ungebeizten Naturholz der Zirbelkästen.

Mir war unsagbar wohl, daß ich nun hier wohnte und nicht mehr in der Rocca, – aber nicht nur des Mädchens wegen. Wieder hatte ich dieses Gefühl des Aufatmens, des von der Brust gefallenen Steins, – als ob ich einer Gefahr entronnen wäre. Und ich dachte vergeblich nach, worauf sich das wohl beziehe, – denn schließlich kannte ich ja Magdalena von früher gut genug, um zu wissen, daß ich – bei aller Empfänglichkeit für den besonderen Zauber ihres Wesens – dem nicht in unglückseliger oder hoffnungsloser Weise verfallen wäre. Aber es war da noch etwas Ungelöstes, Drohendes, was in den Nächten dort oben nach mir gelangt und mich in den Tagen bedrückt hatte, und erst durch die Begegnung mit Menas hellem Gesicht war das von mir gewichen. Nun freute ich mich schon wieder auf den nächsten Besuch im Schloß und auf die Tage und Abende dort und auf das Beisammensein und die Gespräche mit den Freunden, und ich beschloß, einen Sommer der herzlichen und guten Meinung mit ihnen zu verbringen und immer für sie da zu sein und, wie sie es wünschte, das Fräulein als »rocher de bronze« und standhafter Gefährte bis zu ihrem Lostag, dem Schutzengelfest, zu geleiten. –

Es klopfte, – und Mena kam mit dem Frühstück. Ich zog die Tür hinter ihr zu und wartete, bis sie das Tablett auf dem kleinen Tisch abgestellt hatte. Sie trug heute ein leichtes Hauskleid aus gestreiftem Kattun, das sich eng um ihre Gestalt schmiegte und dessen kleiner weißer Kragen kindlich und brav den Ansatz ihres Nackens umschloß. Sie drehte sich um und sah mich an, wobei sie rasch den Finger auf die Lippen legte, einen ganz leisen Warnungslaut hören ließ und den Blick kurz zur offenen Balkontür streifen ließ. Dann kam sie auf Zehenspitzen zu mir hin, wir umarmten uns schweigend. Voll und kühl fühlte ich die Frische ihrer Lippen, und es fiel mir schwer, sie, die in lustig übertriebener Abwehr mit den Fäusten auf meine Schultern trommelte, wieder loszulassen. Sie trat zurück und strich sich glatt, – dann ging sie auf das Tablett zu, auf dem neben der Tasse ein Anmeldeformular für Fremde lag, und deutete mit dem Finger darauf. Dazu machte sie mit der andren Hand das auffordernde Zeichen des Hinsetzens und Schreibens. Ihre Augen lachten.

»Das soll ich wohl ausfüllen?« fragte ich, um sie zum Reden zu zwingen.

»Ja«, sagte sie, – »das muß man sofort ausfüllen!«

Froh, ihre Stimme gehört zu haben, setzte ich mich an den Tisch und malte mit einem Kohlestift in großen Blockbuchstaben meinen Namen und alle gewünschten Daten.

Die Hand leicht auf meinen Nacken gestützt, sah sie mir über die Schulter und las Zeile um Zeile mit. Zum Schluß unterstrich ich den Vornamen und sah zu ihr auf.

»Thomas«, buchstabierte sie leise und schüttelte ein wenig den Kopf.

»Tom?« sagte ich und schaute sie fragend an.

»Tommaso«, sagte sie nachdenklich, das Papier aufnehmend.

Dann beugte sie sich plötzlich zu meinem Ohr, flüsterte ganz leise: »Du –!« wandte sich rasch und lief mit dem Zettel hinaus. –

Später, als ich gefrühstückt hatte, setzte ich mich auf den kleinen Balkon in die pralle Sonne und begann in alten, teils schon vergilbten Zeitungsblättern, die ich irgendwo gefunden hatte, herumzulesen. Worte, Sätze, ohne Zusammenhang, ohne Zeitverbindung, ohne erkenntlichen Sinn und doch auf eine seltsam faszinierende Weise mit den Spannungen *ihrer* Zeit geladen. Gegenwart – ganz für sich allein – ohne Vergangenheit, ohne Zukunft: »tote Gegenwart« könnte man's nennen, – die schauerliche Zeitverlorenheit der ewig »neuesten« Zeitungen.

Der blitzende, vogelschmetternde Morgen war allmählich einer großen, durchglutenden Vormittagsstille gewichen. Aus dem weiten Waldhang, der schräg gegenüber lag, erscholl als einzig vernehmbarer Laut der Singsang einer Säge und dann der gleichmäßig wiederkehrende, schütternde Hall des Axtschlags. Verträumt nahm ich diese Geräusche in mein Ohr auf, und manchmal schaute ich auf den Waldhang hinüber, – wissend, daß Schlag und Bewegung jedesmal schon geschehen und gewesen sei, wenn der Schall mein Gehör treffe.

Da setzte der Axtschlag in seinem Rhythmus aus, und rasch fuhr ich mit dem Kopf in die Höh, spürend, daß etwas geschehen werde. Eh noch das ferne Prasseln und Krachen zu mir drang, sah ich die schwankende Bewegung in den Wipfeln, – und gleichzeitig wirbelte von der stürzenden, erschlagnen Bergkiefer, deren Pollen in höchster Reife standen, eine dichte, gelbe Wolke von Samenstaub über den Wald empor, erglühte dunkel, ockerfarbig vor der Sonne und senkte sich dann, mit dem Verklingen des dumpf dröhnenden Falls, wie ein lichter, zarter Aschenregen auf die Baumkronen herab. Ich hatte mit einem Ruck alle Zeitungsblätter zu Boden geworfen und starrte, hingerissen, der gelben Wolke nach. Die Augen schließend, sah ich sie himmelhoch, bis zum Zenit aufwirbeln und voll verschwenderischer Gnade auf alles Erdreich, fruchtbares und versteintes, samend herniederstäuben. »Die gelbe Wolke«, – sagte ich vor mich hin. –

Hinter mir hörte ich ein leises Geräusch von der Tür, von Schritten, von klirrendem Geschirr, auf dem erhobenen Tablett, dann wurde es noch einmal abgesetzt, die Schritte eilten zu mir hin, ich bog den Kopf

zurück, und, – während der Schatten ihres Gesichts auf meine offenen Augen fiel, – sah ich die gelbe Wolke.

Der Mond nahm rasch ab. Bald ging er so spät auf, daß die Nächte finster blieben und erst gegen Morgen die schmale Sichel zwischen blitzenden Planeten stand. Dann erschien sie bei Tag und füllte sich mehr und mehr, einem flaumigen Federwölkchen gleichend.

Im Schloß waren stille Zeiten. Firmin arbeitete viel und, wie es schien, mit einer strengen, selbstquälerischen Verbissenheit. Wenn wir abends zusammentrafen, war er müde und abgespannt, die Unterhaltung paßte sich seinem Zustand an, wich ängstlich jedem einigermaßen anspruchsvollen Thema aus, verplätscherte gewöhnlich in einem sanften, geruhsamen Blödeln. Manchmal musizierten wir auch, und öfters spielten wir Roulette oder leichte, gedankenlose Kartenspiele, wobei Mario unheimlich gewann.

Zwischen ihm und Magdalena schien, nach den hektischen Ab- und Zuneigungen der ersten Tage, eine freundliche Entspannung eingetreten zu sein. Sie machten Spaziergänge und kleine Touren miteinander, spielten auf der Wiese Krocket, und in unserer Gesellschaft strahlte Mario heiterste Laune aus, nur selten stundenweise verfinstert, wenn er Zeitungen bekam und irgend etwas an der Weltpolitik ihm nicht paßte, – während Magdalena ein stilleres, gleichgültigeres und verschlafeneres Wesen zeigte, als man es sonst an ihr gewohnt war.

Einmal gab es einen kleinen Auftritt zwischen den Geschwistern: es wurde bei Tisch ein Telegramm hereingebracht, das Firmin kurz überflog und es dann schweigend an Magdalena weitergab. Die starrte eine Zeitlang hinein, dann knüllte sie es zusammen und warf es in einen Aschenbecher. Firmin lächelte ein wenig süffisant und sagte:

»Telegramme kommen von Gott. Nun habe ich wenigstens einen Grund, nervös zu sein und nicht mehr arbeiten zu können.«

»Wenn du dich von solchen Läppereien abhängig machst«, knurrte sie wütend.

»Ohne diese Abhängigkeit stünde noch kein Wort vom ganzen Stück auf dem Papier«, sagte er.

»Ich weiß nicht, was auf dem Papier steht«, rief sie, – »man hört ja nichts mehr davon!«

»Man ist anderweitig beschäftigt«, sagte Firmin mit einer lässigen Geste.

Sie wollte noch etwas sagen, – aber dann stand sie plötzlich auf und ging hinaus. Sie kam auch nicht wieder, und wir fanden sie erst später im Musikzimmer. Die Kuh hatte den Wortwechsel angehört, ohne eine Miene zu verändern, aber Mario saß mit offenem Mund dabei und starrte betreten vom einen zum andren hin. Nun beugte er sich zu Firmin vor und sagte:

»Wenn die Frage erlaubt ist, – was war das für ein Telegramm? Da ihr euch ja öffentlich darüber gestritten habt.«

Firmin nahm es mit spitzen Fingern aus der Aschenschale, schüttelte etwas Staub davon ab, glättete es dann mit dem Fingernagel und reichte es Mario hinüber.

»Willst du bitte vorlesen«, sagte er, – »falls es jemanden interessiert.«

Mario las:

»Rückdrahtet sofort ob Probenbeginn endgültig September garantieren könnt Stop muß vollendetes Stück spätestens Anfang August haben da Vertrag unterschreiben und andre Angebote schießen lassen muß Stop eintreffe auf alle Fälle 25. via Schweiz Genickbruch zur Arbeit Charlotte.«

»Genickbruch zur Arbeit«, wiederholte Mario verständnislos und mit einer Spur von Empörung in der Stimme.

»Es ist Theaterjargon«, sagte die Kuh, – »das Telegramm ist von der Schauspielerin, die in Firmins neuem Stück die Hauptrolle spielen wird.«

»Falls es jemals zur Aufführung kommt«, fügte Firmin mit gleichmütigem Ton hinzu, – »das heißt: falls ich es vollende. Vielleicht ist meine Neigung zum Fragmentarischen in diesem Fall doch stärker als meine Abhängigkeit von den Läppereien des Theaterbetriebs.«

Er sprach das Wort »Läppereien« zwar in Anführungszeichen aus, aber es war deutlich zu merken, daß er eigentlich seiner Schwester recht gab. Dann wandte er sich mit einer höflichen Kopfneigung zur Kuh.

»Es ist dir doch recht«, sagte er, – »daß diese Charlotte Weger herkommt?«

»Ich kenne sie nicht«, sagte die Kuh mit der gleichen höflichen Gelassenheit, – »aber wen du einlädst, der ist eben unser Gast.«

Ihr Blick streifte mich kurz und forschend, glitt aber sofort wieder von meinen Augen weg.

»Ich muß mich unbedingt mit ihr auseinandersetzen«, sagte Firmin, – »ganz gleich, ob ich's nun fertig mache oder nicht. Und mündlich ist das natürlich viel leichter. Albigers wollen ja auch kommen.«

Albiger hieß Firmins Verleger, der gleichzeitig große Theater- und Filmunternehmungen leitete und von dem man, da er überall mit Frau und Tochter auftrat, nie in der Einzahl sprach.

»Und was wirst du nun antworten?« fragte Mario, der immer noch das Telegramm in der Hand hielt und angestrengt nachzudenken schien.

»Gar nichts«, sagte Firmin freundlich, – »sie kommt ja her.«

Er nickte der Kuh zu, ob sie die Tafel aufheben möge, und sie stand auf, worauf er sich auch erhob.

»Aber«, fing Mario wieder an, das Telegramm in der Luft schwenkend, – »hier steht doch, daß sie sich unbedingt sofort entscheiden muß!« – »Das bilden die sich immer nur ein«, sagte Firmin lässig und ging zur Tür, – »aber in Wirklichkeit wollen sie sich gar nicht entscheiden. Wenn sie von mir Klarheit hätte, würde sie sich neue Schwierigkeiten beschaffen.«

Er winkte Mario zu, der sich in seinem mühsam durchdisziplinierten Ordnungsbewußtsein sichtlich gekränkt fühlte.

»Komm«, sagte Firmin dann zu mir und legte den Arm in den meinen, – »ich möchte ihm nur was zeigen!« rief er zur Kuh zurück.

Dann führte er mich in sein Arbeitszimmer hinauf, das ich noch nie gesehen hatte. – Es glich einer Mönchszelle an weißgetünchter Kargheit, einem technischen Büro an schmuckloser Nüchternheit. Auf dem riesigen Schreibtisch, den eine verstellbare Nickellampe mit kegelförmiger Helle begoß, waren große Stapel weißen Papiers rechterhand, beschriebene Bögen zur Linken, ein paar Hefte und Notizblöcke aufgeschichtet, – Feder- und Bleistiftgestelle, Papierschere, Schreibmaschine und ähnliche Utensilien ordentlich verteilt. Sogar ein Lineal, ein Zirkel und ein Winkelmesser fehlten nicht, was mich besonders erstaunte, denn ich hätte nie gedacht, daß man das zum Dichten brauchen könne.

»Wenn schon, denn schon«, sagte Firmin, der meine Gedanken zu spüren schien, – »ein Tisch mit Blumen, etruskischen Bronzen und Büttenpapier taugt nicht zum Arbeiten. Und es ist eine Arbeit, – wie wenn man Flächeninhalte und Brückenbögen berechnet. Sonst nichts.«

Ich gab ihm keine Antwort, weil ich abwarten wollte, was er mir zu zeigen habe. Er ließ den schweren schwarzen Vorhang herunter, obwohl es draußen schon dunkel war.

»Ich arbeite gewöhnlich bei künstlichem Licht«, sagte er, – »und gehe nur zum Ausruhn auf den Balkon.«

Dann wies er auf den einzigen bequemeren Sessel, der im Zimmer stand, und setzte sich selbst auf den schmalen Holzstuhl an seinem

Tisch. Er suchte unter den sorgfältig numerierten Blättern ein bestimmtes heraus.

»Darf ich dir etwas vorlesen?« fragte er dann.

»Gern«, sagte ich.

»Vielleicht steckst du dir erst eine Zigarre an«, sagte er.

Ich tat es, – und er begann:

»*Roxane spricht:*

Von jedem Gott erwarte Barmherzigkeit –
nur von dem einen nicht: vom Eros.
Er aber schläft auf einer bitteren Laubstreu –
seine schmalen Lenden eng mit jungem Bast gegürtet,
der die Haut wie Birkenrinde zerschneidet.
Nicht vom Mohn betaut sind ihm die Wimpern, –
mit dem scharfen Sand demantnen Kieselstaubs bestreut, –
mit Schlaf bestrichen wie mit beizender Salbe.
Kennst du, Alexander, diesen Schlaf?

Simme Alexanders: Acmé! – Die Harfen!

Roxane: Da tasten seine Hände fiebrig die bebend blutbetropften Schenkel abwärts.
Im Schlaf noch krümmt sich der Mund, wie der des Dürstenden, der an der Quelle verschmachtet.
Langsam nur lösen die Traumdämonen ihre dünnen Krallen aus den Geweiden seines Leibes.
Ein Blitz reißt ihm die Binde vom Gesicht – zerspaltet seine schlafbeschwerten Lider.
Kennst du dies Erwachen, Alexander?

Stimme Alexanders: Licht! Fackeln!

Roxane: Taumelnd noch schnellt es ihn hoch, reißt ihn auf steile Zehen, und seine Hand wirft sich empor, im Flug fängt sie die Fackel! Weh! Die rauchverschwälte, – fliegend halb erloschne! Er wirbelt ums Haupt sie, sein vom Nachtgelock verhängtes, – daß Bündel prasselnder Funken ihn umsprühn. Ringsum hebt Stöhnen an, und Rascheln wie von mürber Schlangenhaut, und spitziger Schrei, und ein Gestank von angesengtem Fleisch. Nun aber, schreitend, hält er sie mit beiden Armen senkrecht zum Himmel auf. Ihr Glühn, von Atemwind entfacht, zieht hinter seinem Schritt die blutige Spur. Und es folgen ihm, es nahn, es quellen als ein wilder Schwall von Schatten um ihn her die Scharen der Verdammnis. Jünglinge? Männer? Fraun? Ein

Wogen ist's der unbeseelten Glieder. Denn es ist der Verdammten Geschlecht.

Stimme Alexanders: (stöhnt)

Roxane: Wann aber dann die Fackel klar erstrahlt, der Leiber Krampf sich löset, Gesichter tauchen aus der Finsternis, Augen, Erfüllung sehnend, Stirnen, von Licht beflackt – und große Stille blüht auf allen Lippen –, senkt er die Fackel. Weist zur Erde nieder. Die Häupter neigen sich. Die Leiber fallen wie Gras. Nacht hüllt sie wieder ein, und lautlos wächst die Erde drüber her.

Stimme Alexanders: Laß mich nicht allein –

Chorus: VON JEDEM GOTT ERWARTE BARMHERZIGKEIT –
NUR VON DEM EINEN NICHT: VOM EROS.«

Er hatte mit gleichmäßiger, fast monotoner Stimme gelesen, – die paar Zwischenworte Alexanders mehr flüsternd als sprechend. Jetzt legte er das Blatt zu den andren zurück, stand auf, steckte sich eine Zigarre an und ging ein paarmal im Zimmer hin und her.

Ich war aufgestanden und an den Schreibtisch getreten. Ich wußte nicht recht, was ich sagen sollte. Die merkwürdige Vermischung von großer Vision, bedeutendem Gegenstand – mit solch äußerlicher, mehr dekorativer Sprachgestalt befremdete mich. Wo ist die Kraft seiner frühen Gedichte geblieben, dachte ich, deren harte Schönheit manchmal an Walther erinnerte?

»Wozu hast du dabei den Winkelmesser gebraucht?« fragte ich schließlich, um irgend etwas zu äußern.

Er lachte leise und zog seine Schublade auf.

»Da schau her«, sagte er. Er nahm einen auf ein Reißbrett gehefteten, sonderbaren Aufriß heraus, – wie zu einem mehrstöckigen Gebäude, mit allerlei Verzweigungen und Überschneidungen.

»Das war einmal der Plan zu diesem Stück«, sagte er. »Aber ich kann ihn nicht ausführen. Es wird Fragment bleiben.«

Er schob die Lade wieder zu und sprach weiter: »Was ich dir vorgelesen habe, ist natürlich noch Skizze, – bis auf die beiden Anfangs- und Endzeilen. Inhaltsangabe. Aber auf diesen Inhalt kommt es mir eben an. – Roxane ist die letzte aus dem alten kilikischen Königsgeschlecht. Sie ist die einzige, die der Gewalt des Alexanderzuges nicht erliegt. Sie lockt ihn an und widersteht ihm zugleich. Wenn sie sich ihm ergibt, schenkt sie ihm in der Erfüllung den Tod. Das ist der eigentliche Sinn des Alexanderdramas, – das mehr eine Roxane-Tragödie wäre.

Die grundierende Außenhandlung baut sich aus dem Kampf um die irdische Allmacht eines einzelnen, die ohne Nachfolge bleibt.«

Ich nickte. Er zog die Vorhänge auf, und wir traten auf den Balkon.

»Glaubst du, daß die Weger das spielen kann?« fragte er.

»Eigentlich kaum«, sagte ich, – »aber es kommt wohl gar nicht so drauf an. Schließlich kann sie den Text aufsagen wie jede, und der spricht dann für sich selbst. Man soll nicht so viel Wert auf die Darstellungsnuancen legen, – wenn sich's um Dichtung handelt.«

»Das ist schon wahr«, sagte er, – »aber ich glaube nicht mehr, daß man so etwas überhaupt fürs Theater machen soll. Das Stück wäre natürlich nicht etwa in gesteigerter Sprache durchgeführt worden. Ich hatte, für die eigentlichen Dialogszenen, einen bestimmten, biegsamen und sehr labilen Prosastil gefunden. Und schon eine gewisse Plastik der Gestalten herausgemeißelt, – damit sie real werden und nicht in der Wesenlosigkeit des Kostüms herumfigurieren. Trotzdem – es wird nicht gehn.«

»Das muß man wohl bei jeder großen Arbeit einmal durchmachen«, sagte ich, – »diesen Tiefpunkt des Unglaubens. Erst daraus wächst dann die eigentliche, schöpferische Wut.«

»Diesmal ist es etwas anderes«, sagte er ruhig, – »mir ist das Modell gestorben.«

Ich verstand nicht, was er meinte, und sah ihn fragend an.

»Ich fühle keine Möglichkeit der Resonanz mehr«, fuhr er rasch fort, – »und habe das innere Bild allmählich verloren.«

»Laß mal ein paar Tage die Finger davon«, sagte ich, – »denk nicht dran, tu irgendwas anderes. Dann kommt's von selbst wieder. Nur nicht festbeißen!«

»Ich dank dir schön«, sagte er mit abwesendem Lächeln, – »und ich möchte dich nicht weiter damit behelligen –«

»Dummes Zeug«, unterbrach ich ihn, – »du weißt, daß es mir Freude macht.«

»Ja«, sagte er mit einer abschließenden Geste, – »das weiß ich, – und falls es noch einen Sinn hat, werde ich dir mehr vorlesen.«

Er schlug mir kurz auf die Schulter, und wir traten beide wieder ins Zimmer zurück, wo er das Licht abdrehte. Dann gingen wir zur Tür. Er öffnete sie halb, blieb noch einmal stehen und wandte sich zu mir zurück.

»Ich verstehe nicht«, sagte er, – »weshalb du Magdalena aufgegeben hast. Sie war allein, als du herkamst.«

Es war dunkel, ich konnte sein Gesicht nicht sehen.

»Sie hat mir am ersten Abend gesagt«, antwortete ich, – »daß sie mit Mario verlobt ist.«

»Aber er war nicht da«, stieß er hart hervor.

»Denk an die Sphinx-Bar«, sagte ich, – »an Paris!«

»Ich weiß nicht, was du meinst«, sagte er.

»Du hast mir dort eine Lehre gegeben. Erinnerst du dich? Es war eine Geschichte mit einem kleinen Mädchen und ihrem Freund. Ich hatte mich etwas robust benommen. Man kann alles aufgeben – sagtest du damals zu mir –, bis auf die letzte Reserve: die der Ritterlichkeit.«

Er schwieg eine Zeitlang.

»Es wäre ritterlicher gewesen«, sagte er dann, – »du hättest um sie gekämpft.«

»Kann sein«, sagte ich und ging an ihm vorbei.

Er folgte mir schnell.

»Verzeih«, sagte er auf der Treppe, – »ich wollte dich nicht kränken. Das ganze Gespräch war dumm und taktlos von mir.«

»Nein«, sagte ich, – »aber es ist jetzt alles anders, – und es hat keinen Sinn mehr, davon zu reden.«

Wir gingen ins Musikzimmer, wo wir die andren trafen.

Jede Nacht, wenn ich heimkam oder wenn ich noch länger lesend in der Gaststube gesessen hatte, ging ich recht geräuschvoll die knarrende Treppe der »Albergo« hinauf, öffnete und schloß auch meine Zimmertür nicht gerade lautlos, kleidete mich dann aus und stellte so hörbar wie möglich meine Stiefel auf den Gang. Ich war bis jetzt noch der einzige Gast im Haus, – Wirtin und Angestellte gingen früh schlafen. Ich setzte mich dann aufs Bett, drehte mein Licht ab und wartete. Kurz darauf vernahm ich fast immer das ganz leise Pochen eines Fingerknöchels von oben, und es fiel ein dünner Lichtschein durch die Ritzen meiner hölzernen Zimmerdecke. Manchmal verschlief sie auch, wenn sie besonders müde war, meine Heimkehr, – dann störte ich sie nicht, las noch ein wenig im Bett und schlief bald selber ein. Sonst aber, wenn das Pochen und der Lichtschimmer mir wiesen, daß sie wach war und wartete, verließ ich meinen Raum lautlos und tastete mich mit Händen und Füßen die leiterartig schmale und steile Dachbodentreppe empor. Sie hatte die Tür ihrer Kammer geöffnet und die brennende Kerze auf die Schwelle gestellt, damit der Schein mich leitete und ich im Dunkel nicht anstieß und Lärm machte. War ich dann eingetreten, nahm ich die

Kerze auf und blies sie aus, zog die Tür leise hinter mir zu und kam zu ihr. Die Kammer war eigentlich nur ein doppelt verschalter Bretterverschlag unterm Dach, aus hellem, glattgehobeltem Fichtenholz, hoch und luftig genug. Das Bett stand unter der Schrägung des Firstgiebels. Wenn es regnete, hörte man das Tropfen und Plätschern auf den Schindeln und in der Traufe, die dicht neben dem Fenster hinunterlief. Das Fenster war sehr groß und war leicht auszuheben, wohl um Heu durch die Luke hinaufzubefördern. Im Winter konnte es von außen mit einem dichten Holzeinsatz vermacht werden. Jetzt stand es fast jede Nacht offen, und nur wenn ein sehr rauher Nordwind wehte, hängte sie eine Wolldecke vor. Sonst strich die Nachtluft ungehindert herein und verlöschte oft schon die Kerze in meiner Hand, eh ich sie ausgeblasen hatte. Lag man im Bett auf dem Rücken und bog den Kopf ein wenig zurück, dann konnte man durch die weite Öffnung ein Stück vom Himmel und ein paar Sterne sehn. So lagen wir oftmals, still und ermüdet, doch die Nerven von leise nachzitternder Wachheit erregt, im Gefühl des gemeinsamen Atmens, lange Zeit nebeneinander. Dann begann sie flüsternd zu reden, den Mund dicht an meinem Ohr, manchmal den Kopf in meiner Achselhöhle geborgen, und die Stummheit unserer ersten Berührung und unsrer kurzen, täglichen Begegnungen löste sich in endlosen Gesprächen. Sie sagte alles, was und wie es ihr gerade durch den Kopf ging, und ich hörte gewöhnlich zu und sprach nur, wenn sie mich fragte. Manchmal auch kam inmitten ihrer Sätze der Schlaftaumel über sie, dann lallte sie noch ein paar Worte in ihrem ladinischen Kindheitsidiom, ohne den Sprachwechsel zu bemerken, und schlief plötzlich ein. Es kam auch vor, daß ich unterm leisen Tropfenfall ihrer Worte einschlief, dann sagte ich ihr aber nach dem Erwachen oder in der nächsten Nacht die letzte Satzkadenz, die ich noch aufgenommen und die ich immer genau im Ohr hatte, und sie knüpfte, wie bei der »Fortsetzung« einer Zeitungsgeschichte, dort wieder an. Und öfters, wenn sie merkte, daß ich nicht zuhörte, müde ward oder an anderes dachte, sagte sie selbst plötzlich, mitten in einem Wort unterbrechend: »Fortsetzung folgt.« Dann lachten wir und suchten einander im Dunkel.

»Ich war noch ein Kind«, fing sie in einer Nacht an, – »als ich zum erstenmal einen Freund hatte. Es gab niemand auf mich acht. Die Mutter war tot. Ich war vierzehn, als sie starb. Ich war dabei, und seitdem kann ich mich vorm Tod nicht mehr fürchten. Ich habe aber damals gedacht, daß ich auch vorm Leben keine Angst mehr hätte, weil mir nie etwas Ärgeres mehr geschehen könne. Jetzt denke ich, daß es noch ärger wäre, wenn man selbst ein Kind hätte, das einem stirbt oder das man verlieren muß. Aber am schönsten ist wohl, wenn man jung stirbt, noch jünger, als die Mutter war. – Hast du schon tote Menschen gesehen?«

»Viele«, sagte ich.

»Sie war sehr schön«, fuhr sie fort, – »nur ihre Nägel waren ganz weiß, als wir die Hände falteten. Noch nach Jahren mußte ich weinen, wenn mir einfiel, wie weiß die Nägel waren. – Der Vater war damals schon, wie er jetzt ist.«

Sie schwieg eine Zeitlang und schmiegte die Wange an meine Schulter.

»Was ist er denn?« fragte ich.

»Er ist nicht gut«, sagte sie, – »aber er hat es auch nie gut gehabt. – Ich war aus der Volksschule heraus, aber ich wollte noch gern in eine Nähschule gehen, ich hätte Freude daran gehabt, solche schönen Sachen zu machen, und hatte auch schon bei der Schwester einer Freundin ganz viel gelernt. Auch Schneidern hätte mir Spaß gemacht und alles das. Aber der Vater gab mich in ein großes Gasthaus vor der Stadt draußen als Aushilfsmädchen. Wir lebten damals noch in Kastelruth. Ich mußte in der Küche arbeiten und sonntags auch mit bedienen. Ich schlief mit drei andren Mädchen in einem Raum, sie hatten alle Freunde und erzählten sich davon, oft waren sie auch nachts draußen und kamen erst gegen Morgen zurück. Ich wollte lange nicht, denn ich dachte, daß es schlecht wäre, und ich war sehr fromm. Aber man kann nicht allein sein. Der Vater war plötzlich nach Bozen gezogen, wo mein Bruder Geld verdiente. Ich kam gar nicht mehr heim. Mein Freund war bei der Eisenbahn und war auch noch sehr jung. Er wohnte bei seinen Eltern in der Stadt. Wir hatten uns beim Dopolavoro kennengelernt, wo wir Mädchen abwechselnd Samstag abends hin mußten. Manchmal wurde Musik gemacht, und er konnte gut Zither spielen. Aber er durfte nicht singen, weil er nur deutsche Lieder kannte. Ich sang dann die ladinischen Bauernlieder dazu. Wenn wir heimgingen, küßte er mich, und einmal sagte er, daß er mich heiraten wolle, wenn er Zugführer geworden sei. Ich dachte aber nie, daß wir einmal heiraten würden, und wir sprachen nicht mehr davon. Oft wartete er hinterm Wirtshaus auf mich, bis ich frei war, und wir gingen dann am Bahndamm entlang bis zu der kleinen Station in der Nähe. An dieser Station wurden nur morgens früh die Milchkannen aufgeladen, und es fuhr fast nie jemand von dort. Nachts war sie ganz verlassen, und es war nur ein kleiner Wartesaal da, mit kahlen Wänden, auf die manche Leute ihre Namen geschrieben hatten, und einem Fahrplan, von dem ein Stück heruntergerissen war. An der einen Wand stand eine schmale Holzbank. Dort saßen wir zusammen. Wenn ein Schnellzug vorbeifuhr, zitterte der Boden unter uns. Einmal führte er mich hinter das Stationshäuschen, wo auf einem Nebengleis ein alter, ausrangierter Bahnwagen stand. Er war verschlossen, aber mein Freund hatte einen Drücker, mit dem man alle Wagen aufsperren konnte. Ich hatte Angst, in den Wagen zu steigen, und mir grauste auch vor dem Geruch von Staub und altem Kohlenrauch. Am nächsten Abend brachte ich eine Sichel mit und schnitt viel Gras vom Bahndamm und legte es in den Wagen. Trotzdem fürchtete ich mich immer vorm Einsteigen, und er mußte erst mit Zündhölzern darin herumleuchten, weil ich dachte, es könne jemand drin sitzen. Er war niemals grob oder böse zu mir, aber wenn wir heimgingen, sah er mich nicht mehr an und sprach nicht mehr. Ich merkte, daß er dann traurig war, und ich konnte ihm nicht helfen. Einmal, als wir wieder dorthin kamen, saß wirklich ein Mensch in dem kleinen unbeleuchteten Wartesaal. Er erschrak sehr vor uns, – mehr noch, als ich vor ihm erschrocken war. Wir hatten nur aus Gewohnheit nachgesehen, ob niemand da sei, bevor wir zu dem Wagen gingen. Als wir hereinkamen, sprang er auf, und wir standen uns gegenüber und waren ohne Rat. An der Strecke draußen brannte ein Licht, man konnte sich gerade erkennen. ›Es geht aber jetzt kein Zug mehr‹, sagte mein Freund schließlich. – ›So?‹ sagte der Fremde, aber es kam uns vor, als ob er es schon gewußt hätte. Dann trat er an den kleinen Fahrplan und leuchtete ihn mit einer Taschenlampe ab. Er war gut angezogen, sah aber doch verwahrlost und heruntergekommen aus, vielleicht weil er nicht rasiert war, und sein Kinn zitterte immer. ›Verdammt‹, sagte er, ›da fehlt ein Stück, es ist heruntergerissen. Gerade an der Stelle hier.‹ – ›Wo wollen Sie hin?‹ fragte mein Freund, – ›hinauf oder herunter?‹ – ›Zum Brenner‹, sagte der Fremde. – ›Da geht erst morgen früh um acht wieder einer‹, sagte mein Freund, – ›aber von der Hauptstation geht noch um zwölf in der Nacht ein Schnellzug. Wenn Sie über die Brücke gehen und die Tram nehmen, können Sie ihn noch kriegen.‹ – ›Ja‹, sagte der Fremde, – ›danke‹, – und ging hinaus. – ›Sie müssen nach der andren Richtung gehn‹, rief mein Freund ihm nach. – ›Ja, ja –‹, rief er zurück und lief plötzlich ganz rasch davon. – ›Der hat gar nicht auf einen Zug gewartet‹, sagte ich, – ›vielleicht wollte er nur da schlafen.‹ – Mir ging durch den Kopf, daß man ihm den Wagen hätte aufsperren und ihn darin übernachten lassen können. ›Vielleicht sind sie hinter ihm her‹, sagte ich. – ›Ich müßte den Vorfall melden‹, sagte mein Freund, – ›aber dann fragt man mich, was ich nachts hier zu suchen hätte.‹ Er wollte mit mir in den Wagen, – aber ich mochte nicht mehr und ging nach Hause. Seitdem bin ich nie mehr mit ihm dort gewesen, – und bald darnach blieb er ganz weg.« –

»Und dann?« fragte ich nach einer Weile.

»Später war ich dann mit einem verlobt«, sagte sie und rückte etwas von mir ab.

»Und jetzt?« fragte ich. Sie schwieg, und ich wartete.

»Und jetzt?« fragte ich schließlich wieder, im gleichen Ton.

Sie schien reglos zu liegen und antwortete nicht.

Ich bog den Kopf zurück, sah zum Fenster.

Plötzlich fühlte ich ihr Gesicht auf meiner Brust, ihre Finger in meine Haare verwühlt, ihre Knie auf meinem Leib und erschrak fast vor dem bangen Ungestüm ihrer Umarmung.

Gewöhnlich verließ ich sie erst im frühen Dämmer und schlief dann noch eine Zeitlang in meinem Bett. Aber an schönen Tagen stand ich doch auf, sobald die Sonne über den Berg kam. Ich brauchte nicht viel Schlaf damals, weil ich nicht arbeitete, und hatte mir auch angewöhnt, nachmittags im Wald zu schlafen. Wenn ich im Schloß oben zu Mittag aß, blieb ich dann häufig zum Schwimmen da und ging erst gegen Abend oder in der Nacht zur »Albergo« zurück.

Als ich einmal, an einem milden Abend bei zunehmendem Mond, recht frühzeitig vom Schloß kam, hörte ich auf der kleinen Gasthausterrasse noch Stimmen. Das Licht brannte draußen, und ich konnte an einem der Gartentische schon von fern die Gestalten erkennen, die dort, Wein trinkend und würfelnd, beisammensaßen: es waren der Hausdiener Hans, der Zollsoldat, der mir schon öfters begegnet war, und jener, von Mena als ihr Bruder bezeichnete, schlürfige junge Kerl. Neben ihnen am Tisch, die Hand auf die Stuhllehne des Zollsoldaten gestützt, stand Menega und schien das Würfelspiel zu beobachten. Einer sagte was, und sie lachten alle, – über dem Dreiklang der Männerstimmen hörte ich die ihre, belustigt und etwas schrill. Auch die Haltung ihres Körpers, wie sie so vorgebeugt stand, und das leichte Wippen ihrer Kniekehlen auf den erhobnen Zehenspitzen kam mir fremd vor und ohne die gewohnte Anmut. Etwas Flaches, Allgemeines ging von ihrem Wesen aus, – es schien mir bar der persönlichen Besonderheit zu sein, die ich sonst an ihr spürte, – obwohl es zu hart gewesen

wäre, es gewöhnlich zu nennen. »Schließlich ist sie eine Kellnerin«, dachte ich laut, – und wußte gleichzeitig, daß ich mit diesem Versuch, ihr gerecht zu werden, Unrecht an ihr tat. Aber ich war, wie ich sie dort am Tisch stehen sah, jählings von einer nervösen Wut gepackt, die mich – wie die grundlose Eifersucht der ersten Tage – beschämte, ohne daß ich ihr steuern konnte.

Als ich die Terrasse betrat und die jungen Leute mich grüßten, grüßte sie auch und wollte rasch ins Haus gehn.

»Hallo!« rief ich ihr nach, – »ein Viertel Rot, bitte!«

Ich trat an den Tisch heran und zog mir einen freien Stuhl herbei.

»Gestatten Sie«, sagte ich.

Der Hausdiener war aufgesprungen und versuchte noch rasch, den völlig sauberen Stuhl mit einer Serviette abzuwischen. »Hab die Ehre, küß die Hand«, stammelte er mehrere Male.

Menas Bruder betrachtete mich mit zusammengekniffenen Lidern, und der Zollsoldat knöpfte den Kragen seiner Uniform zu.

»Darf ich mir erlauben«, sagte der Hausknecht, – »Ihnen die Herrn vorzustellen – ?«

»Wir kennen uns schon vom Sehen«, sagte ich, und die beiden nickten dazu.

»Das hier«, fuhr er trotzdem fort, – »ist der Luis Morandell, – der Bruder von unserer Mena. Und das ist der Toni –«

»Toni Tiefenthaller«, sagte der Zollbeamte dazwischen und machte die Bewegung des Salutierens, obwohl er die Mütze nicht aufhatte. Ich gab ihm die Hand.

»Der gehört auch zur Familie«, fügte der Hausknecht hinzu.

Ich nahm, ohne auf seine Bemerkung einzugehen, den Würfelbecher, und wir knobelten einen Liter Wein aus, den ich verlor. Mena brachte inzwischen das Viertel, das ich bestellt hatte, und ich sagte ihr, sie solle noch einen Liter bringen. Sie ging rasch wieder weg.

»Der Herr hat mit Absicht verloren«, sagte der Zollsoldat, – »ich habe bemerkt, daß Sie nur ganz leicht geschüttelt haben.«

»Es ist ein Irrtum, zu glauben«, sagte ich, – »daß man mit starkem Gerüttel und heftigem Aufhauen höhere Ziffern wirft.«

»Man muß die Würfel kennen«, sagte Luis Morandell, – »und der Herr hat ganz recht getan, erst leise zu schlenkern, denn dabei lernt man sie leichter kennen. Am besten, man hat seine Würfel in der Tasche. Mich begleiten meine Würfel und meine Spielkarten auf allen meinen Reisen«, sagte er großspurig.

»Sie leben in Bozen?« fragte ich ihn.

»Ja«, sagte er, – »aber ich komme viel herum.«

»Beruflich?« fragte ich.

»Geschäftlich«, machte er wichtig. »Eigentlich habe ich Mechaniker gelernt. Aber mit festen Anstellungen ist heute doch nicht zu rechnen. Ich habe Vertretungen für Motorräder.«

Mir fiel ein, daß ich neben dem Hauseingang ein Motorrad mit zwei Sitzen hatte stehen sehn.

»Ich komme auch oft nach Österreich hinüber«, fuhr er fort, – »sind der Herr Österreicher?«

»Nein«, sagte ich, – »Deutscher.«

»Ah, Reichsdeutscher«, rief er, – »und wie geht's denn draußen?«

»Ich weiß nicht«, sagte ich, – »ich war lang nicht mehr daheim.«

Ich wendete mich an den Soldaten.

»Sie haben wohl hier in der Nähe Ihre Dienststation?« fragte ich.

»Nein«, antwortete er, – »an der Grenze drüben. Ich komme nur öfters mit der Radfahrpatrouille bis hierher. Oder auch so, – außerdienstlich.«

»Aber im Minnedienst«, sagte der Hausknecht scheppernd, – »er ist ja Menas Bräutigam. Wußten Sie das nicht?« – »Nein«, sagte ich.

»Woher soll der Herr das wissen«, sagte Luis Morandell, – »das interessiert ihn ja gar nicht.«

»Ich dachte«, sagte der Hausknecht, mit einem schiefen Blick auf mich, – »die Mena hat es vielleicht erzählt.«

»Das interessiert ja den Herrn gar nicht«, wiederholte der andere.

Der Zollsoldat sah unter sich und wischte sich eine Haarsträhne aus der Stirn. Sein hübsches Gesicht hatte sich mit einer leichten Röte überzogen.

»Da brauchst dich nicht zu genieren«, sagte der Hausdiener und stieß ihn in die Seite, – »die Lieb ist keine Schand!« fügte er im Ton einer süßlichen Wiener Schlagermelodie hinzu.

»Der ist nämlich ein Genierer, der Toni«, wandte er sich wieder an mich und wollte weiterschwatzen.

»Hören Sie«, unterbrach ich ihn barsch, – »das interessiert mich wirklich nicht.«

Der Zollsoldat streifte mich mit einem kurzen dankbaren Blick. Er ist ein Bauernjunge, dachte ich und fühlte plötzlich eine Art Mitleid mit ihm.

»Natürlich nicht«, dienerte der Hausknecht herum, – »gewiß nicht!

Ich meinte nur, – wollen S' schon gehn?« machte er, denn ich war aufgestanden.

»Gute Nacht«, sagte ich und trank meinen Wein aus.

Auch der Soldat stand auf, nahm seine Mütze und sein Koppel, das über der Stuhllehne hing.

»Für mich wird's auch Zeit«, sagte er und gab mir die Hand.

»So plötzlich?« sagte Luis Morandell, nahm ihm die Zigarette aus dem Mund und steckte sich die seine damit an.

»Ich muß noch nach Tramin hinunter«, sagte Toni, – »zur Hauptwache.«

»Ich bring dich auf meiner Affenkiste bis Stils«, sagte Luis, – »aber dann muß ich nach Bozen abbiegen.«

»Das genügt«, sagte der Soldat, – »in Stils hab ich mein Rad stehen.«

»Mena!« hatte der Hausbursch inzwischen einige Male gerufen.

»Ich hol sie«, sagte er jetzt und lief hinein.

»Auf Wiedersehn, der Herr«, sagte Luis Morandell zu mir, – »es war mir eine Ehre!«

»Gute Nacht«, sagte ich und schlenderte dem Haus zu.

Da kam Hans zurück.

»Sie ist schon ins Bett hinauf«, sagte er und schüttelte den Kopf.

Ich sah, daß er mit ihrem Bruder einen raschen Blick tauschte.

»Na gut«, sagte der, – »sie wird müde sein. Kassieren kann sie das nächste Mal.«

»Meinen Wein setzen Sie auf die Rechnung«, sagte ich zu Hans und schloß die Tür hinter mir. Während ich die Treppe hinaufging, hörte ich das Knattern des Motorrads.

Ich setzte mich mit einem Buch ans Fenster und steckte mir eine Pfeife an. Nur die Schuhe hatte ich ausgezogen und hinausgestellt. Den Burschen Hans hörte ich unten noch aufräumen und vor sich hinpfeifen. Dann ging das Licht aus, und sein Schritt schlurfte zum Schuppen hinüber, in dem er schlief.

Kurz darauf hörte ich das leise Pochen an meiner Zimmerdecke, und merkte, daß auch die Kerze angezündet war. Aber ich blieb sitzen und las noch eine Zeitlang weiter, obwohl ich dem Inhalt nicht recht folgen konnte.

Schließlich zog ich mich aus, um zu Bett zu gehn. Als ich abdrehte, pochte es von droben zum zweitenmal. Ich setzte mich aufs Bett. Nein, sagte ich leise, ich denke nicht dran. Sie kann ja kommen, wenn sie mir was zu sagen hat. Gleichzeitig gab ich mir Mühe, mich komisch zu finden und über meine Wut zu lachen. Aber es gelang mir nicht recht. Ergrimmt und unschlüssig saß ich im Dunkeln herum, ohne mich niederzulegen.

Nach einer Weile hörte ich ganz leise eine Treppenstufe knarren.

Ein freudiger Schreck zuckte in mir auf, – aber die Wut saß noch wie eine Geschwulst in meiner Kehle.

Lautlos öffnete sich die Tür. Ich trat ihr entgegen. Im Dunkeln schlang sie die Arme um meinen Hals. Es fiel mir schwer, der Wärme ihres Körpers zu widerstehn. Aber ich hörte das widrige Geschepper des Hausburschen, – sah sie lachend am Tisch bei den drei Gesellen stehn. Ich tastete an ihren Armen empor, bis ich die beiden Handgelenke erreichte, – umfaßte sie fest und tat ihre Hände von meinem Nacken ab.

»Warum hast du mir das verheimlicht?« stieß ich hervor.

Sie antwortete nicht, – setzte sich auf den Bettrand, ließ den Kopf sinken.

»Gib Antwort!« fuhr ich sie an.

Dabei schämte ich mich meines Zorns und meiner Unbeherrschtheit, – und es blitzten alle möglichen Wendungen durch mein Gehirn, die nobler, männlicher, überlegener gewesen wären, – aber je mehr ich mich meiner selbst schämte, desto weniger konnte ich zurück. Ihr Schweigen machte mich hilflos und rabiat. Ich packte sie plötzlich an beiden Schultern und riß sie roh empor, daß ihr Kopf in den Nacken flog und sie mir ins Gesicht sehen mußte. Im blassen Mondlicht erkannte ich, daß ihre Augen umschattet waren, aber ohne Tränen. Ihre Lippen preßten sich fest zusammen, und es traf mich ein Blick voll schöner, blitzender Empörung. Ihr Hemd, das oben mit einem losen Band geschlossen war, riß unter meinem Griff auseinander und ließ die Hügel ihrer hohen Brüste frei, die, gleichsam zu Stein erkaltet, in starrer Abwehr gegen mich gerichtet schienen. Ich spürte, wie sich ihre Nägel zornig in die Haut meiner Arme gruben, und es wallte mir rot in die Augen: besinnungslos warf ich ihren Körper hin und her, packte sie im Genick, prügelte sie. Ja, ich prügelte sie, – verdrosch sie, – wild, doch ohne Roheit, – nicht anders, wie hilflose Eltern oft ihre verstockten Kinder prügeln, wobei ihnen Hände und Gewissen viel weher tun als dem Opfer die Schläge. Es war ein ungeschicktes, blindes, männlich dummes Gedresche, voller Schuld, Schonung und geheimer Zärtlichkeit. Sie aber, von dem unverhohlenen Geständnis dieses Ausbruchs zutiefst überwältigt und beglückt – mindestens viel weniger verletzt, als es durch Kühle oder gemachten Abstand hätte geschehen können –, ergab sich seinem Ansturm ohne Gegenwehr, – schmiegte und preßte sich, versöhnend und verzeihend, in meine offenen Hände, deren Wut sie mit kleinen, rührenden Bewegungen der Unterwerfung entkräftete und abtötete. Ihr Herz schlug gegen das meine, und ich fühlte, daß ihre Lippen einen kaum hörbaren Laut formten, ein flüsterndes, stöhnend langgezogenes: »Du – !«, dessen U-Laut mich seltsam beschwichtigte und bezwang. Ich berührte mit den Lippen ihre heißen Augenlider, und wir verharrten eine Zeitlang atemlos und ohne Bewegung.

»Glaubst du mir?« hörte ich sie dann sagen, dicht an meinem Ohr.

Ich nickte und regte mich nicht.

Sie bog den Kopf zurück und sah mir voll ins Gesicht.

»Ich habe nichts mehr mit ihm«, sagte sie mit stiller Stimme, – »seit du da bist.«

Ich antwortete nicht, aber sie wußte, daß ich sie begriff, und ein Lächeln wehte über ihren Mund.

Erst jetzt lösten sich meine Hände und fuhren leicht und tröstlich an ihren Flanken nieder. Wo ich sie gepackt hatte, sah man die blutleeren hellen Fingereindrücke in der dunkleren Haut. Ich küßte diese Stellen und zog sie neben mich auf den Bettrand. Sie lehnte den Kopf an meine Schulter, so saßen wir schweigend. Dann legte ich den Arm unter ihre Knie und hob sie ins Bett.

Erst nach Stunden, als der Mond schon untergegangen war und wir in dem schweren Dunkel lagen, wie es der ersten Dämmerung vorausgeht, begann sie wieder zu sprechen.

»Ich möchte am liebsten«, sagte sie vor sich hin, – »daß er gar nicht mehr herkommt. Aber ich traue mich nicht – –«

Sie lag, etwas abseits von mir, an der Wand.

»Hast du Angst vor ihm?« fragte ich.

»Ach nein«, sagte sie, und ich hörte, daß sie den Kopf schüttelte, – »aber mein Bruder – –«

Ihre Stimme klang gepreßt, und sie sprach nicht weiter.

»Vielleicht wäre es besser, wenn ich fortginge«, sagte ich nach einer Weile, – und in diesem Augenblick der gestillten, vertrauensvollen Nähe, ohne Sehnsucht und Begehr, meinte ich's wirklich so, – »und du fändest zu ihm zurück.«

Da ich nichts von ihr hörte, fuhr ich fort:

»Er hat ein gutes, offenes Gesicht. Und dann ist er von hier, – von deiner Gegend, – vom selben Land wie du. Wenn er dich gern hat – –«

Aber ich konnte plötzlich nicht weiter. Es schien mir lumpig und bequem. Der Herr hat seine Freude gehabt, dachte ich voll Verachtung, – nun gibt er das Mädchen an den Mann zurück. Weshalb aber nicht – dachte ich gleichzeitig –, ich *werde* ja einmal fortgehen, – und dann... Aber was »dann« ist, geht dich nichts an, sagte die erste Stimme dagegen, es kümmert dich nicht, mach dir nichts vor, es hat dich nie gekümmert.

Menega lag laut- und reglos. Die Dunkelheit schien immer schwerer auf uns herabzufallen. Endlich tastete ich nach ihrem Gesicht. Es war von Tränen überschwemmt. Ich nahm sie in die Arme, – sie umklammerte mich, stammelte an meinem Hals: Geh nicht fort – – wiederholte sie immer wieder, – geh nicht fort! –

»Nein», sagte ich, – und sagte es oft und beruhigte sie mit kleinen, eintönigen Worten, bis sie still wurde und zu schluchzen aufhörte. Alles Bedenken war mit ihren Tränen und Küssen von mir abgewaschen. Die kleinen und kleinlichen Regungen, Zweifel, Besorgnis, Schuldgefühl – wie trüber Bodensatz durch den Anstoß von außen kurz emporgewirbelt – versanken endgültig und für immer in dieser letzten Stunde vor Tag, und alles fand in den großen, klaren, herzstarken Strom des Ungewollten, Unwiderruflichen zurück.

Sie hatte die Knie hochgezogen und lag, wie eine Katze zusammengerollt, in meinem Arm. So schlief sie ein. Ich lauschte noch eine Zeitlang darauf, wie auf einen meiner langen Atemzüge immer fast zwei der ihren kamen. Dann schlief ich auch.

Später weckte mich ein ungewohntes Geräusch: noch nicht klar erwacht, merkte ich, daß es das Knattern eines Motorrads war, wie ich's am Abend gehört hatte. Es kam näher und starb dann ab. Die Augen öffnend, sah ich Mena aufrecht im Bett kauern, ihr ganzer Leib flog und bebte vor Angst. Es graute schon vor den Fenstern.

»Mena«, sagte ich und rührte sie an.

Ihre Hände waren eiskalt. »Mein Bruder –«, flüsterte sie mit starren Lippen.

Ich wollte sie in die Arme nehmen und beruhigen, aber mit einem lautlosen Satz schwang sie sich über mich hinweg und jagte wie gehetzt aus meinem Zimmer.

Ich trat auf den Balkon. Der Himmel war grün und kühl, ein paar Sterne funkelten noch. Im Tal stockte unbewegt der dicke, weiße Nebel. An der Ecke des Schuppens, in dem der Hausbursch schlief, sah ich zwei Gestalten, die die Köpfe zusammensteckten. Es mußte Hans sein und Luis Morandell, Menas Bruder. Gleich darauf verschwanden sie im Schuppen, an dessen Eingangstür einer jener merkwürdigen, hohen und eckigen Brotkörbe stand. »Was haben die nur miteinander«, dachte ich, – aber es war mir gleich. Das Holzgeländer war naß vom Tau, und es schauerte über meinen Rücken. Die erste Sonne tauchte über den Waldhang und übergoß ihn mit einem rötlichen Staub. Man konnte die Lücke sehen, wo sie die große Bergkiefer gefällt hatten. –

»REIGEN VON SELIGEN GEISTERN –«

Immer noch lagerten meine Malgerätschaften unberührt im Turmzimmer der Rocca. Zur »Albergo« hatte ich nur ein Skizzenbuch mitgenommen, in dem ein einziges kleines Aquarell entstanden war: es hieß »Cygäen auf einer Feldskabiose«. Bei Kennern von Schmetterlingen wird dieser Titel die Vorstellung ganz bestimmter sommerlicher Farbtönungen und des heimlichen Zusammenklangs ihrer Kontraste erwecken: Blaßviolett mit Rosa, Olivgrün, stahlschimmerndes Dunkelblau, schwärzlich überstäubt, blutrot und purpurn gefleckt.

Manchmal stieg ich in die Rocca hinauf und schaute eine Zeitlang, auf dem abgezogenen Bett sitzend, die weißen Wände an, deren mittlere vom kohlschwarzen Grisi noch unumschränkt beherrscht wurde. Vielleicht wartete ich dann, daß die Wände sich in wallende Urnebel verwandeln möchten, um sinkend die Gestalt einer großen meerentstiegenen Landschaft zu gebären. Aber es regte sich nichts, – der getünchte Stein blieb flach und unerbittlich. –

Im Grund bekümmerte mich das wenig. Ich wußte, daß ich eines Tages wieder schaffen würde, – schaffen müßte, wie eh und je. Mir war zumute wie einem, der, mitten im Werk, plötzlich und ohne besonderen Anlaß den Gegenstand seiner Arbeit zum erstenmal zu sehen, zu erkennen glaubt – und reglos, mit hängenden Armen, lange Zeit davor stehen bleibt. –

Im Schloß war man taktvoll genug, mich nie zu fragen, was ich eigentlich tue. Aber ich bemerkte, als nun die Gäste kamen, daß das Turmzimmer unbesetzt blieb, obwohl ich der Kuh öfters angetragen hatte, meine Sachen wegbringen zu lassen. –

Die Gäste wohnten durchweg im Wirtschaftsgebäude, das ja mehr einem herrschaftlichen Gutshof glich. Nur zwei junge Engländer, entfernte Verwandte der Kuh, waren in der »Albergo« abgestiegen, aber ich merkte wenig von ihnen, denn sie waren tagelang auf Klettertouren unterwegs. Ein blasser Student aus Norddeutschland, namens Lemming, der früher schon in seiner Freizeit für Firmin Sekretärarbeiten gemacht hatte, hauste nun im Raum neben seinem Arbeitszimmer und wartete vergeblich darauf, sein neues Werk abschreiben zu müssen. Er erholte sich zusehends dabei. Und in ein sonst nie bewohntes, pompöses Renaissancegemach im ersten Stock des Schlosses war, nach mehrfacher telegraphischer Verschiebung ihres Ankunftstermins, die Schauspielerin Charlotte Weger eingezogen.

Peter Insam und ich waren jetzt fast täglich im Schloß. Er mußte allein kommen, weil Loisl, seine Frau, ziemlich dicht vor der Entbindung stand. Ihr war es in dieser Zeit am liebsten, ungestört und unbeobachtet zu bleiben und in einer stillen, dämmernden Versponnenheit im Haus herumzukramen. Peter aber, der das ganze Jahr in seiner gebirglerischen Abgeschiedenheit verbrachte, zeigte ein geradezu saturnalisches Vergnügen an dem pausenlos geselligen und leicht überdrehten Zustand, der jetzt im Schloß herrschte und dem wir einen, wie er es nannte, sympathisch symposionalen Kreis-Charakter zu verleihen suchten. Unter seiner Leitung hatte sich ein kleines Kammerorchester ergänzt, für das er alle möglichen Werke setzte und instrumentierte und in dem Brigitte Albiger, die Tochter von Firmins Verleger, die Bratsche spielte, der Student Lemming die Blockflöte blies und ich selbst gelegentlich einen Lautenpart übernahm. –

Will ich versuchen, den ungetrübten Blick auf diese Zeit zu richten – das vielfach zerstreute und seltsam strahlenklare, sonntägliche Licht dieser Sommerwochen zu beschwören –, so muß ich die Schatten, die das Spätere unsichtbar vorauswarf, wie Nebel mißgünstiger Sterne aus meinem Bild verscheuchen – und gleichsam den Vorhang teilen, der seine tragischen Falten über das Zwischenspiel jener mählich kürzer werdenden Tage sinken ließ. Dann denke ich an die Wände von Phlox, die im Park die Wege säumten und die Abende in ihrem Duft ertränkten, an die ungeheure Leuchtkraft der »goldenen Raute« zwischen himmelsfarbener Campanula und tief dunkel blauendem Eisenhut, an das leichte Schwanken der hochstieligen Malven im Morgenwind. Ich denke an die prozessionale Blätterstreu der abgeblühten Rosen in der Pergola, die die Kuh nie wegfegen ließ, bis die Luft sie von selber vertrug. Der Geruch des strömenden Wassers weht mich an und der scharfe, faulige Hauch von Brunnenkresse, blühendem Lolch und ersten, moosversteckten Pilzen, der überm Schwimmbecken stand, und ich spüre auf der Haut die schauernden Schichten und Wirbel, die Erwärmung und

Abkühlung wechselnd im Wasser schaffen. Dies alles und Worte, die damals fielen, Blicke, die getauscht wurden, kurze, rasch vergessene Entzweiungen, Gelächter, Lärm und lange, nachwirkende Gespräche, auch Geschmack von Speisen und Pfirsichfleisch und das eisige Brennen gekühlter starker Schnäpse und eine Stube voll Rauch, der sich weißlichblau aus den Fenstern windet, – all das könnte ich eben besser, als es zu sagen oder zu beschreiben ist, wie eine Melodie vor mich hin brummen oder pfeifen, oder wie Fetzen aus der Fülle jener Melodien, die wir damals spielten und die in der Zeitverschmelzung zu einer einzigen zusammenlaufen.

War vorher mein Tag und meine Nacht getrennt, und mein Leben im Schloß und das im Gasthaus zweierlei – und jeder Gang zu Mena oder von ihr weg ein Übergang in eine andere, abgesonderte Welt –, so wurde das jetzt alles eins, – die Stunden mit ihr und die ruhelose Zeit mit den andren, und dazwischen das Köstliche, das Alleinsein, – und es war Sommer, und manchmal donnerte es, und es gab über den Bergen Kugelblitze, und an den heißen Tagen schrie und gellte die Luft von den Grillen ohne Unterlaß. –

In dieser Zeit schloß sich Mario, mit dem ich bisher nur die freundlich distanzierte Beziehung der ersten Tage gepflegt hatte, in besonderer Weise an mich an. Zuerst hatte er mich ein paarmal nach den Mahlzeiten oder nach dem Schwimmen zur »Albergo« hinunterbegleitet, um, wie er sagte, Luft zu schnappen, – war aber stets, da ich ihn nicht aufforderte, mit hineinzukommen, kurz vor dem Gasthaus umgekehrt. Manchmal zögerte er einen Augenblick, und ich hatte den Eindruck, daß er mir irgend etwas sagen wolle. Aber dann schlug er mir nur auf die Schulter, hob die Hand zum Gruß und ging. Wenn wir abends auf dem Altan der Rocca oder im Erkerzimmer beisammensaßen, rückte er häufig seinen Stuhl neben mich und wandte sich auch im Gespräch meistens zu mir. Es berührte aber nie mehr als allgemeine Gegenstände, und als wir uns eines Tages verabredet hatten, eine Bergtour zusammen zu machen, legten wir den größten Teil des Weges schweigend zurück und sprachen bei der Rast nur über die Landschaft und über allerlei topographische und geologische Zusammenhänge, die uns beide interessierten; schließlich kamen wir scharf ins Artilleristische, und Mario erklärte mir verschiedenes über Gebirgsschießen, was mir neu war. Auf dem Rückweg tauschten wir afrikanische Erlebnisse aus, – er hatte eine Zeitlang in Libyen und Eritrea gestanden. Gerade die Sachlichkeit dieser Gesprächsstoffe brachte uns mehr zueinander, als wenn wir private Themen berührt hätten, denn sie lagen außerhalb der Sphäre von Scheu, Abwehr und Maskierung und gaben doch jedem von uns die Möglichkeit, in vollem Freimut seine eigne Tonart anzuschlagen.

Daß wir uns wirklich nähergekommen waren, drückte sich vorläufig nur in der Art aus, wie wir uns begrüßten oder gelegentlich einander zutranken. Mir schien, daß Magdalena diese kaum erkennbaren Äußerungen einer zunehmenden Kameraderie mit einem gewissen Mißtrauen und nicht gerade wohlgefällig beobachtete. –

Ich habe übrigens zu erzählen vergessen, daß sie in der Zwischenzeit krank geworden war, es mag sich um Grippe oder Angina gehandelt haben, und ein paar Tage durfte niemand zu ihr, weil sie nicht sprechen sollte oder weil es ansteckend war. In diese Tage, ziemlich zu Beginn des Monats, fiel der Vollmond. Wir saßen, ohne sie, auf dem Altan der Rocca und beobachteten, wie der Mond sich immer wieder durch die südwestlich bewegten Wolkenschichten hindurcharbeitete, wobei er oft, leicht vernebelt, aureolische Kreise in den Spektralfarben um sich zog. Da es sehr warm war, blieben wir fast die ganze Nacht sitzen. Charlotte Weger las mit leiser Stimme, die in den Vokalen eine wohltätig erregende Aufgerauhtheit besaß, ein Kapitel von Jean Paul vor, das Firmin aufgeschlagen hatte. Von Zeit zu Zeit hörte man die Klingel aus Magdalenas Zimmer, und die Kuh ging öfters hinauf und brachte ihr eisgekühlte Zitrone. Das Fieber, hieß es, sei stark in die Höhe gegangen und hielte sie wach. Gegen Morgen war sie dann doch eingeschlafen, und sie schlief noch den ganzen nächsten Tag, und am übernächsten war sie gesund. – Ich begleitete sie gegen Abend zu einer Art Genesungsgang durch den Park. Sie sah etwas blaß aus, hatte aber klare und ruhige Augen, – und sie erschien mir echter, gesammelter, sich selbst ähnlicher als in der ganzen letzten Zeit. Wir gingen langsam, und sie hatte die linke Hand leicht auf meine rechte Schulter gestützt, – nicht aus Schwäche, sondern weil es ihr gefiel, so zu gehen.

»Sie waren mit Mario auf der Sellaspitze drüben?« fragte sie plötzlich.

»Ja«, sagte ich, – »es war ein schöner Tag.«

»Nun«, meinte sie nach einer Weile, – »ihr scheint euch ja miteinander abgefunden zu haben.«

Ich schüttelte den Kopf.

»Abgefunden ist nicht das richtige Wort«, sagte ich.

»Für *Sie* vielleicht nicht«, antwortete sie, – »aber für ihn gewiß. Er muß sich mit jedem erst abfinden, und mit allem, was zu mir gehört. Aber gerade deshalb –«

Sie brach ab und warf einen sonderbar forschenden Blick auf mein Gesicht. Es war das erstemal, daß sie mit mir über ihren Verlobten sprach, seit er da war.

»Wir stehen gut zusammen«, sagte ich.

»Ach ja«, gab sie zurück und zuckte ein wenig die Achseln, – »ihr habt euch ›zusammengewöhnt‹, wie die Züchter sagen, wenn sie zwei verschiedene Hunderassen im gleichen Zwinger halten. – Im Anfang waren Sie bestimmt entsetzt von ihm. Das heißt: von mir!« –

»Entsetzt nicht gerade«, sagte ich der Wahrheit gemäß, – »aber erstaunt und ziemlich ratlos. Ich weiß auch heut noch nicht recht, wie ihr zueinanderkommt.«

»Ich weiß es auch nicht«, lachte sie, – »und eben darum sind wir wohl zueinandergekommen! Er ist ja nicht dumm, – gar nicht! Aber er ist auch in unsrem Sinn nicht wirklich gescheit. – Er ist halt – ein Mann! Ein richtiger Mann muß stur sein, – und vor allem: humorlos! Verstehen Sie?«

»Nein«, sagte ich, leicht gereizt. – »Ich kann mir einen richtigen Mann, der außerdem Humor hat, sehr gut vorstellen.«

»Ach, Sie verstehen ganz genau!« rief sie, nahm die Hand von meiner Schulter und lief ein paar Schritte, die Arme schlenkernd, voraus. Dann drehte sie sich plötzlich um.

»Man muß sich doch fürchten können vor einem Mann«, sagte sie und hob die Hände zum Himmel. Als ich näher kam, ließ sie die Hände rechts und links auf meine Arme fallen und blieb so, mich festhaltend, stehen. »Ich habe mich schon als Kind vor ihm gefürchtet«, sagte sie, – »wenn wir zu Besuch in Italien waren und miteinander spielten. Wir waren verwandt und konnten uns kaum verstehen. Damals sprach er noch schlecht Deutsch, und wenn ich seinen Akzent nachmachte, knirschte er mit den Zähnen und trat mich unterm Tisch gegens Schienbein. Dann habe ihn viele Jahre nicht gesehen, und als er wiederkam, war er ein Mann und verliebte sich in mich –«

»– und begann sich nun seinerseits vor *Ihnen* zu fürchten«, ergänzte ich.

»Das kann sein«, sagte sie, – »aber das wird sich geben. Das – Fürchterliche – wird er mir schon austreiben. Meinen Sie nicht?« – Sie fragte mit einer fast ängstlichen Stimme und mit einem seltsamen kindlich bittenden Blick. Ich nickte und streichelte ein wenig ihre Arme. Sie hängte sich bei mir ein, und wir gingen weiter, ohne zu sprechen.

Die Sonne war gerade herunter, und wir sahen durch das Gitter des Parks, an dem wir entlang schritten, den weiten Wiesenhang, wo das Heu gehäufelt war.

»Hören Sie!« rief sie plötzlich und blieb stehen.

Auch ich vernahm jetzt ein leises Zirpen und Piepsen, das nah bei unsren Füßen unter den überhängenden Zweigen eines Hibiskusgesträuchs hervorkam. Sie schnellte den Oberkörper vor, ließ meinen Arm los und stemmte die Hände auf die Knie, wodurch die Spannung ihres Leibes etwas Katzenhaft-Sprungbereites erhielt. Nun sah ich, was sie schon vor mir bemerkt hatte: das verängstigte Umherhüpfen, mühsam ungeschickte Flattern eines noch nicht flüggen, nestentfallenen Vogeljungen, wohl eines späten Baumbrüters. Irgendwo in den höhergelegenen Ästen lockte und schnarrte ruhelos die Stimme des Muttervogels. Mit einem lautlosen Ruck warf Magdalena plötzlich Hals und Arme vor, – schon lag sie auf den Knien und hielt im gleichen Augenblick den kleinen, mausgrauen Federball, dem die hellhornigen Ansätze der Kiele noch aus dem Kükenflaum standen, in ihren hohlen Händen. Sie beugte den Kopf ganz tief auf die Hände herab, – die kupfrig blonden Haarsträhnen fielen über ihre Stirn. Ich stand wie gelähmt von einem kalten, herzstockenden Schreck. Mir war, als hörte ich das leise Aufplatschen wieder, mit dem die Taube auf die Holzborden des Rocca-Umlaufs niedergefallen war. Aber nun vernahm ich ganz deutlich einen kleinen, schnalzenden Zirplaut von ihren Lippen, und dann wandte sie das Gesicht zu mir auf, das einen zärtlich-besorgten, lächelnden Ausdruck zeigte.

»Rasch«, sagte sie, – »rupfen Sie etwas Gras und Moos! Wir müssen es irgendwo hinsetzen, möglichst hoch am Baum, wo die Alte es füttern kann und bewachen. Hier drunten könnten es die Katzen kriegen, oder sonst ein Raubzeug, wenn es dunkel wird.«

Ich hatte eine leere Zigarettenschachtel in der Tasche, die ich auf ihre Anweisung in einer Astgabelung, so hoch ich hinauflangen konnte, anbrachte und mit Moos und Gräsern füllte. Mit zwei Holzstückchen klemmte ich sie rechts und links fest, daß eine kleine, stabil überdachte Nesthöhle entstand.

»So«, sagte sie, – »ich komme nicht ganz hinauf. Sie müssen es da hineinsetzen, – aber vorsichtig! Nicht zerdrücken!«

Das Vogeljunge war ganz still geworden in ihren Händen und stieß erst wieder Angstlaute aus, als ich es daraus übernahm. So zart wie möglich hob ich es hinauf, und es blieb zitternd, mit deutlich schlagendem Herzen, in seiner improvisierten Schutzhütte sitzen. Wir traten eilig ein paar Schritte zurück und beobachteten, daß es nicht herunterfiel und daß die Alte sich, scheu in den umliegenden Zweigen hüpfend, ihm näherte.

»Jetzt wollen wir fort«, sagte sie, – »damit sie die Angst verliert. Sie fallen so oft herunter«, sprach sie im Gehen weiter, – »weil die alten Bäume morsch sind und manchmal ein Stück Rinde aus der Höhlung bricht, in die sie gebaut haben. Ich habe schon viele vor den Katzen gerettet!«

Sie hängte sich wieder bei mir ein.

Zwischen den Bäumen, die bis zum Boden herab belaubt oder benadelt waren, hockten dicke, blauschwarze Schatten. Der Heugeruch war so stark, daß man schwindlig werden konnte. Sie schauerte ein wenig und lehnte sich im Gehen dicht an mich.

»Sie müssen ins Haus jetzt«, sagte ich, – »es wird rasch kalt, und Sie waren krank.«

»Ach«, machte sie wegwerfend und faltete die Hand ihres bei mir eingehängten Armes mit den Fingern der meinen zusammen. Wir gingen nun so, wie ich sie am ersten Abend meines Hierseins mit Firmin hatte aufs Schloß zukommen sehn.

»Hinter jedem Baum«, sagte sie nach einer Weile, – »sitzt jetzt einer und lauert auf uns.«

»Was für einer?« fragte ich.

»Ein Gott natürlich«, sagte sie und sah mich an, – »oder einfach Gott. Merken Sie's nicht? Er fliegt auch in der Luft herum, wie eine Eule, und paßt auf uns und will uns ins Genick springen.«

»Das wäre vielleicht ganz gut«, sagte ich, – »wenn ein Gott uns bespringt.«

»Vielleicht«, sagte sie leise, – »aber ich kann's nicht tragen. Es drückt mich um –«

Sie ließ den Nacken vornüber fallen und machte sich schwer, daß ich sie ein paar Schritte schleifen mußte.

»*Sie* könnten's schon eher«, sagte sie dann, sich wieder aufrichtend, – »Sie haben Schultern wie der heilige Christopher. Warum heißen Sie überhaupt nicht Christoph? Oder – Sie sollten Joseph Kreuzträger heißen, – nach dem von Arimathia. Thomas ist viel zu leicht für Sie.«

»Es ist *auch* nicht ganz einfach«, sagte ich nachdenklich.

»Ich weiß«, sagte sie und nickte, von mir wegschauend, in die Dämmerung, – »aber *Sie* werden durchkommen!«

Ich fühlte, wie sie meine Finger heftig preßte.

»Sie kommen durch«, wiederholte sie mit einer heiteren, festen Stimme, – »Sie können gar nicht anders.«

Eine unerklärliche Welle von Selbstvertrauen ging mit dieser Stimme und mit ihren Worten in mich ein. Ja, dachte ich mir, ich werde durchkommen, durch alles, was auch passiert, – und wenn ich der einzige wäre, der übrigbleibt. Mir kam vor, als stünden wir noch mitten im Krieg, und ich sei irgendwo auf Urlaub.

Inzwischen waren wir in die große Allee eingebogen und kamen rasch aufs Haus zu.

»Auf Wiedersehen«, sagte sie, obwohl wir gemeinsam hineingingen.

Sie machte ihre Finger von den meinen los.

»Gehn Sie morgen früh mit mir, nach dem kleinen Vogel sehn?« fragte sie.

»Gern, Magdalena«, antwortete ich.

»Dann holen Sie mich ab, sobald Sie heraufkommen.« Sie hauchte mir flüchtig einen Kuß auf die Stirn und schritt vor mir her die Freitreppe hinauf.

Tatsächlich konnte man sich getrost auf Wiedersehn sagen, wenn man an diesem Abend, wie an vielen anderen in dieser Zeit, die kerzenerleuchteten Räume des Schlosses betrat. Man geriet ohne Übergang in einen Wirbel von absichtsloser Geselligkeit, – eine augustflimmernde Milchstraße von Reden und Gespräch, darin der einzelne gleichsam untersank, um dann und wann mit einem Wort, einem Ausruf, dem Fragment einer Geschichte oder ein paar hingeworfenen Sätzen sternschnuppenhaft aufzublitzen. Da es nach den schönen Tagen, die blau und wolkenlos vorm Ostwind segelten, gegen Abend jetzt schon empfindlich kalt wurde und man im Freien nicht mehr sitzen konnte, versammelten sich die Hausbewohner und ihre Gäste in der Stunde vorm Nachtmahl gewöhnlich im Erkerzimmer, wo man nach Süden und Westen, also gegen Sonnenuntergang, sah. Bei Apéritifs und Zigaretten erwartete man dort den Kuhglockenklang, mit dem Grisi zu Tisch rief. Diese Stunde des leisen Magenknurrens und jener allgemeinen atmosphärischen Unruhe, wie sie vor Dämmerung auch in der Natur zu spüren ist, war der Erregung solcher thematischen Rundgespräche, und ihrer sprunghaften Überschläge und Abtriften, besonders günstig. Auf- und niederschwellendes Stimmengesurre erfüllte den großen, kuppelüberwölbten Raum, oft auch von grillenhaft zirpenden Instrumentenstimmen leise untermalt. Die Gesichter wirkten im Widerschein des Himmels, der rötlich in den hohen Fenstern hing, wie fixiert und gefirnißt, und in den Glaskaraffen, mit bernsteingelbem Sherry gefüllt, brach sich das Lichterspiel der Kerzen, die man wehen und knistern hörte. Manchmal kam es auch vor, daß die Matrona uns schon am Nachmittag das Musikzimmer überließ. Dann spielten wir wohl bis auf die halbe Nacht, und Grisi brachte erst in einer Pause oder spät, wenn wir aufhörten, kalte Speisen und Getränke herein. »Kühnes, aber harmloses Dilettieren«, so bezeichnete die alte Dame unsere kleinen Kammermusik- und Konzertversuche. »Nicht ganz ohne Anmut«, fügte sie gelegentlich, wenn wir uns besonders hervorgetan zu haben glaubten, hinzu. Und so war es auch. So war es auch. So war es...

(Mein Freund Thomas Stolperer hatte die letzten Sätze seiner Erzählung schon mehr gemurmelt als gesprochen. Während er nun, fast unverständlich, ein paar Worte immer wieder repetierte, stand er plötzlich auf, verstummte ganz und ging mit komisch wiegenden Schritten, halb schwankend, halb feierlich wallend und wie beschwörend, auf der Wirtshausterrasse hin und her. Es wurde schon dunkler, und als er schwieg, hörte man das laute Knallen und Gurgeln der schneegeschwollenen Schmelzbäche in der Luft. Er schaute zum Himmel, – und ich dachte mir, daß er jetzt, statt des dunstverschleierten Aufspringens erster Frühlingssterne, die weite Klarheit einer Augustnacht über sich erblickte. Ich beobachtete, wie er mit angestrengt suchendem Blick die Lippen spitzte, – und plötzlich begann er zu pfeifen, – Bruchstücke einer Melodie. – »Kennst du das?« fragte er dann, abbrechend. – »Es kommt mir bekannt vor«, antwortete ich. – »Du mußt es kennen«, sagte er und pfiff die Melodie noch einmal, die sich nun deutlicher formte. »Gluck, Orpheus«, warf er dazwischen. »›Reigen von seligen Geistern im Elysium‹.«

Jetzt hörte ich, was er meinte, und summte leise mit.

»Das spielten wir damals oft«, sagte er und setzte sich wieder.)

Erinnerung, – fuhr er nach einer kurzen Pause fort, und seine Rede behielt im folgenden etwas Stockendes, Abgerissenes, auch lachte er öfters dazwischen, – was ist Erinnerung? Verwischt sie, – oder steigert sie die erlebte Wirklichkeit? Man sagt, daß sie verkläre, – und vielleicht klärt oder destilliert sie einfach den Grundgehalt an Wahrheit heraus, der in jedem, noch so wolkig aufgewühlten Erlebnis steckt.

Wenn ich an diese Sommerwochen denke, – was blieb mir davon? Was hat sich gesetzt, – was ist von alledem erhalten? Ein »*Reigen von seligen Geistern im Elysium –!*« – Und ich weiß, wir waren in mancher Art recht unselig, und es war nicht immer eine Götterwiese, auf der wir schwebten, ja, es gab Krach und Lächerliches und Erdenschwere genug, manchmal sogar ernstlichen Verdruß, – aber wen kümmert heut, worüber wir uns vor ein paar Jahren verdrossen oder geärgert haben? Alles Leibliche verwest so rasch, – aber das Unverwesliche gibt sich erst zu erkennen, wenn es vollendet und nicht mehr zu verändern ist. – Jetzt, in der Rückschau, gehören selbst Leute wie dieser Richard Albinger, der mir damals oft gleichsam als Kohlkopf im Würzgärtlein erschien, – oder wie jener superkluge Dr. Schramek aus Wien, gegen den wir nur mit Mühe und nicht immer mit Erfolg die primitivsten Gesetze der Höflichkeit wahrten, – ja, die gehörten alle mit dazu und hatten ihren unersetzlichen Platz in diesem Reigen, – sie mußten eben dabeisein, zumindest wie die Handwerker im Sommernachtstraum, oder der eselsköpfige Rüpel im Elfenreich, dessen spinnwebzarte Saiten ohne seine Bocksprünge nicht zur sichtbaren, hörbaren Schwingung gebracht würden. – Dabei weiß ich gar nicht, wie ich dir das alles schildern soll, – das meiste klingt läppisch, wenn man es erzählt, auch kann ich's nur fetzenhaft wiederherstellen und ohne rechte Kontinuität – einmal tanzten wir alle plötzlich Walzer, und zwar hatte sich die Matrona an den Flügel gesetzt und angefangen, Johann Strauß zu spielen – von irgendeiner Anekdote, die erzählt wurde, mit frohen und leichten Erinnerungen beflutet, – ach, es wehte und fächelte nur so über ihr blindes Gesicht, – nie hab ich ein holderes, mädchensüßeres Lächeln gesehn, – und sie spielte so hinreißend, daß es einem wie Bienen in den Knien und in den Knöcheln summte und in der Kehle schmolz und schmerzte zugleich, – und dann wurde sie frecher und spielte Suppé und Gott weiß was anderes aus ihrer Zeit, bald wirblig, bald schmachtend, im Tempo versunkener Hofbälle, ich glaube, sie kam bis zur »Lustigen Witwe«. Und wir nachfahrige Gespensterschar tanzten dazu wie Spielfiguren oder Gliederpuppen, in die der Mitternachtshauch gefahren ist und als hätten wir's niemals anders gewußt – Mario hatte die linke Hand in die Hüfte gestemmt und schwang mit dem rechten Arm allein die kleine Albiger manchmal hoch durch die Luft, – aber am tollsten tanzte Magdalena, die, wie ein Stern mit vielen Monden, vier Männer um sich kreisen ließ – (sie waren, glaub ich, alle in sie verliebt) – und abwechselnd vom Arm des einen in den des andren ging, es waren Dr. Schramek, der sein besserwisserisches Mäulchen spitzte, als kriege er Honigwasser zu schlürfen, – der kleine Lemming, so bleich vor Erregung, als tanze sie ihn zu Tod, – und die beiden sportiven Engländer, Dan und Hugh, die sich gebärdeten wie Kraniche im Balzsprung, – sie aber flog nur so und führte den Tanz durch alle möglichen Räume, vom Musikzimmer in die große Halle hinaus, treppauf sogar und dann ins Freie auf den Altan der Rocca, und schließlich ins Speisezimmer zurück, wo es um den runden mächtigen Eßtisch ging, und auch die Mägde mußten mittanzen, die dort in hübschen Dirndlkleidern zur Bedienung bereitstanden, ich selbst aber tanzte mit der Kuh, die die Augen geschlossen hatte und den Kopf ganz tief auf ihre eine Schulter gelegt. Charlotte Weger hatte sich den Grisi geholt, – ja, selbst der »Boß« tanzte, – der »Boß«! Aber du weißt ja nicht, wer das war, – oder hast du Richard Albiger mal getroffen? Wir nannten ihn damals den »Boß«, weil er in seinem ganzen Gehaben, und zwar ein bißchen absichtlich, an die Gangsterkönige der amerikanischen Kriminalfilme erinnerte. Sonst hieß er allgemein »Ritschelbei«, nach seiner Telegrammadresse »RICHALBI«, die er selbst englisch auszusprechen liebte. Er trug einen hellkarierten Sportanzug – denn nur die Frauen und die beiden Engländer zogen sich zum Abend um –, und der Lederriemen spannte über seinem Bauch. Mir fiel damals auf, daß er im Verhältnis zur Massigkeit seines Körpers überraschend kleine und fast zart gebaute Füße besaß. – Dann hörte die Musik plötzlich auf, wir saßen erhitzt und durstig um den Tisch herum, und mit einmal war wieder eines jener endlosen Gespräche da, die das eigentlich Verbindende und Haftende in dieser Spanne waren, – von denen ich keine Consecutio temporum mehr weiß, – deren Themen, Inhalte und Grundsätze jedoch so klar und deutlich vor mir stehn, als hätte ich sie in einem unvergeßlichen Buch gelesen, oder als Kind in der Schule »gehabt«. – Denn sie schwebten, wie solche Leuchtkugeln, die einen kleinen Fallschirm entfalten und lange in der Luft bleiben, über dem Bodenlosen der Zeit, in der wir immerhin gemeinsam *leben* – wenn uns auch sonst nicht allzuviel Gemeinsames beschieden ist –, und warfen oft sonderbar überschärfte Streiflichter in ihre Abgründe und in ihr labyrinthisches Grabengewirr. Sprunghaft, wie Reaktionen reizempfindlicher, lebendiger Gewebe, – auch organisch und ohne Zufall wie Lebendiges. Oft begann's mit einem kleinen Krach; die immer wortbereite Weger konnte es nicht lassen, den »Boß« an seinem kulturellen Ehrgefühl zu kitzeln, und er war dort, wie viele Männer des sogenannten praktischen Lebens und der bewußten Smartheit, besonders kitzlig. Tatsächlich war er nicht das, was man gemeinhin als einen »Knoten« bezeichnet, obwohl er auf den ersten Blick so wirkte. Mit seiner geschäftlichen Up-to-date-Manier verband er eine kindlich großzügige Begeisterungsfähigkeit für das Schöne und Qualitätsvolle, und primitiv oder einschichtig, wie er selber war, verehrte er geradezu abgöttisch alles Gestuftere und Sublime. Nichts brachte ihn so sehr in Harnisch, als wenn man ihn für unkultiviert oder barbarisch hielt, – und »Kultur«, oder gar »Kulturkritik«, war ein Wort, das die Weger immer gern im Mund führte, wobei sie ihr hartes ostdeutsches R wie Bachkiesel rollen ließ. Übrigens war ihre Stimme so schön, ihr Sprechklang und ihr Satzrhythmus so stark und eigen, daß es ziemlich egal war, was sie eigentlich sagte, man mußte ihr einfach zuhören, und das war wohl auch der Reiz, den sie auf Firmin ausübte. Die Kulturdebatte führte dann immer wieder mit allerlei Umschwüngen zu dem Gegenstand, der uns am meisten bewegte, – dem Standort des schöpferischen Menschen in unserer Zeit, – der Frage nach dem *Sinn* seiner Existenz und seines Tuns in einer Epoche, deren Bindungen zweifellos in Auflösung begriffen sind, ohne daß neue, stärkere, schon erkennbar wären, – der Feststellung seiner schicksalhaften und selbstgeschaffenen Isolation. Immer wieder kamen wir dann dazu, die Situationen der großen Meister in den Jahrhunderten, deren Erbe wir tragen, anzuschneiden – ohne den Versuch billiger Vergleiche oder Analogien –, wobei wir in Beethoven den ersten und merkwürdigsten Fall der Vereinsamung erkannten. Hatte er nicht in eine Kunst, die vorher in den allgemein gültigen Daseinsformen ihrer Zeit jeweils sich selbst genügte, als erster das fordernde Ethos des Einzelnen, freien Individuums hineingetragen, – und hatte er damit vielleicht eine tragisch heroische Schuld auf sich gewälzt, die ihn bis heute gipfelhaft allein und ohne Nachfolge bleiben ließ? Wie leicht und selbstverständlich einbezogen ins Strömende, Fortzeugende, menschlich Wandelbare muten uns andere Gipfelerscheinungen an, etwa Gluck, Haydn, Mozart, – während Schubert wieder, jung und zeitenlos, gleich einem irdischen Engel musizierte! Oft sprachen wir auch von Händel, wie er, heimatfremd geworden, das Gloriose, Pompöse, Allzumächtige seines barocken Weltstils erfüllt und ausgeweitet hat, – und schließlich hielten wir, verstummend, vor Johann Sebastian, der in der mitteldeutschen Enge daheimgeblieben war, mit seiner Orgel, seinen vielen Kindern, und seinem Gott. –

Wir selbst aber, Kinder eines Geschlechts, das mit eignen Händen die Brücken hinter sich abzubrechen wähnt, – wo halten denn wir, – und wo sollen wir hin, oder wo daheimbleiben? Was für ein schwarzer Wind jagt denn uns über die Länder der Erde, die ohne Bleibe sind, und in welche Saatfurche, auf welche Steintrümmer, werden wir niederfallen, um aufzugehn oder zu verdorren? Ist es ein Gotenzug zu den Mündungen der Flüsse hinab, mit toten Königen, vertriebenen Göttern beladen? Ist's eine attische Wanderung von Hügel zu Hügel, von Quell zu Quell, im Rosenlichte des Untergangs? Und sind es die Herzstöße des Sterbens, die unsre Weltenuhr ausschlagend und springend registriert, – oder die ersten Wehen einer wilden, furchtbaren Geburt? – Aber es wird wohl beides zugleich sein, und bei der großen Messung werden die Unterschiede gering. Vielleicht haben sich, während wir reden oder schreiben, die Richtzeiger eben um hundertachtzig Grad gedreht, und es ist alles schon anders, als es heute noch war. – Was tut's? Wir bleiben, die wir sind, und erfüllen, was uns gesetzt ist, – und wenn unser Gesetz heißt: Gehet allein! – – so werden wir auch auf diesem Wege unsrem Gott begegnen. – Firmin prägte damals den etwas hochmütigen Begriff der »Isolatio Majestatis«, die er geradezu als Postulat für jedes einigermaßen werthaltige Dasein aufstellte. Aber der »Boß«, dem auf die Dauer solche Gedankenzüge denn doch zu abwegig oder zu verstiegen erschienen, brachte diesen selbstherrlichen Thron ein wenig ins Wanken, indem er aufs gröblichste an seine realen Unterlagen erinnerte. – »Von Ihrem durchlauchten Innenleben«, sagte er, – »so schön es auch sein mag, können Sie sich nichts aufs Brot schmieren!« – (Seine schwere und weiche Hand machte dazu eine unbewußte, doch unverkennbare Bewegung nach einer Platte voll wohlbelegter Sandwiches hin, die gerade hereingebracht wurde.) – »Wovon wollen Sie leben«, fuhr er fort, wobei er sich schon offenbar seiner Direktheit schämte, ohne zurück zu können, – »wenn die Leute nicht in Ihre Stücke gehen?« – »Von Ihnen, lieber Boß«, sagte Firmin lächelnd und schenkte ihm ein Glas Burgunder ein. – »Damned bloody fool of a poet«, seufzte Ritschelbei, der sich etwas darauf zugute tat, auf englisch ordinär werden zu können. Aber er wurde es nur in Momenten ausgesprochener Verlegenheit. Dann stießen die beiden lachend an und mußten sich gleich darauf gemeinsam gegen die heftigen Angriffe der Charlotte Weger zur Wehr setzen, die dem einen wieder einmal die Kultur, dem andren die elementare Urkraft kategorisch absprach.

An diesem Abend fiel, glaube ich, auch das Wort von den »Zwischenmeistern«, – und es war wohl der kleine Lemming, der es zuerst gebrauchte. Bestimmt – es war der kleine Lemming. Er saß gewöhnlich stumm dabei, verfolgte aber mit bleich erregtem Mienenspiel die Linien und Ganglien der Gespräche, während die beiden Engländer ein höflich gelangweiltes, Mario ein etwas umdüstertes und manchmal schweigend empörtes Publikum bildeten.

Der superkluge Dr. Iwan Schramek, ein halbwissenschaftlicher Literat, der in Ritschelbeis Gefolge aufgetaucht war, hatte die Führung eines wohl schon fast verebbten Gesprächs an sich gerissen, und ich hörte seine etwas ölige Stimme, als ich verspätet eintrat, laut und eindringlich dozieren.

»Worüber streiten die denn wieder?« fragte ich Peter Insam, der in der Ofenecke auf eins seiner Instrumente eine hohe E-Saite aufzog. »Über sonst nichts Genaues«, erwiderte er grinsend – »nur grad über die ganze Welt.« – »Hei!« sagte ich, – »da kann ich mitreden!« – und indem ich mich der Gruppe im Erker näherte, rief ich blindlings mitten in einen Satz des Dr. Schramek, den ich keineswegs aufgefaßt hatte, aus dem mir nur ein paar aufreizend große Worte entgegenschallten, mit herausfordernder Stimme hinein: »Na, na, na!« – Die Wirkung war durchschlagend. »Bravo!« schrie die Weger, – »wir als künstlerische Menschen brauchen uns solchen Quatsch nicht erzählen zu lassen!« Ihre breiten slawischen Backenknochen waren vom Abendlicht geradezu bronziert, und sie stand, verteidigungsbereit wie eine Löwin, vor Firmin, der wohl in der Debatte der Angegriffene war. Dr. Schramek, oder der »Vogel Wendehals«, wie wir ihn in unsrer Freude an Spitznamen getauft hatten, fuhr wie von der Viper gebissen herum. »Ihr Einspruch ist nicht stichhaltig«, sagte er, – »denn auch Sie müssen zugeben –« – »Nein«, sagte ich, noch immer ohne Ahnung, wovon die Rede war, – »ich denke gar nicht daran!« – »Recht so!« rief die Weger, – »mit solchen Sprüchen kannst du uns nicht imponieren, mein Junge!« Sie hatte die Angewohnheit, bei lebhafterem Gespräch jedermann zu duzen, wodurch selbst ihre heftigsten Ausfälle noch etwas Versöhnliches bekamen. – »Nein«, sagte Firmin dazwischen, wohl um sie etwas zu dämpfen, – »Dr. Schramek hat ganz recht. Wir leben wirklich in einer genie-armen Epoche, wenigstens was die künstlerischen und geistigen Gebiete anlangt. Woran das liegt, können wir getrost dahingestellt sein lassen –«, fügte er gelangweilt hinzu. – »Es liegt natürlich«, fiel der Vogel Wendehals, sicherer gemacht, wieder ein, – »an einer

Generationserscheinung, die im periodischen Rhythmus der Kulturen begründet ist. Wir stehen vermutlich mitten in einer jener dreißigjährigen Pausen, in denen es eben einfach keine Meister und Meisterwerke geben *kann!*« – »Verzeihung«, stieß da plötzlich und fast stotternd der kleine Lemming hervor, indem er vor Aufregung hektische Flecken im Gesicht bekam, – »der Generationslehre nach gibt es in den meisterlosen Pausen immer noch die sogenannten – *Zwischenmeister!*« – Dieses Wort löste, ich weiß nicht warum, ein allgemeines befreiendes Gelächter aus, und auch der kleine Lemming, der erst aussah, als suche er ein Mausloch, stimmte dann lustig mit ein. – »Prost Zwischenmeister!« rief Peter und schwenkte sein Glas unbestimmt in die Runde, als meine er alle damit. – »Prost Zwischenmeister«, sagte auch ich und stieß mit Lemming an, – »Sie haben uns die Hoffnung wiedergegeben!« –

»Prost Zwischenmeister!« blieb der Schlachtruf dieses Abends und vieler anderer, – bald konstituierten wir die Gemeinschaft der Zwischenmeister, als deren oberstes Statut die Pflicht zur Trägheit aufgestellt wurde, damit die schöpferische Pause nicht durch allzu penetrante Meisterschaft gefährdet sei. –

Übrigens arbeitete in diesen Wochen wirklich keiner von uns, mit Ausnahme von Ritschelbei, den ein aus Mailand her beorderter Masseur um sechs Uhr morgens wach und resch klopfen mußte, damit er dann Telegramme schreiben konnte. Seine Tätigkeit mußte hauptsächlich im Lesen und Schreiben von Telegrammen bestehn.

Firmin schien, seit die Gäste da waren, überhaupt nichts mehr zu tun, obwohl ja ihre Anwesenheit größtenteils den Ergebnissen seiner Arbeit gelten sollte. Wenn ich gegen Mittag ins Schloß kam, sah ich ihn allerdings manchmal mit einem Notizblock beim Kaffee auf der Terrasse sitzen, aber was da entstand, waren Gedichte, die er mit einer etwas arroganten und nachlässigen Selbstironie »Frühstückselegien« zu nennen pflegte, womit er ausdrücken wollte, daß er sie nicht ganz ernst nahm. Gelegentlich las er nachts etwas davon vor, aber nur die Damen Albiger, die beide in ihn vernarrt waren, zeigten sich wirklich begeistert davon und verlangten sie immer wieder zu hören, bis es ihm selbst zu dumm wurde. Eines davon habe ich mir gemerkt, weil seine Vorlesung für mich selbst gewisse Folgen hatte. Es hieß:

und ging so:

»Wann immer Dinge im Versinken sind,
Ganz vollgesogen mit gelebter Schwere
Wie Moos mit Wasser – wie der Uferwind
Gesättigt von dem Salz und Glanz der Meere –,

Wenn dann ein Flügel schattengleich und leicht
Wie Dämmrung über Bucht und Küste streicht,
Wo sich die Wogen rosenrot verspülen –,
Ist Schönheit kühl und pflanzenhaft zu fühlen.

Hesperas Schönheit aber war von die-
Ser Art, die, wer sie anschaut nie,
Verlieren kann, noch jemals wieder sie
Besitzt, ob auch sein Herz sich heiser schrie!

Ach, welche Kraft aus ihrer tödlichen
Umarmung schwoll, und welcher tapfre Stolz
Aus jener Furcht, wenn in dem rötlichen
Geglüh die letzte Erzeshälfte schmolz –

Und wenn wir hell und freundlich angetan
An kleinen Tischen trinkend ob Terrassen
Den Himmel auf die Dächer sinken sahn
Und weiße Schatten in den dunklen Massen

Der Ahorn- und Kastanienblätter: So
Sank die sanfte Zeit – kristallne Spur
Von Rosenperlen an geweihter Schnur,
Die einem Kinde rieselnd durch die Finger floh –

(Schlug die versunkne Uhr
Der edlen Thule – edleren
Vineta – ?)«

Ich konnte, törichterweise, der schülerhaften Lust nicht widerstehen, diesen in schönem Rhythmus, doch ohne Salbung vorgetragenen Versen ein echohaft nachreimendes »Irgendwo – ?« anzuhängen. Sofort richtete sich die geschlossene Wut sämtlicher anwesender Frauen gegen mich, selbst aus Magdalenas Augen traf mich ein Zornblitz.

»Erst selbst was können!« rief die Weger, – »eh man andre verulkt!«

»Bitte sehr«, sagte ich, – »dem Reimen ist alles Reim! Ich werde jetzt auch Frühstückselegien herstellen.«

Man nahm mich beim Wort, und ich wurde verurteilt, bis zum nächsten Abend ein Sühnegedicht aufzubringen, mit dem ich mich für meine mangelnde Ehrfurcht rechtfertigen sollte. Ich drechselte einen furchtbaren Unfug zusammen und nannte ihn: »Anapäst von der Wüstheit des Werdenden«, wobei schon dieser Titel in einem krampfhaft päanischen Rhythmus gesprochen werden mußte:

»Ana-*päst* von der *Wüst*-heit des *Wér-deńn-deńn*»*!* – und es war vorschriftsgemäß zu Schlagzeug und Kesselpauke aufzusagen. Ich bemühte hierfür Grisi, der, mit einem alten Fahrradschlauch auf eine Gießkanne hauend, das notwendige Getöse hervorbrachte. Es begann ungefähr so:

»Aber nur – wer der Süs–se des Schlafs – ent–sagt –
Wer die wüs–te die Welt – bei den Hör–nern – packt –
Wer den Ritt – auf den Wir–beln der Stier–kuh – wagt –
Kann die Zei–ten bestehn!
Wenn die Pau–ke der Not – euch im Bauch–fell – paukt –
Wenn die Angst – und die Wut – euch den Schweiß – aus–preßt –
Wenn die Lung – sich zum letz–ten Geschrei – voll–saugt –
Wird das Neu–e gezeugt –!«

– »Aufhören, Aufhören!« schrie man schon rund im Kreis. Grisi setzte ab und sah unsicher auf seinen Herrn, der sich an dem »Schluß«-Chorus nicht beteiligt. »Ich habe noch fünf Strophen!« sagte ich. – »Warum reimst du eigentlich nur Zeile eins und drei, fauler Hund«, fragte Firmin. – »Das fällt mir schon schwer genug«, sagte ich, – »ich bin schließlich kein Dichter!« – »Eben darum solltest du richtig reimen«, sagte Firmin, – »nur ein wirklicher Dichter kann sich das gelegentlich schenken, und auch dann ist es gewöhnlich Faulheit!« – »Soll ich nun weitermachen oder nicht?« fragte ich mit gespielter Gekränktheit. – »Schluß, Aufhören«, scholl es wieder im Chor, und Firmin gab Grisi einen Wink mit den Augen, worauf der, einen dumpfen Wirbel schlagend, hinausmarschierte und ich ihm unter dem Gelächter der andren mit drohenden Gebärden folgte. –

In der Halle drunten traf ich die Matrona. Es war schon spät, und sie wollte gerade schlafen gehn. »Was macht ihr denn heute für ein unanständiges Getöse?« fragte sie. – »Verzeihung«, sagte ich, – »ich war es. Das sind so Internats- oder Klosterscherze.« – Sie lächelte, und ich begleitete sie bis zu der Treppe, die in ihren Trakt führte. – »Was halten Sie eigentlich von dieser Charlotte Weger«, fragte sie plötzlich, als ich mich verabschieden wollte, – und eh ich antworten konnte, fuhr sie fort: »Ihre Sprache ist manchmal unmenschlich schön, – aber eben: unmenschlich. Kommt das vielleicht daher, daß sie Schauspielerin ist, – und können die womöglich gar keine Menschen sein? Mir tut sie jedenfalls, ich weiß nicht weshalb, leid, wenn ich sie sprechen höre, – oder sie macht mich traurig. – Warum bleibt sie denn so lange hier?« – »Sie wartet, daß Firmin sein Stück für sie vollendet«, antwortete ich. – »Ach«, machte sie und stampfte mit dem Stock leise auf. – Dann schüttelte sie den Kopf ein wenig. – »Können Sie ihm nicht sagen«, wandte sie sich dann mit gedämpfter Stimme dicht zu mir, – »sie soll nicht so lange dableiben?« – »Ich weiß nicht«, erwiderte ich, – »ich möchte ihm so etwas lieber nicht sagen.« – Sie schien einen Augenblick nachzudenken, dann nickte sie. »Ich allerdings auch nicht«, sagte sie, – »aber vielleicht kommt er von selber drauf.« – Dann gab sie mir die Hand und ging. – Am selben Abend übrigens, das muß ich dir noch erzählen, kam es zur Saalschlacht. Dieser Vogel Wendelhals war dran schuld. Oder eigentlich ich. In Wirklichkeit aber doch er. Ich konnte ihn ja von vornherein nicht riechen, und das mit Recht. Er war ein Mensch – ich will sonst nicht viel von ihm sagen –, der in fremden Häusern Vogelkäfige und Rehställe öffnete mit der abschätzigen Bemerkung: die Tierchen sollen auch ihre Freiheit haben, oder: jedes Geschöpf solle frei sein, – ohne zu bedenken, daß der artfremde Kanari von wüsten Spatzenhorden zusammengehackt wird und das flaschengesäugte Reh in der Freiheit zugrunde gehen muß. Aber auch darüber würde er sich, wenn er's wüßte, wohl noch in räsonierendem Sinne aufhalten und die Verbesserungsbedürftigkeit der Schöpfung daraus ableiten. So einer war Dr. Iwan Schramek, und du kannst nun wohl verstehen, weshalb ich so geladen auf ihn war. Außerdem war er auf eine alberne und aufdringliche Weise in Magdalena verliebt, was Mario mit Recht nicht zu bekümmern brauchte, wohl aber mich, denn ich konnte einfach sein Geschwätz nicht hören. Wir saßen spät im Eßzimmer um den großen, runden Tisch herum, – der »Boß« war mit Frau und Tochter schon schlafen gegangen. Er wurde gewöhnlich kurz nach Mitternacht müde, bekam dicke, braune Schatten unter den Tränensäcken und stand auf einmal mitten in einem Satz auf. »Meine Herrn«, sagte er dann mit einer stereotypen Wendung, – »es ist alles besprochen, – heben wir die Sitzung auf.

Raus!« befahl er dann seinen Damen, die fluchtartig aufbrachen und unter seinem starren Kommandeurblick nicht mehr wagten, gute Nacht zu sagen. Auch die Kuh war schon längst im Bett. Wir andren aber waren alle ziemlich angetrunken. Als nun der Wendehals zum x-tenmal erklärte, Magdalena erinnere ihn so sehr an die eine Tanzende in Botticellis »Primavera«, und zwar an die zweite von rechts, – und ich konnte das einfach nicht mehr hören, zumal etwas Wahres daran war und wir das ja alle wußten, – schüttete ich ihm plötzlich, ohne besondre Erregung und in einer fast menschenfreundlichen Art, den Inhalt meines noch halb vollen Rotweinglases ins Gesicht. Ich gebe zu, daß es gemein war, aber ich tat es. Iwan starrte einen Augenblick wie vom Donner gerührt, violette Perlen glänzten auf seiner weiß gewordenen Nasenspitze, und seine Pupillen schienen zu Schuhknöpfen geronnen, – dann aber fuhr er hoch, schnellte auf mich zu und machte mit einer rührend ungeschickten und in ihrem Ungeschick ausgesprochen heldischen Entschlossenheit die Geste einer Ohrfeige nach meinem Gesicht hin, der ich durch eine leichte Kopfdrehung entging. Im gleichen Moment jedoch waren, von einem allgemeinen Kampfimpuls beseelt, alle aufgesprungen, man schrie, lachte noch und schimpfte bereits durcheinander, und ohne weitere Logik oder Entwicklung entspann sich die Schlägerei, halb scherzhaft, halb ernst, als ein nicht mehr zu bremsendes Getümmel. Ich meinerseits griff in einer Aufwallung verspäteter Ritterlichkeit und weil es mir peinlich war, einen Schwächeren und Wehrlosen attackiert zu haben, jetzt den einwandfrei Stärksten in der Gesellschaft, nämlich Mario an, der seinerseits den ungestört räsonierenden und speichelspritzenden Dr. Schramek von mir hatte wegstoßen wollen. Im nächsten Augenblick kugelten wir beide auf dem Boden, rollten andren in die Beine, die auch über uns fielen, die beiden Engländer teilten unter »Hallo« und »Huzza« regelrechte Boxhiebe aus, Charlotte Weger sprang in ihrem roten Abendkleid mitten ins Getümmel, und Magdalena stand auf einmal auf dem Tisch und feuerte die Kampfgruppen an. Jetzt aber griff Peter Insam ein, der in mir nicht nur den Initiator, sondern überhaupt den eigentlichen Lebensgeist der ganzen Kampfhandlung erkannt hatte, und schlug mir seine sehnigen, gorillastarken Arme um den Leib. Während er mich aufhob, fiel mir ein, daß ich, schon am Boden rollend, beobachtet hatte, wie er vor seinem Eingreifen in die Schlacht sorgfältig seinen Rock ausgezogen und über einen Stuhl gehängt, sowie seine Manschettenknöpfe, alte Genueser Kameen, ausgeknöpfelt und in eine Aschenschale gelegt hatte. Ich mußte bei der

Erinnerung an diese Sorgfalt so lachen, daß ich wehrlos wurde, und ich kam nicht mehr gegen ihn auf. Er warf mich um und kniete dann über mir, und er watschente mich, der ich Tränen lachte und, von einem Zusammenprall mit Marios Schädel, etwas Nasenbluten hatte, mit der gleichen Ruhe ab, mit der er wohl zu Hause Nägel in die Grundleisten eines seiner Tiroler Kästen oder Bauerntruhen schlug. Als er von mir abließ, hatte ich wirklich genug, und es trat auch mit einem Schlag die allgemeine Erschöpfung ein. Nur Firmin und der erschreckt herbeigeeilte Grisi waren noch damit beschäftigt, die Weger zu bändigen, die nach einem unparteiischen Schiedsrichter verlangte und gegen die Engländer über zehn Runden kämpfen wollte. Einen von ihnen hatte sie nahezu knockout geschlagen, er lag auf einem Diwan und machte Atemübungen. Magdalena hockte immer noch kniend auf dem Tisch und schüttelte sich vor Lachen. »Du bist an allem Schuld, Hexe«, sagte ich scherzhaft zu ihr, – aber da brach sie plötzlich ab, sprang vom Tisch herunter und ging hinaus, ohne mich noch einmal anzuschaun.

Später ging ich auch hinaus, um nach ihr zu sehen, und ich fand sie an der Brüstung des Altans lehnend, wo sie das Aufglimmen der Frühdämmerung beobachtete.

»Nichts für ungut«, sagte ich zu ihr, – »es war wohl ein bißchen zu viel.« – »Ach was«, rief sie, – »mir wurde nur die Luft zu dick in eurer Arena. Wie steht's denn jetzt drinnen?« – »Abgekämpft«, sagte ich, – »aber glücklich. Firmin hat Sekt auffahren lassen und alten Portwein. Das baut uns wieder auf. Der Boden ist aufgewischt worden, aber die Blutspuren am weißen Kachelofen haben wir gelassen, als Heldendenkmal sozusagen. « –

»Idioten«, sagte sie lächelnd, – »aber es war herzerfrischend.« –

Dann gingen wir den andren voraus zum Schwimmbassin, bald folgten alle, und in der aufgehenden Sonne badeten wir. Man konnte nur ganz kurz drin bleiben, so kalt war das Wasser am Morgen, aber nachher wurde einem wundervoll heiß. Als wir wieder zum Schloß kamen, hatte die Kuh, die inzwischen schon von ihrem Rundgang aus den Ställen zurückgekehrt war, einen schönen, weißgedeckten Frühstückstisch für uns bereitet, und wir saßen wie müde, ausgetobte Kinder, froh und ein bißchen stumpfsinnig, schweigend, brav, und voll Genuß am Kaffee und an den Spiegeleiern, darum herum. Es war ein blauer, warmer Morgen, und durch die offenen Fenster hörte man, vom Wirtschaftsgebäude her, die hallenden, klatschenden Schläge, mit denen der »Boß« zu seinem Berufsleben erweckt wurde. –

Dieser Morgen, der sich goldschwingig entfaltet hatte, leitete einen der letzten Tage ein, die wir alle zusammen verbrachten, oder vielleicht war es der allerletzte, ich weiß nicht mehr genau. Es war ein Tag, wie sie manchmal im vollen Sommer vorkommen: fast flach in seiner strahlenklaren Schönheit, ohne Stundenschlag, ohne Schwermut und ohne Besinnen. Die Luft scheint an solchen Tagen geladen mit Heiterkeit, so daß man grundlos lachen muß, wenn man nur einatmet. Dazu kam das unersetzliche Gefühl des Schwebens, »Schwimmens«, der nicht mehr ganz gewissen Identität des eignen Körperdaseins, – der fraglich gewordenen Schwerkraft, – jene flimmernde Transparenz, manchmal fast bis zur Hellsichtigkeit gesteigert, wie sie uns am »lendemain« nach langer Wachheit und erfolgreichem Alkoholgenuß oft so wunderbar beseligt. Keiner von uns ging schlafen an diesem Tag, gemeinsam oder in kleineren Gruppen verteilt bewegten wir uns im Park und im Haus, und als wir am späten Nachmittag wieder wie zufällig zusammenfanden, knüpfte sich unser Gespräch zu einem so feinmaschigen und in seiner Leisheit unzerstörbaren Netz, daß es gleichsam die letzten Lücken unsres sommerlichen Reigens verwebte und verspann.

Vorher hatte ich ein kleines Erlebnis, das nicht unerwähnt bleiben darf. Die Kuh nämlich war in dieser Zeit wenig zu sehen. Tagsüber hatte sie eine Menge mit der Wirtschaft zu tun, und wenn wir nachts lang auf blieben, war sie müde und ging früher schlafen. Desto mehr freute ich mich, als sie mich an diesem Morgen aufforderte, sie auf ihren Hausfraugängen zu begleiten, und ich half ihr, im Gemüsegarten das Nötige für den Mittagstisch auszumachen, wobei ich viele frisch aus der Erde gezogene Radieschen aß. Ich erzählte ihr Einzelheiten von den Vorgängen der Nacht, und wir lachten sehr. Plötzlich hörten wir von dem Teil des Gartens, wo die Obstbäume standen und jetzt Pfirsiche und frühe Äpfel reiften, Gejohl von hellen Stimmen. »Die Kinder«, sagte ich, und wir wandten uns dorthin. Nach ein paar Schritten blieb die Kuh stehen, ihr Gesicht beschattete sich im Lauschen, ohne daß ich wußte warum, und sie ging schweigend vor mir her. Gleich darauf sahen wir die kleinen Mädchen, die mit ihrer Wärterin und dem Bauernbuben Fallobst sammelten. Bei ihnen war Charlotte Weger. Auch sie sammelte Fallobst, lag auf allen vieren im Gras und hetzte mit den Kindern lachend herum. Als sie unser ansichtig wurde, sprang sie auf, schwang das kleinere, dreijährige Kind in die Höhe und küßte es auf den Mund, daß es fast zu schreien anfing. »Ich liebe Kinder«, sagte sie, mit einem etwas unechten Jubel in der Stimme, – »über alles in der Welt –!« Die Kuh ant-

wortete nicht und gab der alten Frau einen Wink. »Geht jetzt hinüber, essen«, sagte sie, – »es ist Zeit.« Die Kinder waren auf sie zugestürzt und zogen sich an ihren Händen hoch. »Geht nur«, sagte sie und schob sie sanft weg, – »ich komme gleich nach. Aber wascht euch die Hände, gefälligst.« – Die Kinder, an diese Art von sachlich-unbetonter Mütterlichkeit angenehm gewöhnt, sprangen fröhlich voraus. – »Darf ich mitkommen«, rief Charlotte Weger, – »waschen und füttern helfen?« – »Wenn Sie unbedingt Mutter spielen müssen«, sagte die Kuh und sah ihr gerade ins Gesicht, – »dann bitte.«

Ich erschrak vor der nackten Härte und Unerbittlichkeit dieser Worte. Nie hatte ich ähnliches von ihr erlebt oder erwartet. Charlotte Weger stand aufrecht und unbewegt, wie jemand, der einen Schlag ins Gesicht bekommen hat. Beide Frauen verharrten eine Zeitlang, die mir unendlich und unerträglich schien, in der gleichen Erstarrung. Sie waren an Gestalt und Größe einander sehr ähnlich, nur daß die Kuh schöner, ebenmäßiger, fraulicher erschien, während Charlotte Weger vielleicht biegsamer und fremdartiger wirkte. Ihre Augen trafen sich voll und groß aufgeschlagen, die der Kuh blieben unverändert hart, die der Weger wurden mählich stumpf und blicklos und füllten sich schließlich mit schweren hängenden Tränen. Dann wandte sie sich um und ging. –

Ich blieb bei der Kuh zurück, die, als die andere schon verschwunden war, immer noch unbeweglich dastand, bis sie schließlich, wie erwachend, einen Schritt zu mir tat und ein paarmal tief atmete. Sie machte jetzt einen hilflosen und verlorenen Eindruck, und ich hatte das Bedürfnis, ihr übers Haar zu streichen. »Nein«, sagte sie und warf trotzig den Kopf zurück, – »Sie fanden das abscheulich von mir. Ich weiß es. Und Sie haben wohl recht. Ich hätte das nicht tun sollen. Aber ich habe es nun getan.« – Ihr Gesicht glühte plötzlich in einer Wallung von Scham und wildem, kindlichem Zorn. »Man kann nicht immer Haltung bewahren«, sagte sie und stampfte kurz und pferdehaft mit dem Fuß. »Glauben Sie nicht, daß ich eifersüchtig bin«, sagte sie dann und lachte kurz, – »wenigstens nicht, was man durchweg so nennt. Ich weiß, daß er sich aus ihr genauso wenig macht, – wie aus allen. Er macht sich aus keinem Menschen was. Er hat Spaß an jemandem, – und dann vergißt er ihn gleich. – Aber ich will sie nicht sehen!« rief sie, – »und es tut mir nicht leid, daß ich sie verletzt habe – obwohl ich glaube, daß sie ihn gern hat und sich Kummer um ihn macht. Aber das geht mich nichts an.« – Ihre rücksichtslos stolze Klarheit und ihr völliger Mangel an Selbstbemitleidung oder verschwommenen Gefühlen begeisterten mich ungemein für sie. Sie hängte sich bei mir ein, und wir gingen langsam dem Wirtschaftsgebäude zu.

»In ein paar Tagen«, sagte ich, – »sind alle weg, und ihr seid wieder allein. Von mir werdet ihr dann auch weniger sehen.«

»Hoffentlich nicht«, sagte sie – und wollte wohl noch was hinzufügen, schwieg aber. – »Warum ist eigentlich Firmin«, fragte ich, weil es mir gerade durch den Kopf ging, – »so wenig mit den Kindern beisammen?«

Im selben Augenblick aber bereute ich die Frage schon. Ich hatte ja längst bemerkt, daß er den Kindern auswich und daß es fast eine Art von Grauen war, – nicht etwa Abneigung oder Gleichgültigkeit, – sondern geradezu eine versteckte Angst, was er vor ihnen empfand. – »Kinder sind die prädestinierten Vollstrecker unserer selbstgeschriebenen Todesurteile«, hatte er einmal gesprächsweise gesagt, und dieser rätselhafte Satz war mir im Gedächtnis geblieben. Aber das alles fiel mir erst ein, nachdem ich die voreilige Frage schon ausgesprochen hatte. Die Kuh sah mich an, und wieder glitt jener Zug von großer, leidenschaftlicher Trauer über ihr Gesicht, den ich schon einmal, am ersten Morgen meines Aufenthalts im Schloß, beobachtet hatte. – »Bleiben Sie bei ihm, Thomas«, sagte sie nach einer Weile und schloß ihre Hand fest um die meine, – »versprechen Sie es mir!« – »Ja«, sagte ich, ohne recht zu wissen, warum sie das jetzt wollte, – »ich verspreche es Ihnen.« Dann gingen wir ins Haus. –

Es war eine kostbare Mischung von Müdigkeit und Überwachheit, die in uns rieselte, wirkte und schuf, als wir gegen Abend in den Fenstern saßen und uns, so schien es mir einmal, am weichen Euter des Dämmerhimmels mit seiner lichtgrauen Milch volltranken. Ja – die lichtgraue Milch der Dämmerung war es, die uns an diesem Abend sättigte und stillte. Als Grisi die Kerzen anzünden wollte, winkte Firmin ab. Nur dann und wann flammte kurz ein Streichholz auf. Wir sprachen weniger laut als gewöhnlich, und als es dunkler wurde, wußte man oft nicht gleich, von wem die Stimme kam, – es war, als ob die Luft, der Boden und die Steine, wie die Gehirne selber und das, was hinter ihnen ist, in diesem Gespräch mitwirkten und vernehmbar wurden.

»Ihr habt öfters davon geredet«, hörte man plötzlich jemanden sagen – und es war Mario, – er stand in voller Größe vor der noch helleren Fensteröffnung und sah aus, als sei er in Uniform, obwohl er nur einen dunkelblauen Anzug trug, – »ihr habt öfters davon geredet, daß der verantwortlich denkende Mensch heute für sich allein stehe, isoliert sei, wie ihr sagt, – und ich habe darüber nachgedacht. Aber ich kann euch nicht folgen, – und wenn ich's könnte, dann will ich's nicht.« – Er machte eine gleichsam entschuldigende Gebärde zu Firmin hin und fuhr stockend fort: »Ich werde nicht vom Krieg reden, – aber ich muß ihn erwähnen. Als wir noch jung waren, gingen wir hinein. Wir liebten das Leben, unser Leben, aber wir waren bereit, es zu opfern. Erst wußten wir nicht, was das heißt. Dann haben wir es erfahren. Nämlich, was Leben heißt, haben wir nicht erfahren. Aber – wir erkannten den Tod, und wir lernten ihn verachten. Todesverachtung aber ist gleichbedeutend mit grenzenloser Hingabe an das Leben, von dem der Tod nur ein dunklerer Teil ist, wie die Nacht ein Teil vom schöpferischen Tag. Das Leben jedoch – das sind wir, – das ist unser Wille, es zu formen, sonst nichts! Und das ist etwas allen Gemeinsames, – und nur in der Gemeinschaft aller, die ein Volk umfaßt, zu bezwingen. Ohne diese Aufgabe, das Leben neu zu formen, – wozu hätten wir es dann behalten? Deshalb«, sagte er leise und ohne Pathos, – »bin ich Faschist. – Aber ich gebe zu, daß es in unsrem Land mehr zu ordnen und zu erneuern gab als in andren Ländern vielleicht.« –

»*Ordnung* und *Formung*«, sagte Firmin nach einer Weile, – »sind völlig verschiedene Disziplinen. Die ordnenden Mächte, die heute in Kampf und Umschichtung begriffen sind, treten nach andren Gesetzen an als die formenden, denen der Menschengeist alle Zeit verpflichtet ist. Formung – ich könnte auch sagen: Wachstum oder Selbstgestaltung – steht jenseits des Organisierbaren. Dort, wo die Organisation aufhört, – beginnt erst das Organische.« –

»Aber was ist das Militärische anders«, rief Mario, – »was drückt es anderes aus als den Drang nach geformtem Leben? Was sonst treibt die jungen Leute in die Armeen, – die schwarzen, die braunen, sogar die roten? Auch ihr – die ihr nicht mitmacht – könnt euch dem nicht entziehen. Auch euer Lebensgefühl ist ein soldatisches, – gerade das eure – ich meine: das der Besten.«

»Mag sein«, antwortete Firmin, und mir schien, als straffe sich etwas Unsichtbares in seinem Gesicht, – »und trotzdem stehen wir allein, – auf vorgeschobenem Posten, wenn du willst. Denn in der Masse gibt es kein geformtes Leben. Wo sie in Bewegung kommt, formiert sie sich zum Sterben. Das Leben *ist immer Gestalt*. – Der Tod ist das ewig Gestaltose.«

»Aber ihr grabt euch euer eigenes Grab«, sagte Mario nach einiger Zeit, – »Ihr stellt euch außerhalb des elementaren Geschehens!«

Firmin zuckte die Achseln.

»Was ist das elementare Geschehen?« sagte er, – »ein Wort, das verwirrt. Je weiter die Menschen von den wirklichen Lebens-Elementen entfernt sind, desto lauter schreien sie nach dem Elementaren. Je hirnbewußter ihre Welt wird, desto krampfhafter suchen sie sich durch künstliche Dumpfheit zu entsühnen. Geist aber und Seele sind Elementarkräfte wie Feuer, Wasser, Luft und Erde, das heißt, wir nennen sie so, weil wir nicht wissen, was diese sind, so wenig, wie wir's von jenen wissen. Wir beginnen überhaupt erst, zu *ahnen* – was die großen Gestalter, Schöpfer, immer schon *erschaut* haben –, wo die Quellen jener Kräfte springen, die wir die ›übersinnlichen‹ nennen und aus deren geheimem Parallelogramm unsre ganze Daseinswelt gehalten und getragen wird, samt Verstorbenen, Ungeborenen, Plasmen und Dämonen. Unser *Wissen* ist ja noch reine Dunkelheit und vermag höchstens kleine tanzende Funken zu erspähn, ohne Unterscheidung, ob's Urlichter oder Irrwische sind –« – »Ja«, sagte plötzlich Magdalena, die hinter Firmin stand und deren Augen man jetzt, über seine Schulter hinweg, leise funkeln sah, – »wir wissen gar nichts, – und wo man hinschaut, verdickt sich die Finsternis. Denkt doch an den Abgrund, der zieht, – an die Gefahr, in der die Menschen immer sind – und die man spürt, wenn man auf einem hohen Balkon, an der Brüstung eines Dachfensters steht. Neulich fand ich zufällig in der Küche ein kleines Fläschchen mit Salzsäure. Es war ein Totenkopf draufgemalt und darüber stand: Gift! – Ich erschrak furchtbar, denn mir fiel plötzlich ein, wie ich als Kind einmal vor einem solchen Fläschchen allein in der Küche stand, und ich konnte nur mit aller Kraft, und im letzten Moment erst, der Versuchung widerstehn, es anzusetzen und seine schreckliche Wirkung zu kosten, – obwohl, oder gerade weil ich von dieser Wirkung wußte und man mir Entsetzliches geschildert hatte. Ich sah das ganz deutlich vor mir und bekam eine Todesangst um alle Kinder auf der Welt – und ich dachte auch, daß es nichts anderes gibt, für Kinder und für Größere erst recht, als einen Schutzengel zu haben. Denn wer könnte uns denn sonst beschützen – vor uns selbst?«

»Nur der Tapfere hat einen Schutzengel«, sagte Mario.

»Das ist sicher wahr«, rief Magdalena wie befreit, – »nur ist es manchmal so schwer, tapfer zu bleiben, wenn einem keiner hilft. Es ist doch oft, wie wenn man in ein dunkles Zimmer träte, das man genau zu kennen glaubt, und plötzlich ist nichts mehr an seinem Platz, – der Lichtschalter auf der andren Seite, die Türklinke verkehrt, die Gegenstände von Dämonen verstellt. Wie soll man sich da noch zurechtfinden?« Sie schwieg, und nach einer Weile sagte Peter Insam:

»Die einen sagen: Wissen ist Macht, – die andren: Glaube ist alles. Dazwischen aber geht ein Pfad, den man in aller Bescheidenheit besteigen kann, wenn man einen guten Bergstock bei sich hat und ein bißchen schwindelfrei ist. Natürlich führt er in fürchterlichen Serpentinen, und es ist halt wie im Gebirg, wenn man die Hütte schon lang sieht und doch weiß, daß man noch endlos kraxeln und schwitzen muß und gar nicht vor Abend da sein kann. Ich meine aber, man muß einfach weitergehn.«

Dann stand er auf und sah sich nach Grisi um, der mit Schnäpsen hereinkam. –

Wir fühlten uns alle ganz erlöst, standen auf, gingen durcheinander und schenkten uns zu trinken ein, bevor wir uns da und dort wieder hinsetzten und das Gespräch allmählich wieder in Fluß und Bewegung kam. Aber es war jetzt nicht mehr wie vorher, daß einer sprach und ein andrer ihm entgegnete, sondern es sprang in Wellen und Funken wechselnd hin und her, und jeder knüpfte da an, wo es ihn gerade angeweht, wo irgendein Flugsame auf ihn gefallen war. Es ging um das, worum es immer ging und was hinter all unsren fragmentarischen Reden und Geschichten stand: die Vision von einer neuen Anschauung, die aus dem Bewußtwerden unbekannter Zusammenhänge erwachsen könnte.

Man hat mit dem bösen Blick Messungen gemacht – höre ich Peter dicht bei meinem Ohr sagen – und das maloggio auf bestimmte Schwingungen und Wellenlängen festgelegt, – aber vom guten Blick und seinen immensen Wirkungsmöglichkeiten weiß man noch wenig. Ein Bauer habe, so erzählte er dann, einen schlechten Acker geerbt, von dem jeder ihm versicherte, daß da nie was Ordentliches gedeihen werde und daß er am besten täte, ihn schleunigst als Baugrund zu verkaufen. Aber der Bauer war nun einmal narrisch auf dieses Stück Land, das schon seinen Vätern gehört hatte, und er wollte es nicht hergeben. Misten und Umgraben und all das half nicht viel, der Boden war eben von Grund auf schlecht, und man konnte nichts machen. Aber eines Tages ging er plötzlich an, und es wuchs darauf besser als anderwärts, und er trug in diesem Jahr und in allen folgenden wie keiner. Als man den Bauer fragte, was er denn mit dem Grundstück gemacht habe, daß es jetzt so gedeihe, sagte er: ich bin nur immer hingegangen und hab draufgeschaut. So lang draufgeschaut, bis halt was geworden ist. – Das, sagte Peter, sei der »gute Blick«, und vermutlich das gleiche oder etwas sehr

Ähnliches, was die Fakire machen mit dem berühmten »Mangobaumwunder«, – bekanntlich stecken sie ein Samenkorn in einen Topf voll Erde, begießen es, decken es zu und schauen dann eine Zeitlang in ihrer Art von Versenkung darauf. Wenn man's wieder aufdeckt, ist schon ein Pflänzchen da, nach ein paar Stunden ein kleiner Baum. – Selbst der »Boß« traute sich an diesem Abend nicht mehr zu sagen, daß er das alles für gut bezahlten Schwindel halte. – Und das Ganze wolle nur besagen, meinte ein andrer von uns, daß Erdstrahlen, kosmische Strahlen und die Strahlungselemente, die der Mensch substantiell in sich trägt, in innigstem Zusammenhang stünden und aufeinander wirksam seien. Daran könne ja heute gar kein Zweifel mehr sein, und unzählige sogenannte »Aberglauben«, aber auch ungezählte real kontrollierbare oder mit unsrem täglichen Dasein verknüpfte Erscheinungen zeigten uns die Richtung auf, in der dem Lebendigen nachzuspüren sei und wo die Zusammenhänge des Organischen, die Voraussetzungen aller physikalischen wie metaphysischen Wissenschaft, auch der exaktesten, wie Medizin, der spirituellsten, wie Theologie, erst begännen.

Viel hielten wir aber von der Einbildungskraft, der meist unterschätzten und leibhaftig wirksamsten unsrer metaphysischen Fähigkeiten, und ich erzählte, um ihre erzieherische und bildnerische Bedeutung zu erläutern, eine kleine Erinnerung aus meiner Kindheit: wie ich bei Ausflügen und Waldspaziergängen oft verspottet, manchmal sogar gescholten wurde, weil ich mir einbildete, Tiere, die ich gern sehen wollte, wirklich zu sehen, – Rehe, Hasen, Füchse zu bemerken, wo keine waren, – und man verachtete mich sogar ein wenig ob dieser Eigenschaft, die man für eine gefährliche Anlage zu Lügnerei und Unzuverlässigkeit hielt. Tatsächlich bildete sich später bei mir ein besonders gutes Jägerauge, ein ungewöhnlich scharfer Blick für alles Vorkommen und Wesen in der Natur, heraus, und ich bin heute fest überzeugt, er hätte sich nicht *heraus-bilden* können, wenn ich mir nicht die Rehe, Hasen, Füchse, die ich später wirklich sah, vorher so leidenschaftlich *ein-gebildet* hätte. –

Die Einbildung, rief einer von uns, ist die Schule der Anschauung, – und das Begriffliche ist ihre schlimmste Bremse! Kommt euch ja nicht so schlau vor, fuhr er fort, mit dem, was ihr zu begreifen glaubt, zum Beispiel mit der Elektrizität! In Wirklichkeit kennt man doch nur ein paar ihrer Reaktionen und Ausschläge oder Wirkungen, aber wer kann mir sagen, sie *ist?* – Unser Schullehrer dazumal hat erklärt: Elektrizität ist, wenn man eine Kautschukplatte mit einem Fuchsschwanz reibt. Mehr habe ich seitdem eigentlich auch nicht erfahren. Ionen, Elektronen,

Atomzersprengung, Raumstrahlen, – zum Schluß bleibt's doch immer wieder der Fuchsschwanz, der die Elektrizität »macht«, so wie unser Gehirn, auch so ein naheliegender Fuchsschwanz, angeblich die Gedanken mache! –

Und wir sprachen vom Schlaf, von den Giftstoffen der Müdigkeit, die er wie üble Ausscheidungen von uns absaugt, von seinen Zusammenhängen mit dem Urschlaf, aus dem alles erwacht ist, und seinen gestalterischen Kräften, vom Sich-gesund-Schlafen und vom »Lernen im Schlaf«, an das nicht nur kleine Kinder glauben, von der Traumsprache, in der die Keime aller Weltsprachen versteckt sind, und von den Schlafrednern und Zungenrednern überhaupt, von dem Auftauchen dessen, was die Menschen schon einmal in früherer Zeit gewußt haben und was in uns versunken immer da ist, sei's in der stofflichen Erbmasse, sei's in unbekannten, brunnentiefen Reservoirs der Seele oder des Geistes.

Von einem Mann wurde erzählt, der mit Grippe in einem gutgeheizten Lazarettraum lag und dem am Morgen auf einmal zwei Zehen abgefroren waren, weil er – wie er erzählte – nachts von einer Polarexpedition geträumt hat, auf der er vor zehn Jahren überwintern mußte, – und von den Ärzten, die sich darüber fast die Schädel einschlugen, ob das eine Postreaktion der Gewebe oder einfach Hysterie sei, über deren Begriffsbestimmung sie sich dann auch wieder die Schädel einschlugen.

Magdalena behauptete, daß es im Gemüsegarten des Schlosses Salwàre absolut keinen Karfiol, alias Blumenkohl, gäbe, weil die Kuh ihn nicht möge und er deshalb trotz sachgemäßer Behandlung einfach nicht angehe, und man wußte zu berichten, daß keine Bäurin während ihrer monatlichen Tage Pflanzen setzen oder säen dürfe, weil erfahrungsgemäß dann nichts draus werde. Ja, von den Hindufrauen war die Rede, welche imstande seien, rein durch das Mittel der Konzentration und ohne irgendeine leibliche Einwirkung die Empfängnis zu verhüten, – was die sonst an diesem Abend sehr stille und in sich gekehrte Charlotte Weger zu dem spontanen Ausruf: »Glückliche Menschen!« verleitete... Und schließlich wuchs aus all diesem Getaste und unbemühten Beschwören einer weltfreudigen Magie ganz fernes Dämmern von noch kaum geahnter, neuer Anschauung der Welt, die einmal, wenn ihre Quellen wirklich von selber springen und ihre Feuerzungen vom Himmel regnen, auch zu einer neuen Anschauung Gottes und einem neuen Lebensgesetz des Menschengeschlechtes führen wird. Als dann der kleine Lemming, zitternd vor Beflissenheit, erzählte, daß es in Frankreich einen Biochemiker gäbe, der Menschen mittels seiner Präparate die Gabe der Hellsichtigkeit verleihen könne, und somit die Einheit von Spirituellem und Materiellem endgültig erwiesen sei, und von da nur noch ein Schritt, daß man auch Poeten, Musiker und Philosophen durch Tabletteneingebung erzeugen könne, – lachten wir alle wieder ungeheuer und brachen in unser fröhlich-anfeuerndes »Prost, Zwischenmeister!« aus.

Heiterkeit war mählich wie das draußen aufkommende Sternenlicht über die Dunkelheiten dieses Gespräches ausgegossen, von einer solchen fast jenseitigen Art, die kein Zerwürfnis und auch keine Traurigkeit mehr aufkommen ließ. Denn siehst du, sagte Firmin spät einmal zu Mario, – wir stehn ja gar nicht abseits von unsrer Zeit, so wenig wie du oder wie deine Gegner, welche die irdische Neuordnung auf andere, vielleicht hoffnungsvollere Weise als ihr, in Angriff nehmen. Nur sind wir wohl heute endgültig vom Irrglauben der Entwicklungslehre geheilt und wissen, daß es kein Nacheinander, sondern nur ein sich ergänzendes Nebeneinander des Wachstums gibt, – und daß die Notwendigkeit, welche die Weltregler und -erneuerer in ein kurzsichtig geschachteltes »Erst, – Dann – und Später« trennen wollen, in einem höchst fatalen, das heißt schicksalhaften Zusammenhang stehn. Auch das Pentateuch mit seinen Schöpfungstagen beruht auf der Voraussetzung, daß Gott, der ja die Welt aus sich erweckte, sie zunächst einmal als Ganzes geschaut, als Vollkommenheit in sich getragen hat, eh er sie in Sterne, Monde, Pflanzen, Tiere, Menschen stufte und schied. Nur weil wir dies wissen, haben wir den Mut, uns mit dem Schöpfungstraum der Künste zu befassen, obwohl er heute bodenloser scheint als je. Denen aber, die dies tun, muß das Bestehende, – muß das, was sich behauptet, wichtiger und verpflichtender sein als die im großen Ablauf winzigen Gestaltwandlungen der Geschlechter! – Gestalt des Kriegers, des Bürgers, des Arbeiters, – uns löst und bindet einzig die Gestalt des beseelten Menschen, die der Vergöttlichung bestimmt ist und ihr unablässig entgegenwächst. – Ordnet ihr also getrost, wie ihr es müßt, das Leben, – und laßt uns das Unsere tun. Im Unendlichen treffen sich auch diese Parallelen. –

Wir redeten noch eine Zeitlang weiter und hörten lächelnd zu, wie der »Boß« versuchte, dem Engländer Dan Marling, der kein Deutsch konnte, alles, was er selbst nicht verstanden hatte, zu übersetzen. Inzwischen hatte Firmin unter den Büchern, welche die Holzstellagen der einen Wand füllten, gesucht und kam nun mit einem ledergebundenen Hölderlin zurück, in dem er kurz blätterte und den er dann aufgeschlagen der Charlotte Weger gab. Sie schien das Aufgeschlagene erst ein paarmal durchzulesen, und in dieser Zeit wurde es ganz still. Endlich begann sie mit leiser, fast monotoner, doch tief eindringlicher Stimme zu sprechen:

»PATMOS –

Nah ist
Und schwer zu fassen der Gott,
Wo aber Gefahr ist, wächst
Das Rettende auch,
Im Finstern wohnen
Die Adler, und furchtlos gehn
Die Söhne der Alpen über den Abgrund weg
Auf leichtgebaueten Brücken.
Drum, da gehäuft sind rings
Die Gipfel der Zeit, und die Liebsten
Nah wohnen, ermattend auf
Getrenntesten Bergen,
So gib unschuldig Wasser,
Oh, Fittiche gib uns, treuesten Sinns
Hinüberzugehn und wiederzukehren...«

Später wurde noch musiziert, aber es fiel, da wir die letzte Nacht nicht geschlafen hatten, bald einer nach dem anderen ab, die Frauen zuerst, und schließlich blieben nur noch Firmin und ich allein. Wir gingen ins Erkerzimmer, um noch einen Whisky zu trinken. Firmin sah müde und grau aus. Aber er schien mir in einer frohen, wohltätig ermatteten Laune zu sein. »Jetzt fahren sie weg«, sagte er, mit einer fast lausbübischen Verschmitztheit im Gesicht, – »und mein Stück, wegen dem sie hergekommen sind, haben sie ganz vergessen. Gott sei Dank waren sie hier viel zu gut beschäftigt, um mich damit zu plagen. Aber es intrigiert mich«, sagte er und ahmte den bekannten erzherzoglichen Tonfall nach, – »wann jetzt – nachdem sie weg sind – die ersten Brandtelegramme kommen. Na – jetzt können sie lange warten.« – Er lachte vor sich hin, als habe er jemandem einen gut gelungenen Streich gespielt. Dann setzte er sich auf die Lehne eines Sessels und blätterte in dem ledergebundenen Hölderlin, der von vorher noch liegengeblieben war. – »Das ist für mich«, sagte er schließlich, – »hör zu!«

Er las:

»Das Angenehme dieser Welt hab ich genossen,
Die Jugendstunden sind, wie lang! wie lang! verflossen.
April und Mai und Junius sind ferne,
Ich bin nichts mehr; ich lebe nicht mehr gerne.«

Er blieb noch sitzen, aber ich war zu müde, um weiter mit ihm zu reden oder zuzuhören, und machte mich auf den Heimweg.

Am nächsten Tag reiste die Weger ab, kurz darauf auch die andern. Dann setzte der erste große Herbstregen ein.

BEKENNTNISSE

Mena hatte ich im Lauf der letzten Wochen wenig zu Gesicht bekommen. – Auch in der »Albergo« hausten Sommergäste. Sie hatte den ganzen Tag zu tun, und wenn ich spät in der Nacht, manchmal auch erst im hellen Morgenschein, vom Schloß zurückkam, schlief sie längst.

Nur selten kam ich so früh, daß sie mich noch hörte und die Kerze in ihrer Dachkammer anzünden konnte. Aber auch dann sprachen wir kaum zusammen. Sie lag in friedlich atmender Müdigkeit und hielt meine Hand so lange auf ihr Herz gepreßt, bis ihr die Augen zugefallen waren. – Jetzt, kurz vor Septemberbeginn, trieb jener große Regen, der im Alpenvorland gewöhnlich den Sommer beschließt und den Frühherbst einläutet, auch die Feriengäste der »Albergo« davon, – und als, gegen Vollmond, die klaren, zart versponnenen, pflaumenblau behauchten Tage einsetzten, war es schon wieder still und leer wie im Frühling.

Eine schöne Entspannung, eine leichte wohltätige Schläfrigkeit war über uns alle gekommen. Aber so sehr ich mich freute, das Abklingen dieses Sommers, das stille und reife Sinken des Jahres hier noch zu erleben, – es bohrte doch schon eine leise Unruhe in mir und trieb mich öfters als bisher auf lange einsame Gänge in die bitter duftenden Wälder. Eigentlich hätte auch ich jetzt abreisen sollen, dachte ich manchmal. Der Sommer ist erfüllt, und es ist nicht mehr die Zeit zum Verweilen. Nichts hielt mich noch hier als jenes freundschaftliche Versprechen, bis zu Magdalenas Hochzeitstag, dem zweiten Oktober, zu bleiben.

Von einer großen Bühne, an der ich öfters gearbeitet hatte, erhielt ich damals den Auftrag, für einige neue Operninszenierungen Entwürfe vorzubereiten. So saß ich nun häufig an den Abenden, die schon früher dunkel wurden, in meinem zirbelhölzernen Zimmer, las in den Auszügen oder warf mit Aquarell erste Farbsynthesen aufs Papier, die die Lektüre oder die Erinnerung an die Musik in mir erweckten.

Erscholl dann von oben das leise, vertraute Pochen, – fiel der dünne Kerzenschimmer durch die Ritzen der Bretterdecke, – dann kam es wohl vor, daß ich wie aufgeschreckt emporfuhr und mich – nicht ganz ohne Unwillen – aus meiner formgebenden Traumwelt in die nahe, schon traumentrücktere Wirklichkeit zurückfinden mußte.

Es war nicht so, daß ich gegen Mena gleichgültig geworden wäre.

Immer wieder entzückte mich das feurig Verhaltne, Ungestüme ihres Wesens und alles leibhaft Schöne an ihr, – ebenso sehr wie die fraulich wache Klugheit ihres Herzens. Unsere stumme Liebe war, nach der sommerlichen Pause, dunkler und lustvoller gereift.

Aber jenes Pochen des Blutes bis in den Hals hinauf, – jenes Rieseln wie von unbekannter Furcht und heißer, verzehrender Schwäche – blieb aus, wenn ich auf nackten Sohlen die Leitertreppe zum Dachboden betrat. Und ihr leises nächtliches Flüstern an meinem Ohr erfüllte mich nicht mehr mit Sehnsucht und berauschter Spannung, sondern mit Ruhe und mit freundlicher Vertrautheit. Ich bemerkte diese Veränderungen sehr genau und empfand sie, im Bewußtsein ihrer stetig wachsenden und sich vertiefenden Zärtlichkeit, wie eine leise Schuld.

Denn es ist immer so, daß in einer Liebe der Teil schuldig wird, der damit anfängt, seinen Einsatz zu verringern und weniger herzugeben, als er empfängt, auch wenn der andere sich noch im Übermaß beschenkt glaubt. Und die Tatsache, daß der sich rascher Verschwendende die Schwächung seiner Liebesfähigkeit ja nicht beabsichtigt und, wie man sagt, nichts dafür kann, – bedeutet keine Abschwächung seiner Schuld und keine Entschuldigung für ihn. Diese Art von Schuld aber – eine andere gibt es in der Liebe nicht – wohnt jedem aus dem Quellgrund menschlichen Fühlens geborenen Verhältnis unabwendbar inne, – und der sie auf sich lädt, ob er will oder nicht, hat sie im Gesamtvorgang seines Lebens zu begleichen und abzugelten. –

Solche Überlegungen drangen damals noch nicht bis in mein Denken vor, und ich war weit entfernt davon, sie überhaupt in wachen Stunden anzustellen. Nur hatte ich das Bedürfnis, in besonderer Weise gut zu ihr zu sein, was immer schon die beginnende Brüchigkeit einer Beziehung ankündigt. –

Den Zollsoldaten Toni Tiefenthaller hatte ich in den letzten Wochen nur selten gesehen, und ich hatte auch keinen Anlaß, nach ihm zu fragen. Aber ihr Bruder Luis Morandell kam manchmal auf seinem Motorrad vorbei, und ich beobachtete dann immer an ihr das gleiche, merkwürdig verstörte und verängstigte Wesen.

An einem Samstagabend erzählte sie mir, daß sie den morgigen Sonntag – den ersten, seit es im Gasthaus stiller geworden war – ganz frei habe und schon am Vormittag weggehen könne. Ich fragte sie, was sie mit dem freien Tag anfangen werde, und sie sagte, sie habe daran gedacht, in ihre Heimat hinüberzufahren, in die Gegend von Kastelruth und Seis, wo sie seit Jahren, da ihr Vater und ihr Bruder ja bei Bozen lebten, nicht mehr gewesen sei. – Ob sie allein fahre, fragte ich, oder ob sie dort jemanden besuchen wollte. – Nein, sagte sie, sie habe dort keine Freunde mehr, – nur ihre Schwester lebe droben auf der Seiseralp, aber da käme sie wohl nicht hinauf. Sie wolle nur gern einmal die alten Orte wiedersehn, und sie fahre allein. – Aber sie wisse noch gar nicht, fügte sie hinzu, ob es jetzt überhaupt eine passende Verbindung gäbe, um mit der Kleinbahn oder mit einem Autobus rechtzeitig hin- und zurückzukommen.

Ich holte meinen Fahrplan und sah die Züge nach.

»Wenn du willst«, sagte ich zu ihr, – »werde ich mit dir kommen. Ich gehe morgens früher weg, und wir treffen uns in der Bahn. Wegen der Rückfahrt brauchen wir nicht nachzusehen, ich miete dann irgendwo einen Wagen.« – Sie lag zuerst wie gelähmt und gab mir lang keine Antwort. Dann aber warf sie sich in einem solchen Sturm von leidenschaftlicher Freude an meinen Hals, daß ich ganz beglückt war. Ich ließ sie bald allein und stieg schon vor Tagesgrauen auf einem Umweg zur Bahnstation hinab.

Im Rütteln des Zuges, durch dessen staubige Fenster die Morgensonne schien, wurde sie ganz schläfrig, und öfters fiel ihr der Kopf nach vorn. »Ich hab heute nacht kein Auge zugetan«, sagte sie.

Aber als die schweren Wände des Schlern vor uns aufwuchsen, wurde sie von einer fiebrigen Spannung ergriffen und schaute bald rechts, bald links hinaus, mich auf kleine Zeichen, die ihr bekannt waren, aufmerksam machend. Als wir ausstiegen, war sie vor Aufregung ganz blaß, und ich bestellte ihr zuerst in der Bahnhofswirtschaft einen Kaffee und etwas zu essen. –

Dann schlenderten wir durch den behäbig und eng gebauten Ort, über dem die Luft von nahen und fernen Kirchenglocken brauste und schwang. Sie sprach wenig, und mir schien, daß sie von jener rätselhaften Traurigkeit befallen war, wie sie uns oft an den Stätten der Kindheit oder auch nur bei der Erinnerung daran überkommt. Ich rief ein vorbeitrottendes Fuhrwerk an und schlug ihr vor, die zehn Kilometer bis Seis hinüber zu fahren und von dort ein Stück den Berg hinaufzusteigen. Sie war mit Freuden dabei, und wir saßen recht hoch und steifrückig auf der schmalen Holzbank, wie Bauern, die sich sonntags in ihrem Vieh- oder Gemüsewagen spazierenfahren lassen. Kurz vor der Ortschaft stiegen wir aus, ich zahlte den Kutscher, und wir gingen den schmalen Steig zum Kirchlein von Sankt Valentin hinauf, das höher am Berg liegt und einen weiten Blick über das Land bietet.

»Das ist der Hauensteiner Wald«, sagte sie und deutete über ein Meer von dunklen Fichten- und Tannenwipfeln hin, aus dessen Mitte ein pittoresker Fels mit einer Burgruine aufwuchs, – »und dort droben saßen die Herren von Wolkenstein. Damals gab es noch Drachen und Ungeheuer im Wald. Aber der Ritter Oswald sang so schön, daß sie sich ihm unterwarfen und ihm ihre Schätze zeigten. Aber er brauchte sie nicht, denn er war ein Minnesänger.«

»Warum brauchte er dann die Schätze nicht?« fragte ich sie.

»Er zog in der Welt herum«, sagte sie ernsthaft, »und liebte die Frauen und lobte ihre Schönheit. Es gibt noch viele Geschichten von ihm. Aber die weiß ich nicht mehr.«

Dann führte sie mich in die Kirche, deren Portal weit offenstand, obwohl sie ganz leer war. Draußen brannte jetzt die Sonne schon stark, und in der Kirche war es wunderbar kühl und roch nach Weihrauch und nach feuchtem Gestein. Maria mit dem Kind und die Drei Könige schauten großäugig von den verblichenen Wandfresken herab. Während ich sie betrachtete, kniete Mena in der vordersten Bank nieder und verharrte eine Zeitlang unbewegt. Ich blieb rückwärts stehen, um sie nicht zu stören, und lauschte auf die Stille, die uns umgab.

Dann erscholl Getrappel von schwer beschuhten Kinderfüßen, sie schienen die Holztreppe zum Turm hinaufzueilen, und gleich darauf hörte man das Ächzen des Glockenseils und den ersten zögernd metallischen Anschlag. Gleichzeitig klangen Schüsse vom Tal herauf und das Stampfen und Dröhnen näherkommender Festmusik.

Als wir die Kirche verließen, begegnete uns ein Stück weiter taleinwärts ein Hochzeitszug. Der Musik voran schritten allerlei phantastisch aufgeputzte Gestalten, wie sie im dortigen Volksbrauch zur feierlichen Brautführung gehören: Acker, Wiese und Wald gingen mit, durch mächtige Kopflasten an Zweigen, Ähren und Gras erkennbar, auch komische Teufelsmasken, die vor der Kirchentür dem Brautpaar den Weg verlegen und mit dem Weihwedel verjagt werden müssen. Dann kamen die Anverwandten in ihrem feierlichen Schwarz, und schließlich der kranzgeschmückte Hochzeitswagen, von schweren Rös-

sern gezogen, deren Mähnen und Schweife mit vielen eingeflochtenen Bändern verziert waren. Neugierig betrachtete ich Braut und Bräutigam, die in steifem, fast traurig anmutendem Ernst aufrecht saßen und die Hände unbewegt auf ihrem Schoß liegen hatten. Die Braut trug die reiche, schwarz mit Gold durchwirkte Tracht der Gegend und statt des himmelblauen Seidentuchs, das ich am Hals der andren Frauen und Mädchen bemerkte, ein schneeweißes. Der Myrtenkranz war um die goldverzierte Kopfhaube geschlungen, und ihr leicht erhitztes Gesicht sah darunter in seiner feierlichen Benommenheit sehr schön und bildhaft aus. Überhaupt fiel mir die Fülle ungewöhnlich hübscher Frauengesichter und edler, hochgebauter Gestalten auf, an denen ich viele Züge Menas wiederzufinden glaubte. Es schien eine ganz andre Menschenrasse zu sein, als man sie sonst in Bauern- und Gebirgsgegenden trifft.

»Sind bei euch alle Mädchen so schön?« fragte ich Mena. Aber sie antwortete nicht und stand mit abgewandtem Gesicht ein wenig beiseite. Ich dachte mir, daß sie vielleicht Bekannte unter den Hochzeitsleuten hätte und nicht gesehen werden wollte.

Den Zug beschlossen wieder eine Reihe von lustigen und lächerlich aufgemachten Fuhrwerken, mit denen entferntere Verwandte dem Wohlstand des Hochzeitspaares huldigten und die wohl in früherer Zeit beschwörende Bedeutung gehabt hatten. Jetzt dienten sie mehr dem Scherz und der allgemeinen Belustigung. Ich erinnere mich, daß ein älterer Knecht oder Austrager zwei Ziegenböcke vor ein invalides Motorrad gespannt hatte und unterm Gelächter der Zuschauer in wilden Kapriolen hinunterfuhr. Die sonderbare Vermählung von altem Volksbrauch mit dem Requsit des mechanischen Zeitalters schien den Beteiligten ganz selbstverständlich zu sein.–

Mena hatte zu diesem Ausflug nicht ihre heimatliche Tracht angelegt, in der sie sonst am Sonntag in die Kirche zu gehen und zu bedienen pflegte: das schwarze Miedergewand mit der himmelblauen Schürze, dem Halstuch und der großen Seidenschleife im Haar, – sondern sie trug ein schlankes Kostüm in dunklem einfachem Grau, Rock und Jacke, darunter eine cremefarbene Bluse, dunkelgraue Seidenstrümpfe und hübsche, wildlederne Halbschuhe. Nichts an ihr erinnerte an ein sonntäglich oder »städtisch« aufgemachtes Landmädchen. Die Kleidung schmiegte sich sehr angewachsen um ihre weiche und biegsame Figur, und sie wirkte eher wie eine Dame, die sich zu einem Ausflug einfach angezogen, – keineswegs aber wie eine Dörflerin, die sich feingemacht hat. Auch fehlte völlig jener Zug von rastloser Behutsamkeit und Staub- und Fleckenangst, der einem sonst das Zusammensein mit Frauen, wenn sie besser als gewöhnlich gekleidet sind, so schwer macht. –

Ich beobachtete, während sie vor mir bergauf schritt, das schöne, elastische Spiel ihrer Hüften und die Bewegungen ihrer ungewöhnlich zierlichen Fesseln, über denen das Bein kraftvoll und wohlgeformt emporwuchs. Sie hätte sich in der weitrockigen Tracht der Hochzeitsmädchen nicht freier, bequemer oder natürlicher bewegen können. Vielleicht, dachte ich, ist sie durch die Entwurzelung, den Beruf oder durch ihre Träume schon in eine andere Welt und Menschenart hinübergewechselt und geht hier nur noch – nicht anders als ich – als ein fremder, zufälliger Besuch umher.

Wir waren von dem Fahrweg, der zum Ort führte, seitlich abgebogen und stiegen mählich einen steinigen, aber nicht allzu steilen Pfad bergan, durch einen lichten Lärchenwald zuerst, dann an einem weißschaumigen Bach entlang, den wir auf kleinen Brücken öfters überschritten. Auf einer solchen Holzbrücke blieb sie plötzlich stehn und lehnte sich ans Geländer.

»Dort oben«, sagte sie und wies mit dem Arm in Richtung auf die Verlängerung des Weges, – »ist meine Schwester im Dienst. Es wird kaum noch eine halbe Stunde sein.«

»Möchtest du hingehn?« fragte ich sie.

Sie sah eine Zeitlang ins Wasser hinab, – dann nickte sie wortlos.

»Vielleicht gehst du lieber allein«, sagte ich nach einer Weile, – »und ich warte hier am Bach auf dich. Oder ich gehe voraus bis zu irgendeiner Wirtschaft.«

Sie antwortete nicht gleich, – dann schüttelte sie nachdenklich den Kopf.

»Willst du nicht lieber mit ihr allein sprechen?« fragte ich noch einmal.

»Nein«, sagte sie, – »das macht keinen Unterschied.«

Ich begriff ihren Satz nicht recht. »Wie heißt deine Schwester?« fragte ich, während wir langsam weitergingen.

»Lonka«, antwortete sie, – »aber sie kann nur ladinisch reden.«

Ich fragte nicht weiter, und wir gingen schweigend wie bisher.

Der Weg führte nun durch grasiges Almland. Man hörte das Geläut von Kuhglocken. Nach einiger Zeit bog Mena auf einen jener Abschneider ein, die sich als kleine schrundige Geißenpfade steiler bergauf zogen. Die Kuhglocken erklangen näher, vereinzelt mischte sich ein tiefes, langgezogenes Brüllen darein. Der Pfad lief neben einem niedrigen Schachtelzaun her, wie sie dort im Gebirg vielfach die Viehweiden abgrenzen. Dann aber erhöhte sich der Zaun auf einmal zu einem richtigen Gatter, das auf eine größere Strecke oben noch mit Draht geschützt war.

»Es ist wegen dem Stier«, sagte Mena, – »dem Muni. Er ist bös. Nur Lonka kann ihn führen, er tut ihr nichts, und deshalb hält man sie auch da droben.«

Durch eine Zaunlücke sahen wir das Vieh auf der Weide stehn, schöne blaßbraune Kühe, ein paar halbwüchsige Kälber und den großen, schwarznackigen Stier. Auf einem dreifüßigen Hirtenstuhl, ganz in unsrer Nähe, saß ein hochgewachsenes, etwa zwanzigjähriges Mädchen mit nackten, vollen Armen und einer sehr starken Brust. Sie trug einen verblichenen, etwas zu kurzen Leinenkittel. Auch ihre Beine waren nackt. Das dichte, locker geknotete Haar war von hellem, fast reinem Rot, und ihre Haut hatte das durchsichtige Weiß der Rothaarigen. Ein langer Hütestab lehnte neben ihr, in den einige Ringe und Kreuze eingeschnitten waren, sein oberes Ende umschlang eine grüne, mehrfach gewundene Schnur, die in zwei dicke Quasten auslief. Die Hände des Mädchens spielten unablässig mit diesen Quasten. Ich bemerkte auf den ersten Blick, daß es eine Schwachsinnige war.

»Lonka!« rief Menega leise und ging ein paar Schritt weiter am Zaun entlang.

Das Mädchen hob ohne Erstaunen den Kopf und wandte uns ihren großen, leeren Blick entgegen. Die Iris ihrer Augen war ebenso hell und von jenem schwer bestimmbaren luftfarbenen Grünlichblau wie die Menas. Dann stand sie auf und kam, mit leise wiegendem Schritt, auf den Zaun zu.

Mena sagte ein paar ladinische Worte zu ihr, und es schien wie ein Lächeln über das weiße, kaum bewegte Gesicht des Mädchens zu wehn. Sie antwortete auch, und ich hörte, daß sie Menegas Namen nannte. Meine Anwesenheit schien sie gar nicht zu beachten.

Die Schwestern gaben sich über den Zaun weg die Hände, Mena hielt ihre Hand fest und streichelte ein wenig ihren runden, nackten Arm. Sie schien sie irgend etwas über das Vieh zu fragen, denn Lonka wandte sich, leise lachend, zu dem Stier hin und drohte ihm, ein paar Worte sagend, mit dem Finger. Dann lief sie plötzlich ein Stück bergauf und schlüpfte an einer brüchigen Stelle mit wieselhafter Glätte der

Bewegung durch den Zaun. Mena ging ihr entgegen, und die beiden Mädchen standen jetzt, in einiger Entfernung von mir, dicht zusammen, – die Hände der Schwachsinnigen glitten spielend wie vorher über die Quasten ihrer Schnur, an Menas Kleidern entlang, zu ihrem Haar, zum Kragen ihrer Bluse, um schließlich bei einem dünnen silbernen Halskettchen zu verweilen, an dem ein kleines, fein ziseliertes und mit winzigen Türkisen besetztes Kreuzlein hing, das ich ihr einmal von einer Fahrt nach Meran mitgebracht hatte. Ich hörte das helle Entzücken in ihrer Stimme, mit dem sie das kleine Schmuckstück immer wieder bewunderte.

Mena warf einen gleichsam um Verständnis bittenden Blick zu mir, dann, als ich nickte, löste sie den Verschluß des Kettchens von ihrem Nacken und hing es der Schwester um den Hals. Die sah sie mit offenen Lippen an, dann hob sie die Hände einen Augenblick wie anbetend in die Luft, führte sie zu ihrem Hals und begann sofort das Spiel mit dem Kreuz und dem Kettchen dort aufs neue.

Die Sonne stand hoch, es mochte Mittag sein, und jetzt erklang aus einiger Entfernung, von weiter aufwärts, der langgezogen heulende, dumpfe Ton eines Alphorns, der sich mehrmals, nach verschiedenen Richtungen offenbar, wiederholte. Sofort wandte sich Lonka von der Schwester ab und schlüpfte wieder an der gleichen Stelle durch den Zaun, nahm ihren Hirtenstab und begann, die Kühe bergauf davonzutreiben. Den Stier, der sich nur langsam entschloß, von der süßen Weide abzulassen, lockte sie mit einem sonderbar gurrenden Laut, wie ich ihn noch nie im Gebirg vernommen hatte, es klang wie »Gu – gurgurugurguru –« und hatte auf dem letzten, langen und helleren U eine lieblich trillernde Kadenz. »Muni! Muni!« rief sie dazwischen, und der Stier trottete, leise schnaubend, zu ihr heran, so daß sie den lose um seinen Hals geschlungenen Strick ergreifen konnte. Mena rief ihr noch einen Abschied zu, aber sie war ganz in ihren Stiergesang vertieft und wandte sich nicht mehr um.

»Sie kennt mich wohl«, sagte Mena zu mir, – »aber es ist für sie kein Unterschied, ob ich komme oder gehe oder jahrelang fort bin oder jeden Tag hier am Viehzaun stünde.«

»Hat sie es gut bei dem Bauern?« fragte ich sie.

»Schon«, sagte Mena, – »man braucht sie eben für den Stier.«

»Sie ist sehr schön«, sagte ich und blickte hinter ihrer wiegenden Gestalt her, die überm hellen Horizont verschwand, – »sind die Burschen nicht hinter ihr her?«

Mena sah mir mit einem erstaunten, fast erschrockenen Ausdruck ins Gesicht.

»Das wäre eine solche Sünde«, sagte sie, – »für die es gar keine Lossprechung gibt!«

»Ja«, sagte ich, – »sie sind bei allen Völkern heilig«, – und empfand eine mit Grauen vermischte Lust bei der Erinnerung an die offene, leere, himmlische Helligkeit ihrer Augen.

»Komm«, sagte Mena und legte ihren Arm um meine Schulter. Wir gingen langsam bis zum Hauptweg zurück. Als wir wieder im Wald waren, umschlang sie mich plötzlich und sah mir mit einem bangen, fragenden Ausdruck ins Gesicht. Ich küßte ihren Mund und ihre Augen und empfand eine jähe, wilde, herzstockende Sehnsucht nach ihr wie in den ersten Tagen.

In einer Almwirtschaft, deren Terrasse von vielen Ausflüglern besetzt war, saßen wir allein in der stillen, dämmrigen Gaststube, ich trank Rotwein und Mena »Grenadine«, einen dicken Fruchtsirup, der mit kaltem Quellwasser aufgegossen wurde. Sie war lebhaft, sprach und lachte viel und trieb allerlei kleine Spiele mit mir, wie sie Liebesleute zu treiben pflegen, mit Obststeinabzählen, Gläservertauschen, aber auch mit Verstellung und längeren Theaterszenen, so als ob man ein anderes Paar wäre, das sich etwa gerade kennenlernt, oder sich auf der Hochzeitsreise befindet oder von zu Haus durchgegangen ist, nun kein Geld mehr hat und den ersten Krach bekommt, wir dachten uns viele solche Situationen aus und spielten sie durch, bis wir uns fast selber zerstritten, und ich verliebte mich während der Rast wirklich wieder ganz neu in sie.

Später lagen wir in den Preißelbeerhängen überm lichten Zirbelwald, dessen Harz in der starken Septembersonne kochte, ich hatte den Arm unter ihre Taille gelegt und hielt sie dicht bei mir, manchmal schwebte ihr Gesicht so nah über dem meinen, daß ihr aufgegangenes Haar mir um die Stirne fiel, es war sehr still, und wenn wir uns schweigend küßten, hörte man das leise Stöhnen und Knistern der Pflanzen, die unsre Last zerpreßte.

Das, sagte Mena, habe sie sich so oft gedacht, – mit mir im Wald und an der Erde zusammenzusein, – und sich's in ihrer Dachkammer so sehr gewünscht, daß sie, erwachend, geglaubt habe, Ameisen und kleine Käfer in ihrem Bett zu spüren.

Wir waren sehr glücklich an diesem Tag und kamen erst gegen Dämmerung nach Seis hinunter, wo ich mit ihr ins Restaurant eines

Fremdenhotels ging, in dem eine kleine Kapelle spielte. Wir tranken »Asti spumante«, bestellten uns viele verschiedene Dinge von der Speisekarte, und Mena aß zweimal Eis und unzählige Krachmandeln, in denen wir manchmal zwei Kerne fanden, die wir gemeinsam verzehrten, um uns dann per »Sie« oder »Ihr« anzusprechen, und ich vergaß es immer zuerst, wofür ich ihr jedesmal einen kleinen Busch Zyklamen oder Edelweiß ansteckte, die ein alter Mann an der Tür feilbot. Die Musik spielte Tangos und Slow-Foxes, und Mena schüttelte sich jedesmal wie ein Hund vor Entsetzen, wenn der Geiger anfing, mit seiner kehligen Stimme die französischen oder englischen Texte dazu zu singen.

Schließlich fuhren wir in einem offenen Mietauto, das ich durch den Portier hatte herbeiholen lassen, langsam davon. Es war kühl, der Mond ging auf, wir hatten eine Decke um unsre eng aneinandergepreßten Knie gewickelt und hielten die Hände verschlungen. Die Kühle zog durch die Haut in unsre Adern ein, und wir drängten uns immer dichter zusammen.

»Laß ihn sehr langsam fahren«, sagte sie, – »und dann wollen wir ganz still sein.«

Sie hatte den Kopf auf meiner Schulter weit zurückgelegt, das Mondlicht spiegelte sich in ihren offenen Augen.

Einmal hörten wir einen sonderbar verworrenen Lärm, als wir in der Nähe einer kleinen Ortschaft vorbeifuhren: schnälzendes Geknalle von Peitschenschnüren und ein Getöse, wie wenn viele hohle Gegenstände, Töpfe oder Fässer, mit Holzklöppeln geschlagen würden. Es klang fast wie Negertrommeln in den knatternden Gang unsres Wagens hinein.

Der Chauffeur wandte sich grinsend zu uns um.

»Hexentreiben«, sagte er.

Mena erklärte mir, daß dieser alte Brauch noch in vielen kleineren Dörfern der Umgebung daheim sei. An einem bestimmten Vollmondabend im September, ums Erntedankfest herum, und im April, kurz vor der Saatweihe, werden am Kreuzmal des Dorfeingangs kleine Scheiterhaufen gemacht und Büschel von Wacholderzweigen, mit Schierling und Raute umwunden, darauf verbrannt, als Sinnbilder der Hexen oder bösen Geister. Dazu machen die jungen Burschen mit ihren Peitschen, die Mädchen mit Hausgeräten aller Art ein wüstes Getöse, und so weit dies hörbar wäre, sei dann Vieh und Mensch vor schlimmen Einflüssen und Zauberei gefeit.

»Glauben die Leute daran?« fragte ich sie.

»Sie wissen alle, daß es Unsinn ist«, sagte sie, – »aber sie lassen's nicht sein, weil es ihnen Spaß macht. Wenn dann das Feuer brennt und wenn es recht schauerlich klingt, dann glauben sie vielleicht plötzlich doch daran. Bei uns in der ›Albergo‹ hätten wir's auch gehört, sie treiben's in Stils drunten oder im Strieser Kirchdorf.«

Aber als wir, wohl eine Stunde später, die Serpentinenstraße hinauffuhren, lag das Land in der gleichsam gefrorenen Stille der Mondnacht, und in den Höfen brannten keine Lichter mehr.

An der letzten Wegbiegung ließ ich den Wagen halten und bezahlte den Chauffeur. Wir gingen noch ein paar Schritte zusammen, dann trennten wir uns leise und wortlos. Mena eilte allein zur »Albergo« hinüber, und ich ging noch, um nicht mit ihr zugleich oder allzubald nach ihr anzukommen, durchs hell beschienene Bannholz zum Schloß. Vielleicht, dachte ich, ist man noch wach droben, und ich kann noch einen Schnaps trinken und eine Zigarre rauchen. Das Licht dieses Tages und Menas festliche, ja feierliche Beglückung hatte mich mit einer frommen und schwermütigen Heiterkeit erfüllt. Ich wußte, daß sie auf der Heimfahrt gedacht hatte: so schön könne es nie mehr werden. Aber sie hatte es nicht ausgesprochen. Ich hatte sie in dieser Nacht so gern wie niemals vorher oder nachher. –

Der Haupteingang zum Schloß, das große Holzportal, war nicht abgesperrt, und ich nahm daher an, daß mindestens Grisi, dem im Hause die Schlüsselgewalt zustand, noch auf sein müsse. Drunten in der Halle, im großen Eßraum und im Musikzimmer war alles dunkel. Aber vom ersten Stock sah ich noch deutlichen Lichtschimmer, und ich ging langsam – möglichst leise, um die etwa schon Schlafenden nicht zu stören – die Treppe hinauf. Der Lichtschein kam jedoch, wie ich bald bemerkte, nicht vom Erkerzimmer, in dem ich ihn vermutet hatte, sondern vom weiter rückwärts gelegenen Ganggewölbe, das zu Magdalenas Wohn- und Schlafzimmer führte. Auf dem Treppenvorplatz, den ich jetzt betrat, war es finster, und während ich mir überlegte, wohin ich mich wenden sollte, um noch jemanden aufzutreiben, suchte ich den Lichtschalter an der Wand und knipste an. Im gleichen Augenblick, in dem die Deckenbeleuchtung aufblitzte und mich für den Moment fast blendete, sah ich eine Gestalt, die, zusammengeduckt, im Dunkeln gelauert haben mußte, hochfahren und mit einem Satz in den rückwärtigen Gang hinein verschwinden. Nachträglich erst registrierte mein Bewußtsein, daß ich das Blinken des vernickelten

Greifhakens von Grisis Armprothese bemerkt hatte. Zunächst aber war ich nur erschrocken, – und ich wußte nicht recht, ob durch die aufspringende Gestalt allein oder durch ein lautes klirrendes Geräusch wie von splitterndem Glas und eine Art Aufschrei, fast wie einen unterdrückten Hilferuf, von Magdalenas Stimme. – Ohne lang nachzudenken, rannte ich die paar Schritte hinter Grisi her und sah nun, an der Abzweigung des Ganges stehend, durch eine weit offene Tür, die wohl gerade erst aufgerissen worden war, in Magdalenas kerzenerleuchtetes Schlafzimmer hinein. Im Gang selber brannte eine elektrische Birne, deren Schein ich vorher bemerkt hatte, – und in der offenen Tür stand Grisi, immer noch wie zum Sprung geduckt und mit bebenden Schultern. Ihm gegenüber, im Zimmer, das Gesicht mir zugewandt, Mario. Weiter hinten, im frei stehenden Bett, das von einem Himmel beschattet war, kauerte halb aufgerichtet und mit offenen Haaren Magdalena.

»Was wollen Sie hier ?« hörte ich Mario sagen, – seine Stimme klang drohend, und ich sah, daß seine Fäuste geballt waren.

»Was haben Sie hier zu suchen ?« fuhr er auf Grisi los, der keine Antwort gab und sich noch tiefer in den Kniekehlen duckte. Ich hatte den Eindruck, daß er sich im nächsten Augenblick auf Mario stürzen werde oder daß der den Arm hochwerfen wolle, um Grisi zu schlagen.

Laut auftrappend, daß die Nägel meiner Bergschuhe vom Steingewölbe widerhallten, ging ich rasch auf die Türe zu und rief, als hätte ich von der ganzen Szene noch nichts bemerkt:

»Hallo! Ist hier noch jemand wach ?«

»Thomas!« hörte ich Magdalenas Stimme von drinnen – sie klang etwas belegt, wie wenn man geschlafen hat, – »wo kommen Sie denn her? Treten Sie ruhig näher!« fügte sie hinzu und lachte ein wenig.

Die beiden Männer standen immer noch in der gleichen Haltung. Grisis Schultern entspannten sich fühlbar, als ich ihm jetzt leicht auf den Rücken schlug und ihn, eintretend, beiseite schob.

»Ich komme gerade von einer Bergtour zurück«, sagte ich, – »und wollte nachschauen, ob man noch etwas zu trinken kriegt. Da sah ich hier Licht und hörte euch reden.«

»Zu trinken habe ich hier nichts«, antwortete Magdalena, – »höchstens eine Zigarette.«

Sie hatte die seidene Steppdecke bis zum Kinn hochgezogen und tastete mit der Hand nach dem geschnitzten Nachtkästchen neben ihrem Bett, auf dem lose Zigaretten und Zündhölzer lagen. Am Boden, neben dem Kästchen, waren dünne Glasscherben verstreut, und ein scharfer, süßer Geruch wie von ausgeschüttetem, sehr konzentriertem Parfüm erfüllte den Raum.

»Sera«, sagte ich zu Mario und streckte ihm die Hand hin. Seine Faust entkrampfte sich, und er reichte mir wortlos die Hand.

Dann wandte er sich zu Grisi, der auf die Türschwelle zurückgetreten war.

»Kehren Sie das hier auf«, sagte er und deutete auf die Scherben, – »es ist ein Flakon heruntergefallen.«

»Jawohl«, sagte Grisi militärisch und ging hinaus, wohl um Besen und Schippe zu holen.

Magdalena hatte sich inzwischen eine Zigarette genommen. Ich sah, daß ihre Hand zitterte, trat rasch zu ihr ans Bett und gab ihr Feuer.

»Sie war nicht ganz wohl heute abend«, sagte Mario, – »und ich wollte noch einmal nach ihr sehen. Aber ich glaube«, wandte er sich an sie, – »du warst bei Licht eingeschlafen.«

»Ja«, sagte Magdalena und dehnte sich wohlig, – »das kann sein.«

Ihr Gesicht schien recht blaß unter dem Schatten des Betthimmels, und ihre Augen wirkten umflort.

Sie rauchte rasch ein paar Züge, dann drückte sie gähnend die Zigarette auf einem kleinen Porzellan-Aschenbecher aus.

»Wo waren Sie, Thomas?« fragte sie.

Ich log irgend etwas von einer Hüttenwanderung zusammen.

Inzwischen war Grisi mit einer Schaufel und einem Kehrbesen wiedergekommen, fegte rasch die Glassplitter weg und rollte den kleinen Fußteppich auf, der von der Flüssigkeit durchtränkt war.

»Wird noch etwas gewünscht?« fragte er dann.

»Vielleicht stellen Sie uns etwas Bier ins Erkerzimmer«, sagte ich.

Er nickte und ging.

»Nehmt das bitte mit hinaus«, sagte Magdalena, zu Mario und mir gewandt, und deutete auf die Aschenschale mit der ausgedrückten Zigarette, – »es riecht schlecht. Und macht mir das Fenster zu!«

Ich nahm das Rauchzeug, Mario ging zum offenen Fenster, durch das der Mond hereinschien, schloß es und ließ den schweren, dunklen Vorhang herab.

»So«, sagte Magdalena, – »jetzt will ich schlafen! – Gute Nacht!«

Sie winkte uns mit dem Arm, von dem der weite Ärmel des Nachthemds geglitten war, flüchtig zu und schmiegte ihr Gesicht in die Kissen.

»Blast bitte die Kerzen aus«, sagte sie noch, mit einer schon fast erlöschenden Stimme, – »damit ich's nicht wieder vergeß.«

Es brannten zwei Wandleuchter, der eine dicht am Bett, der andre seitlich vom Eingang.

Mario blies die beiden Kerzen am Bett aus.

»Gute Nacht«, sagte er und strich ihr leicht übers Haar.

Im Hinausgehen löschten wir auch die Wandleuchter an der Tür und drehten draußen auf dem Gang die elektrische Birne ab.

Grisi hatte in einem Eiskühler zwei Flaschen Bier und Sliwowitz ins Erkerzimmer gestellt. Wir setzten uns und rauchten schweigend. Es war, als liege etwas Böses, Drohendes zwischen uns in der Luft, – als habe die Begegnung im Schlafzimmer der Frau uns plötzlich wieder zu Fremden oder zu Feinden gemacht. Vielleicht nimmt er mir's übel, dachte ich, daß ich dazugekommen bin, – obwohl mein Erscheinen vermutlich eine unmögliche Situation gerettet hatte. – Ich war schon im Begriff, mein Glas auszutrinken und zu gehen. Aber da fing er plötzlich an zu reden.

»Es war ein Glück«, sagte er, – »daß du kamst. Ich hätte den Kerl sonst niedergeschlagen.«

»So«, sagte ich nur und beobachtete sein Gesicht, in dem die Bakkenmuskeln mahlten.

»Ja«, fuhr er fort, – »ich hätte es getan. Was er da herumzuspionieren hat. Immer schleicht er in ihrer Nähe herum. Und dann die ganze verdammte Geheimniskrämerei. Als ob er etwas wüßte.«

»Was soll er denn wissen?« fragte ich.

Einen Augenblick starrte Mario mich an, mit einem hilflosen Ausdruck.

»Nichts«, sagte er dann, – »es ist ja nichts. Es ist ja alles Dummheit.«

Er stand auf, ging im Zimmer umher und blieb dann vor mir stehen.

»Hör zu«, fing er an, – »ich muß dir erzählen, was heute abend war. Zuerst ist Magdalena plötzlich krank geworden. Wir saßen noch alle beim Nachtmahl, Grisi brachte gerade das Obst. Die Fenster standen auf, es war irgendein Lärm in der Luft. Sie warf auf einmal den Kopf zurück, als habe sie jemand am Haar gerissen, dann sank sie ganz in sich zusammen. Der Kerl stellte die Obstschale auf den Tisch, daß die Nüsse herauskullerten, sprang auf sie zu und faßte sie unter, als wolle er sie wegtragen. Aber da war Firmin schon aufgestanden, der neben ihr saß, und gab ihr den Arm, sie konnte auch aufstehn, doch ihr Gesicht war ganz weiß, und sie zitterte. ›Pardon‹, sagte sie leise, – ›mir ist nicht ganz wohl.‹ Sie lächelte ein wenig, aber sie sah mich gar nicht an dabei. Firmin brachte sie hinauf, und als er zurückkam, ging Lavacca zu ihr. Es sei weiter nichts, berichtete sie später, nur ein kleiner Schwindelanfall, vielleicht habe sie zuviel geraucht in den letzten Tagen. Sie sei schon zu Bett gegangen und wolle schlafen.

Wir saßen dann noch bei der Matrona, aber es gingen alle früh hinauf, nur ich lief noch ein wenig im Garten herum, weil ich nicht müde war. Der Mond scheint so grell in diese Rocca-Zimmer hinein. Man kann wirklich nicht einschlafen. Ich habe das früher nie gekannt. –

Da sah ich, daß Magdalena noch Licht hatte, sonst war schon alles dunkel im Haus. Und ich dachte mir, vielleicht geht es ihr schlechter, und sie braucht noch irgend etwas. Jedenfalls wollte ich nichts als fragen, wie es ihr geht, und ob sie noch etwas möchte. Ich klopfte leise an ihrer Tür, und als ich keine Antwort bekam, klopfte ich lauter, und dann rief ich zwei-, dreimal nach ihr. Und ich sah doch, daß sie noch Licht hatte. Schließlich machte ich einfach auf.«

Er schwieg kurz und ging wieder im Zimmer umher. Dann blieb er am Fenster stehen.

»Ich kann es dir nicht erklären«, sagte er stockend, – dann stieß er heftig hervor: »Es war aber so!! Es war so!«

Er sah mich ratlos an und fuhr schließlich mit abgewandtem Gesicht fort:

»Sie lag im Bett, und es war, als ob sie nicht allein sei.

Ich weiß, daß ich mich lächerlich mache mit diesen Worten, und ich war nie ein Phantast. Ich würde das auch zu keinem andren Menschen sagen – aber es war so –

Ich kann es nicht beweisen, noch nicht einmal richtig beschreiben. – Ihr Gesicht – und die Art, wie ihre Hände halb geöffnet lagen, – als hielten sie andere, unsichtbare –«

Er war ganz bleich geworden, sein Gesicht hatte eine Farbe wie das gelbliche Grün junger Oliven.

»Du mußt mich als Mann verstehn«, sprach er dann hart und abgehackt, – »und du wirst mir glauben. Unsere Beziehung ist selbstverständlich rein. Nie würde ich die Achtung vergessen, die man seiner zukünftigen Frau gegenüber zu wahren hat. Und die Ehe ist ja schließlich ein Sakrament. Aber wenn sie mich küßt, – ist es oft, als wäre sie schon ganz erweckt – –.«

Er stand, verstummend, am offenen Fenster und lehnte sich hinaus.

Am liebsten hätte ich ihn jetzt hinuntergeworfen. Aber ich nahm mich zusammen und wartete schweigend, bis er fortfuhr.

»Ich trat an ihr Bett – denn sie antwortete auf meinen Anruf nicht –, und ich weiß gar nicht mehr, was ich empfand: Angst um sie – Grauen vor ihr – oder die Wut und den Jähzorn der Eifersucht – aber worauf, um Himmels willen – sollte ich eifersüchtig sein? – Dann sah sie mich plötzlich an und dehnte die Arme und den Leib und hüllte sich, wie erwachend, in die Decke und lächelte so – ich kann's nicht ausdrücken! – Es war so etwas in der Luft und in dem Geknister der Kerzen – halte mich bitte nicht für einen Phantasten!« rief er fast flehend.

»Nein«, sagte ich, – »sicher nicht.«

»Aber ich glaube schon wirklich, daß ich einer bin«, fuhr er fort, – »und ich habe mich zumindest so benommen.« Sie meinte wohl, daß ich sie küssen werde. Aber ich fuhr sie hart an. ›War jemand hier?‹ – schrie ich – obwohl ich wußte, daß es lächerlich ist –, und als sie nicht antwortete, stürzte ich ans Fenster, das über der glatten Mauer liegt und in das der Mond hereinschien, und ich zerrte den Vorhang hoch und riß die Schranktüre auf. Sie beobachtete mich dabei wie ein erstauntes Kind, aber dieses Lächeln wich noch immer nicht von ihrem Gesicht. Ich kann dir gestehn, Thomas, – ich hatte Angst *vor ihr*! Dann trat ich zu ihr ans Bett und starrte ihr ins Gesicht. ›Was ist mit dir‹, rief ich ganz verzweifelt, – ›sag mir's doch! Sag's doch!‹ Aber sie schien gar nicht zu begreifen, was ich wollte. Sie zuckte die Achseln ein wenig, und dann nahm sie langsam die Hand unter der Decke hervor, die sie nun ganz hochgezogen hatte, die Hand zitterte etwas, und sie griff nach dem Flakon neben dem Bett und nahm den Stöpsel ab und wollte sich wohl die Schläfen etwas betupfen. Ich konnte aber nicht mehr, – ich wußte kaum, was ich tat –, ich riß ihr das Fläschchen aus der Hand und schmetterte es auf den Boden und packte ihr Handgelenk und schrie ihr irgend etwas Böses ins Gesicht, – was, weiß ich nicht. Da wurde die Tür aufgerissen, und der Kerl sprang herein. ›Lassen Sie das Fräulein‹, fauchte er, – ›gehn Sie weg von ihr!‹ – Ich glaube, er wollte sich auf mich stürzen. – Das übrige weißt du.«

Er schwieg und wischte sich den Schweiß von der Stirn.

»Es hängt wohl mit dem Vollmond zusammen«, sagte ich nach einiger Zeit, und nur, um etwas zu sagen, denn ich hatte so wenig wie er ein wirkliches Bild oder eine Überzeugung von alledem.

»Ich meine nicht, daß sie im landläufigen Sinn mondkrank oder -süchtig ist. Aber die Mondphasen haben sicher einen gewissen Einfluß auf andere, vermutlich nervöse Anlagen in ihr. Ich habe das auch schon gemerkt. Und Grisi, der sie von Kind auf kennt, wird das einfach wissen und in der Zeit auf sie aufpassen.«

»Gar nichts weiß er«, stieß Mario wütend hervor, – »es gibt nichts zu wissen. Es ist nichts.«

Ich zuckte die Achseln und schwieg.

Nach einer Weile sagte er wie zu sich:

»Es ist ja nicht mehr lang – bis zum zweiten Oktober. Und dann wird alles gut werden. Ich weiß – wir werden sehr glücklich sein.«

Ein wilder, nackter Schimmer trat in seine Augen.

Ich stand auf.

»Gute Nacht«, sagte ich und fügte, in bewußter Banalität, hinzu:

»Mach dir weiter keine Sorgen. Morgen früh wird sie wieder in Ordnung sein.«

»Ja«, sagte er dankbar, – »gewiß. – Und vergiß das bitte«, hängte er tonlos an.

»Natürlich«, sagte ich, gab ihm die Hand und ging. Am Tor drunten stand Grisi und öffnete mir.

Als ich hinausging, kam er mir einen Schritt auf die Freitreppe nach, als ob er etwas sagen wolle.

Dann aber schielte er nur zum Mond hinüber, klappte die Hacken zusammen und ging ins Haus zurück.

EIN LEBENDIGER HUND

Die erste Septemberhälfte rann wie ein klares Wasser vorbei, man konnte vergessen, daß es Wolken gab. Dann kamen Tage, an denen die Sonne nicht mehr vermochte, den Frühnebel aufzusaugen, er blieb in den Tälern stehn, wallte gegen Mittag hoch und silberte in den späteren Stunden den Himmel und die Umrisse der Gebirge ein. Westliche Winde kamen auf und trieben rasche Regenschauer übers Land. Es ward kälter, auf den Bergen fiel Neuschnee. Nachts war es oft so finster, daß ich eine Laterne brauchte, um den Weg durchs Bannholz zu finden.

In einer solchen Nacht – die Batterie meiner Taschenlampe war fast ausgebrannt und erhellte nur noch den allernächsten Umkreis meiner Schritte – geschah es, daß, dicht bei der »Albergo«, der Hausknecht Hans plötzlich aus dem Dunkel auf mich zutrat und mir mit einer Blendlaterne ins Gesicht leuchtete. Als er merkte, wer ich war, schien es ihm natürlich sehr unangenehm zu sein, er entschuldigte sich vielmals und murmelte etwas von einem harmlosen Scherz mit einem Bekannten oder so. Ich fuhr ihn grob an, er sollte derartige Scherze gefälligst bleiben lassen, mir käme das eher verdächtig als harmlos vor. – Ich weiß nicht, warum ich das sagte, ich hatte keinen besonderen Grund dazu und war auch nicht weiter erschrocken, – aber es kam mir so über die Lippen und mußte also irgendeinem heimlichen Vorstellungsquell in mir entspringen.

Er lachte verlegen und beteuerte, es sei wirklich nur ein dummer Scherz gewesen, und ich ließ ihn stehen und ging weiter.

In derselben Nacht knatterte wieder das Motorrad. Ich hörte es von meinem Zimmer aus, denn Mena hatte wohl schon geschlafen, als ich heimkam, und mein Kommen überhört. Ich beschloß, mit ihr über den sonderbaren Vorfall zu reden, aber am nächsten Tag dachte ich nicht mehr daran, – und am übernächsten war es zu spät.

Ich erinnere mich genau, daß es der nächste Tag nach dieser nächtlichen Begegnung war, an dem ich Magdalena nach Stils hinunter begleitete. Überhaupt habe ich an alles, was in diesen Tagen geschah, eine so pedantische, nach Licht, Wetter, Uhrzeit eingeteilte Erinnerung, daß ich geradezu einen Stundenplan davon herstellen könnte.

Ich war zu Tisch im Schloß oben gewesen, wir saßen dann noch eine Stunde beim Kaffee zusammen, und schließlich sagte Magdalena, sie müsse am Nachmittag nach Stils, der nächsten größeren Ortschaft, um einiges zu besorgen, wolle aber nicht fahren, sondern zu Fuß gehen, falls es keinen Regen gäbe.

»Solang der Wind weht, regnet es sicher nicht«, sagte ich.

Es war ein recht stürmischer Tag.

»Wollen Sie nicht mit mir kommen?« fragte sie.

«Gern«, sagte ich, – »und wie ist's mit dir, Mario?«

Der schüttelte den Kopf.

»Ich muß Briefe schreiben«, sagte er.

Magdalena lachte.

»Es ist ihm zu kalt«, sagte sie, – »und er denkt, vielleicht gibt es doch Regen. Da bleibt er lieber am Kamin. Alle Italiener sind verfroren.« Sie fuhr ihm über den Hinterkopf und stellte seinen Rockkragen hoch.

Er lächelte und küßte ihr zärtlich die Hand.

»Es stimmt zwar nicht«, sagte er, – »daß wir verfroren sind, aber ich hab mich erkältet und bleibe wirklich lieber am Kamin.«

Magdalena fühlte ihm gleich den Puls, behauptete, daß er beschleunigt sei, bestellte Tee mit Rum für ihn und ordnete an, daß der große Kachelofen geheizt werde.

Es schien ihm zwar mit seiner Männlichkeit nicht recht vereinbar, Gegenstand solcher Besorgnis zu sein, aber er ließ es sich doch ganz gern gefallen. Als wir gingen, stand er am Fenster und winkte uns nach.

Zwischen den beiden herrschte, seit jener Vollmondnacht, die niemals wieder erwähnt worden war, eine herzliche und besorgte Aufmerksamkeit, – so, als hätte jeder von ihnen etwas wiedergutzumachen. Von Magdalenas Wesen besonders ging in den letzten zwei Wochen schöne, liebenswürdige Sanftmut aus, und mir schienen auch ihre Gesichtszüge runder, weicher und ebenmäßiger geworden. Überhaupt atmete das ganze Haus eine klare, gestillte Luft. Firmin hatte wieder zu arbeiten begonnen, aber ohne jede überspannte, unzufriedene Hast, die seiner Tätigkeit im Frühsommer etwas Gequältes und Hektisches verliehen hatte. Von Terminen oder von einer baldigen Aufführung seines Werkes war nie mehr die Rede. Mehr als je zuvor sah ich ihn jetzt mit der Kuh zusammen, und auch zwischen diesen beiden war eine Welle stillen und heiteren Einverständnisses fühlbar, die fast den Grundton einer zärtlichen Versöhnung hatte. –

In Stils suchte Magdalena verschiedene Kramläden auf und kaufte allerlei Leinenstoffe, Borten und Litzen. An den langen Herbstabenden pflegten die Kuh und sie Vorhänge, Tischdecken oder ähnlichen Hausbedarf hübscher und ländlicher Art selbst zu nähen. Die Leute in den Geschäften gaben sich mit respektvoller Bekanntheit und redeten über das Wetter und daß es bald besser werden müsse, wegen des Obstes und der Weinlese. Das Barometer falle zwar noch, aber man könne um diese Zeit mit dem Föhn rechnen, der dann lang anhaltende Wärme und Trockenheit zu bringen pflegte. In den Gemischtwarenhandlungen roch es angenehm nach allen möglichen Würzen und Spezereien, auch ein wenig muffig und verstockt, wie man es von den Läden der Kindheit liebt, und Magdalena schaute mit so entzückenden Augen auf die großen Gläser voll dicker, farbiger Lutschbonbons, daß ich ihr ein viertel Kilo davon kaufte. Sie wurden mit einer Zange einzeln herausgeklaubt und in eine Tüte aus braunem Papier gefüllt, mit der sie dann in der Tasche zu einer unteilbaren Masse zusammenklebten. Auf dem Heimweg steckte sie sich auch gleich einen davon in den Mund, aber die Erinnerung schien doch schöner gewesen zu sein als die Wirklichkeit, denn sie spuckte ihn bald wieder aus. Als wir später in der Nähe des Strieser Kirchdorfs Kinder trafen, die bei einer alten Mühle am Bach spielten, nahm sie die schon zäh durchfeuchtete Tüte aus ihrer Einkaufstasche und wollte sie einem kleinen wuschelartigen Mädchen schenken. Das kaum vierjährige Ding aber starrte sie ängstlich an, schielte dann zu den größeren hinüber, bei denen auch eine fast schon erwachsene wäscheschwemmende Weibsperson war, und als die ihm irgend etwas mir Unverständliches zurief, drehte es sich um und lief weg, ohne die Tüte genommen zu haben. Die andren grüßten scheu und verlegen, als wir dicht an ihnen vorbeigingen, und Magdalena warf das Zeug später einem jungen Hofköter zu, der es hastig in seine Hütte trug. –

»Was hat die Wäscherin vorhin dem Kind zugerufen?« fragte ich sie nach einer Weile.

»Strjës dej Masaré«, antwortete sie gleichgültig.

»Was heißt das?« fragte ich.

»Das wissen Sie wirklich nicht?« fragte sie, – und als ich verneinte, fragte sie erstaunt: »Sie wissen noch immer nicht, was der Name Stries im Ladinischen heißt?«

»Ich habe nie gedacht, daß er eine besondere Bedeutung hat«, sagte ich.

»Die hat er aber«, lachte sie, – »und eine recht zweifelhafte sogar. – Die Leute in der Umgebung haben keine große Sympathie für die Frauen aus unserer Familie. Die Männer stören sie weiter nicht. Sie haben doch unser Wappen gesehen, an der Rocca droben?«

Ich nickte.

»Die Klaue mit drei Krallen war das Hexensymbol. Nach diesem Stein, der schon ein paar hundert Jahre in dem Gemäuer steckt, hat unser Altaguardia seinen Namen: La Rocca dej Striës.«

Wieder lachte sie leise, und ihre Stimme klang fast stolz, als sie fortfuhr:

»Eine von unseren Ahnfrauen soll verbrannt worden sein. In den Chroniken ist allerdings nichts darüber zu finden. Überhaupt wissen wir nur ganz wenig von unserem Geschlecht. Lauter unkontrollierbare alte Geschichten.«

Mir schien, daß das Gespräch sie angenehm erregte: ihr Gesicht war lebhaft geworden, ihr Gang leicht und beschwingt.

»Mario behauptete einmal«, sagte ich, – »daß man die Deszendenz eurer Familie bis auf die Hohenstaufen zurückleiten könne. Er wußte etwas von einer außerehelichen Tochter Friedrichs des Zweiten, die einen Salwar geheiratet haben soll.«

»Das kann schon sein«, sagte sie, – »aber es ist ebenso ungewiß wie all die andren alten Stammbäume. Die Legenden und Gerüchte sind viel aufschlußreicher. Übrigens wollte ich Sie schon fragen, Thomas, was hat Mario Ihnen neulich erzählt? Ich meine, – an dem Abend, als Sie in mein Schlafzimmer kamen. Sie können's mir ruhig sagen«, fügte sie hinzu, blieb stehen und sah mich an.

»Er war etwas verstört«, sagte ich, – »weil's Ihnen nicht gut ging in der Nacht.«

»Na ja«, machte sie und ging weiter, – »das übrige kann ich mir schon denken. Sehen Sie, – ich kann ja mit ihm über das alles nicht reden. Ich will es auch nicht. Aber ich habe ihn unterschätzt. Ich habe ihn für nervenloser gehalten, als er in Wirklichkeit ist. Er hat eben die Nerven des Landvolkes und der Kinder. Es gibt ja nichts Nervöseres als Bauern, – das wissen nur die nicht, die Geschichten über sie schreiben. – Wenn er mich nicht zufällig gern hätte, – würde er auch zwei Finger gegen mich ausstrecken und ›Strjës dej Masaré‹ rufen. Und vor dreihundert Jahren hätte er mich verbrennen lassen.«

Wieder kam es mir vor, als klinge eine Art von Stolz in ihrer Stimme.

»Glaubt man hier denn wirklich noch an solche Sachen?« fragte ich.

Sie sah mich an und lächelte etwas spöttisch.

»Verstellen Sie sich nicht«, sagte sie mißbilligend, – »Sie wissen doch ganz genau, daß man immer an ›solche Sachen‹ glauben wird, weil es halt ›solche Sachen‹ natürlich gibt. Oder denken Sie, daß es heute so viel anders ist als im finsteren Moyenâge?«

»Nein«, sagte ich, – »das meinte ich nicht. Aber die Hexen sind wohl auch damals nicht auf Besen geritten und haben nicht auf den Kirchhöfen getanzt, und die Vampire haben den Kindern kein Blut aus der Aorta gesaugt, und die Werwölfe hatten keine Krallen an den Füßen und liefen auch keine senkrechten Mauern empor.«

»Gewiß nicht«, warf sie ein, – »aber es gab und gibt sie trotzdem!«

»Es gab und gibt solche Menschen«, fuhr ich fort und versuchte krampfhaft, etwas mir selbst nur unklar Bewußtes möglichst faßlich darzustellen, – »an denen, oder durch die, – alle dämonischen Kräfte der Natur, der unteren Schöpfungszirkel – die infernalischen Mächte, sozusagen – unmittelbar wirksam sind – leibhaftig wirksam, meine ich, – und nicht in Geist, Seele, Traum, Eros, Gedanken versprengt und aufgelöst, wie bei uns allen. Solche gibt es und wird es immer geben.«

»Natürlich«, rief sie, – »so wie es Heilige gibt und Hellsichtige und Genies! Nur, daß man heute keine richtige, pragmatische Beziehung mehr zu diesen Leuten hat. Aber die hat man ja auch zu Gott nicht mehr, – und nicht zu den Sternen, – und rein zu gar nichts, – außer zu den unheimlichen Maschinen! Aber wartet nur ab«, rief sie und hob die Hand, – »ihr werdet noch staunen! Sie fliegen ja schon wie die Teufel in der Luft herum –«

Sie brach ab, und ich fragte sie nicht, ob sie damit die Aeroplane gemeint habe, oder irgendwelche, nur ihr bekannte Dämonen. Aber ich glaube, sie hatte jetzt wirklich die Aeroplane gemeint.

»Ich habe einmal einen Erfinder kennengelernt«, fing sie wieder an, – »in Berlin. Ein paar Herrn aus der Bendlerstraße nahmen mich mit zu einem Besuch in seinem Laboratorium. Ich glaube, es handelte sich um Fernzündung oder etwas Ähnliches, und das Militär interessierte sich dafür. Wir gingen spät abends hin, – und obwohl es ein ganz offizieller Besuch war, hatte er etwas von einem heimlichen Verschwörergang, –

von einer verrufenen Unternehmung. Der Mann sah mich überhaupt kaum an, und er hielt einen Vortrag von völlig fachmäßiger Trockenheit, ich konnte gar nichts verstehen. Aber der ganze Raum mit all seinen exakten Dingen hatte doch etwas von einer Alchimisten- oder Magierhöhle, und die Art, wie er dann sein Modell aufdeckte und mit seinen Schaltern und Hebeln herumhantierte, war geradezu fürchterlich. Ich hatte immer die Vorstellung, daß ihm die Strahlenbündel aus den Augen und Fingerspitzen schießen müßten und das Hirn ihm in weißkochenden Blasen aus dem Schädel treten. – Die Herrn, die zusammen eine ziemliche Menge Macht repräsentierten, waren vor ihm ganz klein, – oder mir schien es wenigstens so. Aber das Unheimlichste war seine bodenlose Bescheidenheit. Als ob er gar nicht ahne, daß er donnern lassen könne. Wir sind doch gewohnt, daß Zeus in jedem Zuge das Bewußtsein trägt, der ›Erderschütterer‹ zu heißen und zu sein. Dadurch bekommt er ja etwas Menschliches, – Vertrauliches. Der Mann aber, – von dem ging nichts anderes aus, als daß er in einer Armee von Zeusen, Hephästen, Prometheen – vermutlich sogar im zweiten Glied – marschiere. Ich fürchtete mich vor ihm. Aber er hat es noch nicht einmal gemerkt.«

»Mir ist die Welt der Technik nur vom Film bekannt«, sagte ich, – »und vom Autofahren. Ich interessiere mich auch nicht sonderlich dafür. Aber ich gebe zu, daß von einem Dynamo, von einer großen Transmission etwas Faszinierendes ausgeht, – fast etwas Geist-Geladenes, – wenigstens für mich und meinesgleichen, – für einen normalen Mittelschüler vermutlich schon längst nicht mehr. – Alle irrationalen Kräfte scheinen sich heute in diesen technischen Monstren zu konzentrieren, – und alle moralischen in dem Bemühen, sie im menschlichen Sinne zu bewältigen, oder ihrer Herr zu werden. Vielleicht überschätzen wir das auch. Glauben Sie ernsthaft, daß die Menschen keine anderen Kanäle mehr zum Himmlischen oder Höllischen, zum Guten oder Bösen, zum Schöpferischen oder zum Zerstörenden besitzen?«

»Danke!« rief sie, – »jetzt sind wir wieder beim Thema. Aber eigentlich ist es in dieser Frage schon erledigt. Ich werde Ihnen jetzt etwas ganz Infantiles sagen, – fangen Sie damit an, was Sie wollen: – es werden heute keine Hexen mehr verbrannt. Das ist ein böses Zeichen!«

»Sie ›weihen und streuen‹ auch nicht mehr«, warf ich ein.

»Ja«, sagte sie, – »sie haben nichts mehr zu tun. Das Verbrennen war die Bestätigung ihrer Wirklichkeit. Es war gar nicht so niederträchtig und finster, wie man glaubt, obwohl es natürlich ekelhaft war. – Wo nicht verbrannt wird, wird auch nicht angebetet. Es ist eine schlechte Zeit für Heilige und Dämonen. Auch Märtyrer sind beschäftigungslos. Erschlagen und gefoltert werden kleine, brave Leute, die zufällig am andren Seilende gezogen haben. Es ist zum Indieluftgehn –!«

Sie hatte das alles sehr rasch und im flotten Ausschreiten gesagt, – nun blieb sie atemlos vor mir stehen.

Zum erstenmal, seit dem Beginn dieses Gesprächs, hatte ihr Gesicht einen wilden, düsteren, ja verzweifelten Ausdruck. Erst mählich nahm es wieder die Souveränität und Leichte an, die ihr Ton und ihre Sprechweise behielt.

»Firmin«, sagte sie, – »ist auch so ein arbeitsloser Engel. Und er hätte das Zeug zum Erzengel in sich, mit Fittichen bis zur Erde herab und diamantenen Augen. – Zum Schriftsteller taugt er nicht. – Gott hat uns damals vergessen, – als wir gebraucht worden wären.«

»Ich glaube«, entgegnete ich, – »daß jeder, der da ist, gebraucht wird.«

»So«, sagte sie böse, – »und was halten Sie von all den vielen Leuten, die heute am Krebs kaputtgehn, weil sie ihre Wachstumskräfte nicht auf harmonische Weise loswerden können, sondern nur in Gestalt von krankhaften Wucherungen?«

Ich zuckte die Achseln. »Das sind unbewiesene Annahmen«, sagte ich, – »und in vielen Fällen treffen sie bestimmt nicht zu.«

»In den meisten desto bestimmter«, sagte sie heftig, – und dann strich sie mir wie begütigend über den Arm.

»Wir wollen nicht streiten«, sagte sie, – »denn leider haben wir keinen Grund dazu. Wir wissen doch beide das gleiche – und kennen gut genug jenen unabänderlichen Turnus des Geschehens, – dem man manchmal einfach echappieren möchte!! – Jedenfalls bin ich froh, daß Sie hiergeblieben sind, – und daß Sie heut mit mir gehen und ich mich bei Ihnen austoben kann. Aber jetzt habe ich Durst und möchte etwas trinken.«

»In einer halben Stunde sind wir droben«, sagte ich.

»Nein«, rief sie, – »so lang halt ich's nicht mehr aus. Da drüben ist doch Ihre Hauskneipe.«

Wir standen gerade an der Abzweigung, wo ein kleiner Pfeil zur »Albergo di Latermar« hinüberwies.

»Ach«, sagte ich, – »es gibt dort nichts Besonderes. Heben wir uns den schönen Durst für euren eisgekühlten Terlaner auf.«

»Ein Viertel Überetscher tut's auch«, sagte sie, – »und überhaupt warte ich schon lange darauf, daß Sie mich einmal in Ihre Menage einladen. Avanti!«

Sie schlug den Pfad zur »Albergo« ein.

»Sie werden enttäuscht sein«, versuchte ich's noch einmal, – »es ist eine mittelgroße Touristenwirtschaft.«

»Jetzt gerade!« sagte sie lachend und lief rascher voraus.

Mir war ganz klar, daß sie meine Ablenkungsmanöver, mit denen ich ein Zusammentreffen zwischen Menega und ihr zu hintertreiben versuchte, durchschaut hatte, obwohl sie natürlich den Grund nicht wissen konnte. Aber es schien ihr Spaß zu machen, mich zu dieser Einkehr zu zwingen, zumal sie nun wußte, daß es mir unangenehm war, wodurch wohl auch ihre Neugier erregt wurde. Merken kann sie nichts, – sagte ich mir, – aber jetzt wird sie es spüren, – falls sie's nicht schon lange gewittert hat. –

Da es uns auf der Terrasse zu kühl war, gingen wir in die Gaststube hinein. Dort stand Mena am Schanktisch, mit dem Rücken zu uns, und schien etwas auf einen kleinen Block zu schreiben. Vielleicht rechnete sie ab. Sonst war niemand im Raum.

Als wir eintraten, drehte sie sich um und sah uns einen Augenblick an. Dann grüßte sie höflich.

Wir setzten uns zum Fenster, und ich bestellte einen halben Liter Weißwein.

»Ein hübsches Mädchen«, sagte Magdalena, als sie gegangen war.

»Ja«, sagte ich, – »sie ist hübsch.«

»Ich finde es eigentlich sehr behaglich hier«, fuhr sie fort, – »ist es immer so still?«

»In der Woche ja«, antwortete ich, – »seit die Fremden fort sind, sonntags kommen ein paar Bauern herauf, und der Pfarrer von Stries.«

»Ich kann verstehen«, sagte sie und sah mich forschend an, – »daß Sie hierher gezogen sind.«

»Ich fühle mich unabhängiger so«, sagte ich, – »ich wohne gern allein, – und wenn ich keinen eigenen Bau habe, ist mir ein Gasthaus am liebsten, weil's am neutralsten ist.«

»Man ist hier bestimmt sehr nett zu Ihnen?« fragte sie.

»Ich kann nicht klagen«, gab ich zurück.

Mena kam mit dem Wein und stellte auch einen Korb mit Wecken vor uns hin. Während sie die Gläser füllte, ließ Magdalena sie keinen Moment aus den Augen und beobachtete sie fortgesetzt aus halbgeschlossenen Lidern. Ich hatte das bestimmte Gefühl, daß sie schon alles durchschaut habe, was und wie es zwischen Mena und mir sei, und daß es einerseits den Trieb allgemeiner weiblicher Mißgunst in ihr wecke, andrerseits beginne, ihr einen diabolischen Spaß zu machen, mich und das Mädchen in Verlegenheit zu wissen. Ich selbst fühlte mich wirklich nicht ganz wohl in meiner Haut und machte mich sprung- und verteidigungsbereit, – war aber auch gespannt, wie sie die Situation vorwärtstreiben und auskosten werde.

Sie hob ihr Glas, als Mena zum Schanktisch zurückging.

»Salute!« sagte sie ziemlich laut und stieß mit mir an, – »ich finde es so hübsch, daß Sie mich hierher gebracht haben. – Ich hätte Sie schon längst einmal besucht, – aber Sie sind ja nie hier! außer nachts natürlich.«

Sie lachte und rückte ihren Stuhl näher an den meinen. Im Sitzen hängte sie sich bei mir ein, mit ihren Fingerspitzen auf meinen Handrücken trommelnd.

Ich schaute schweigend zum Fenster hinaus.

»Bringen Sie mir ein Stück Schwarzbrot, bitte!« rief sie plötzlich zu Mena hinüber.

»Sie sind aber nicht von hier?« fragte sie, als Mena das Brot brachte.

»Nein«, antwortete Mena, – »von Seis drüben.«

»Das dachte ich mir«, sagte Magdalena, ohne sie aus dem Blick zu lassen, »dort und im Grödener Tal sehen die Mädchen so aus. Es ist ein ganz anderer Menschenschlag als bei uns. Sie sollten sie malen, Tom. Oder haben Sie's schon getan?«

Immer noch spielten ihre Finger mit meiner Hand, die steif und etwas unglücklich, gleichsam von meinem Körper abgelöst, auf der Tischplatte lag.

»Nein«, antwortete ich, – »ich bin noch nicht draufgekommen.«

»Ach«, machte sie, – »das wundert mich. Sie sehen sie doch täglich. Ist sie nicht das geborene Modell? – Und Ihnen würde es bestimmt Spaß machen, gemalt zu werden!«

Mena antwortete nicht und hatte die Augen voll kaum bemerkbarer Unruhe.

»Wie heißen Sie?« fragte Magdalena freundlich.

»Menega«, sagte das Mädchen und trat einen Schritt zurück.

»Da sind wir Namensschwestern«, sagte Magdalena lächelnd, – »es ist ja die Kürzung für Magdalena.«

Mena erwiderte ihren Blick eine Sekunde lang, dann lächelte sie auch ein wenig.

»Haben Sie Zigaretten?« fragte Magdalena plötzlich mit veränderter Stimme.

»Ja«, nickte Mena.

»Dann bringen Sie mir zehn Stück, ägyptische«, bestellte sie, nahm ihre Hand von der meinen und brach sich ein Stück Brotkruste ab.

»Bitteschön«, sagte Mena und ging zum Schanktisch, wo sie einen Schlüssel aus der Lade nahm.

»She's awfully nice«, sagte Magdalena zu mir, – »is'nt she?«, und da ich nicht antwortete, beugte sie sich dicht zu mir und flüsterte mir zu: »Sie brauchen sich nicht zu genieren. Das ist kein schlechter Geschmack!«

»Lassen Sie sie in Ruh'«, entgegnete ich ebenso leise.

»O nein«, sagte sie wieder laut, – »das wäre ja unhöflich!«

Unwillkürlich mußte ich lachen und fing einen leicht erstaunten und forschenden Blick Menas auf, die mit den Zigaretten zurückkam.

»Geben Sie mir Feuer«, sagte Magdalena zu ihr, – meinen Griff nach den Zündhölzern mit Absicht übersehend.

Mit einer raschen Bewegung faßte sie Menas Hand, die das brennende Streichholz hielt, und führte sie zur Zigarette zwischen ihren Lippen. Ihr Gesicht war einen Augenblick von der Flamme grell und scharf beleuchtet.

»Was für schöne Hände sie hat«, sagte sie, halb zu mir gewandt. Dann blies sie das Zündholz aus, immer noch Menas Hand haltend.

»Wissen Sie, wie hübsch Sie sind?« fragte sie lächelnd von unten herauf und ließ, mit einer leicht streichelnden Bewegung, nun ihre Hand los. »Aber Sie tragen das Haar vorne viel zu straff gekämmt«, fuhr sie fort, »diese rundgelegten Zöpfe sind ja sehr schön. Aber es würde Ihnen viel besser stehn, wenn da vorne kein Scheitel wäre, – sondern eine leichte lockere Welle, so wie Ihr Haar von Natur aus ist. Nehmen Sie doch einmal die Nadeln an den Seiten heraus! Soll ich's Ihnen zeigen?« –

Sie hatte sich halb erhoben und stützte sich mit der einen Hand auf meine Schulter. Ihr Gesicht hatte den Ausdruck ungemein charmanter und liebenswürdig verteufelter Spielerischkeit, und es war nicht mehr Grausames in ihren Augen als in denen einer Katze, für die zwischen den Empfindungen einer Maus und eines Wollknäuels kein bewußter Unterschied ist. – Aber ich sah, daß Mena leicht errötet war, und hatte das Gefühl, ihr nun beistehen zu müssen, obwohl ich nicht recht wußte, wie ich das machen solle.

»Lassen Sie sie nur, wie sie ist«, sagte ich, – »so ist sie's gewöhnt, und so tragen es hier alle Mädchen.«

Das Ungeschickte dieser letzten Wendung wurde mir schon klar, indem ich sie aussprach, aber es war zu spät.

»Doch«, sagte Mena plötzlich und sah mich mit einem Blick an, in dem etwas wie kindlicher Trotz zu glimmen schien, – »ich habe selbst schon gedacht, daß der Scheitel zu bäurisch ist. Man hat ihn ja nur wegen der Seidenhaube, aber die trage ich doch fast nie mehr!«

Ihre Augen glitten zu Magdalena und nahmen einen faszinierten, beinah benommenen Ausdruck an.

»Ihr solltet aber eure Trachten öfter tragen«, sagte ich gereizt und merkte voll Wut, daß ich, statt sie zu verteidigen, selbst in die Rolle des Angreifers gefallen war und daß Magdalena auf der ganzen Linie triumphierte. Sie zögerte auch nicht, ihren Sieg voll auszunutzen.

»Männer verstehen das nicht«, sagte sie und nickte Mena zu, das Band weiblichen Einverständnisses auswerfend und sofort wieder zurücknehmend, – »aber sie versteht mich schon! Wenn sie bei mir im Dienst wäre, würde ich sie frisieren. Ich habe früher immer meine Mädchen frisiert. Das ist mir jedenfalls lieber als umgekehrt«, lachte sie und stand auf, nah zu Mena hintretend.

»Kommen Sie einen Augenblick mit«, sagte sie zu ihr, – »ich möchte Sie was fragen.«

Ohne eine Antwort abzuwarten, ging sie zur Tür und schlug im Vorüberstreifen mit der flachen Hand leicht und auffordernd auf Menas Schulter. Die folgte ihr und drehte sich nicht mehr nach mir um.

Durchs Fenster sah ich, daß sie zusammen auf die Terrasse hinaustraten und daß Magdalena sie, mit ihr plaudernd, am Arm faßte.

Ich stand auf und ging im Zimmer umher.

Was wird sie jetzt mit ihr sprechen, dachte ich.

Was zum Teufel redet sie jetzt mit ihr.

Das Ganze ging mir sehr auf die Nerven, ich kam mir lächerlich vor. Dabei mußte ich, wenn ich mir die Haltung der beiden Frauen vorstellte, jede in ihrer Art bewundern und anerkennen: Mena hatte trotz aller merklichen Beunruhigung ihre schöne Gelassenheit bewahrt und selbst noch im Unterliegen unter die Faszination der andren eine gewisse Herbheit und Eigenart gezeigt. An Magdalena jedoch entzückte mich wiederum die enorme Spannweite ihres Wesens, wie sie sich an diesem Nachmittag durch alle Skalen entfaltet hatte.

Gleichzeitig hatte sie unbewußt und mit einem genialen Griff der Beziehung zwischen Mena und mir den Spiegel vorgehalten, und er hatte sich wie jener Zauberspiegel, der dem Fragenden die Wahrheit zeigt, vor meinen Augen getrübt.

War diese ganze Beziehung denn *überhaupt noch wirklich* –, – schoß es mir durch den Kopf, und ein kühler Schreck rieselte mir beim Aufblitzen des verwirrenden Wortes Wirklichkeit über den Rücken.

Draußen aber liefen die beiden Frauen im Wind herum, und ich steckte mir zum drittenmal erfolglos die Pfeife an und hatte keine Ahnung, was die da draußen miteinander redeten.

Mir fiel ein, daß im Schloß neulich von der notwendigen Anstellung eines neuen Mädchens gesprochen worden war. Sie wird sie doch um Gottes willen nicht hinauf engagieren, dachte ich. Aber in vierzehn Tagen heiratet sie ja. Vielleicht will sie sie mit nach Italien nehmen, in ihren neuen Hausstand? Das könnte mir gleich sein – oder sogar nur lieb –, aber es wird sich um irgend etwas ganz anderes handeln. Ob sie sie einfach ausfragt? Nein – etwas Distanzloses traue ich ihr nicht zu. Vermutlich ist es nichts als ein Frisurengespräch, und sie ist nur mit ihr hinausgelaufen, um mich zu ärgern, oder es ist irgend so etwas Halb-Intimes, worüber Frauenzimmer, die sich eben erst kennengelernt haben, oft plötzlich zusammen reden. Es sind fremde, undurchsichtige, mißtrauenswürdige Geschöpfe. –

Allein und verärgert ging ich auf und ab und sehnte mich darnach, einen Hund zu haben. –

Die Abwesenheit der beiden hatte höchstens ein paar Minuten gedauert, – aber mir kam sie wie eine Stunde vor, und ich hatte schon meinen Hut auf und meinen Stock in der Hand, als sie wieder hereinkamen.

»Wollen wir schon gehen?« fragte Magdalena aufgeräumt.

»Es wird dunkel«, sagte ich.

»Wie schade«, sagte sie und trank ihr Glas aus, – »ich fand es so nett hier. Auf Wiedersehn, Mena!«

Sie gab ihr die Hand.

»Grüß Gott, gnädiges Fräulein«, sagte Menega.

Ich nickte ihr zu, und wir gingen.

»Sie möchten wohl wissen, was ich mit ihr geredet habe?« fragte Magdalena nach einer Weile, als wir zusammen durchs Bannholz gingen.

»Nein«, sagte ich barsch.

Sie lachte.

»Es war auch nichts Besonders«, sagte sie dann und hängte sich bei mir ein.

Zwischen den Stämmen ward es schon dunkel, und der Wind knisterte leise in den höheren Zweigen. Es war ein warmer, bauschiger Südwind, von allerlei Würzgerüchen und einer fast elektrischen, trockenen Spannung erfüllt. Er hatte am Nachmittag, den kühlen West verdrängend, mählich eingesetzt, und nun wehte er immer stärker, schob die Wolkenmassen langsam zu schwammigen, tief am Himmel treibenden Tang- und Seegrasinseln zusammen, über denen die blaue dunkelnde Flut nah und lackfarben erglänzte, und er wehte nun mit einer steifen, schweratmigen Hartnäckigkeit viele Tage hindurch, bis zu jener Nacht vor dem zweiten Oktober. –

An diesem Abend spürten wir ihn zum erstenmal, und wir standen, als wir aus dem Wald kamen, wie gebannt vor der sonderbaren optischen Blendspiegelei, die der veränderte Luftdruck mit der Perspektive getrieben hatte. Das Schloß, zu dem noch ein paar hundert Meter freier Fläche emporführten, schien mit den Händen zu greifen und jeder Baumwipfel, jeder Felszacken des Höhenkamms in seinem Rükken wie mit dunkler Tusche auf ein durchsichtig graues, chinesisches Reispapier gezeichnet. Der Nebeldunst dahinter war ein brauner kochender Schlamm, aus dem schon die glühenden Tropfen vereinzelter Sterne sprangen. Die Aufklarung des Firmaments geschah in breiten Streifen, von strähnigen Wolkenbänken getrennt, und in einer dieser offenen Himmelsrinnen, die sehr klar und durchsichtig und in der Farbe blank waren wie abendliche Flüsse, – schwamm die dünne Schale des zunehmenden Monds und hielt, gleich einer schwarzen Baumfrucht, die dunkle Rundung des Gestirns in ihrer silbernen Kapsel.

»Da haben wir nun den sogenannten Föhn«, sagte Magdalena im Ton einer Physiklehrerin, – »und man muß sich gegen ihn mit Dickfelligkeit und Schlafsucht wappnen, – denn wenn er im Herbst anfängt, hört er gar nicht wieder auf und reißt oft furchtbar an den Kopfnerven herum.«

»Aber er bringt schön Wetter, solang er weht«, meinte ich.

»Ja«, sagte sie, – »wenn er nicht zu toll bläst, ist er gut für Gebirgstouren. Ich wollte eigentlich noch mit Firmin auf den Latemar gehen, – vorher. Vielleicht schaffen wir's auch.«

Wir näherten uns langsam dem Schloß. Kurz vorm Eingang blieb sie noch einmal stehen.

»Man sollte meinen«, sprach sie vor sich hin, – »daß es für so ein Mädchen viel einfacher sei. – Aber das ist es nicht. Das ist es natürlich nicht. – Schließlich träumt sich ein jeder sein eigenes Zeug zusammen. Und das ist ganz schön so. Ich wenigstens möchte gar nicht, daß es anders wäre. – Kommen Sie!«

Mit leichten, fast laufenden Schritten eilte sie voraus.

Ich weiß nicht, wer an diesem Abend aufs Bibelstechen kam. Ich selbst war es nicht, – aber es wurde indirekt durch mich veranlaßt. Ich sprach davon, daß ich nun bald wieder malen wolle, – aber ich hätte in letzter Zeit eine gewisse Abneigung gegen das Gegenständlich-Naheliegende bekommen, gegen Porträtieren, Landschaftern, Anklammern an die äußeren Formen der Natur. Das alles schien mir von der Wirklichkeit nur weiter fort und nicht in ihre Mitte zu führen. Die Darstellung großer welthaltiger Stoffe – Geschehnisse – Beispiele – müsse es sein, die den ganzen Zauber erst rechtfertige, nur wisse ich noch nicht, sagte ich, wo die geprägten Vorlagen dieser Stoffe, in überzeitlichem und gültigem Format, zu finden seien. –

Alle Stoffe, die überhaupt erfaßbar sind, sagte einer von uns, stehen in der Bibel.

Und im Fortgang der Unterhaltung holte die Kuh eine schwere alte Hauspostille herunter, und wir beschäftigten uns eine Zeitlang mit jener mystischen Spielerei, wahllos darin herumzustechen, bei der man manchmal so erstaunlich zutreffende Winke bekommt. Wir hatten aber kein Glück damit, – es kamen hauptsächlich lange Reihen von Namen, wer wen erzeugt habe oder auf wen wer gefolgt sei, heraus, oder formelhafte Anrufungen in endloser Wiederholung.

»Nein«, sagte ich schließlich, – »ich steche nicht mehr. Ich ziehe mich auf das einzige Bibelzitat zurück, das ich, außer den allerbekanntesten, auswendig weiß. Es ist aus dem Buch Hiob und steht in der Nähe von Salzburg an einem Baum angeschrieben, den der Blitz einmal zerspalten hat, ohne ihn unterzukriegen. Es heißt:

›*Ein Baum hat noch Hoffnung, wenn er schon abgehauen ist, daß er wieder grüne, und seine Schößlinge hören nicht auf. Altert auch in der Erde seine Wurzel, und stirbt im Staube sein Stamm, so schlägt er doch aus im Dufte des Wassers und wächst, als wäre er neu gepflanzt.*‹

Ich habe diesen Baum damals gezeichnet, und sein ganzes Schicksal in einem Kranz drum herum, wie er erst aufwächst und was ihm alles passiert, bis er groß ist, wie ihn der Blitzschlag dann trifft, ihn fast erledigt, und wie er von unten auf wieder zu treiben beginnt.«

Firmin schüttelte den Kopf.

»Das ist mir zu euphemistisch«, sagte er nach einer Pause, – »und viel zu schön gefärbt. Er hätte auch ganz kaputt sein können. – Nein, – ich halte es mit dem einzigen, der das Letzte gesagt hat, – mit dem lebensmutigsten Pessimisten, den es je gegeben hat, dem Prediger Salomo.« Mit ein paar Griffen schlug er im Buch die Stelle auf.

»Denn bei allem Lebendigen ist, was man wünscht: Hoffnung«, las er vor, – »denn ein lebendiger Hund ist besser als ein toter Löwe.«

»Ja«, sagte Magdalena, – »der hat gewußt, daß alles eitel ist und daß man nichts tun könne, als sein Feld bestellen in Heiterkeit. Von dem hat es dann der Voltaire gelernt: il faut cultiver son jardin.«

»Male das!« sagte Firmin streng.

Es war noch nicht spät, als ich an diesem Abend zur »Albergo« hinunterkam. Zehn Uhr vielleicht. In der Gaststube war noch Licht, und ich ging hinein, weil ich dachte, daß Mena da wäre, aber ich sah sie nicht. – In einer Ecke saß, vor einer halbgeleerten Flasche Grappa, der Zollsoldat Toni Tiefenthaller und war sinnlos betrunken. Als er mich bemerkte, stand er auf, versuchte zu salutieren, fiel aber gegen mich und klammerte sich an meinen Arm.

»Ich werde meine Verlobung auflösen«, sagte er mit viel zu lauter Stimme, – »jawohl«, brüllte er, »ich mache Schluß!«

Ich gab ihm einen Stoß, daß er auf seinen Sitz zurückfiel.

»Sie sind ja besoffen«, sagte ich und wollte weggehen. Aber er wankte wieder empor.

»Die Mena«, lallte er, – »die Mena Morandell. Sie kennen Sie doch. Aber man soll sich von den Weibern nicht alles gefallen lassen!« schrie er wieder. Er verzog sein Gesicht und sah aus, als wolle er heulen.

»Das geht jetzt lang genug«, sagte er – die Stimme kippte ihm über –, »und ich habe sie schon gebeutelt, daß sie vor Angst naß machte wie ein junger Hund! Ich kann furchtbar werden in meiner Wut. Aber es hilft alles nichts.«

Er stolperte auf seinen Stuhl.

»Früher war alles richtig zwischen uns«, sagte er tonlos und ließ die Stirn auf die Tischplatte fallen.

»Schütten Sie sich kaltes Wasser über den Kopf«, sagte ich, – »oder legen Sie sich schlafen!«

Er schien mich nicht mehr zu hören, und ich ging hinauf.

Von der Treppe aus, durchs Fenster, sah ich den Hausknecht Hans mit Menas Bruder aus dem Schuppen kommen, das Licht abdrehen und langsam aufs Haus zu schlendern. –

Mein Zimmer war dunkel, aber als ich eintrat, spürte ich sofort, daß jemand hier sein müsse, und knipste rasch das Licht an. Mena saß auf meinem Bett und legte, während ich die Tür schloß, den Finger auf die Lippen. Sie sah blaß und verstört aus. Ich ging zu ihr und nahm sie in die Arme.

»Laß mich dableiben«, flüsterte sie, ihre Kehle schien vor Angst gewürgt. Sie zitterte, ihre Hände waren eiskalt.

»Willst du dich nicht auskleiden?« fragte ich leise.

Sie schüttelte den Kopf.

»Mach das Licht aus«, flüsterte sie, – »und nicht sprechen, bitte!«

Ich ging zur Tür zurück, drehte das Licht ab und setzte mich dann in Kleidern neben sie auf den Bettrand.

Von der Wirtsstube drunten hörte man eine Zeitlang Stimmen, wie einen dumpfen, verquollenen Lärm.

»Kann ich dir helfen?« flüsterte ich endlich.

Sie schüttelte heftig den Kopf und klammerte sich eng an mich. Ich hob sie sacht aufs Bett und streckte mich dann, so wie ich war, neben ihr aus, sie immer wie ein Kind im Arm haltend.

Öfters streichelte ich über ihr Gesicht und ihre Augen, die trocken und heiß waren. Mit der Zeit schien sie sich zu beruhigen. Einmal glaubte ich, daß sie mir etwas sagen wolle, aber es war nur ein leiser Seufzer, mehr wie ein Atemzug.

Die völlige Unmöglichkeit, ihr beizustehn, oder auch nur das Wesen ihrer Not und ihrer Furcht mit ihr zu teilen, quälte mich sehr.

Man kann nicht helfen, bohrte und hämmerte es in meinem Kopf – man kann keinem Menschen helfen.

Ich versuchte, in der Lage des Körpers, der Haltung, den Atemzügen ihr ganz gleich zu tun, um so vielleicht in ihre Seele hinüberlauschen zu können, und mir dabei mit aller Kraft der Vorstellung klarzumachen, was ihr denn jetzt geschehen sei oder in ihr geschehe. Aber es verwirrte sich alles und wurde immer undurchsichtiger.

Worte, Sätze, die ich kürzlich gehört, holperten wie schwer beladene Karren fortgesetzt durch meinen Schädel und hinderten mich am Denken.

Ein lebendiger Hund – sagte es stur und hartnäckig – ein lebendiger

Hund – ein toter Löwe, und dann drehte sich's äffend um – ein lebendiger Löwe – ein toter Hund – ein toter –

Es erfüllte mich mit Verzweiflung, der Stumpfheit und hohlen Akustik des inneren Ohres so ausgeliefert zu sein, – daß ich, statt auch nur einen Widerhall von ihren Gedanken- und Empfindungswellen zu erjagen, – nichts als die Sinnlosigkeit leerer Worte vernehmen konnte. Schließlich begann ich zu zählen, zu rechnen, Gedichte und Monologe aus Stücken zu repetieren, um des dumpfen Wortlärms in meinem Hirn Herr zu werden.

Mena atmete nun still und regelmäßig, ihre Knie und Arme, die ich nah bei mir fühlte, hatten sich gelockert, ihre Augen waren geschlossen und ihr Gesicht, als ich darüberstreifte, unbewegt. Vielleicht schlief sie. Ich wußte es nicht und war nicht mehr imstand, mich um sie zu kümmern. Sie lag wie ein lebloser, fremder Körper neben dem meinen, und auch meine eignen Glieder schienen mir leblos und fremd geworden.

So lagen wir längere Zeit, ich weiß selber nicht, ob ich noch dämmerte oder schon schlief. –

Später war es mir, als ob ich einen Schuß gehört hätte. Aber der Schlaf mochte mich getäuscht haben, – es konnte ebensogut das Schlagen eines Fensters oder der Fall eines vom Wind gebrochenen Astes gewesen sein. Ich lauschte eine Zeitlang, es blieb alles still.

Die Stimmen von drunten waren längst verstummt.

Mena hatte sich aufgerichtet und saß eine Weile unbeweglich neben mir. Ich wußte nicht, ob sie auch das Geräusch gehört hatte oder nur durch meine Bewegung aufgewacht war.

Plötzlich fühlte ich ihre Lippen leicht auf meiner Stirn.

Sie erhob sich rasch und eilte auf Strümpfen hinaus.

Ich hörte noch ein leises Wehen von ihrem Kleid, dann schloß sich fast lautlos die Tür hinter ihr.

Gleich darauf sah ich durch die Ritzen der Decke den dünnen Lichtschimmer von ihrer Kerze.

Sie wird nun zu Bett gehn, dachte ich, – stand auf und trat ans Fenster.

Draußen regte sich nichts, das Haus lag im Dunkel.

Mir war, als lauere oder ducke sich etwas hinter dem schwarzen Wind, und ich ballte ohnmächtig die Fäuste.

Dann zog ich mich rasch aus, legte mich nieder und stürzte, wie von Übermüdung gefällt, in tiefen Schlaf.

Mit dem ersten Lichtstrahl wurde ich wach und stand auf, um, wie ich es öfters tat, vorm Frühstück spazierenzugehn. Ich fühlte mich heiß und vom Schlaf nicht erfrischt, matt und zerschlagen, und hatte das Bedürfnis nach einer kalten Dusche. Da ich im Zimmer kein fließendes Wasser hatte, ging ich in Hemd und Hosen, einen Bademantel über die Schultern geworfen, zum Schuppen hinunter, in dem sich außer der Holz- und Gerätekammer eine Art Waschküche befand. Schon oft hatte ich das morgens früh getan, um das kalte Quellwasser, das mit einem Rohr dort hineingeleitet war, zu genießen.

Während ich über den Hof schlenderte, Schwamm und Seife in der Hand, und den warmen rötlichen Hauch der steigenden Sonne auf meinem Gesicht spürte, wiederholten sich in meiner Erinnerung – wie durch ein umgekehrtes Fernrohr in vielen Spiegelungen gesehen – all die morgendlichen Gänge, die ich schon in gleicher Weise, in gleicher Bekleidung, mit Schwamm und Seife in der Hand, unter dem gleichen Schauer des Taus und dem Geruch feuchter Wiesen, vom Bett zum Schuppen, von der Schlafwärme zum kalten, weckenden Wasser, getan hatte, seit ich in diesem Haus lebte, – und ich sah mich selbst vor mir hergehen, nach einer Nacht bei Mena, mit federnden Knien, den kleinen Waschbeutel schlenkernd, Haut und Muskel schon im Vorgefühl der peitschenden Erfrischung von wohltätigem Prickeln belebt. –

In dem körperhaften Erinnern an jene morgendlich zwangsläufige Wiederkehr barg sich das Schönste, Köstlichste, was von den Empfindungen nächtlicher Passionen haften bleibt, – die vollzogene Läuterung, – das Wieder-in-sich-Zurückkehren, – – und alles, was in den Stunden der Liebe und ihren Träumen an Unvergänglichem steckt, glaubte ich in diesem vielgeschichteten, unwillkürlichen Rückblick auf gleichartige, fast mechanische Wiederholungen des gleichen Tuns zu verspüren.

Der unabänderliche Turnus des Geschehens, – dachte ich mit Magdalenas Worten, – aber dieser Gedanke erfüllte mich nicht mit Lähmung oder mit dem Drang, dem zu entfliehen, sondern im Gegenteil geradezu mit einem Strom auflebender Daseinsfreude und dem Bewußtsein vorhandener Gesundheit, die sich aus dem ewigen Gleichmaß von Wandel und Wiederkehr, aus dem Rhythmus der planetarischen Beziehungen, der Jahres- und Tageszeiten, Sonnen- und Mondphasen, immer wieder erneuert. Dieses Wissen überflutete mich auf dem kurzen Weg vom Haus zum Schuppen wie mit einer plötzlichen Helligkeit, – als wäre mir jählings das Wesen der *Freiheit* offenbart und geschenkt worden, die im Erkennen, im An-Erkennen der unendlichen Verbindungen besteht. Ich fror und schauerte vor dankbarer Lebensliebe, – begann zu pfeifen und schleuderte die Hausschuhe mit nackten Füßen vor mir her. –

In der Waschküche des Schuppens roch es kühl und seifig. Der Wasserhahn war sehr hoch an der Wand angebracht, wohl um große Bottiche zu füllen, oder damit er genug Druck für die Bedienung eines Spritzschlauchs habe, – man konnte sich gebückt darunter stellen und den vollen Strahl über Kopf und Schultern platschen lassen. Das Wasser floß dann in eine vergitterte Öffnung des Steinbodens ab. Ich drückte mir erst den nassen Gummischwamm über Brust und Rücken aus, seifte den Körper mit »Yardley's Old English Lavender Soap« ein und stellte mich dann unter den Kranen, den ich voll aufgedreht hatte. Die Kälte des Wassers war fast schmerzhaft und enorm belebend, – nach einigen Sekunden schon sprang ich unter meiner Dusche vor und suchte mein Blut durch allerlei Kniebeugen, Arm- und Beinschwünge in rascheren Umlauf zu bringen. Dabei stolperte ich und stieß, mich festhaltend, ziemlich heftig gegen ein Holzgestell, auf das ich vorher gar nicht geachtet hatte.

Es war genau die gleiche Holztrage, wie wir sie vorhin bei dem Bäckerburschen gesehen haben, eh ich meine Erzählung begann, – mit zwei Lederriemen, die über die Achseln gezogen werden, und einem Lastenbrett, auf dem der große, weidengeflochtene Brotkorb steht.

Ein solcher Brotkorb stand auch auf dieser Trage, und mir fiel ein, daß ich ihn hier schon öfters am frühen Morgen hatte stehen sehen, ohne mir zu überlegen, was er da solle. Es war ja weiter nichts Verwunderliches dabei, – das Brot war wohl noch früher vom Dorf heraufgebracht worden und wurde hier abgestellt, bis der Hausbursche es in die Küche hinübertrug. Jetzt aber stieß ich mit Schienbein und Ellenbogen recht schmerzhaft gegen die Kanten des Traggestells, und der Korb stürzte um, eh ich seinen Henkel hätte erfassen und ihn aufhalten können.

Ich hörte es poltern und, was mir erst nachträglich auffiel, auch ein wenig klirren. Während ich mich nun, mit einer raschen Wendung, hinter zwei seitlich herausrollenden Brotlaiben herschnellte, um sie vor der Nässe des abschüssigen Steinbodens zu retten, schoß mir durch den Kopf, warum eigentlich das Brot nicht gleich in die Küche gebracht werde, und wozu man überhaupt bei der geringen Menschenzahl, die jetzt im Wirtshaus verkehrte, eine solche Menge Brot brauche, wie sie der schwere Korb enthalten mußte. Die beiden runden, dunkelkrustigen Laibe, die mir beim Anfassen sonderbar unfrisch vorkamen, weit von meinem immer noch nassen Körper weghaltend, drehte ich mich zu dem umgestürzten Korb zurück, – und was ich jetzt sah, befremdete mich aufs äußerste.

Es waren nämlich, außer diesen beiden oberen, die ich aufgehoben hatte, gar keine Brote aus dem Korb gefallen, – statt dessen ein dickes rotkariertes Handtuch und ein paar Lagen Zeitungspapier. Darüber hin verstreut, um die Ränder der Korböffnung herum, lagen einige merkwürdige Pakete – viereckige, mit dunkelblauem Zuckerhutpapier umwickelte Kartons –, und gleichartige oder ähnliche schienen die Tiefe des Korbes bis auf seinen Grund zu füllen. Eine dieser Packungen, deren Hüllen von einer Gummischnur zusammengehalten wurden, war aufgegangen, die Schnur durch den Sturz zerrissen, Papier und Pappe im Aufprall geplatzt. – Ich legte die beiden Brote auf das rote Tuch und hob dies lädierte Paket auf, ohne mir noch irgendeine Vorstellung machen zu können, was das alles bedeute. Etwas Holzwolle quoll heraus, darunter lag, noch einmal in Watte gepackt, eine bauchige, ungewöhnlich weithalsige Glasflasche, deren breiter Korken mit braunem Siegellack überzogen war. In den Lack war eine rote, seitlich heraushängende Schnur eingegossen, an der ein kleines, weißes, mit mir unverständlichen Ziffern und einem Firmenzeichen bedrucktes Etikett baumelte. Den Inhalt der Flasche konnte man nicht erkennen, da sie aus dickem, dunkelfarbigem Glas bestand.

Indem ich die Flasche noch in meiner Hand wog, unwillkürlich ihr Gewicht taxierend, wobei ich feststellte, daß sie bestimmt nicht mit Flüssigkeit, sondern mit irgendwelchen kompakten Materien gefüllt war, hörte ich hinter mir ein Geräusch, – ich wandte den Kopf und sah den Hausknecht in der offenen Tür zur Gerätekammer stehn, in der sich auch seine Schlafstelle befand. Mit einem Sprung war er neben mir und starrte auf die Flasche in meiner Hand.

»Geben Sie mir das!« stieß er, mit einem zischenden Laut in der Stimme, hervor.

»Gehört das Ihnen?« fragte ich und sah ihn scharf an.

Seine Augen kniffen sich unter meinem Blick zusammen und blinzelten unsicher. Dann zog sich ein gewaltsames Grinsen um seinen Mund.

»Ich weiß nicht«, sagte er stockend, – »der Bäcker hat es abgestellt. Es geht mich nichts an. – Aber man muß doch aufräumen – «, fügte er

hinzu, bückte sich rasch, richtete den Korb auf und begann, die herausgefallenen Pakete zu sammeln.

Schweigend legte ich die Flasche samt der aufgeplatzten Umhüllung auf das rote Handtuch zu den beiden Broten, nahm meine Sachen, warf den Bademantel um und ging hinaus.

Während ich mir, in meinem Zimmer droben, beim Ankleiden überlegte, wie die Zusammenhänge dieser Geschichte wohl seien, welche Rolle Menas Bruder und der Zollsoldat dabei spielten – denn daß diese beiden damit in Verbindung standen, schien mir nicht mehr zweifelhaft – und ob ich dem nachgehen oder das Ganze einfach auf sich beruhen lassen solle, – öffnete sich plötzlich die Tür, und der Hausbursch Hans trat, ohne anzuklopfen, herein. Sein Gesicht hatte einen gemeinen, verbissenen, gefährlichen Ausdruck. Er schloß die Tür hinter sich, und ehe ich ihn anfahren konnte, stand er schon vor mir. – Ich war gerade dabei, meine Stiefel anzuziehen, und saß infolgedessen gebückt auf einem Stuhl. Er beugte seinen Kopf bis zur Höhe meines Gesichtes herunter und sagte, mit gequetschter, heiserer Stimme: »Sie haben nichts gesehen!«

Ich gab keine Antwort und beschäftigte mich mit dem Zuschnüren meiner Schuhe, als ob ich ihn überhaupt nicht bemerke.

»Sie haben nichts gesehen da drüben!« wiederholte er, – »verstehen Sie mich?!«

Immer noch antwortete ich nicht, denn der eine Schuh war noch nicht zugebunden und behinderte mich. Eine kalte, beherrschte Wut stieg in mir auf.

»Ich rate es Ihnen in Ihrem eigenen Interesse«, stieß er scharf und hastig hervor, – und dann, drohend: »Wenn Sie etwas verraten, verrate ich auch etwas!«

Mit einem plötzlichen Ruck erhob ich mich, daß mein Kopf fast gegen sein Kinn prallte. Er fuhr mit dem Oberkörper zur Seite und wich sofort bis zur Tür zurück.

Ich ging ihm nach, mit langsamen Schritten, alle Muskeln gespannt, und ließ den Blick nicht von seinem Gesicht, das mir lauernd entgegenstarrte. Er hatte die Tür mit seinem Körper verstellt. Mit einem Griff an ihm vorbei packte ich die Klinke und riß die Tür auf, daß er zur Seite flog.

»Hinaus«, sagte ich, ohne die Stimme zu heben.

»Hinaus!!« wiederholte ich etwas lauter, da er zögerte.

Er machte ein paar ungewisse Schritte bis auf die Türschwelle, blieb dicht vor mir stehn und sagte, mir nah in die Pupille stierend und in mein Gesicht atmend: »Wenn ich auspacke, fliegen Sie mit herein! Ich weiß alles! Ich weiß, was Sie mit der Mena getrieben haben! Sie haben ja gewußt, daß sie verlobt ist! Sie gemeiner Verführer, Sie!«

Noch bevor das letzte Wort heraus war, schlug ich ihm die geballte Faust in die Zähne, daß er mit einem gurgelnden Laut über die Schwelle auf den Gang hinaus taumelte. Blindlings sprang ich ihm nach und versetzte ihm, rasend vor Wut, noch ein paar Hiebe, wohin sie gerade trafen, so daß er nach rückwärts die gegenüberliegende steile Treppe hinabstürzte.

Mit dem Gepolter seines Sturzes und seinem dumpfen Aufschrei zusammen hörte ich von drunten laute Stimmen, Rufe, das Getrappe schwerer Stiefel, und gleichzeitig sah ich zwei Männer in Polizeiuniform eilig, fast springend, treppauf kommen.

Einer der beiden blieb bei dem Hausknecht stehen, der sich auf dem Treppenabsatz ans Geländer geklammert hatte, und faßte ihn unterm Arm.

Der andre kam rasch zu mir herauf, musterte mich einen Augenblick und sagte dann knapp, aber nicht unhöflich:

»Wollen Sie bitte mit hinunterkommen.«

Ich folgte ihm wortlos.

Die Tür zur Gaststube stand offen, und ich sah die Wirtin schluchzend und ganz verstört, noch unfertig bekleidet, die grauen Haare wirr um den Kopf hängend, am Schanktisch lehnen.

Einige bewaffnete Beamte standen umher, in ihrer Mitte Luis Morandell, ohne Kragen, mit zerrissenem Hemd, die Hände mit Stahlschellen gefesselt. An einem Tisch in der Mitte des Raumes saß ein älterer Polizeioffizier und schrieb in ein kleines, schwarz eingebundenes Notizbuch.

Von Toni Tiefenthaller bemerkte ich nichts, obwohl ich erst geglaubt hatte, ihn unter den Beamten zu sehen, die die gleiche Uniform trugen und ihm zum Teil merkwürdig ähnlich waren.

Zwei dieser Beamten schleppten gerade den Brotkorb zu dem Tisch des Offiziers und begannen die Pakete herauszunehmen. Der Offizier unterbrach seine Schreiberei, öffnete eins der Pakete, schlug mit einem Messerknauf den Siegellack vom Flaschenhals und zog den Korken heraus. Dann schüttete er etwas vom Inhalt, ein grobes weißes Kristallpulver, auf ein Fließpapier. – Wir waren inzwischen eingetreten. Einer der Polizisten ging zu dem Offizier hin und salutierte. Der sah auf, musterte zuerst den Hausknecht, der gebückt stand und sein blutig geschlagenes Gesicht mit dem Unterarm verdeckte, – dann mich.

»Was soll das heißen?« fragte er erstaunt.

»Wir kamen dazu«, rapportierte der Polizist, – »wie dieser Herr den Hausknecht die Treppe hinunterwarf.«

»Stimmt das?« fragte der Offizier zu mir hin.

Ich nickte.

»Können Sie mir das erklären«, sagte er, – »oder werfen Sie vielleicht jeden Morgen den Hausknecht die Treppe herunter?«

»Nein«, sagte ich – und hörte meine eigene Stimme fern und wie aus einem Sprechapparat dringend –, »ich bin heute morgen, als ich mich im Schuppen gewaschen habe, zufällig an den Korb da angestoßen, so daß er umfiel und ich den Inhalt entdeckte. Jetzt kam der Bursche zu mir herauf und wollte mich durch Drohungen dazu zwingen, diesen Vorfall zu verschweigen. Da habe ich ihn hinausgeworfen.«

»Danke«, sagte der Offizier und schrieb in sein Buch.

Es war ganz still im Raum, man hörte nur das Kratzen seiner Füllfeder und das leise Schnofeln der Wirtin.

Habe ich das nicht alles schon einmal erlebt, – schoß es mir durch den Kopf.

Dabei war das bestimmt eine der wenigen Situationen, die einmalig sind und sich so leicht nicht wiederholen.

Aber gerade das Ausgesprochene, Deutliche, Endgültige gab dieser Szene eine sonderbar trockene, exemplarische Unwirklichkeit, – so, als werde sie auf dem Theater gespielt und man sei selbst, wie manchmal in Träumen, plötzlich zum Mitspielen gezwungen, ohne seine Rolle zu kennen. –

»Ich muß Sie bitten«, hörte ich den Offizier sagen, – »Ihre Aussage noch einmal auf dem Polizeiamt zu Protokoll zu geben. Es handelt sich um eine groß angelegte Schmuggelaffäre – Chemikalien und Medikamente –, deren Umschlagstelle sich in diesem Haus befand.«

Die Wirtin heulte, wie auf ein Stichwort, los.

»Bei allem, was mir heilig ist«, jammerte sie, – »bei allem, was mir –«

»Beruhigen Sie sich«, unterbrach sie der Offizier, – »gegen Sie persönlich liegt bis jetzt kein Verdacht vor. Wo ist das Mädchen?« fragte er zu den Beamten.

»Sie war nicht aufzufinden«, rapportierte einer.

»Sie muß aber doch in der Kammer sein«, schluchzte die Wirtin, – »wenn sie nicht in der Küche ist –«

»Suchen Sie sie«, winkte der Offizier.

Ein Polizist ging mit der Wirtin hinaus.

»Mena – Me-ne-ga –!« hörte man sie auf dem Gang draußen rufen.

»Können Sie uns sonst noch irgendwelche zweckdienliche Angaben machen?« fragte mich der Offizier dann.

»Ich weiß nicht, was Ihnen zweckdienlich ist«, sagte ich, – »vielleicht fragen Sie mich.«

»Sie kannten den Zollbeamten Toni Tiefenthaller?« fragte er.

»Ich sah ihn hier öfters«, sagte ich, – »zuletzt am gestrigen Abend.«

»Bemerkten Sie etwas Besonderes an ihm?«

»Ja«, sagte ich, – »er war betrunken.«

»Wann war das?« fragte er und schrieb wieder dabei.

»Kurz nach zehn«, antwortete ich, – »er saß hier in der Stube, als ich hinaufging. Dann habe ich nichts mehr von ihm gesehn.«

»Er hat sich der Verhaftung durch Selbstmord entzogen«, sagte der Mann, schreibend.

Ich wiederholte lautlos seinen Satz, bis ich ihn ganz begriff.

»Mir kam es in der Nacht einmal vor«, sagte ich dann, da mir das plötzlich einfiel, – »als hätte ich einen Schuß gehört. Aber ich wußte nicht recht, ob es nicht irgendein anderes Geräusch war.«

»Er hat sich im Bannholz des Schlosses Salwàre erschossen«, sagte der Offizier, – »es ist schon möglich, daß Sie den Schuß gehört haben. – Na?« fragte er, zur wieder eintretenden Wirtin gewandt.

»Sie ist fort«, stammelte die, – »sie muß schon in der Nacht weggelaufen sein. Ihre Sachen sind auch fort. Sie hatte ja nicht viel. Sonst hat sie nichts mitgenommen. Alles, was dem Haus gehört, liegt auf dem Bett droben. Die Schürzen und das Servierkleid –«

»So«, sagte der Offizier, – »ausgerückt.«

Ich wollte etwas sagen, – aber ich fühlte eine merkwürdige kalte Lähmung im Genick, die sich bis zu meinen Kiefern und Lippen auszubreiten schien.

»Ich hätte ihr wie meiner Tochter vertraut«, stieß die Wirtin hervor und wischte sich die Tränen.

»Sie haben vermutlich keine Tochter«, sagte der Offizier lakonisch, »wir werden sie schon finden.«

Ich sah zu Luis Morandell hinüber und starrte in sein Gesicht, als könne ich darin die Wahrheit über Mena und alles, was ich nicht wußte von ihr, herauszwingen.

Er schien meinen Blick zu spüren, denn er erwiderte ihn und zuckte ein paarmal mit den Lippen.

Der Offizier schrieb.

Plötzlich begann Luis Morandell zu reden.

»Meine Schwester ist unschuldig«, sagte er leise, mich immer anschauend, »sie hat von der ganzen Sache nichts gewußt. Sie war mit dem Tiefenthaller verlobt, und dadurch konnten wir herauskriegen, wann und wo immer die Patrouillen gingen. Auch der Tiefenthaller hat zuerst nichts gewußt, – und dann konnte er nicht mehr zurück. – Sie wollte Schluß mit ihm machen, da wurde er wild und ließ uns hochgehen.«

»Warum ist sie dann fort«, sagte der Offizier, – »wenn sie nichts gewußt hat.«

»Ich weiß nicht«, sagte Luis und schaute von mir weg.

»Wir werden ja sehn«, sagte der Offizier, stand auf und trat zu mir.

»Es tut mir leid«, sagte er, – »daß Sie mit dieser Geschichte belästigt werden. Aber wir müssen das Haus hier vorläufig zusperren. Sie werden wohl bei Ihren Freunden im Schloß droben wohnen? Ihr Gepäck können Sie jederzeit abholen lassen. Sie verstehen wohl, daß wir der Ordnun halber auch Ihr Zimmer durchsuchen müssen. Es ist wirklich nur eine Formsache«, fügte er höflich hinzu.

»Selbstverständlich«, sagte ich.

»Sie können dabeibleiben, wenn Sie wollen«, sagte er.

»Danke«, sagte ich, – »ich lege keinen Wert darauf.«

»Dann möchte ich Sie jetzt nicht länger aufhalten«, sagte er, mich zur Tür begleitend, die auf die Terrasse führte, – »Sie haben wohl noch nicht gefrühstückt?«

»Nein«, wiederholte ich mechanisch, – »ich habe noch nicht gefrühstückt.«

»Hier im Haus wird heute kaum gekocht werden«, sagte er lächelnd.

Ich trat auf die Terrasse hinaus und bat ihn durch eine Bewegung, mir zu folgen.

»Haben Sie noch etwas zu sagen?« fragte er draußen.

»Kann ich irgendwie erfahren«, sagte ich zu ihm, – »wie die Sache mit dem verschwundenen Mädchen weitergeht. Ich interessiere mich dafür. Ich glaube wirklich, daß sie nichts gewußt hat«, setzte ich hinzu.

»Sie können sich bei mir im Amt telephonisch erkundigen«, sagte er reserviert, – »Kapitän Ferrari.«

Ich nannte meinen Namen, wir gaben uns kurz die Hand.

Dann ging ich fort.

Ich ging, ohne zu denken und ohne mir zu überlegen, wohin ich wollte, Schritt vor Schritt, und es war bestimmt kein klarer Entschluß, der meine Schritte zu Peter Insams Haus hinüberlenkte.

Plötzlich stand ich vor seiner Haustür und wandte mich noch einmal zu dem Tränkbrunnen zurück, der seitlich davor in eine Holzrinne plätscherte, um ein paar Schluck Wasser zu trinken. Meine Kehle war trocken.

Drinnen wurde Cello gespielt. Holzrauch quoll aus dem Schornstein und verbreitete, von der Föhnluft niedergedrückt, einen wohlig anheimelnden Geruch von bewohnter Häuslichkeit, Herd, Wärme, Nachbarschaft.

Ich trat ein. Es war nicht verschlossen. Man kam durch die Außentür gleich in die große, holzgedielte Bauernwohnstube.

Peter saß in der Mitte des Raumes auf einem Hockstuhl ohne Lehne und übte auf seinem Instrument.

»Grüß dich«, sagte er, ohne abzusetzen.

Ich trat neben ihn und sah über seinen Kopf weg die Noten.

Es war die »Gigue« aus der C-Dur-Suite für Violoncell von Bach.

»Langsam aufgießen, Vroni«, rief er mitten im Spiel nach hinten, – »und wann's gezogen hat, mit ein paar Tropfen kalt Wasser abschrekken.«

Die Tür zur Küche stand offen, man hörte das Holz im Herd knallen und das Zischen kochender Wassertropfen auf der Platte.

Ein kleines Mädchen von kaum zehn Jahren, eins seiner vielen Kinder, stand am Herd und goß den Kaffee auf, dessen freundlicher Duft sich rasch im Zimmer verbreitete.

Mir fiel ein, daß Peters Frau, Loisl, im Kindbett lag. Sie war vor wenigen Tagen entbunden worden.

»Willst den Bub sehen?« fragte Peter und setzte den Bogen ab, »geh hinauf. Er hat gerade getrunken. Ich muß rasch noch einmal durchspielen.«

Er sah mich kurz an und rief mir, als ich zur Treppe ging, nach:

»Komm aber bald wieder runter, es gibt Kaffee.«

Er hat mich so komisch angesehen, dachte ich, als ob man mir etwas anmerken könne.

Loisl lag im breiten Bett und lächelte mir freundlich entgegen. Das Kind, in der Holzwiege daneben, schlief. Es sah dick und rosig aus und hatte viele Haare auf dem Kopf.

»Es ist wieder ein Bub«, sagte sie, fast als wolle sie sich entschuldigen.

»Hätten Sie lieber ein Mädchen gehabt?« fragte ich sie.

»Es kommt auf eins heraus«, antwortete sie und zuckte ein wenig die Schultern, – »die Buben sind dümmer und machen im Anfang mehr Arbeit. Mit den Mädchen hat man dann später mehr Last. Manchmal ist's auch umgekehrt.«

Ich sah ihren Augen an, daß sie sehr froh und stolz war mit dem Buben, und bewunderte ihn ein wenig.

Das Fenster stand auf, es roch hell und sauber in dem Gemach, nach Holz, nach Topfblumen und nach frischer Milch. Eine Herbstfliege summte leise überm Bett.

Mir fiel der Zollsoldat Toni Tiefenthaller ein.

Die Fliege hatte mich vielleicht an ihn erinnert.

Er liegt jetzt in irgendeinem Raum, dachte ich, und eine Fliege summt über seinem Kopf. Über Toten summt immer eine Fliege, und manchmal setzt sie sich auf ihren Mund.

»Wollen Sie nicht Kaffee trinken gehn«, sagte Loisl, – »er muß jetzt fertig sein. Hoffentlich ist er anständig. Die Vroni kocht heuer zum erstenmal.«

Auf der Treppe spürte ich, daß mir die Knie zitterten. Es flimmerte auch ein wenig in der Luft.

Erst jetzt begann die Erregung, Erschütterung der letzten Stunden in meinem Körper zu wirken.

Peter spielte noch ein paar Takte und schloß mit einem Arpeggio über alle vier Saiten. Dann stellte er das Instrument vorsichtig in den Kasten.

Wir setzten uns an den Tisch.

»Bring einen großen Teller, Vroni«, rief er in die Küche, – »und die Salami.«

Er schenkte mir ein und schnitt mir Brot ab.

Ich merkte plötzlich, daß ich einen wahnsinnigen Hunger hatte. Es waren auch frisch gekochte Eier da, und ich aß wie ein Wolf. Wir sprachen nichts, bis wir satt waren. Dann steckten wir uns die Pfeifen an.

»Ist was los?« sagte Peter, hinter einer Rauchwolke her.

»Ja«, sagte ich, – »allerhand. Ich erzähl's dir dann.«

Das kleine Mädchen kam an den Tisch mit einer Holzfigur.

»Papa«, sagte sie, – »das schwangere Lieschen ist doch kaputt. Du mußt es leimen.«

»Später«, sagte er, – »jetzt räum ab.«

Wir standen auf und gingen in den großen, neben dem Stall gebauten Holzraum hinüber, der ihm als Atelier und Werkstätte diente. Ich fühlte mich ungeheuer erfrischt, fast heiter, – so, als ob gar nichts gewesen wäre.

Peter zeigte mir ein paar Kirchenstühle, von denen die Farbe zum Teil abgesprungen war und die er gerade renovierte.

»Die waren einmal schön bemalt«, sagte er – »von irgendeinem Künstler. Wenn man vorsichtig abträgt, kommt allerlei darunter heraus.« Dann ging er in die Ecke und zog fast andächtig ein Tuch von einem Bild, das da auf einer Staffelei stand.

Es war ein unbekanntes Werk aus dem Quattrocento, von besonderer einfältiger Zartheit und Farbensüße. Es stellte die Anbetung der Hirten dar.

»Das habe ich jetzt aus Florenz bekommen«, sagte er, – »es ist an den Seiten ein wenig lädiert. Die Landschaft da hinten ist einmal von einem Stümper überschmiert worden. Man muß das wieder wegkratzen.« Er strich mit der Fläche des Fingernagels leicht über die betreffenden Stellen.

»So wie du«, sagte ich, – »müßt man leben. Alles andere ist Schwindel oder Verbrechen. Ein Haus, eine Werkstatt und eine Frau, die einen gern hat und Kinder kriegt.«

Er antwortete nicht und spähte angestrengt auf dem Bild herum.

»Da unten ist das Meisterzeichen«, sagte er schließlich, – »in der Ecke. Kaum zu erkennen.«

Ich könnte hierbleiben, dachte ich, und Mena heiraten, wenn ich sie wieder finde. Gleichzeitig wußte ich bereits, daß der Gedanke sinnlos war. Aber ich mußte ihn, wie eine Zwangsarbeit, fortspinnen.

»Was braucht man denn viel zum Leben«, sagte ich, – »man kann sich ja einteilen. Jeder, der ernstlich will, kann sich bescheiden.«

»Jeder nicht«, sagte Peter Insam, immer noch auf das Bild starrend. Er hatte die Hände nun in die Taschen gesteckt, sein Gesicht sah plötzlich wie gealtert aus.

»Verzichten soll man auf nichts«, sagte er hart, – »worauf man nicht täglich wieder neu verzichten kann. Und es ist täglich genau dasselbe wie beim erstenmal.«

Er sah mich an, und dann lachte er leise.

»Du, red nicht von so was«, sagte er und faßte mich unterm Arm, – »du lernst ja überhaupt erst laufen!«

Ich antwortete nichts, und wir gingen hinaus in die Sonne.

TOCCATA IN ROT

Einige Male hatte ich bereits den Kapitän Ferrari angerufen und hatte auch in Bozen auf dem Hauptpolizeiamt meine Aussage zu Protokoll gegeben. Über Menas Verbleib war nichts in Erfahrung zu bringen. Dabei schien sich ihre Unschuld im Lauf der Untersuchung klar zu erweisen. Der Bruder hatte die Neigung des Zollbeamten zu ihr ausgenutzt, ohne sie selbst hineinzuziehen. Mochte sie auch geahnt haben, daß er irgend etwas Gefährliches oder Verbotenes trieb, so konnte doch von einer Mittäterschaft oder Begünstigung bei ihr nicht die Rede sein. Man suchte sie nur, weil man sie als Zeugin brauchte. – Desto unerklärlicher blieb ihr Verschwinden. Auch ihr Vater, der inzwischen als Hehler verhaftet worden war, wußte nichts von ihr. Weder bei ihm war sie aufgetaucht noch bei dem entfernt verwandten Bauern in Seis, wo ihre Schwester lebte. –

»Vielleicht wird sie sich eines Tages bei mir melden«, sagte Magdalena einmal zu mir, – »ich habe ihr neulich auf der Terrasse gesagt, daß ich ein Mädchen aus unsrer Gegend mitnehmen möchte und daß sie mit mir nach Italien gehen kann, wenn die ›Albergo‹ im Winter schließt.«

Ich aber hatte wenig Hoffnung, daß sie das tun werde. Dabei machte ich mir im Grunde keine Sorge um ihr Schicksal. Sie lebt irgendwo, wußte ich, und sie läuft ihren Weg, der den meinen nur einmal flüchtig gekreuzt hat, – wie wenn einem nachts ein Reh in die Scheinwerfer des Autos gerät und eine Zeitlang darin gebannt bleibt, bis es wieder seitlich ins Undurchsichtige ausbricht.

Trotzdem ließ mich eine leise bohrende Unruhe nicht mehr los, seit sie so plötzlich verschwunden war, – und es war weniger ein Schuldgefühl, was mich bedrückte, als die ungelöste Frage nach dem *Sinn* – nach der eigentlichen Bedeutung des Verhältnisses zwischen ihr und mir, – das bei aller Eindeutigkeit seiner Äußerungen doch Hintergründe offenließ, die ich nicht ausleuchten konnte und die nun ins Dunkle, Nebelhafte verschwammen. Manchmal ging es so weit, daß ich fast an der Wirklichkeit dieses Erlebnisses, dessen einfache Daseinsebene mich zuerst so sicher gemacht hatte, zu zweifeln begann.

Jetzt wohnte ich wieder im Turmzimmer der Rocca, aus dem ich damals geradezu geflüchtet war, und seine von Zwielicht und Geheimnis umwitterte Luft schien tatsächlicher und beständiger geblieben als all die leibhaftige Lebensnähe, die sich nicht mehr greifen ließ und die mit einem Schlag der Vergangenheit angehörte.

Ich saß nun oft auf dem Umlauf des Wachturms droben, mein Skizzenbuch auf den Knien, und versuchte aus dem Gedächtnis Menas Gesicht und Gestalt, ihre Augen und Züge, ihr Lächeln, ihr Schreiten, ihren Akt zu zeichnen. Aber es wollte mir nicht gelingen. Immer neue Seiten füllte ich mit solchen Schatten, – und immer weiter verflüchtigte und zerlöste sich das Bildnis, das ich halten wollte.

Indessen erfüllte sich die Jahreszeit in diesen Tagen und Nächten, die schon wieder dem Vollmond entgegenreiften, mit einer brennenden, unaufhaltsamen Gewalt.

Das Rot von Felsgebirgen, Laubwäldern, Fruchtgefilden stufte und steigerte sich unter den Feuern abendlicher Himmel zu solcher Plastik und Vielschichtigkeit, daß es gleichsam neue Leuchträume aus dieser tödlichen Verschmelzung von Himmel und Erde auferstehen ließ. Das Land lag, als wir an jenem wolkenlosen Tag über die Mendel zum Kalterersee hinunterfuhren, unter einem purpurgetränkten Schleier von schwerer, dünstender Fruchtbarkeit, es glich in seiner steinernen Umgrenztheit einer riesigen Kelter, in die die Sonne immer neue Glutströme schüttete, und es roch und schmeckte aus allen Poren nach zerquetschter Trauben- und Äpfelmaische, nach trüben, dickflüssigen Mosten, nach brandigem Treberzeug und nach süßbitterem, verfaulendem Laub.

In Eppan blieb Grisi mit dem Wagen zurück, um später nachzufolgen, – und wir schlenderten langsam – Magdalena mit Mario voraus, Firmin und ich in kleinem Abstand hinterher – über die Ortschaft Kaltern zum nahen See hinunter.

An der Straße flammten, loderten die zinnobrigen Beerenbündel der Ebereschen. Die Erde dieser meilenweiten, endlos ausgedehnten Fruchtgärten war so sehr vom Fallobst bedeckt, daß sie unter dem Schatten der Baumkronen ganz mit Apfelrot gesprenkelt, der Grasboden in den Mulden wie von Blutbächen berieselt erschien. Immer wieder fielen neue Früchte von den übervollen Ästen herab, und man hörte ihren

Aufschlag in der lautlosen Windstille des Mittags wie ein unablässiges leises Pochen und Klopfen weit und breit.

Während uns beim Herunterfahren in der Waldregion das klappernde Gejohle einer Treibjagd umgellt hatte, herrschte hier im offenen Land eine tiefe, fast sonntägliche Ruhe, in der man nichts als das ferne Rollen und Schleifen schwerer Holzkufen, dann und wann das Brüllen eines Rindes oder das rasche Schwirren und Schrillen aus einer flüchtigen Zugvogelwolke vernahm.

Mich, der ich das erregte Stimmengeflirre, Singen und muntere Schreien, Hämmern und Flinteknallen von den Weinlesen meiner Heimat gewohnt war, befremdete und beunruhigte fast die seltsame sakrale Stille, die hier über der reichen südlichen Traubenernte zu walten schien. Ohne Unterlaß begegneten uns, als wir jetzt zwischen den rostrot gefleckten Rosenhügeln einhergingen, schwankende Ochsenkarren, in deren Fässern und Holztrögen es schwappte und gluckste, von schweigenden, barfüßig schreitenden Winzergestalten geleitet. Es war wie eine stumme, feierlich ernste Prozession des Weines, dessen weihevollen Heimgang keine Menschenstimme durch Lachen oder Gesang zu stören wagte.

Der Gutshof, der Firmins Freunden gehörte, – irgendwelchen alteingesessenen Leuten, deren Namen ich vergessen habe –, lag unweit vom See, dessen Ufer mit einem breiten Schilfgürtel bekränzt waren. Das Wasser hatte, so weit man es von hier überblicken konnte, eine algengetrübte, graugrüne Grundfarbe, in deren silbermattem Spiegel wieder die roten Tönungen der Obsthalden, Weinberge, Laubwälder, Felsengipfel – vom scharfen Gelb und Orange der welkenden Schilfgräser umzirkt – schillernd verschwammen. Rot und Grün durchzogen diese Landschaft überall und verbanden sich zu seltsam exaltierten Kontrasten und Komplementen. Auch die weiß getünchten Mauern des Gutshofes waren, wie die Wände all dieser Häuser, die mitten im Wein standen, von den blaugrünen Oxyden der Rebspritzungen behaucht und angelaufen.

Das mächtige Dachgestühl des Hauses lag offen und unverschalt, man konnte zwischen den schweren, schwarz gebeizten Balken tief ins Dunkle des Bodens hineinsehen, an dessen Mitteltrage ein riesenhafter, fahler Kruzifixus schimmerte. Mein Blick wurde, während wir im Hof draußen zu Mittag aßen, immer wieder von dieser finsteren, undurchsichtigen Höhlung angezogen, die wie ein schwarzes Dreieck inmitten der weiträumigen, flammenden Tageshelle stand.

Alle Einwohner des Hauses waren in der Obst- und Traubenernte beschäftigt, und wir nahmen an ihrem kalten Imbiß teil, der Herrschaft und Gesinde an langen, im Hof aufgestellten Holztischen versammelte. Es gab geräucherten Bauernspeck und Wurst, Butter und Käse. Schüsseln voll frischer Äpfel und Nüsse standen herum, auch Weintrauben aller Art, und man trank aus großen Tonkrügen den frisch gekelterten süßen Most. Schweigend und mit einem feierlichen Ernst, wie die Lese selbst, vollzog sich auch diese Mahlzeit, es war fast, als wohne man der apostolischen Speisezeremonie, dem Brotbrechen und Opfern, einer strengen, sektiererhaften Gemeinde bei. Als die Leute sich nach dem Essen wieder mit ihren Bottichen und Körben entfernten, leistete der

Hausherr uns Untätigen noch eine Zeitlang Gesellschaft. Wir bekamen Kaffee, der in aller Eile auf einem offenen Feuer gekocht worden war, rauchten, und es begann sich erst jetzt allmählich ein Gespräch zu entspinnen. –

Wein und Obst, Lese und Kelterung, Brauch und Pflege in den verschiedenen Rebländern bildeten seinen Inhalt, und es trat nicht über die Grenzen des Naheliegenden, vom Tag Gebotenen hinaus. Auffällig und fast ein wenig anstößig erschien nur Magdalenas hektische Heiterkeit, die unvermittelt ausgebrochen war und von der maßvollen Sammlung des ländlichen Vorgangs, die auf uns andere abgefärbt hatte und uns die Tonart vorzeichnete, dissonierend abstach. Schon beim Herunterfahren – sie lenkte den Wagen selbst und Grisi saß hinten im Notsitz – war mir das Sprunghafte, spielerisch Ungewisse und manchmal gefährlich Leichtsinnige ihres Steuerns nicht entgangen: sie schnitt Kurven in raschem Tempo, schaltete und bremste zu spät und ließ uns öfters bedenklich nahe an Kilometersteinen und Straßenbäumen vorbeistreifen. Einmal mußte Mario ihr ins Volant greifen, worauf sie beim Weiterfahren ihm mit einer Hand ins Gesicht faßte und, zwar scherzhaft, doch mit einer Heftigkeit, die nur für Verliebte erträglich sein mag, an seinen Stirnhaaren riß. Ich hatte auch bemerkt, wie er dann etwas von ihr abrückte, mit verschränkten Armen in die Landschaft sah und das Schicksal des Wagens, somit auch das unsere, ganz ihren Händen überließ, so daß ich ehrlich erlöst war, als wir hinter Eppan aussteigen durften. Mario schien seit diesem Vorfall still und in sich gekehrt, sie aber fing nun an, während wir noch im Hof saßen, die geruhsame Unterhaltung durch allerlei nervöse Spiele zu unterbrechen – so türmte sie alle vorhandenen Nußschalen aufeinander, bis sie mit Krach und Gepolter zusammenstürzten, schüttete den Satz aus sämtlichen Kaffeetassen auf einen einzigen Teller zusammen und las daraus unser gemeinsames Schicksal, das, wie sie sagte, zu stark mit Zusatz vermischt sei, um überhaupt ein richtiges Schicksal zu werden –, und neckte Mario, der sie nicht ansah, mit allerlei kleinen italienischen Bosheiten. Ihr Gesicht war um die Augen herum ziemlich blaß, die Augen aber schienen sich mehr und mehr zu weiten, – das Meergrüne, Schillernde der Iris überflutete sie ganz, und von der Pupille war kaum mehr ein Punkt zu sehen. Schließlich lief sie ins Haus, und kurz darauf ertönte ihre Stimme aus dem Dunkel des offenen Dachstuhls herab, in dessen Gebälk sie wie eine Katze herumkletterte. Wir sollten herauf kommen – rief sie –, es gäbe herrliches Gerümpel da droben, und es sei überhaupt der schönste und interessanteste Ort im ganzen Hof. – Wir aber blieben sitzen, — auch ich, obwohl ich eigentlich Lust verspürt hätte, ihr dorthin zu folgen, konnte die Trägheit der Mittagsstunde nicht überwinden, wollte vielleicht auch vor den anderen an ihren ungesetzten und sprunghaften Unternehmungen nicht teilnehmen.

»Weißt du noch«, sagte Firmin zu dem Hausherrn, der etwa gleichaltrig mit ihm war, – »wie wir als Kinder da droben Verstecken und Räuber gespielt haben?«

»Ja«, erwiderte er, – »und erinnerst du dich, wie Magdalena uns damals erschreckte, als sie plötzlich auf die Idee kam, ›Selbstmörderin‹ zu spielen?«

Firmin schüttelte den Kopf,

»Ich kann mich nicht entsinnen«, sagte er.

»Doch«, beharrte der andere, – »ich weiß es noch wie heute. Es war bei ›Räuber und Prinzessin‹. Sie sollte pfeifen, wenn sie sich versteckt hatte, – aber sie pfiff nicht. Als es zu lang dauerte, riefen wir nach ihr, und da wir keine Antwort bekamen, holten wir eine Laterne und leuchteten droben herum. Ich seh's noch vor mir, wie sie da in einem weißen Spielkittel auf der zerbrochenen Sofalehne stand, die schon bedenklich wackelte und jederzeit unter ihren Füßen hätte wegrutschen können, ein altes Roßhalfter um den Hals, an einem Dachsparren angeknüpft, – die Haare ganz offen und die Zunge herausgestreckt. Wir waren zuerst wie gelähmt. Sie fand, daß es ein hübsches Spiel sei. Du hast sie dann, glaub' ich, verdroschen. Sie war ja kaum zehn Jahre, damals.«

Er lachte vor sich hin, und niemand antwortete ihm.

Plötzlich stand Mario hart auf.

»Maddalena!!« rief er. Es regte sich nichts.

»Komm herunter!« rief er durch die hohlen Hände hinauf.

»Komm sofort herunter!!« schrie er, als noch immer keine Antwort kam, mit einer fast irren Stimme. Seine Stirn war rot angelaufen, er ballte die Fäuste und stampfte mit dem Fuß auf.

Wir andren saßen unschlüssig und peinlich berührt.

Mario machte eine heftige Bewegung, als wolle er auf das Haus zustürzen.

In diesem Augenblick erschien Magdalena unten in der Haustür. Sie hielt eine Angelrute, Schnüre und eine Schachtel mit Haken und Köderfliegen in der Hand.

Mit raschen federnden Schritten, fast laufend, kam sie zu uns an den Tisch.

»Warum hast du nicht geantwortet!« fuhr Mario auf sie los.

»Ich war ja schon gar nicht mehr droben!« sagte sie leichthin – die Angelgeräte hochhaltend –, »das habe ich im Flur gefunden!«

»Du hast mich aber gehört«, sagte Mario.

»Ach, laß mich«, rief sie lachend und ohne Schärfe, – dann fuhr sie, zum Hausherrn gewandt, fort: »Ist das Ihr Angelzeug? Und würden Sie mir erlauben, ein wenig damit zu fischen?«

»Natürlich«, sagte der, – »versuchen Sie's nur. Es ist aber nicht viel los im See.«

»Ich hol schon was heraus«, rief sie – lebhaft und wie beschwingt –, »bei mir beißen sie immer! – Aber ich habe jahrelang nicht mehr gefischt!«

Ihr Gesicht strahlte in einer kindlich heiteren, verspielten Erregung.

»Es kann schon sein«, sagte der Gutsherr, – »daß heute welche anbeißen. Wir haben ja Südluft, und es ist ziemlich schwül. Aber Sie müssen Würmer nehmen. Die Wurmbüchse steht drunten im Bootshaus.«

»Ach«, wiederholte sie ganz verträumt und beseligt, – »ich habe ja viele Jahre lang nicht mehr gefischt!«

»Mich müßt ihr entschuldigen«, sagte der Hausherr und stand auf, – »ich muß nach der Kelter sehn.«

Wir verabschiedeten uns und versprachen, später zurückzukommen. Dann schlugen wir den Weg zu dem schmalen Brettersteig ein, der durch die Schilfwildnis zum See hinunterführte. Mario, Firmin und ich gingen langsam hintereinander her, – Magdalena lief rascher voraus. Der leichte weiße Staubmantel, den sie bei Autofahrten trug, schlug flatternd um ihre Knie.

»Mich langweilt Angeln außerordentlich«, sagte ich zu Firmin, als wir uns dem kleinen, auf Pfählen ins Wasser gebauten Bootshaus näherten, – »und Zuschauen noch viel mehr. Sollten wir nicht ein Stück am See entlanggehen!«

»Doch«, antwortete Firmin, – »es geht sich so schön auf diesen Brettersteigen.«

Wir bogen rechts ab, einem Uferpfad folgend, während Mario wortlos weiterging und im Bootshaus verschwand. Ich dachte mir, es sei vielleicht ganz gut, die beiden jetzt ein wenig allein zu lassen.

Die Bohlen schwankten und schaukelten leise unter unsren Schritten, man hörte das Glucksen und Gurgeln des feuchten, moorigen Bodens. Das Schilf auf beiden Seiten reichte uns bis an die Schultern, manchmal sogar über den Kopf. Seine zottigen Bärte bewegten sich flüsternd im Wind. Ein scharfer, doch zarter Duft von faulenden Pflanzenresten und verdunstendem Wasser stieg aus dem weichen, sonnendurchwärmten Schlamm.

»Symbiose«, sagte Firmin plötzlich und machte eine weite Armbewegung über Wasser und Land, – – »Symbiose!« wiederholte er mit einem fast zärtlichen Stimmklang, als spreche er ein Gedicht. – »Ich liebe dieses Wort und seinen Sinn«, fuhr er fort, – »es besagt alles, worauf es in der Natur und im Leben ankommt. Hierzuland herrscht so ein wundervolles Durcheinander des Wachstums – Wasser und Wald, Sumpfboden und Felsendürre, Obst, Wein, Getreide, Almengras –, und alle Baumsorten stehen da, wo man sie gerade hingepflanzt hat, Apfel, Pflaume, Weichsel und Aprikose, – darunter wuchert Klee, blühen Büsche, wird Hafer und Gerste gesät, – nichts steht für sich allein, – nichts ist ganz planmäßig, – dem Zufall, dem Eigenwillen, dem Unvorhergesehenen ist immer noch Spielraum gelassen. Deshalb gedeiht alles so gut.« Er bückte sich und hob ein leeres Schneckenhaus auf, das auf dem Boden gelegen hatte, hielt es einen Augenblick gegens Licht und warf es dann übers Schilf ins Wasser hinaus. »In Amerika«, sagte er, – »pflanzen sie auf ungeheure Strecken immer die gleiche Frucht, – stimulieren die Erde mit ihren Kunstdüngern und Chemikalien, – ernten Äpfel und Pfirsiche, so groß wie die Kinderköpfe, aber sie schmecken nach nichts, und in ein paar Jahrzehnten ist der Boden ausgelaugt und tot. Nun, – sie haben ja Platz genug zum Verderben, und sie sind noch zu jung, um sich davor zu scheuen. Hier sind sie alt und jung zugleich. Hier kannst du ruhig schlafen«, sagte er wie zu sich, »es läuft schon alles von selbst.«

»Wie kommst du gerade auf Amerika?« fragte ich.

»Ritschelbei fährt heute hinüber«, lachte er, – »und er hat mich mit Briefen und Telegrammen bombardiert, ich solle mitkommen. Gestern früh kam noch eine Funkdepesche, da standen die Flugverbindungen drin, mit denen ich die Abfahrt der ›Bremen‹ im letzten Moment hätte erreichen können. Er will ein Stück von mir am Broadway herausbringen, und ich sollte selbst dabei sein und den Stoff für den Film bearbeiten. – ›Verspreche mir doppelte Chancen von Ihrer persönlichen Mitwirkung‹ – depeschierte er –, ›alle Unkosten sichergestellt.‹«

Er schüttelte den Kopf und lachte.

»Hör mal«, sagte ich, – »du hättest das nicht so leichtfertig aus der Hand lassen sollen. Früher oder später müssen wir alle den Sprung übers große Wasser machen, – und früher ist besser als später. Dort ist noch Raum und Luft, – beides wird uns hier, zwar langsam, aber sicher, entzogen, – dort ist zum mindesten Platz im Überfluß, – Platz genug zum Verderben, wie du vorhin gesagt hast, – also auch genug zum Gedeihen. – Und gerade das Überflüssige – unser persönliches Ressort – mag dort am Platze sein, wo so viel pralle gesunde Wirklichkeit sich mit dem Naheliegenden befaßt, – und wo der seelische Rohstoff noch wie Ölfontänen aus der Erde springt. Dort mag Formung wieder ein Fundamentalbedürfnis sein, – statt eines Schnörkels, eines Zierats. Dort ist noch eine große Hoffnung.«

»Nicht für mich«, sagte Firmin, – »Leute wie ich *sind* überflüssig.« Und eh ich ihm widersprechen konnte, schnitt er mir das Wort ab:

»Ich meine nicht: dichtende, formende, bildnerische Menschen! Solche sind notwendiger als je, – – ja, es ginge gar nicht weiter ohne sie. Ganze Generationen von Dichtern müssen kommen, um den ungeformten Stoff der neuen Erde überhaupt erst sichtbar zu machen, – den neuen ›Männern aus Lehm‹ und denen, die aus den Saaten der Drachenzähne erstehn, erst Atem einzuhauchen. Denn hier wie dort, diesseits und jenseits der Meere gibt es nur das eine: den Himmel wieder mit Göttern zu erfüllen, – die Erde einem ewigen Sinn wieder zu verbinden, – die Welt aus dem Leerlauf sinnloser Mechanik zu erlösen. Das ist eine große, einfache Aufgabe – mag sie auch auf den verschlungensten Wegen geschehn –, und es ist nichts darüber zu reden. Aber um an ihr mitzuwirken, – dazu gehört entweder die Unbefangenheit von Kindern oder die Kraft von Titanen. Beides habe ich nicht.«

Ich wollte etwas erwidern, aber er drohte nur mit der Faust.

»Du«, sagte er und schob eine längere Pause ein, – »du, – *mach dich an die Arbeit!* – Und sieh, daß du bald hier wegkommst«, fügte er freundlich hinzu, »wir sind eine schlechte Gesellschaft für dich.«

»Es sind ja noch die paar Tage«, sagte ich achselzuckend, – und gleichzeitig schoß mir der Gedanke durch den Kopf, daß ich ihn vielleicht nach Magdalenas Hochzeit nicht sofort allein lassen sollte.

»Eigentlich könnten wir dann noch ein paar Bergtouren zusammen machen», sagte ich.

»Ja«, rief er, mit einer mir völlig unerwarteten Freudigkeit, – »das ist eine ausgezeichnete Idee. Es ist ja die beste Zeit. Was hältst du vom alten Latemar? oder – wenn du's mit der Heimreise verbinden willst – könnten wir von Cortina über den Cristallo nach Schluderbach hinübergehn. Wir könnten aber auch die Ortlergruppe berennen!«

Wir hatten kehrt gemacht und näherten uns wieder dem Bootshaus, das wir, in lebhaftem Gespräch über Berghütten, Paßwege und Übergänge, bald erreichten.

Man kam, von einer kleinen Brücke aus, zuerst in einen geschlossenen, halbdunklen Hafenraum, in dem ein alter Fischerkahn vertäut lag. Nach der Seeseite ging eine Tür auf einen offen vorspringenden Anbau hinaus, von dem ein Badetreppchen ins Wasser führte. Wir hatten ihn vom Ufer aus gesehen und wußten, daß Magdalena dort ihre Angel auswarf.

Während wir uns vorsichtig den schmalen Laufsteg entlangtasteten, der die Wände des Wasserschuppens auf drei Seiten säumte, hörten wir von draußen Marios zornig erregte Stimme, in einem Schwall italienischer Sätze sich überstürzend, ohne daß wir die Worte verstehen konnten. Wir blieben einen Augenblick stehen und lauschten befremdet.

»Das Angeln«, sagte ich leise zu Firmin, – »scheint mit Unrecht den Ruf einer friedlichen Beschäftigung zu genießen.«

Er antwortete nicht und stieß die Außentür auf.

Mario verstummte und starrte uns wütend entgegen, – seine Augen waren weit aufgerissen, und sein Gesicht zeigte eine fast lächerliche Grimasse von tragischer Verzweiflung.

Magdalena aber, mit dem Rücken zu uns, dessen Haltung eine graziös verspielte und doch bis zum Äußersten gespannte Erregtheit ausdrückte, – schien von der Lust am Fischfang völlig fasziniert, – sie hatte sich weit über das niedrige Holzgeländer vorgebeugt und holte, mit leichten und behenden Schwüngen die Schnur auswerfend oder einziehend, Beute um Beute heraus. In der schalen, rötlich durchwölkten Flüssigkeit eines Eimers, der neben ihr stand, glänzte es silberschuppig.

»Sie beißen wie toll«, rief sie, ohne sich nach uns umzudrehn.

»Sie soll endlich aufhören«, sagte Mario – seine Stimme klang heiser und belegt –, »es ist lauter kleines Zeug, das man nicht brauchen kann.«

Seine Faust umklammerte das Geländer, während Magdalena gerade wieder ein zappelndes, wild schlagendes Fischlein durch die Luft schnellen ließ und mit einer scharfen, drehenden Bewegung vom Haken brach.

»Ich habe doch so viele Jahre nicht mehr gefischt!« rief sie mit einer kleinen, fast bettelnden Stimme, – dabei schlug sie den Fisch kurz und hart gegens Geländer, daß ihr sein Blut über Finger und Ärmel spritzte, und ließ ihn von oben in den Eimer klatschen.

»Aber es ist jetzt genug«, rief Mario, – »ich sage dir, daß es genug ist! Und ich will es nicht mehr! Es hat keinen Sinn, die kleinen Luder herauszuholen! Es ist einfach kindisch!«

Sie hatte inzwischen schon wieder den Wurm über den Haken gezogen und, mit flachem, seitlichen Schwung, neu ausgeworfen. Man sah, während sie den Kopf kurz zurückbog, wie ihre Augen leuchteten, – ihr Gesicht war vom Eifer leicht erhitzt. Eins ihrer Knie hatte sie auf die kleine Holzbank aufgestemmt, der Fuß drehte sich vor Spannung und Lebhaftigkeit spielend im Gelenk.

»Hörst du mich nicht?« schrie Mario außer sich, wieder in einen fast unverständlichen Wortschwall ausbrechend, – »du sollst Schluß machen! Ich kann es nicht leiden! Ich bitte dich darum! Ich verlange es von dir! Tu's mir zuliebe! – um unsrer Liebe willen!« fügte er mit einem Pathos hinzu, daß ich mich bis unter die Haare erröten fühlte.

Wir beide standen stumm. Am liebsten wäre ich weggegangen. Aber es kam alles zu rasch.

»Jetzt!« rief Magdalena, die ihn gar nicht zu hören schien – ihre Stimme klang hoch und hell, wie die eines aufgeregten Kindes –, »jetzt ist ein größerer dran!«

Sie riß die Gerte hoch, es flitzte grell und blinkend durch die Luft. Gleichzeitig warf sie, mit einer hinreißend schönen Biegsamkeit des Leibes, den Arm aus und fing sich den Fisch im Fluge.

»Ich verbiete es dir!« brüllte Mario, – »ich verbiete es!!«

Er stieß mit dem Fuß gegen den Fischeimer, daß er umfiel und das trübe Wasser herausschwappte, und packte mit wildem Griff das Gelenk von Magdalenas Hand, mit der sie den Fisch in den Kiemen gefaßt hatte. Der Griff schien sie wie ein Schlag zu treffen, sie schnellte zurück, als stürze sie irgendwo herunter, riß die Hand los, brach das Fischmaul ruckartig vom Haken, daß man die Kieferknorpel knirschen hörte, und warf mit einer blitzschnellen, reflexartigen Bewegung das zuckende, blutbesprenkelte Tier mitten in Marios Gesicht. Mario stand unbeweglich und hatte den Kopf weit zurückgebogen, – sein Kinn stieß spitz gegen den Himmel, sein Profil war von der Sonne wie mit weißglühenden Strichen umrandet. Dann warf er sich herum und stürzte, an uns beiden vorbei, ins Dunkel des Bootshauses, die Außentür hinter sich zuwerfend. Wir hörten, daß er drinnen ins Wasser erbrach.

Magdalena hatte die beiden Unterarme aufs Holzgeländer gestützt und ließ nun die Stirn langsam auf ihre Hände sinken. Ihr weißer Staubmantel, den sie hochgeschlossen hatte, war über und über mit dünnen, grellen, fast gelbroten Blutperlen bedeckt.

»Geh ihm nach«, flüsterte Firmin mir zu und gab mir einen Wink, Mario zu folgen, der das Bootshaus nun hastig verließ.

Im Weggehen sah ich noch, wie Firmin langsam hinter Magdalena trat und die Hand auf ihre Schulter legte. –

Ich beeilte mich nicht allzusehr, Mario einzuholen, denn ich wußte nicht, was ich jetzt mit ihm reden solle. Es wird ihm am liebsten sein, wenn man ihn in Ruhe läßt, dachte ich, – schlenderte aber doch zum Gutshof hinauf, durch dessen Einfahrt ich ihn hatte verschwinden sehen.

Als ich den Hof betrat, hielt Grisi mit dem Wagen dort, er war inzwischen, nach Erledigung einiger Einkäufe in Eppan oder Kaltern, angekommen. Mario sah ich nicht, – aber gleich darauf trat er mit dem Gutsbesitzer aus dem Haus. Er hielt einen Fahrplan in der Hand, in dem er rasch suchend blätterte.

»So«, sagte der Gutsherr, – »man hat Ihnen das Telegramm nachgeschickt?«

»Ja«, sagte Mario, – »meine Truppe ruft mich zurück.«

»Das kommt vor«, sagte der Herr. Man merkte ihm an, daß er kein Wort glaubte.

Ich trat zu Mario.

»Willst du wirklich abreisen?« fragte ich.

»Natürlich«, sagte er mit kalter, beherrschter Stimme, – »ich muß ja. Der nächste Zug nach Mailand geht um halb sechs. Wenn ich gleich fahre, kann ich ihn in Bozen noch erreichen.«

»Leicht«, sagte Grisi, der vom Wagen aus zugehört hatte.

»Ich begleite dich«, sagte ich.

»Danke«, sagte Mario, – »es ist nicht nötig.«

»Doch«, sagte ich, – »es gibt ja noch einiges zu besprechen. Wegen deiner Sachen und so weiter«, fügte ich hinzu.

Er streifte mich kurz mit den Augen.

»Es ist jedenfalls sehr nett von dir«, sagte er dann.

»Ich komme mit dem Wagen am besten hierher zurück«, sagte ich zu dem Gutsherrn, – »um Firmin und Magdalena abzuholen. Es wird allerdings etwas spät werden.«

»Sie brauchen nicht wieder herzukommen«, sagte der, – »Sie fahren ja viel besser direkt von Bozen nach Stries! Ich bringe die beiden gern mit meinem Wagen heim.«

»Wenn Ihnen das nichts ausmacht«, sagte ich.

»Gewiß nicht«, versicherte er, – »ich fahre selbst gern noch ein wenig gegen Abend.«

Ich bat ihn auszurichten, daß ich mitgefahren sei und mit Grisi direkt ins Schloß zurückkäme.

Wir verabschiedeten uns kurz und sprangen in den Wagen.

Die Straße, die uns am raschesten nach Bozen bringen konnte, führte um den ganzen See herum und wendete sich dann auf der andren Seite nordostwärts. Sie lief zunächst durch Wälder von Obstbäumen hindurch, an Weingärten entlang, und wir kamen nur langsam vorwärts, denn immer noch begegneten uns die schwankenden, prozessionalen Ochsenkarren mit ihren Lasten von Frucht und Säften. Es war jetzt, am Nachmittag, unerträglich heiß geworden, ein dicker Staubdunst lag über der Ebene, und aus Süden schoben sich, vom trägen Wind gebläht, schwere Wolkenballen hinter den Bergen hoch. Bei Auern kamen wir an den großen Porphyrsteinbrüchen vorbei, die Felswände waren fleischrot aufgespalten, und die Steilhänge dahinter, mit niedrigem Dorngestrüpp verwachsen, wirkten finster und wie verbrannt. Der Wind fauchte plötzlich in kurzen, asthmatischen Stößen heran, trieb Schwärze und jagende Staubwolken über uns her, dann knallte unvermittelt und schußartig ein Donnerschlag, und ein kurzes, heftiges Herbstgewitter prasselte herunter. Bis wir das Dach des Wagens hochgeklappt hatten, war es bald schon vorbei, und während wir auf der nun breiteren und besser gepflasterten Straße der Stadt zueilten, ward es rasch wieder hell. Ein starker, merkwürdiger Geruch, fast wie von feuchtem Pulver, quoll aus dem durchnäßten, heißen Sprenggestein hervor, und in den Brüchen standen, auf ihre Hacken gestützt, halbnackte Arbeiter, die staubige Haut vom Regen abgewaschen.

Man merkte, aus dieser Richtung in die Stadt einfahrend, nichts von ihrer altertümlichen Traurigkeit. Es ging über eine stählerne Eisenbahnbrücke, an Arbeitersiedlungen vorbei, durch laute Vorstadtstraßen, deren Häuser so trostlos und häßlich waren wie alle Vorstadthäuser der Welt, und schließlich neben einer kreischenden Trambahn her zum Bahnhofsplatz.

Mario, der während der Fahrt nicht gesprochen hatte und auch jeder Anrede meinerseits stumm ausgewichen war, nahm sofort sein Billett, – und dann gingen wir, da noch Zeit genug war, in ein nahegelegenes größeres Restaurant. Der Zug hatte keinen Speisewagen, und Mario bestellte sich etwas zu essen. Ich ließ mir Rotwein kommen. Das Lokal war neu und unschön eingerichtet, es roch nach Farbe, und plumpe Leuchtkörper erfüllten es mit einem krassen, unnatürlichen Licht.

An der Wand, über unsren Sitzen, hing ein gedrucktes Schild: »Singen polizeilich verboten.«

Ich war in einer Stimmung, daß ich am liebsten den Andreas Hofer gebrüllt hätte.

Ein langer Tisch war mit Eisenbahnern oder Depotbeamten besetzt, die sich auf italienisch laut und schallend unterhielten. An einem andren kleineren Tisch in der Nähe des Ausgangs saßen ein paar junge Leute und flüsterten miteinander. Wenn die Kellnerin an den Tisch der Eisenbahner trat, räusperten die andren sich und pfiffen durch die Zähne. Es lag Unfrieden und Schlägerei in der Luft, Gläser und Gabeln blinkten böse und gefährlich. –

Mario saß sehr aufrecht, er sah mit goldbraunen, etwas zu schönen Augen traurig an mir vorbei.

Ich wußte, daß es aussichtslos war, ihn zur Umkehr oder zur Versöhnung zu bewegen. Ich wollte es auch gar nicht. Es hatte keinen Sinn mehr. Er hatte die Kraftprobe gesucht und hatte sie nicht bestanden. Er würde sie auch fürder nicht bestehen, sagte ich mir. Ich hatte nur das Bedürfnis, ihm den Abgang irgendwie zu erleichtern.

»Du mußt bedenken«, begann ich vorsichtig nach einer Weile, – »was ich dir neulich vom Einfluß der Mondphasen gesagt habe. Ich komme immer mehr zur Überzeugung, daß ihr Wesen damit in Zusammenhang steht, und das ist, bei sensiblen Naturen, nicht unbegreiflich. In wenigen Tagen haben wir wieder Vollmond –«

»Ja«, unterbrach er mich, – »am zweiten Oktober.«

»So«, sagte ich und wußte nicht weiter.

»Gib dir keine Mühe«, sagte er freundlich und legte die Hand auf meinen Arm, – »da hilft nun keine Erklärung mehr. Erklären läßt sich alles. Aber ich kann nicht. Ich kann einfach nicht.«

Er beugte sich dicht zu mir und sagte mit leiser Stimme:

»Das mit dem Fisch wäre nicht das Schlimmste. – Aber – mir hat heute richtig vor ihr gegraust. Und das ist sie nicht selbst. Das ist manchmal, – als ob ein anderer Mensch in ihr wäre –«

Er wendete sich ab und machte rasch und verstohlen das kleine Kreuzzeichen.

»Natürlich«, sagte ich, – »in jedem von uns stecken andere Menschen. Wir tragen sie in uns, wie solche Schachtelspiele, wo man eine nach der anderen herausheben kann. Irgendein Mystiker hat den Menschen mit einer Zwiebel verglichen, von der sich Haut um Haut, Schale um Schale ablösen läßt, bis schließlich nichts mehr da ist, und das sind die Menschen, aus denen wir geworden sind, die wir in uns haben und deren Gesamtheit eben uns ausmacht.«

Er hatte mir, glaub' ich, nicht zugehört und aß schweigend. Dann sagte er, ernst, doch ohne Bewegung in der Stimme:

»Ich lasse sie bitten, mir zu verzeihen. Sage ihr das. Sage ihr auch, daß ich ohne Zorn weggehe, – alles andere weiß sie selbst. Es ist ein Unglück. Aber ich kann es nicht ändern.«

Er stand auf und zahlte.

Die Eisenbahner lärmten und johlten an ihrem Tisch.

»Es ist eine Schande«, sagte ich im Hinausgehen, – »daß sie so laut hier sind. Sie könnten auch ein wenig taktvoller sein.«

»Wieso?« sagte er abweisend, fast böse, – »sie sind hier in ihrem eignen Land. Warum sollen sie nicht vergnügt sein?«

Ich hatte im Moment ganz vergessen, daß er Italiener war. Nur nicht im letzten Moment noch Streit anfangen, dachte ich verärgert. Ich besprach rasch einiges mit ihm wegen der Nachsendung seiner Sachen.

»Was hast du nun vor?« fragte ich ihn.

»Ich gehe wirklich zu meiner Truppe zurück«, sagte er, – »vielleicht braucht man uns bald.«

Wir waren inzwischen auf den Bahnsteig gekommen, der Zug war ziemlich voll. Er stand zur Abfahrt bereit, weißer Dampf quoll zwischen den Rädern vor. Mario stieg ein und belegte mit seiner Mütze einen Platz. Dann kam er wieder aufs Trittbrett. Wir standen schweigend und warteten auf die Abfahrt. Plötzlich, in letzter Minute, nahm er rasch etwas aus seiner Tasche und drückte es mir in die Hand. Es war seine kleine Shagpfeife.

»Behalt sie zum Andenken«, sagte er, – »und rauch sie manchmal. Sie zieht recht gut.«

Ein bezauberndes Lächeln, freimütig und knabenhaft, glitt über sein Gesicht.

Der Zugführer pfiff, er schwang sich in den Wagen hinauf und hob die Hand zum Gruß, während die Räder schon anliefen.

Diese Pfeife – sagte der Erzähler und klopfte mit ihr gegen die Tischplatte – rauche ich heute noch. –

Bei der Rückfahrt zum Schloß erschien mir Grisi in einer ungehörigen Weise munter und aufgeräumt. Er brummte öfters grinsend vor sich hin, und ein paarmal begann er zu pfeifen. Ich tat, als merke ich es nicht, und starrte angestrengt durch die Scheibe in die rasch fallende Dunkelheit.

»Es ist gut, daß er weg ist«, sagte er plötzlich in einer der letzten Kurven zu mir –, »er hätte das Fräulein unglücklich gemacht. Er hat es gar nicht verstanden«, – er schaltete mit seinem Greifhaken hurtig in den ersten Gang hinüber, – »der Katzelmacher!« fügte er dann hinzu und zwinkerte mich an.

»Wissen Sie was, Grisi«, sagte ich, – »halten Sie den Mund.«

»Zu Befehl«, rief er, nahm zu meinem Entsetzen die Hand vom Steuer und hob sie mit einer »Habt-acht«-Bewegung zum Mützenschirm. Dann griff er blitzschnell ins Rad und brachte den Wagen wieder vom Abhang weg.

Als ich den Schloßhof betrat, war es ganz finster, der Mond steckte noch hinterm Gebirg. Die Matrona spielte im Musikzimmer, dessen Fenster offenstanden. Ich fühlte mich plötzlich todmüde und setzte mich einen Augenblick auf die Freitreppe. Am liebsten wäre ich gar nicht zu den andren hineingegangen. Durch halbgeschlossene Lider in die wohltätige, gestaltlose Dunkelheit des Hofes schauend, kreiste und wallte mit dem Pulsschlag die ganze ungeheure Flut von roter, brennend roter, lodernd roter, blutroter Leuchtkraft, die dieser Tag in Stürzen, Strudeln, Kaskaden über uns ausgeschüttet hatte, durch meine abgeblendeten Augen. Das scharfe, funkelnde Zinnober der Ebereschen, – und Pupur, Karmoisin, bis zur gedeckten pompejanischen Wandfarbe hinab, aus den verschiedenen Laubschichten der Wälder, – das glanzhäutige Geleuchte der Äpfel an den Zweigen und auf der weithin geröteten Erde, – der grelle Zickzack angerosteter Schilfgräser um den See, in dessen graugrünen Wellen staubrot, tonrot, stumpfrot die geschwächten Widerscheine spielten, – die dünnen, wässerigen Perlen von Fischblut auf Magdalenas Mantel, – die kupfrigen Reflexe in ihren Haaren, – die bläulich violetten Gewitterschatten in dem aufgespaltenen fleischroten Porphyrgestein... das alles sah ich, mächtiger, glutvoller als am Tage selbst, aus der lichtlosen, erloschenen Blindheit dieser Abendstunde quellen, und es band sich mit den Wiederholungen und wilden Varianten der Bach-Toccata, die an den Mauerquadern zu mir herunterrankte, zu einer unirdisch geklärten, abstrakten und doch mit tausendfältigem Leben erfüllten Form. Toccata in Rot, – sagte ich vor mich hin und erschrak fast vor den grenzenlosen, ungeahnten Aspekten, die sich aus dieser räumesprengenden Verbindung, diesen magischen Amalgamen von Laut und Farbe, von Sichtbarem und Hörbarem, im Geiste auftaten.

Magdalena sah ich an diesem Abend nicht mehr. Sie hatte sich niedergelegt und ließ sich etwas zu essen hinaufbringen. Firmin saß nach Tisch mit der Kuh im Erkerzimmer, sie spielten Domino miteinander und sprachen nichts. Ich ging zur Matrona und bat sie, jene Toccata und Fuge in C-Dur, die ich vom Hof aus gehört hatte, noch einmal zu spielen. Aber ich konnte, in der dunklen Ofenecke sitzend, die Vorstellungen, die sie mir vorher erweckt hatte, nicht mehr zurückzwingen. Die Musik stellte sich in ihrer reinen, unvermischten Lautbarkeit wieder her, und alles andere erschien mir nun verworren und unsauber.

Als sie geendet hatte, stand die Matrona auf, ging mit ihren leise vorfühlenden Händen durch den Raum und setzte sich neben mich auf die Ofenbank.

»Es wird nichts aus der Heirat«, hub sie nach einer Weile an, mit einem, wie mir vorkam, erleichterten und befreiten Atemzug.

»Nein«, sagte ich, – »er ist abgereist.«

»Nun bleiben die Kinder zusammen«, fuhr sie fort und legte ihre Hand wie suchend auf die meine, – »glauben Sie nicht auch, daß das besser ist?«

»Ich weiß nicht«, sagte ich, wie ich es meinte, – »ich dachte schon, daß es für Magdalena richtig wäre, die Bindung und Ergänzung einer Ehe auf sich zu nehmen.«

»Sie sehen ja«, sagte sie, – »es ist nicht gegangen. Ergänzungen gibt es für die Kinder nicht. Auch Firmin ist ja nur zufällig verheiratet. Das ist doch keine Ehe, – die er führt. Übrigens war es bei seinem Vater fast das gleiche. Nur war es einfacher, derber, – und vielleicht noch dunkler. Er hat, solang ich ihn kannte, nur Gewehre geputzt, gejagt und geschwiegen. Was er dachte, wußte ich nicht. Es kann sein, daß er fast gar nichts dachte. Er starb vermutlich, ehe er damit anfangen konnte. Er saß gern dabei, wenn ich spielte, obwohl er nicht musikalisch war, aber er träumte dann vor sich hin. Eines Abends ging er hinaus, legte sich nieder und war tot, bevor meine Sonate beendet war. Embolie, sagten die Ärzte, von einer alten, ungefährlichen Schnittwunde her. Er hat es selbst wohl vorher gar nicht gemerkt.«

Ich lauschte auf ihre dunkle und ein wenig zerborstene Stimme, die mich mit einer seltsam beschwingten, beglückenden Ruhe erfüllte. Wie klar, lauter, durchsichtig ist alles, was sie sagt, dachte ich. Vielleicht ist sie die einzige unter uns, die sehen kann, schoß es mir durch den Kopf.

»Magdalena war damals kaum ein Jahr alt«, begann sie wieder, – »Firmin ging schon zur Schule. Und sie waren beide so, wie sie heute sind. – Hätte ich nur *einmal* geboren«, sagte sie langsam und nahm die Hand zu einer weiten Bewegung von der meinen fort, – »hätte ich beide zusammen als *eine Frucht* im Schoß getragen, – es wäre vielleicht ein vollkommener Mensch geworden, – stärker als alles Vorbestimmte. Stärker als das Schicksal.«

Sie schwieg, und ich regte mich nicht. Ist es unser Geschick, dachte ich, in einem kometenhaften Einzelflug immer nur Teilen, Splittern, Hälften, Bruchstücken des Weltalls zu begegnen – ?

Als hätten ihre blinden Finger meinen Gedanken nachgetastet, gab ihre tiefe, glockenhafte Grundstimme nun die auflösende Antwort:

»Vollkommenheit aber«, sagte sie, – »wäre das Ende unserer Welt.«

Sie berührte, leise grüßend, meinen Scheitel, lächelte mir zu und ging hinaus.

Ich blieb noch eine Weile sitzen, dann stand ich auf, um schlafen zu gehn.

Auf der Treppe begegneten mir Firmin und die Kuh. Wir sagten uns gute Nacht, und sie gingen gemeinsam, die Arme ineinandergelegt, zu ihrem, Lavaccas, Zimmer, in dem, wie ich wußte, zwei Betten standen und wo Firmin, wenn er nicht arbeitete, öfters schlief. Vom Umlauf der Rocca, auf dem ich später stand, sah ich in diesem Zimmer noch eine Zeitlang Licht, – dann ging es aus, und das ganze Haus war in gute, lautlose Dunkelheit gehüllt.

Ich mußte mir vorstellen, wie die beiden nun in ihren Betten lagen, – schweigend, vielleicht jeder noch wach, nah beieinander, vom Singen ihrer Atemzüge gewiegt und beschwichtigt. Bald wird der gemeinsame Schlaf sie umfangen, – und die Decke des ehelichen Zimmers wölbt sich über ihren geschlossenen Augen zu einem stummen, undurchdringlichen Himmel.

DAS SCHUTZENGELFEST

Der Föhn, der sich vorübergehend etwas gelegt hatte, schwoll in den nächsten Tagen wieder mächtig an, tief und nah blauten die wolkenlosen Himmel, nachts rüttelte der Wind an den Bergen, manchmal hörte man ferne Steinschläge donnern.

»Es wird Zeit«, sagte Firmin, als wir abends im Fenster standen, – »wenn wir noch dort hinauf wollten!«

Er wies mit der Hand auf die vom Spätlicht umflimmerten Zacken des Latemar.

»Solange der Föhn anhält, bleibt es klar und sichtig. Wenn er abflaut, fallen die Nebel ein, und dann ist es zu spät.«

»Ja«, sagte ich, – »es wird Zeit. Ich will bald reisen, und es wäre ein schöner Abschluß.«

»Nehmt ihr mich mit?« fragte Magdalena, die hinter uns getreten war.

»Natürlich«, sagte Firmin und legte den Arm um sie, – »wir beide wollten doch schon immer hinauf.«

»Kennt ihr euch mit den Wegen aus?« fragte ich.

»Es soll gut markiert sein«, sagte Firmin, – »wir wollen Grisi vernehmen.«

Grisi wurde hereingerufen.

Er stammte aus Vigo, im Fassatal, und war vor dem Krieg Bergführer gewesen. Firmin hatte das Klettern bei ihm gelernt.

»Den Turm und den Gratübergang können Sie ohne Führer nicht machen«, sagte er, – »der Fels ist bröckelig, er verändert sich immer, ich kenne mich da nicht mehr aus. Aber der Ostgipfel ist leicht, – für einen Bergsteiger wie den Herrn Grafen ist er gar nichts. Man geht vom Karerpaß zur Scharte, das ist ein Spaziergang, und von da ist der Aufstieg bezeichnet bis zur Signalstange droben. Fünf bis sechs Stunden, mehr brauchen Sie nicht.«

»Nun«, sagte Firmin, – »das genügt uns auch. Der Ostgipfel soll die schönste Sicht haben. Wann gehn wir?«

»Am liebsten morgen!« rief Magdalena.

Es war der Abend des ersten Oktobertags.

»Gut«, sagte Firmin, – »morgen.«

Es wurde beschlossen, nachmittags mit dem Auto zu dem großen Berghotel am Karerpaß zu fahren, dort sollte Grisi beim Wagen zurückbleiben, und wir wollten noch am Abend bis an die Waldgrenze, dicht unter der Scharte, aufsteigen, wo ein Freund des Hauses eine Jagdhütte besaß, zu der wir den Schlüssel haben konnten. Sie war zum Übernachten für mehrere Personen eingerichtet, und wir hatten dann in der Frühe beim Sonnenaufgang gleich den eigentlichen Anstieg vor uns und eine kürzere Gehzeit.

Magdalena schien freudig erregt. Ich hatte sie in den letzten Tagen selten gesehen, – sie saß meist mit Firmin nahe beim Schwimmbassin in der starken Sonne, – ich glaube, er las ihr vor und besprach mit ihr, was er in letzter Zeit geschrieben hatte. Abends gaben sich beide mit einer stillen, heiteren Gelassenheit, und es schien wirklich, als seien sie, nach kurzer, zufälliger Entfernung, einander wiedergeschenkt.

Einmal, am Tag nach Marios Abreise, war Magdalena plötzlich zu mir auf den Wachtturm hinaufgekommen, wo ich mit meiner Pfeife und meinem Skizzenbuche saß. Ich fühlte mich verpflichtet, ihr zu berichten, was Mario mir gesagt hatte und wie sein Abschied war. Während ich, am Geländer stehend, so trocken wie möglich darüber rapportierte, nahm sie, als ob sie mir gar nicht zuhöre, mein Skizzenbuch und machte, es auf die Stuhllehne stützend, mit dem dicken, weichen Zeichenblei, der darin steckte, einen, – dann noch einen und noch einen, – immer festeren Strich über die leere Seite, die aufgeschlagen war. Dann, als ich schwieg, begann sie in dem Buch zu blättern.

»Lassen Sie«, sagte ich, – »das ist nichts«, – denn ich wollte nicht, daß sie die vielen unfertigen Studien von Menas Gesicht und Körper sehen sollte, die ich in der letzten Zeit versucht hatte. Sie entdeckte sie aber sofort und begann eifrig zu blättern.

»Geben Sie her!« sagte ich und wollte es ihr abnehmen.

»Nein«, rief sie, – »das interessiert mich gerade!« – und als ich es ihr entwinden wollte, riß sie es über den Kopf in die Höhe und lief einfach damit fort.

Ich folgte ihr nicht, denn im Grund war es mir nicht so wichtig, ob sie es sah oder nicht. Ich hatte es ihr nicht des Gegenstands, sondern nur der Unfertigkeit, Mißlungenheit wegen verbergen wollen. Als ich gegen Abend von einem Spaziergang heimkam, lag das Buch wieder auf meinem Tisch. Sie hatte, auf ein freies Blatt, mit einigen andeutenden Strichen, die aber das Wesentliche verblüffend sicher trafen, ihre eignen Gesichtszüge hingeworfen – Haaransatz, Augen und Mund –, darunter standen in ihrer starkbalkigen, merkwürdig formklaren Schrift ein paar Verszeilen, die ich kannte: es waren eine »Frauenstrophe« aus dem sechzehnten Jahrhundert, die wir einmal gemeinsam in einer Anthologie deutscher Lyrik aus Firmins Besitz gefunden hatten, und hieß:

WILDE FRÄULEIN

Daß mir niemands hold ist
Des freu ich mich gar sehr.
Was die Leut verdreußet
Das treib ich desto mehr.
  Mir und Dir ist niemands hold
  Das ist unser beider Schold –
  Ho Ho Lieber –
  Tu so wol und friß mich nit –
  Hab mich lieb und acht mein nit.

Als wir am Nachmittag, wie verabredet, mit dem Auto das Schloß verließen und langsam die Kehre unterm Bannholz ausfuhren, sah ich, beim zufälligen Hinüberblicken, daß die bisher fest verschlossenen Holzläden der »Albergo« aufstanden, die Fenster geöffnet waren, ein kleiner Pferdewagen vor der Tür hielt, auf den irgendwelche Gepäckstücke verladen wurden. Ich bat um eine kurze Unterbrechung, stieg aus und ging rasch hinüber. In den leeren Gängen und Zimmern fuhr die Wirtin umher wie ein Hamster im Bau. Sie war mit städtischer Kleinbürgerlichkeit gekleidet und hatte einen schwarzen Hut auf dem Kopf.

»Werden Sie wieder aufmachen?« fragte ich sie.

»Nein«, sagte sie böse, – »ich denke gar nicht dran. Ich gehe nicht mehr zurück in dieses Haus. Ich hatte es überhaupt nur gepachtet.«

»Schade«, sagte ich, – »es hat eine schöne Lage.«

»Es gibt schönere«, sagte sie und sah mich über die Schulter an, als wäre ich ihr die Rechnung schuldig geblieben, – »und ich mache das überhaupt nicht mehr. Ich habe es ja nicht nötig.«

»Desto besser«, sagte ich.

Sie drehte mir kramend den Rücken.

Da mir kein zwangloser Übergang einfiel, fragte ich unvermittelt: »Wissen Sie etwas, – ob man die Mena wiedergefunden hat?«

»Die«, sagte sie und legte eine gehässige Betonung in das Wort, – »die ist jetzt im Gries drüben, im alten Talferwirtshaus. Dort paßt sie besser hin.«

»So«, sagte ich, – »im alten Talferwirtshaus.«

Es war eine bekannte Weinwirtschaft, in der ich schon früher eingekehrt war. Ich verließ das Haus und ging zum Auto zurück. Magdalena sah mir fragend entgegen. Ich erzählte ihr, was ich gehört hatte.

»Wollen Sie den Ausflug aufgeben und gleich hingehn?« fragte sie mich mit etwas ironischem Lächeln.

»Nein«, sagte ich, – »aber ich werde auf dem Rückweg hingehn.«

Im Grunde wußte ich nicht genau, ob ich es wirklich tun sollte. Ich fühlte mich erleichtert und beunruhigt zugleich über dieses Wiederauftauchen der schon Entschwundenen. Jedenfalls geht es ihr dort nicht schlecht, dachte ich und versuchte, mit dieser billigen Erwägung den Gedanken von mir abzutun. Aber warum hatte die Wirtin gesagt, daß sie dort »besser hinpasse«? War das nur eine boshafte Redensart, oder hatte sie damit etwas Bestimmtes gemeint? Soviel ich wußte, handelte es sich um ein solides, anständiges, aber viel besuchtes Gasthaus. Es würde eben dort mehr Betrieb sein als in der stillen, ländlichen »Albergo«.

Eine Zeitlang ging mir das noch im Kopf herum und belastete mich mit einem leisen, verstimmenden Gewicht. Dann aber begann die Fahrt, die wechselnde Landschaft und Magdalenas lebendige Nähe mehr und mehr die Oberhand zu gewinnen.

Am kleinen Karersee vorbei, in dessen unheimlich dunkelklarem Spiegel schon die Abendfeuer brannten, fuhren wir ohne Aufenthalt zu dem großen Hotel auf der Paßhöhe, das zwar ganzjährig geöffnet ist, jetzt aber ziemlich leer stand. Wir enttäuschten die eilfertig herausstürzenden Angestellten, indem wir nur für Grisi ein Nachtquartier verlangten und den Wagen in die Garage fahren ließen. Wir nahmen unsere Rucksäcke auf – Firmin trug in dem seinen auch Magdalenas Tages- und Nachtbedarf – und machten uns gleich auf den Weg.

Der volle Mond stand hier schon am dämmerfahlen Himmel und färbte sich, bei zunehmender Nachtbläue, mit einem tiefen, rötlich durchleuchteten Dunkelgelb.

»Bei uns in Salwàre kommt er entsprechend später herauf«, sagte

Firmin, – »weil er erst über die ganze Bergmauer klettern muß. Hier benutzt er die freie Fahrtrinne zwischen Rosengarten und Latemar.« Der Ostgipfel des Latemar, auf den wir langsam zuwanderten, stand wie ein Wächter zwischen Tag und Nacht in feierlicher, kristallischer Erstarrung.

Eine Zeitlang führte der Weg durch Fichten- und Lärchenwald, aber der Mond leuchtete schon so stark, daß es auch zwischen den Stämmen hell genug war. Man konnte ausschreiten wie bei Tag, und die steigende Bodenkühle trieb uns bald, trotz des stetig wehenden warmen Südwinds, zu rascherer Gangart.

»Im Wald übernachten möchte ich jetzt nicht«, sagte Magdalena, die zwischen uns ging, und schauerte leis.

»Nein«, sagte Firmin, – »dazu ist's schon zu spät. Und auch im Sommer wird's kalt genug in den Nächten.«

Wenn wir über eine Alm kamen, warfen unsere Körper scharfe, schwarze Schlagschatten. Der Mond hatte nun schon seine rötliche Dunstfarbe verloren, war hell und klar geworden. Auf dem kurzen nachtfeuchten Almgras lag er wie neuer Schnee, es funkelte und blinkte in den Tränkrinnen, die Lärchenschindel eines Stadels schienen aus nacktem Metall.

Wir gingen schweigend, man hörte den Wind seufzen, der immer heftiger ward; manchmal kullerte, gurgelte, wenn man um eine Ecke bog, ganz laut und menschenstimmig ein Bach. Wald und Matten waren vom Nachtwind mit tausend winzigen Lauten belebt, das Gras wisperte, die Zweige rieben sich aneinander, – nackte, elbische Füße trippelten unaufhörlich über Steine und Moos.

»Weißt du den Weg genau?« fragte Magdalena.

Firmin nickte und antwortete nicht. Man hatte ihn uns so gründlich beschrieben, daß er nicht zu verfehlen war, außerdem sah man im Mondlicht dann und wann die roten Richtzeichen.

Einmal, als wir durch eine ziemlich dichte Waldstrecke kamen, flatterte plötzlich, von unsren Schritten aufgeschreckt, ein schwerer, starkschwingiger Vogel aus einer Baumkrone auf, taumelte mit kurzem, verschlafenem Krächzen zwischen den Ästen umher und strich dann mit lauten, knatternden Flügelschlägen davon.

Magdalena war bei dem jähen stürzenden Geräusch heftig zusammengefahren und klammerte ihre Finger um meinen Arm. Dann ließ sie ein leises, dünnes Kinderlachen hören und suchte, im Weitergehen, meine Hand.

Ich fühlte die leichte, bebende Beklommenheit ihrer Nerven, ihre Hingabe an das Ängstigende, Ungewisse der Nacht. An dunkleren Stellen, oder wenn ein Wasser plötzlich dicht neben uns schwätzte, drängte sie sich enger und näher an meinen Arm.

Die kleinen Äußerungen ihrer Furchtsamkeit, Anlehnsamkeit regten mich seltsam auf. Nichts weckt so unvermeidlich den Trieb männlicher Zärtlichkeit wie zugegebene Schwäche, eingestandenes Hilfsbedürfnis, freiwilliges Anerkennen des Unterlegenseins von einer Frau, die sonst in einer Sphäre von Freiheit und selbständiger Wesensstärke lebt und nun dem ungedämmten Einbruch ihres weiblichen Fühlens erliegt. Ich streichelte, wenn es sie schauernd überlief, leise ihren Arm, – schloß die Finger fest um ihre kühle Hand und spürte mit tiefer Befriedigung, wie die Gleichheit unsrer Schritte, die feste Gemeinsamkeit unsres Ganges, sie beruhigte und sicherte.

Firmin, der uns immer ein kleines Stück voraus war, ließ plötzlich einen leisen, gemsenhaften Pfiff hören. Wir hatten die Waldgrenze erreicht, – wenige Schritte vor uns lag, mit der Giebelseite den mächtig ansteigenden, offenen Geröllhalden zugewandt, die Hütte. Wir standen einen Augenblick still, auf unsre Alpstöcke gestützt, und schauten zu den fernen, mondbegossenen Bergzacken hinauf.

»So«, sagte Firmin dann, – »für heute hätten wir's geschafft.« Er ging auf die Hütte zu und kramte den Schlüssel aus der Tasche. Magdalena hatte meine Hand losgelassen, nun fuhr sie mir leicht, und gleichsam abschließend, übers Gesicht.

»Rocher de bronze«, – flüsterte sie mir zu und eilte hinter Firmin her.

Die Hütte bestand aus einem größeren, ebenerdigen Raum, der mit Herd, Holzstoß, Bank und Tisch recht behaglich anmutete und aus dem eine Innentreppe zum Dachgeschoß hinaufführte. Droben waren zwei getrennte Schlafkammern, rechts und links von der Treppe. Der Mittelgang führte auf einen unterm Giebel vorspringenden kleinen Balkon. Firmin brachte seinen Rucksack, in dem Nachtanzug und Waschsachen steckten, in die eine der Kammern, die Magdalena zugedacht war, während wir beide in der andern, größeren schlafen sollten. Ich schnitzte indessen mit einem Stiefelmesser dünne Holzspäne von einem Scheit, zündete Feuer an und begann dann, bei hinlänglicher Beleuchtung durch einige auf Flaschenhälse gesteckte Kerzen, meinen Rucksack auszupacken, in dem Grisi den Proviant verstaut hatte.

Dabei fiel mir mein Nachtzeug in die Hand, an dem ich etwas Hartes spürte: mit einer Sicherheitsnadel daran festgesteckt, entdeckte ich ein viereckiges Stück weißen Pappkartons, darauf war mit Tintenstift und unverkennbar linkshändigen Buchstaben hingekritzelt: »Auf das Fräulein schaun.« Ich steckte die Warntafel rasch in meine Rocktasche, eh die andren sie bemerkt haben konnten.

Magdalena war inzwischen auch wieder heruntergekommen und hatte über ihre leichte weiße Bluse und ihre Kletterbreeches einen ganz dünnen, rotseidenen Morgenrock geworfen. Wir setzten Wasser auf, bald kochte der Tee, den wir mit etwas Kognak menschenwürdig machten, Firmin schnitt Brot, und Magdalena verteilte die andren Vorräte auf dem Tisch, während ich für das Feuer sorgte.

Es wurde nicht viel gesprochen. Das Holz knallte und prasselte im Herd, und wir lauschten auf das Heulen und Winseln des Südwinds, der immer stärker um die Hütte blies.

Firmin träumte vor sich hin, und Magdalena war mit den kleinen Handgriffen des Auftischens und Abtragens spielerisch beschäftigt. Nach dem Essen setzte sie sich neben Firmin auf die Bank, zog ihre Beine hoch und schloß die Hände außen um die Kniescheiben.

Dann ließ sie den Kopf gegen seine Schulter sinken und blinzelte müde und wohlig in die Kerzen.

Firmin hatte aus seiner Manteltasche ein Buch genommen, nun blätterte er es auf und begann zu lesen.

Sie reckte den Hals und schaute ihm in die Seiten.

»Lies doch laut«, sagte sie dann.

»Ach was«, machte er kopfschüttelnd, – aber nach ein paar Minuten fing er doch an.

Es waren Verse von Rilke, – ich weiß nicht mehr, ob aus den »Sonetten an Orpheus« oder den »Duineser Elegien«. Ich konnte nicht zuhören. Immer sah ich die leise Bewegung der roten, lichtbetupften Seide, die sich mit Magdalenas lässig hingedehnter, still atmender Brust senkte und hob. Meine Hand, zufällig in die Rocktasche fahrend, zerknitterte langsam den von Grisi eingeschmuggelten Pappdeckel. Firmins gleichförmiger Stimmklang benebelte mich und schläferte mich seltsam ein. Auch Magdalena schien schläfrig zu werden, ihr Kopf sank plötzlich von seiner Schulter, dann legte sie den Arm um seinen Nacken und küßte ihn, der mit einer Zeile abschloß, flüchtig auf die Stirn.

»Gute Nacht«, sagte sie leise und klopfte mir, im Vorbeistreifen, leicht auf die Hand, die auf der Tischplatte lag.

Dann stieg sie rasch die Leitertreppe hinauf.

Wir hörten sie droben noch kurz kramen und knistern, bald schien sie sich niederzulegen.

Firmin ging vor mir hinauf, gleich, nachdem es bei Magdalena still geworden war, – ich blieb noch sitzen und rauchte meine Pfeife aus, um ihm Gelegenheit zu geben, sich auszuziehen und zu Bett zu gehn, ehe ich nachkam. Der Wind drückte nun auf den Schornstein und preßte den beizenden Holzrauch zwischen den Herdringen hervor. Ich schob die kohlenden Scheiter mit einem Schürhaken auseinander und ließ das Feuer ausgehn. Dann zog ich die Stiefel aus – für den Fall, daß man droben schon schlafen sollte – und stieg leise hinauf.

Eben wollte ich mich zu unsrer gemeinsamen Kammer wenden, da sah ich, durch die offene Tür des kleinen Balkons, auf den der Mittelgang von der Treppe aus zulief, daß Firmin noch auf war und da draußen stand. Er stand mit dem Rücken zum Haus, die Hände hinterm Kopf verschränkt, man sah nur das helle Schimmern seiner hohen, schmalen Gestalt. Rasch machte ich die paar Schritte über den Gang, um zu ihm hinauszutreten. Erst als ich auf der Schwelle stand, zeigte mir eine kleine seitliche Körperdrehung der Gestalt die Wölbung beglänzter Brüste, die Biegung lang geschwungener Hüften.

Die Erkenntnis meines Irrtums traf mich so schreckhaft, daß ich wie angewurzelt stehenblieb. Sie tat, noch ohne mich zu bemerken, einen halben Schritt in die flutende Mondhelle hinaus.

Unsagbare, fast unerträgliche Zärtlichkeit ging von der Haltung ihres Leibes aus, den sie dem warmen Tasten des Windes, den kühlen Güssen des Lichtes preisgab.

Ich konnte die Augen nicht von ihr lassen, – es war, als würden meine Blicke mit unerträglicher, fast qualvoller Gewalt von der abgründigen Schönheit dieser Erscheinung angesaugt.

Eine verzehrende, nie gekannte Entzückung durchrieselte mich. Ich fühlte das Blut wie Nadelstiche in den Spitzen meiner Finger.

»Magdalena«, flüsterte ich.

Sie schien mich nicht zu hören, – aber ihr Kopf drehte sich langsam, mit der vollen Fläche des Gesichtes, mir zu, die Hände lösten sich hinterm Nacken und gaben den Sturz der offenen Haare frei, die Arme dehnten sich leicht und glitten weich an den Flanken nieder, und von feuchten, aufgetanen Lippen entschwebte irgendein süßer, zirpender, vogelhafter Laut. –

Schauer und Entzücken übermannten mich, raubten mir die Besinnung.

Jeder Bezug zum eignen bewußten Selbst war verschollen und aufgelöst. Ich warf die Hände nach ihr aus, – spürte, noch eh ich sie angriff, die Vibration und Strahlung ihrer Haut, spürte den Hauch, den der Wind aus ihren Poren wölkte, umschlang sie, fühlte sie.

Ihr Leib, als wolle er sinken, löste in meinen Armen jedes Band, – kühl und heiß zugleich wölbte sich seine Weichheit, – ihre Augen hatten sich fest geschlossen, der Mund, mit vollen, offenen Lippen, ergab sich ganz.

Das Wesen, das ich in diesem Augenblick umschlungen hielt – küßte – liebkoste, – vielleicht sekunden-, vielleicht minutenlang –, das Wesen Magdalena – war mir so nah in dem Herzschlag unsrer flüchtigen Umarmung, daß ich mich ganz mit ihm verband und es tief erkannte.

Ja, wie ein Ton, den man nur einmal und nie mehr wieder in seiner hüllenlosen Klarheit zu hören vermag, – als jenen Ur-Klang, darin alles heimliche Unter- und Obertönen, das dunkle wie das lichte, die Stimmen der Engel wie das Stöhnen der Verdammten zu *einer* vollen Rundheit zusammenschwingt: – wie ein Tubaton der fleischgewordenen Ewigkeit ging das Geschehnis dieser Umarmung in mein Leben ein.

Da riß und schnitt, jählings, mit wütendem Schmerz, ein furchtbarer, unbeherrschter Biß tief in meine untere Lippe. Im gleichen Atem- und Herzstocken spürte ich, daß es wie ein elektrischer Schlag durch ihren Körper flog. Blitzhaft spalteten sich ihre Augen, – ein wildes Zucken lief ihre Glieder entlang.

Unwillkürlich hatte ich sie losgelassen, ihr Leib schnellte von mir weg, als werde er fortgepeitscht.

Toll vor Schmerz und Begehr griff ich rasend nach ihr, wollte sie mit gekrallten Händen zu mir zurückreißen.

Da fuhr ihr Arm hoch, mit einem spitzen, entsetzten Schrei schlug sie mehrmals nach meinem Gesicht.

Ihre Finger trafen mich nur einmal und nicht hart, doch quer über die Augen, so daß ich wie geblendet zurücktaumelte.

Sie selbst mußte fast gleichzeitig vom Balkon hinweg und in ihre Kammer entwichen sein, ich sah sie nicht mehr, als ich die tränenden Augen aufriß, hörte jedoch eine Tür schlagen und – unmittelbar damit zusammenfallend – Firmins Stimme, die aus der anderen Kammer drang.

Gleich darauf stand Firmin, in seinem Nachtanzug, vor mir auf der Schwelle.

Seine Augen bohrten sich in mein Gesicht.

Ich fühlte, wie das Blut über mein Kinn tropfte. Meine Glieder waren wie erstarrt. Ich konnte nicht einmal das Taschentuch nehmen und die Blutstropfen wegtupfen.

»Was war da?!« herrschte Firmin mich leise an.

»Nichts«, stieß ich hervor, seinem Blick standhaltend.

»Was hast du getan?!« schrie er mich plötzlich an.

Seine Faust ballte sich, es war, als wolle er mich niederschlagen.

Ich trat dicht auf ihn zu, unsre Stirnen berührten sich fast.

»Laß mich in Ruh«, sagte ich hart in sein Gesicht.

Gleichzeitig wußte ich, sah ich, im schauerlichen Spiegel unsrer beider wutverhärteten Augen, daß jetzt ein Abgrund aufgerissen war, der nie mehr zu überbrücken, nie zu überfliegen sei, – daß unser Atem, der sich heftig traf, schon aus einer Ferne kam – ferner als fernste Gestirne voneinander treiben –, daß nicht einmal mehr ein Kampf, ein Schlag, eine Feindschaft uns einander nähern könne, – daß es aus war, endgültig, unerbittlich, aus.

Ohnmächtige, maßlose Verzweiflung zerriß mich so sehr, daß mein Körper ganz kalt wurde, – mein Gesicht mag krampfhaft und starr gewesen sein, – und ich suchte kein Wort, wissend, daß jedes vergeblich sei. Schweigend ging ich an ihm vorbei, stieg die Treppe hinab, riß drunten ein Streichholz an und entzündete eine Kerze. Dann setzte ich mich auf die Bank und zog meine Stiefel an.

Ehe ich noch damit fertig war, hörte ich von droben seine Stimme. Sie klang selbstverständlich und ruhig, als sei nichts vorgefallen.

»Komm herauf«, sagte er, – »leg dich nieder. Wir müssen früh aufstehn.«

»Nein«, rief ich, – »ich denke nicht dran!« – und wie erlöst vom rauhen Klang meiner Stimme, – der Reaktion, der Selbstbeziehung, der eigenen Wirklichkeit wiedergegeben, – tobte ich unflätig und kindisch los: »Steigt doch allein hinauf, auf euren Drecks- Mist-, Sau-, Luderberg!« Ich weiß nicht, was für Schimpfworte ich sonst noch gebraucht habe. Ganz befreit durch diesen Ausbruch kleiner, faßbarer, gewöhnlicher Menschlichkeit, – sprang ich auf, steckte das, was mir gehörte, in den Rucksack, warf ihn mir über die Schulter und rannte hinaus. Vom Waldrand noch einmal zurückschauend, sah ich Firmin unbeweglich auf dem Balkon lehnen, – dort, wo vorher Magdalena gestanden hatte. –

Eine Zeitlang fluchte und lästerte ich noch halblaut vor mich hin, während ich bergabwärts in den Wald hineinlief. Ich dachte nichts. Ich konnte nichts denken. Der Wind war mir im Nacken und heulte, jaulerte in meinem Hinterkopf. Eulen schnauften und husteten, Hirsche röhrten, verwundete Tiere schrien, vermutlich bildete ich mir das alles nur ein, hörte es in das immer dumpfer tutende, sirenenhaft anschwellende Gebrüll des Sturmes hinein, der auf den schwarzen Bäumen ritt und an ihren Mähnen zerrte. Dabei echoten meine schweren genagelten Schuhe laut und klappernd zwischen den Felsen und Stämmen. Schatten und Schritte verfolgten mich, hetzten mich immerzu. Einmal, auf einer Lichtung, rannte ein großer, schwarzer Affe hinter mir her. Ich ohrfeigte mich vor Wut über meine wie scheue Gäule durchgegangenen Nerven. Atemlos, schweißnaß, stand ich da, als endlich aus fliegenden Nebelfetzen der helle Klotz des Berghotels vor mir auftauchte. Ich hatte für den Rückweg von der Hütte kaum die halbe Zeit gebraucht. Ich sah auf die Uhr: es war noch nicht spät. Die Dunkelheit brach ja jetzt schon zeitig am Abend herein.

In der Schwemme des Hotels schimmerte Licht. Dort saß wohl Grisi mit irgendwelchen Landsleuten oder Angestellten beim Bier. Ich ging rasch vorbei. Die Garage lag auf der andren Seite des Hauses. Sie war abgesperrt, aber ich hatte Glück und fand den Schlüssel nach kurzem Suchen unter einer umgestülpten leeren Blumenscherbe auf dem Fensterbrett. Ich machte auf, lockerte die Handbremse und schob den Wagen, der sich auf dem asphaltierten Boden leicht bewegen ließ, rückwärts ins Freie hinaus. Der Zündungsschlüssel steckte. Ich hatte ihn schon öfters allein gefahren und kannte ihn genau. Dann schloß ich ab und brachte den Torschlüssel wieder an sein Versteck. Ich wollte dabei für Grisi eine Mitteilung hinterlassen, fand aber in der Eile nichts als das von ihm bekritzelte Stück Pappkarton, das ich noch zerknüllt in der Rocktasche trug. Ich glättete es flüchtig mit meinem Messerknauf, strich Grisis Worte mehrmals durch, daß man sie nicht mehr lesen konnte, und schrieb auf die andere Seite seinen Namen und dazu eine kurze Zeile, daß ich den Wagen genommen habe und bis nächsten Mittag damit wieder zurück sei. Ich legte den Zettel unter die Scherbe und beschwerte ihn mit dem Schlüssel, dann sprang ich in den Wagen und ließ den Motor an, der nicht sehr kalt war und ohne viel Krach rasch zu laufen begann. Ich brauchte nicht zu wenden, da die Straße gleich seitlich neben der Garage bergab führte. Nach wenigen Minuten war ich schon weit.

Die Bäume, Bauernhäuser, kleinen Weiler jagten im Schnurren des Motors, windjohlend, an mir vorbei, bald ratterte ich über die Etschbrücke, nach kurzer Zeit flog schon die Bozener Vorstadt heran. Ohne Aufenthalt sauste ich durch die Stadt, in der die meisten Häuser dunkel, nur wenige Gaststuben noch offen waren. Aber das alte Talferwirtshaus, ich sah es schon von ferne, war hell erleuchtet, und als ich davor hielt, vernahm ich lautes Stimmengewirr aus den Fenstern.

Zuerst glaubte ich, daß meine Nerven noch immer mit mir Schindluder trieben, denn mir war, als höre ich den gleichen röhrenden, brüllenden Ton, den ich im Hochwald zwischen den Stämmen vernommen oder mir eingebildet hatte. Bald aber bekam ich die wirkliche Ursache heraus. Irgendein Herr aus der Umgebung, ein Graf Madruzzo, wie man mir später sagte, gab seinen Jagdgehilfen, nach beendeter Strecke, eine Freinacht, und ein Jägerbursch, der schon zu viel getrunken hatte, blies fortgesetzt auf dem alten Muschelhorn, mit dem man das Brunftgeschrei der Hirsche nachmacht, um sie zum Abschuß zu locken. Es war wohl auch gleichzeitig ein Weinlesefest, für all die Leute, die auf den Ländereien des Grafen Trauben und Obst eingebracht hatten. Das alte zweistöckige Haus, an der Landstraße überm Talferflüßchen gelegen, war voller Menschen, Qualm, Lärm, Gelächter und schwerem, rauchigem Weindunst. Man schenkte den ersten gärenden Sauser des Jahres aus, auch Federweißen, der im Übergang schon trüb und milchig war und scharf nach Hefe und Fäulnis stank. Dazwischen, aus großen Glaskaraffen, hellroten, bräunlich durchfunkelten, alten Lagreiner. Der Hauptausschank war über einer steilen Steintreppe im ersten Stock, die meisten Leute bedienten sich selbst, ich konnte nicht durchkommen, weil immerzu Menschen hinauf und herunter drängten. Die kleinen winkligen Gaststuben, droben und drunten, waren dicht besetzt. Der Bursche mit dem Muschelhorn sah mich suchend in der Tür stehen und kam mit einem vollen Halbliterkrug auf mich zu.

»Weidmannsheil!« rief er, – »trink, es kost heut nichts.«

Ich trank gierig, fast ohne abzusetzen, das junge, heimtückische Zeug hinunter.

»Bravo!« rief der Bursch, – »der hat den rechten Zug!«

Er faßte mich am Arm und bugsierte mich in eine der Wirtsstuben.

Ich wollte mich nicht setzen, aber er zwang mich an einen Tisch, an dem ein Buckliger Zither spielte.

»Das ist ein Herr«, sagte er, – »der mit uns feiern will.«

»Die andren Herrschaften sind schon heimgefahren«, sagte ein Mädchen, – »es ist ja auch nicht mehr fein jetzt.«

Man hielt mich offenbar für einen der Jagdgäste.

Der Rotweinkrug ging herum.

»Böh-böh-böh-«, schnaubte der Jagdgehilfe durchs Muschelhorn, – »die Hirscher, die haben's in sich«, schrie er dazwischen, – »die schnaufen und raufen im Wald herum und stoßen immer zu – böh-böh-böh-«, brüllte er den Weibern in die Ohren.

»Der ist auch so ein Hirsch, so ein stoßeter«, sagte eine Frau.

Gelächter, Geschrei, Gedränge ringsherum.

Auf einmal ging Mena mitten durch den Raum. Sie trug eine Schüssel und sah mich nicht. Ich wollte ihr rufen, aber ich merkte, daß meine Stimme ganz heiser war, sie drang nicht durch das Getöse. Ehe ich aufstehen konnte, war sie im Nebenzimmer verschwunden.

»Da drinnen gibt's Würstel«, sagte jemand zu mir, – »aber die sind nicht im Freiwein dabei, die muß man bezahlen.«

Ich stieß mich bis ins andere Zimmer durch, doch sie war schon wieder hinauf. Hier war es nicht ganz so voll, es saßen Leute da, die nicht zum Fest gehörten und die auf eigene Rechnung tafelten.

Ein junger Mensch mit einer Küferschürze schenkte hier aus. Er hatte neben den Fünfliterflaschen mit rotem und weißem Wein ein Holzfäßchen stehn, aus dem er Grappa, den scharfen Tresterschnaps, verzapfte.

Ich ließ mir ein halbes Weinglas voll geben.

»Kann ich Würstel haben«, fragte ich ihn, – »mit Brot und Senf?«.

»Bittschön«, sagte er, – »die Kellnerin wird gleich kommen.«

Ich ging an einen Ecktisch, an dem noch ein Stuhl frei war, und merkte, daß meine Beine schwer waren, schleppend und unförmig, wie Elefantenbeine. Mein Kopf war noch ganz klar.

»Böh-böh-böh«, – röhrte das Muschelhorn.

Mena drängte sich wieder, mit Schüsseln und Tellern, durch das andere Zimmer herein, ich hörte ihr Lachen, bevor ich sie sah, dann erschien sie auf der Schwelle, der Kerl mit dem Horn tanzte und sprang blasend, schnaubend wie ein bocksfüßiger Faun um sie herum.

Rasch kam sie auf den Tisch zu, an dem ich saß, und ich wendete mich ab, bis sie ihre Last niedergesetzt hatte.

Dann drehte ich ihr das Gesicht zu.

Sie wurde blaß bis in die Lippen, und ich glaubte erst, sie werde stürzen. Doch sie riß sich sofort zusammen und verteilte die Speisen, die bestellt waren, am Tisch. Als sie mir den Teller hinschob, beugte sie sich vor und sagte etwas, aber ich konnte es, in dem gerade wieder anschwellenden Lärm, nicht verstehen, sah nur die Bewegung ihres Mundes. Dann lief sie, durch eine zufällig menschenfreie Gasse, rasch hinaus. Ich aß, kaute, trank. Irgend jemand redete mit mir. Ich gab keine Antwort. Der Jägerbursch suchte mich auf und blies mir ein Ständchen auf seinem abscheulichen Horn, bis ich ihn wegschubste und ihm dann, als er reden wollte, eine halbe Wurst in den Mund stopfte. Zweimal erschien Mena noch im Raum, ohne in meine Nähe zu kommen, ohne mich anzuschauen. Ich wußte nicht, was sie gesagt hatte, und entschloß mich, nicht nach ihr zu rufen. Ich starrte hinter ihr her und hatte plötzlich die Vorstellung, daß sie das gar nicht sei, daß sie eine ganz andere sei, – verändert, fremd, unbekannt. Schließlich erhob ich mich und ging, wohl schon etwas schwankend, auf den Gang hinaus.

Die Treppe drehte sich mit mir, immer noch liefen Menschen ab und zu, an denen ich mich vorbeistoßen mußte.

Mühsam kam ich in den ersten Stock, wo es genauso zuging wie drunten.

»Hier!« sagte ein dicker Mann dauernd zu mir. – »hier!!« und wollte mich auf die Toilette schleppen. Nur schwer ward ich ihn los.

Auch in der kleinen Küche standen Leute herum, Mena mitten unter ihnen. Ich drängte mich an sie heran, entschlossen, sie jetzt unter allen Umständen zu sprechen. Aber sie wich mir aus und lief in die Gaststuben zurück. Mir war, als habe sie mir irgendein Zeichen gemacht, aber ich hatte es nicht recht aufgefaßt, alles schwamm und wirbelte mir vor den Augen. Blindlings ging ich mitten durch die Küche hindurch, ohne daß sich jemand um mich kümmerte. Ich kam wieder durch eine Tür, hinter der es plötzlich ganz still war, ich fühlte im Finstern eine Wendeltreppe, die aufwärts führte, tastete ihr nach und stand nach ein paar Stufen, die ich stolpernd nahm, auf einem flachen Dachgarten, der von Wein umrankt war und wohl im Sommer als Trinkterrasse benutzt wurde. Jetzt war es feucht und windig. Ich ging hinaus, lehnte mich übers Geländer und sah in den Fluß, der drunten flimmerte. Die Nachtstille war plötzlich wie eine hohle, dumpf nachdröhnende Glocke über mich gestülpt.

Es knisterte von der Treppe, Mena huschte durchs Dunkel, stand neben mir.

Ich tastete nach ihrer Hand. Sie ließ sie mir, ohne meinen Druck zu erwidern. Ihre Brust atmete stark, ich sah ihr Gesicht, es schien mir schöner, größer, fülliger geworden.

»Mena«, sagte ich, – »ich bin betrunken.«

Sie strich mir plötzlich übers Haar.

»Du mußt hier fortgehn«, flüsterte sie.

»Nein«, sagte ich, – »Mena, – ich bin betrunken, aber ich bin ganz klar. Ich habe dich gesucht, und ich gehe nicht fort. Du mußt heute bei mir sein, du mußt –«

»Das geht nicht«, sagte sie, ihr Ton war einfach und bestimmt, – »du mußt mich lassen –«

»Mena«, sagte ich, – »ich kann dich heute nacht nicht lassen, – morgen vielleicht, wenn du willst, und wenn du mir gesagt hast, weshalb, – und warum du so von mir fort bist. Aber heute nacht, Mena, laß ich dich nicht.«

»Ich muß hinunter«, sagte sie.

Ich hielt sie am Arm fest.

»Später«, sagte ich, – »wenn hier Schluß ist. Ich bleibe da. Wohnst du im Haus hier?«

Sie schüttelte den Kopf.

»Nein«, sagte sie leise, – »es kann nicht mehr sein.«

Mir wurde rot vor den Augen. Sie hat einen anderen, dachte ich. Ich dachte es, – obwohl ich es nicht hätte denken dürfen. Aber ich lauschte, achtete nicht auf sie, sondern nur auf mich, und auf die wilde Verzweiflung meines Herzens in dieser Nacht.

Ich packte ihren Arm fester.

»Warum bist du damals fort?« stieß ich hervor, – »warum? Du konntest noch nicht wissen, was dann geschah, und du mußtest nicht fliehen! Warum?« fragte ich hart.

Ich spürte, daß sie erzitterte, und ließ ihren Arm los.

Sie nahm meine beiden Hände und sah mir nah ins Gesicht.

»Weil ich wußte, daß es zu End war«, sagte sie leise, – »und daß es doch nicht zu Ende *ist*. – Da ging ich lieber rasch.«

Ich verstand sie nicht, aber etwas in ihrem Ton, in ihrer Stimme ergriff mich sehr.

Ich zog sie sanft an mich und streichelte leicht ihr Gesicht. Es war kühl und unbewegt.

»Mena«, sagte ich, – »glaubst du, daß ich dich verlassen werde?«

Sie lächelte.

»Natürlich«, sagte sie leise, fast heiter, – »du *mußt* mich ja verlassen!

Du *sollst* es auch! Sonst wärst du mir später böse und hättest mich nicht mehr gern.«

Ich wollte sie küssen, aber sie kam mir zuvor. Ganz stark preßte sie die Lippen auf meinen Mund.

»Leb wohl«, sagte sie dann und war verschwunden, ehe ich sie halten oder etwas erwidern konnte.

Ich stand allein und faßte wie bestürzt nach meiner Lippe. Sie war geschwollen, ich merkte erst jetzt, daß sie schmerzte. Es schmeckte nach Blut.

Verflucht, dachte ich und stampfte auf, – verflucht. Ich rüttelte an dem Geländer.

Sie hat *doch* einen anderen, sagte ich dumm und stur, deshalb kann sie nicht mehr mit mir sein. Sie konnte es auch mit dem Zollsoldaten nicht mehr, als ich kam. Jetzt ist der tot, und ich lebe – ich lebe hier herum!! Ich merkte, daß ich doch sehr betrunken war, mehr als ich mir hatte eingestehen wollen.

Schwerfüßig tappte ich treppab, suchte noch eine Zeitlang in den Gastzimmern herum, die sich erstaunlich rasch fast völlig geleert hatten. Auch das Getöse mit dem Muschelhorn hatte aufgehört. Auf dem Gang drunten standen zwei Polizisten, sie trugen dunkle Schultercapes und die altertümlichen napoleonischen Kopfhauben.

»Sperrstunde!« sagte der eine und klopfte ungeduldig mit dem Absatz. Die letzten Gäste holperten zur Tür hinaus.

Der Mann mit der Küferschürze kassierte. Mena war nicht zu sehen.

»Gibt es hier Gastzimmer im Haus, zum Übernachten?« fragte ich.

»Nein«, sagte der Mann, – »das nächste Hotel ist in der Grieser Hauptstraße, zehn Minuten von hier.«

Mir fiel erst ein, als ich schon draußen stand, daß ich den Wagen da hatte. Mühsam brachte ich ihn in Gang, aber dann fuhr ich mit der tollkühnen Sicherheit, die Betrunkenen oft eignet.

Ich könnte auch bis zur Luna fahren, oder zum Greifen, dachte ich, oder sonstwohin. Aber ich zog es dann doch vor, das nahe Hotel in Gries aufzusuchen, an dem ich vorbeikam, und den Wagen rasch zu verlassen. –

Das Hotel lag natürlich dunkel, und ich mußte lang läuten, bis ein mürrischer, verschlafener Hausbursch kam. Ich kramte irgendeinen Geldschein aus der Tasche und gab ihm den gleich, damit ich keine langen Scherereien hätte.

Den Wagen schloß ich ab und ließ ihn einfach draußen stehn.

»Ich fahre in der Frühe gleich weiter«, sagte ich.

»Wie Sie wollen«, sagte der Bursch, – »aber wir übernehmen keine Verantwortung.«

»Sollen Sie auch nicht«, sagte ich, – »jetzt lassen Sie mich schlafen gehn.«

Er führte mich in ein Zimmer, in dem die muffige, abgeschlossene Luft stockte. Es war ein Doppelzimmer mit breiten Ehebetten.

Ich riß die Fenster auf und ließ die Nachtluft herein.

Mir fiel dabei auf, daß es ganz still geworden war, der Wind hatte sich offenbar gelegt.

Mir war etwas schwindlig, und das leere Doppelzimmer machte mir ein übles, scheußliches Gefühl.

Halb ausgekleidet warf ich mich aufs Bett, mit dem Gesicht in das fremde, naßkalte Kissen, und schlief ein.

Als ich erwachte, mußte ich mich erst besinnen, wo ich sei. Ich fröstelte und stand auf, um die Fenster zu schließen. Feuchter, rauchiger Dunst quoll mir entgegen, man konnte vor Nebel nicht bis zur andren Straßenseite sehn.

Ich sah auf die Uhr, es war schon gegen Mittag. Der Nebel breitete eine schwere, erschreckende Lautlosigkeit um das Haus.

Ich goß mir kaltes Wasser über den Kopf und brachte langsam Ordnung in mein Gedächtnis.

Dann kleidete ich mich rasch fertig und ging hinunter.

»Es nebelt«, sagte ich zu dem Kellner, bei dem ich Kaffee bestellte. »Kommt das vom Fluß her?«

»Nein«, sagte er, – »es ist halt neblig heute. Er ist schon gegen Morgen eingefallen, das ist hier immer so, wenn der Föhn sich so plötzlich legt.«

Nun sind sie also doch nicht auf den Berg gekommen, dachte ich und mußte fast lachen, weil mir einfiel, wie ich in der Nacht geschimpft hatte. Das alles erschien mir plötzlich furchtbar lange her und ein wenig übertrieben. Ich muß rasch hinauffahren, sagte ich mir, sie sind bei dem Nebel sicher in der Frühe schon zum Hotel zurück und sitzen nun in der Schwemme und wollen heim und schimpfen auf mich.

Im Innern war mir ganz klar, daß etwas Schlimmes, Unwiderrufliches zwischen uns geschehen war. Aber ich wollte es in die bewußte Gedankenzone nicht eindringen lassen. Wir sind schließlich keine Barbaren, dachte ich mir, und wir werden eine Façon de parler finden, die über das alles wegträgt, und dann reise ich ab, und bis ich wiederkomme, ist es längst nicht mehr wahr. –

»Ob das Gebirge auch schon im Nebel steckt?« fragte ich den Kellner, als er das Frühstück brachte.

»Dort kommt er zuerst auf«, sagte der, – »das geht furchtbar geschwind. Sie müßten das einmal sehn. Es ist, wie wenn man den Deckel vom Kochtopf hebt: im Nu ist alles eingedampft.«

Ich zahlte rasch und fuhr los.

In Bozen hatte ich noch einen Aufenthalt, weil ich tanken mußte. Aber dann gab ich Gas, soviel der Weg erlaubte.

Je höher ich kam, desto dichter, zähflüssiger wurde der Nebel. Er hing zwischen den Waldbäumen wie schwere, äthergetränkte Watte, und sein Duft hatte etwas Betäubendes, im Wortsinn Benebelndes. Wenige Kehren unterhalb der Paßhöhe, wo die Straße recht schmal war, hatte ich ein Holzfuhrwerk vor mir, das im langsamen Schritt bergauf ächzte und das ich eine Zeitlang nicht überholen konnte. Es machte mich mit seinen knarrenden, nachschwankenden Stämmen und seinem Hütt und Hott ganz verrückt. Man roch den Schweiß der Pferde in der feuchten, unbewegten Luft. Ich hielt kurz bei einem Bauernhaus, um das Fuhrwerk bis zur Ausweichstelle vorausstampfen zu lassen. Meine Kehle war ausgetrocknet, ich bat die Bäuerin, die in der Tür stand, um einen Schluck Wasser, den sie mir rasch vom Brunnen brachte. Den Motor hatte ich abgestellt, und sofort breitete sich die tiefe, beklemmende Nebelstille aus.

Plötzlich, mitten im Trinken, hörte ich einen fernen, sonderbar langgezogenen, klagenden Ton, der sich mehrmals wiederholte. Ich setzte ab und sah fragend die Bäuerin an.

»Das Nebelhorn«, sagte sie, – »die werden da droben einen suchen, dem sie die Richtung weisen wollen.«

Ein wilder, eisiger Schreck griff mir ans Herz. Aber ich bezwang ihn sofort.

»Es werden verstiegene Gamsjäger sein«, sagte ich.

Ich dankte ihr für das Wasser und fuhr rasch weiter.

Sie werden doch bei dem Wetter nicht aufgestiegen sein, sagte ich mir. Oder sollten sie vorher, womöglich noch in der Nacht, aufgebrochen und vom Nebel überrascht worden sein? Unsinn, dachte ich, Firmin kennt sich doch aus in den Bergen. Der Wind hatte sich erst gelegt, als ich in Gries zu Bett ging. Oder schon früher? Ich wußte es nicht mehr genau. Ich wußte auch nicht, um welche Zeit ich zu Bett gegangen war.

Meine Gedanken verwirrten sich, mein Kopf begann zu glühen. Jetzt muß ich doch längst droben sein, dachte ich. Aber der Nebel zerrte den Weg in die Länge. Plötzlich, erschreckend nah, wuchs der Pfahl vor mir auf, der zum Berghotel hinüber zeigte, und gleich darauf hielt ich vor seinem Eingang.

Eine kleine zusammengedrängte Menschengruppe stand auf der Treppe und in der Tür. Die Gesichter sahen mir fleckig und bleich entgegen. Ich wußte sofort, daß etwas geschehen sei.

Der Hoteldirektor löste sich von den andren, trat an den Wagenschlag. »Sie sind doch der Herr, der mit auf der Jagdhütte war?« fragte er.

»Ja«, sagte ich, – »was gibt's denn? Sind die andren nicht zurück?«

»Sie werden gesucht«, sagte er achselzuckend und trat wieder zu der Gruppe.

Ich folgte ihm und brachte nach allerlei Hin- und Herfragen heraus, daß man in der Frühe, als man den Nebel bemerkte, einen Jungen zur Jagdhütte geschickt habe, damit die Herrschaften den Rückweg zum Hotel nicht verfehlen könnten. Der habe die Hütte leer und verschlossen gefunden, alles ließe darauf schließen, daß die beiden sehr zeitig aufgestiegen und vom Nebel überrascht worden seien. Von Vigo, der nächsten Ortschaft, war sofort die Führerkolonne aufgebrochen, deren Horn man von Zeit zu Zeit tuten hörte. Grisi hatte sich ihr angeschlossen.

Ich wartete, saß in der Schwemme, lief draußen herum, saß wieder in der Schwemme. Am Eingang des Hotels stand immer noch die gleiche Menschengruppe, tuschelte miteinander, starrte in sinnloser Neugier zum unsichtbaren, verhüllten Berg. Später sah ich zwei Gestalten auf der Straße durch den Nebel kommen, sie schoben Fahrräder. Einer davon war in Uniform, der andere trat in die Schwemme und bestellte Bier. Er sei der Amtsarzt von Vigo, sagte er, man habe die Inspektion dort verständigt, daß am Latemar ein Unfall passiert wäre. Mehr wisse er auch nicht. Ich ging hinaus, der Mann in Uniform flüsterte mit dem Hoteldirektor. Sie sahen zu mir hin, dann gingen sie rasch ins Haus. Ich folgte ihnen nicht nach, – ging vorm Haus auf und ab, – blieb dann in der Nähe der gaffenden Leute stehen und betrachtete sie. Es waren zwei späte Hotelgäste, Engländer vermutlich, und ein paar Angestellte, die nichts zu tun hatten.

»Sie kommen«, sagte plötzlich halblaut ein junger Bursch.

Alle Köpfe, auch meiner, beugten sich ruckartig vor.

Vom Waldrand her, dessen Umriß man gerade noch erkennen konnte, kam in unheimlich raschem, rhythmischen Gleichschritt die Führerkolonne. Wie kleine Trommelschläge hörte man das Stampfen ihrer Schuhe auf der nassen Erde.

Je zwei Mann, in der Mitte, schleppten die Tragbahren. Sie waren mit Säcken zugedeckt. Grisi schritt als letzter hinterher.

Ohne anzuhalten und abzusetzen, stumm, ohne Gruß, trabten sie an uns allen vorbei, ihre Gesichter blickten starr, wie leblos, geradeaus. Auch Grisi schaute nicht zur Seite.

Die sackverhüllten Bahren schwankten dicht an mir vorbei. Man brachte sie in einen leeren Schuppen hinterm Haus.

Ich blieb stehen, wo ich stand, niemand kümmerte sich um mich. Die Gruppe der Neugierigen hatte sich plötzlich verflüchtigt. Vielleicht standen sie nun um den Schuppen herum. Ich weiß nicht, wie lange ich so an der Hauswand lehnte. Es war Nachmittag.

Später hörte ich die Stimme des Polizeiinspektors neben mir. Er fragte, ob ich bereit sei, die Leichen zu agnoszieren. Ich folgte ihm schweigend. Im Schuppen brannte elektrisches Licht. Dort lagen die beiden nebeneinander auf den Bahren. Der Arzt hatte sie schon untersucht, und man hatte die erschlagnen Körper wieder mit Sackleinen überdeckt. Nur die Köpfe waren frei, an denen man kein Anzeichen einer Verletzung entdecken konnte. Die Augen waren geschlossen. Magdalenas Gesicht, mit leicht geöffneten, wächsernen Lippen, hatte einen lächelnd erstaunten, fast heiteren Ausdruck. Firmins Antlitz war so streng, kühl und abweisend, wie es ihm im Leben, selbst in seinen distanziertesten Stunden, die Höflichkeit versagt hätte.

Ich wurde ganz still, als ich sie anschaute.

Der Anblick von Toten, wer sie auch seien, wie man auch zu ihnen stand, wirkt immer fremd, sachlich, neutral.

Sie wollen von uns und von unsrem Kummer um sie nichts mehr wissen.

Ich machte dem Inspektor die nötigen Angaben, dann verließen wir den Schuppen. Grisi, der bei meinem Eintritt und während meiner Aussage am Kopfende der Bahren gestanden hatte, ohne aufzuschauen, blieb allein drinnen zurück.

Es sei von Bozen ein Rettungswagen bestellt, zur Überführung der Leichen nach Stries. Er müsse bald da sein, sagte der Arzt.

Der Inspektor nahm mich beiseite.

»Es ist noch ein Punkt zu klären«, sagte er.

Wann und weshalb ich von der Hütte weggegangen sei, warum ich nicht mit aufgestiegen wäre, ob ich etwas von der Gefahr gemerkt und die Herrschaften vielleicht gewarnt hatte.

Ich sagte ihm vom Tatbestand, soviel ich für nötig hielt. Er schien nicht recht befriedigt.

»Ich muß Sie bitten«, sagte er, – »in Bozen mit mir auf die Hauptwache zu kommen. Sie müssen das dem Kommissär persönlich sagen.«

Ich müsse aber auf raschestem Wege zum Schloß, sagte ich, – die Damen benachrichtigen. Mir wurde jetzt klar, daß ich wohl diese bittere Notwendigkeit werde bestehen müssen.

»Das ist nicht nötig«, sagte er, – »der Pfarrer von Stries ist bereits telephonisch verständigt worden, durch den dortigen Gemeindesekretär. Er ist ins Schloß hinauf, um die Damen vorzubereiten.«

Ich fühlte mich fast erleichtert.

»Muß das mit dem Verhör in Bozen wirklich sein?« fragte ich ihn.

»Es ist kein Verhör«, sagte er, – »aber ich muß Sie darum ersuchen. Sie müssen ja die Stadt sowieso berühren. Ich werde gleich mit Ihnen im Wagen mitkommen. Sie fahren doch selbst?«

»Ja«, sagte ich, – »ich fahre selbst.«

Die Zündungsschlüssel fühlte ich noch in meiner Tasche.

Kurz darauf kam der Rote-Kreuz-Wagen durch den Nebel gerattert. Es dämmerte schon leicht.

Man schob die Bahren hinein, Grisi half dabei, dann schwang er sich zum Fahrer auf den Sitz. Ich trat zu ihm und wollte ihm sagen, daß ich den Wagen nachbringen würde. Aber er gab mir keine Antwort und schaute an mir vorbei. Auch späterhin sprach er kein Wort mehr mit mir. Ich weiß nicht, ob er mich für schuldig am Tode der Geschwister hielt, weil ich sie verlassen und nicht auf das Fräulein geschaut hatte, – oder ob er mir einfach übelnahm, daß ich noch lebte und nicht mit abgestürzt war.

Man erzählte mir übrigens dann, als ich mir vor der Abfahrt in der Schwemme eine Schnaps geben ließ, höchst merkwürdige Dinge von ihm. Während des ganzen Aufstiegs sei er der Führerkolonne schweigend und mit zu Boden gesenktem Blick wie ein Spürhund vorausgeschritten, obwohl er seit zwei Jahrzehnten das Gebirg nicht mehr kannte. Er habe keine Minute gezögert und sich an dem Rufen und Schreien der andren, die nur an eine harmlose Versteigung glaubten, nicht ein einziges Mal beteiligt. Auf dem Gratweg, dicht unterm Gipfel, sei er dann plötzlich stehengeblieben und habe verlangt, daß man ihn hier in die Schlucht abseile. Gleich darauf habe dann ein andrer Firmins Stock und Hut in den Felsstürzen entdeckt. Er habe sich dann mit ungeheurer Raschheit und Gewandtheit, mit seiner Armprothese, am Seilzug hinabgleiten lassen und sei sofort, ohne Umschaun, auf die Toten zugeeilt, die dort, einander umklammernd, als hätten sie sich im Sturz noch gegenseitig halten und helfen wollen, auf einer Schutthalde lagen. Er habe ihnen die Augen geschlossen und das Kreuz auf ihre Stirnen, Lippen und Herzen gemacht. –

In Bozen hielt man mich nicht lange auf. Die Sachlage war klar, und der Beamte aus Vigo entschuldigte sich wegen seiner Genauigkeit.

Als ich droben in den Schloßhof einfuhr, war es schon dunkel. Der Hof lag wie ausgestorben. Das Tor und die Haustür standen weit offen, als sei dort eben jemand eingegangen und habe zu schließen vergessen. – Aber ich sah keine Menschen.

Im Musikzimmer war Licht, – ich hörte Klavier spielen. Zuerst glaubte ich, daß es eine Sinnestäuschung sei. Aber es stimmte wirklich. Die Matrona spielte das Italienische Konzert. Sie spielte den Anfang immer bis zur ersten Variation, brach ab, begann wieder von vorne.

Ich stand eine Zeitlang wie erstarrt. Sie spielte und spielte.

Als ich das Haus betrat, fuhren in der Halle zwei Gestalten auseinander, die zusammen getuschelt hatten. Es waren das Dienstmädchen und der Totengräber von Stries, ein Mann mit rotem Schnurrbart und lustigen, etwas weinseligen Augen.

Die Verunglückten seien hinaufgebracht worden in ihre Schlafzimmer, erfuhr ich von dem Totengräber, der auch Leichenwäscher war und alles für die Bestattung Erforderliche herzurichten pflegte. Das Fräulein, sagte er, müsse sowieso von einer Frau umgekleidet werden, – aber die Frau Gräfin lasse ihn auch nicht zum Herrn. Sie wolle alles allein machen und lehne jegliche Hilfeleistung ab. Dabei weiß man doch, sagte der Mann, wie schwer ein Toter ist.

Ich schickte ihn weg und ging langsam die Treppen hinauf.

Die Tür zum ehelichen Schlafgemach war angelehnt. Ich klopfte leise, erhielt aber keine Antwort. Ich *muß* nach ihr sehen, dachte ich. Als ich vorsichtig öffnete, sah ich die Kuh auf dem Bettrand sitzen, – sie hielt Firmins Oberkörper auf ihrem Schoß, sein Haupt lag in ihrer Armbeuge, seine eine Hand hing neben ihren Knien herab. Sein nackter Leib war lang auf dem Bette ausgestreckt, über die schmalen Hüften war ein weißes Laken gebreitet.

Ihr Gesicht war groß und wie aus Stein gemeißelt. Die offenen Augen dunkel und tränenlos.

Sie sah mich an, ohne mich zu sehen.

Ich entfernte mich auf den Zehenspitzen und ging in die Rocca hinauf.